MIRA®

Der Preis dieses Bandes versteht sich einschließlich
der gesetzlichen Mehrwertsteuer.

Umwelthinweis:
Dieses Buch wurde auf chlor- und säurefreiem Papier gedruckt.

Connie Brockway

Spionin der Krone

Roman

Aus dem Amerikanischen von
Corinna Hermes-de Chedjou

MIRA®

MIRA® TASCHENBUCH
Band 25537
1. Auflage: August 2011

MIRA® TASCHENBÜCHER
erscheinen in der Cora Verlag GmbH & Co. KG,
Valentinskamp 24, 20350 Hamburg
Geschäftsführer: Thomas Beckmann

Titel der nordamerikanischen Originalausgabe:
My Surrender

erschienen bei: Pocket Books, New York

Published by arrangement with
HARLEQUIN ENTERPRISES II B.V./S.àr.l.

Konzeption/Reihengestaltung: fredebold&partner gmbh, Köln
Umschlaggestaltung: pecher und soiron, Köln
Redaktion: Bettina Steinhage
Titelabbildung: Harlequin Enterprises S.A., Schweiz
Autorenfoto: © by Connie Brockway
Satz: Buch-Werkstatt GmbH, Bad Aibling
Druck und Bindearbeiten: CPI – Ebner & Spiegel, Ulm
Printed in Germany
Dieses Buch wurde auf FSC®-zertifiziertem Papier gedruckt.
ISBN 978-3-89941-877-4

www.mira-taschenbuch.de

PROLOG

Abtei St. Bride's, Januar 1804
Trauungsfeier von Christian MacNeill
und Katherine Nash Blackburn

Charlotte verließ die Kapelle und ging zum Kreuzgang der Abtei St. Bride's hinüber, wobei sie sich mit beiden Händen über die nackten Arme rieb. Der schottische Winter war entsetzlich kalt, und wenn das rostbraune Umhängetuch, das ihr ihre Schwester Helena den ganzen Nachmittag über hatte aufdrängen wollen, die Eleganz ihres neuen hellblauen Kleides nicht so hoffnungslos zunichte gemacht hätte, hätte sie es sich wohl tatsächlich um die Schultern gewickelt.

Sie wusste nicht genau, warum sie mit einem Mal das heftige Bedürfnis empfunden hatte, die Trauungsfeier zu verlassen. Ihre andere Schwester Katherine und deren großer, stattlicher Soldat waren so verflixt glücklich, ihre Zukunft leuchtete in rosigen Farben, die Vergangenheit war vergessen. Ende gut, alles gut. Und welch besseres Ende konnte es geben, als dass zwei schöne, kluge und anständige Menschen nach Jahren des Kampfes endlich zueinanderfanden?

Keins! Außer ... außer, dass Charlotte sich fühlte, als erlebe sie das glückliche Ende eines Märchens. Katherine hatte ihren edlen Prinzen gefunden, und Charlotte gönnte ihrer Schwester dieses Glück von Herzen. Das Ende ihrer eigenen Geschichte jedoch, so fürchtete sie, würde ganz anders aussehen.

Ihr Vater war drei Jahre zuvor gestorben, und mit seinem Tod hatte auch das Familienleben ein jähes Ende gefunden, das sie bis dahin gekannt hatte. Ihre Mutter war ihm binnen Jahresfrist ins Grab gefolgt, und Charlottes Schwestern, eifrig, nein, verzweifelt bestrebt, dem damals sechzehnjährigen

Nesthäkchen all die „Annehmlichkeiten" zu sichern, an die sie als junge Damen aus adligem Hause gewöhnt waren, hatten sie auf der Stelle in einem der renommiertesten Internate für höhere Töchter untergebracht. Allerdings nicht, ohne ihr zuvor einzuschärfen, sie solle sich dort um „wertvolle Verbindungen" bemühen. Schließlich hatte auch Charlotte begriffen, was jedem flüchtigen Beobachter sofort ins Auge gesprungen sein musste: Sie war eine Bürde. Ihre Schwestern liebten sie, gewiss, doch sie war ihnen gleichwohl ein Klotz am Bein. Sie glich einer riskanten Geldanlage – nein, wohl eher einem Fass ohne Boden, ohne jede Garantie, dass das in sie investierte Kapital eines Tages Gewinn abwerfen würde. Es sei denn, sie machte klugen Gebrauch von jenen „wertvollen Verbindungen".

Sobald sie sich ihrer Lage bewusst geworden war, hatte Charlotte sich darin eingerichtet. Sie verschwendete wenig Zeit darauf, der Vergangenheit nachzutrauern, und bemühte sich stattdessen, den Erwartungen ihrer Schwestern gerecht zu werden, was ihr dank ihrer neu entdeckten Anpassungsfähigkeit auch gut gelang. Schon als Kind war sie sehr aufgeweckt und vernünftig gewesen, nun war eine kühle, unsentimentale junge Frau aus ihr geworden.

Sechs Monate nach dem Tod ihrer Mutter hatten alle drei Töchter der Familie Nash eine auskömmliche, wenn auch nicht immer glückliche Anstellung gefunden: die heitere, liebreizende Helena als Gesellschaftsdame einer abscheulichen alten Klatschbase, die geheimnisvolle, leidenschaftliche Katherine als Klavierlehrerin im Hause einer Kaufmannsfamilie und Charlotte als fröhliche Gefährtin von Margaret Welton, der einzigen Tochter des sehr reichen, sehr gütigen und unglaublich schusseligen Lord Welton und dessen ebenso nachlässiger Gemahlin.

Die Weltons verlangten lediglich von ihr, dass sie die zahllosen Geschenke und Kleider annahm, mit denen sie überhäuft wurde, und sich ansonsten auf einen Art und Weise verhielt, die ihre nichtsnutzige Tochter im Vergleich als Inbegriff der Wohlerzogenheit erscheinen ließ.

Eine angenehmere Arbeit dürfte schwer zu finden sein, dachte Charlotte bitter, während sie auf die Tür am Ende des Kreuzgangs zuging, die einen Spaltbreit geöffnet war. Amüsant und lustig sollte sie sein, und jeden noch so albernen Einfall ihrer Freundin Margaret mitmachen, mehr verlangte man nicht von ihr. Sie hatte sich in einen frechen Wildfang verwandelt, in ein kokettes junges Fräulein von einiger Berühmtheit. In letzter Zeit jedoch plagte sie immer öfter die Befürchtung, die Rolle einer vorwitzigen jungen Frau könne die einzige sein, welche die Welt – und allen voran die Weltons – von ihr zu sehen wünschte, und, schlimmer noch, dass sie sich eines Tages selbst mit dieser zufriedengeben würde.

Doch sie strebte nach Höherem. Was genau das war, vermochte sie nicht zu sagen. Sie wusste nur, dass es sich dabei um etwas anderes handelte als das, was ihre Schwestern vom Leben erwarteten. Kates beharrliches Bestreben, die verlorene Sicherheit ihrer Kindheit wiederzuerlangen, lag ihr fern, eine Sicherheit, die ihre Schwester nun an der Seite ihres stattlichen Highlanders gefunden hatte. Sie war auch keine romantische Seele wie Helena, die nur um ihres wahren Selbst willen geliebt werden wollte. Ein bitteres Lächeln huschte über Charlottes Gesicht. Im Grunde wusste sie nicht einmal, was ihr „wahres Selbst“ ausmachte. War sie ein „süßes Ding“? Ein „charmanter Nichtsnutz“? Ein „entzückendes Biest“? Vermutlich steckte etwas von all diesen Rollen in ihr, und sie war jeder von ihnen überdrüssig. Das Leben konnte doch nicht nur daraus bestehen, eine Rolle auszufüllen!

Am Ende des Kreuzgangs angekommen, spähte sie durch den Türspalt ins Innere und entdeckte eine Art Bibliothek.

Zwei der Wände waren bis knapp unter die Zimmerdecke mit Regalen bestückt, die sich schier bogen unter der Last der zahllosen Bücher. Charlotte lächelte. Sie liebte Bücher, und eines der Dinge, die ihr an ihrer augenblicklichen Lage missfielen, war die Tatsache, dass Bücher oder irgendein anderer Lesestoff – mit Ausnahme der Verkaufsprospekte von Tattersall – im Hause der Weltons Mangelware waren. Neugierig schlüpfte sie ins Innere des Raumes und ließ den Blick begehrlich über die kunstvoll verzierten ledernen Buchrücken wandern, während sie auf den großen alten Tisch zuging, der quer in der Mitte der Bibliothek stand.

Ein Stuhl mit hoher Rückenlehne war darunter hervorgezogen und dann nicht zurückgestellt worden, als habe sein Benutzer es eilig gehabt, diesen Ort zu verlassen. Auf dem Tisch stapelten sich mit Tinte bekritzelte Papiere, über die eine frisch gedruckte Europakarte ausgebreitet lag. Eines der Dokumente lugte weit genug unter der Landkarte hervor, dass Charlotte erkennen konnte, dass es auf Französisch abgefasst war.

Wie vom Donner gerührt blieb sie stehen. Ein dunkler Verdacht keimte in ihr auf und erfüllte sie mit heller Empörung. Warum unterhielt Pater Tarkin, der Abt – denn in dessen Zimmer musste sie sich befinden, da kein anderer Mönch in St. Bride's so bedeutend war, dass er über eine eigene Bibliothek verfügte – Briefkontakt mit jemandem in Frankreich? England lag im Krieg mit Frankreich! Charlotte trat näher.

Der Name ihres Vaters sprang ihr ins Auge: Roderick Nash. Sie schob die Landkarte beiseite, nahm den Brief in die Hand und versuchte, ihn zu entziffern.

„Miss Nash?“

Erschrocken wirbelte sie herum und blickte geradewegs in das Gesicht von Pater Tarkin. Zuerst zitterte die Hand, in der sie den Brief hielt, dann jedoch siegte Charlottes rechtschaffene Wut über die Verlegenheit, welche sie darüber empfand, beim Durchstöbern fremden Eigentums ertappt worden zu sein. *Sie* war nicht diejenige, die gemeinsame Sache mit dem Feind machte! *Sie* war nicht diejenige, in deren Besitz sich ein vermutlich belastendes Dokument befand!

„Warum steht der Name meines Vaters in diesem Brief?“, fragte sie in scharfem Ton.

Pater Tarkin kam zu ihr heran und neigte den Kopf, um zu sehen, was sie in den Händen hielt. Der Ausdruck milder Neugier auf seinem Gesicht wich dem der Trauer.

„Ah! Dieser Brief stammt aus der Feder eines Mannes, der tief in der Schuld Ihres Vaters steht. Er erinnert mich in seinem Schreiben an die Opfer, die Ihr Vater und andere erbracht haben, damit er seine derzeitige Mission fortsetzen kann. Sehen Sie?“ Er streckte die Hand aus und fuhr mit seinem langen knochigen Zeigefinger behutsam über einige der Zeilen.

„‚Voller Hochachtung möchte ich Ihnen ins Gedächtnis rufen, Pater Abt, was Sie selbst sehr wohl wissen‘“, übersetzte er mit leiser Stimme, „‚dass nämlich alle großen Unternehmungen große Tribute erforderlich machen. Jene, die von mir verlangt werden und die Ihr Gewissen in letzter Zeit so arg zu belasten scheinen, sind nichts im Vergleich zu jenen, die andere erbracht haben. Denken Sie nur an das Opfer, das Colonel Roderick Nash erbracht hat, oder an die vielen namenlosen Männer und Frauen, die ihr Leben dafür gegeben haben, damit ich mein Werk fortführen kann …‘“

Der Abt brach mitten im Satz ab und lächelte Charlotte wie um Verzeihung bittend an. „Der Rest ist nicht für Ihre Ohren bestimmt, mein Kind.“

Mein Werk fortführen. Drei Jahre zuvor hatte sich ihr

Vater freiwillig in die Gewalt der Franzosen begeben, im Austausch gegen drei junge Schotten, die er nicht einmal gekannt hatte und die als angebliche Spione im Kerker von LeMons schmachteten. Am Abend desselben Tages war er hingerichtet worden. Charlotte hatte stets angenommen, dass die Rückkehr der drei Überlebenden nach Schottland auch das Ende ihrer geheimnisvollen Verschwörung bedeutet hatte.

Die Erkenntnis, dass jemand das Werk fortführte, das die Schotten Jahre zuvor in Frankreich begonnen hatten, traf sie mit nahezu fühlbarer Wucht. Und dieser ersten Erkenntnis folgte sogleich eine zweite. Es verwunderte Charlotte nicht, dass dieser scharfäugige Abt mit dem freundlichen Gesicht etwas damit zu tun hatte, denn schließlich stammten alle der damals beteiligten jungen Männer aus St. Bride's.

„Ich bin kein Kind, Pater", entgegnete sie mit einer Ernsthaftigkeit, die ihr kaum jemand, der sie kannte, zugetraut hätte. „Und wenn mein Vater sein Leben für ein ‚Werk' geopfert hat, wie der Verfasser dieses Briefes andeutet, dann muss ich Ihnen widersprechen. Das alles geht mich sehr wohl etwas an."

Der Abt schüttelte den Kopf. „Nur im allerweitesten Sinn."

Charlotte runzelte die Stirn, nicht sicher, ob sie sich mit der Antwort begnügen sollte. Doch aus den Zeilen, die Pater Tarkin für sie übersetzt hatte, hatte so viel Überzeugung gesprochen, so viel Entschlossenheit, dass sie Charlotte nicht mehr aus dem Kopf gingen. Auf schmerzliche Weise riefen sie ihr abermals die tragischen Umstände des Todes ihres Vaters ins Gedächtnis zurück.

Allem Anschein nach war seine Tat ein selbstloser Akt des Edelmuts gewesen, doch es hatte Charlotte stets betrübt, dass sein Opfer keine größere Bedeutung gehabt, dass er sein Leben für eine misslungene Verschwörung hingegeben hatte.

Und hier war nun der Beweis, dass die Mission jener drei jungen Männer noch nicht beendet war, dass der Opfergang ihres Vaters es möglich gemacht hatte, ein wichtiges Werk fortzuführen. Das zumindest legte der Inhalt dieses Briefs nahe.

Mit einem Male verspürte Charlotte den brennenden Wunsch, selbst etwas dazu beitragen zu können, dass der Tod ihres Vaters nicht vergeblich gewesen war.

„Ich kann helfen.“ Die Worte hallten in der Stille der klösterlichen Bibliothek wider.

„Mein liebes Kind, ich weiß beim besten Willen nicht, worauf Sie hinaus wollen …“

„Ich könnte mich nützlich machen, wenn Sie es mir nur erlaubten.“ Ihre leisen Worte brachten den Abt zum Schweigen. Sie schaute ihm in die Augen. Der alte Mann runzelte die Stirn.

„Was glauben Sie zu wissen, Miss Nash?“, fragte er schließlich und bedeutete Charlotte mit ausnehmender Höflichkeit, auf dem Lehnstuhl Platz zu nehmen.

Sie war zu angespannt, um sich zu setzen. „Was auch immer die Mission dieser jungen Schotten in Frankreich gewesen sein mag, sie ist noch nicht beendet. Ich möchte dazu beitragen, sie zum Abschluss zu bringen. Ich muss helfen!“

Der Abt widersprach ihrer Vermutung nicht, sondern neigte den Kopf und betrachtete Charlotte prüfend. „Und warum müssen Sie helfen?“

„Um meinem Leben einen Sinn zu geben. Um dem Tod meines Vaters einen Sinn zu geben. Um dafür zu sorgen, dass sein Opfer nicht vergeblich war.“

Die Miene des Abtes verdüsterte sich. „Dass er das Leben dieser drei jungen Männer gerettet hat, ist in Ihren Augen nicht Sinn genug?“

„Nein.“

Pater Tarkin hob die silbergrauen Brauen. Verwunderung

und Schmerz sprachen aus seinem Blick, während er Charlotte eindringlich betrachtete.

„Nein“, wiederholte sie entschlossen und dachte dabei an den Mann, der in so bewegenden Worten vom Opfertod ihres Vaters geschrieben hatte. Er würde sie gewiss verstehen. „Nicht, wenn es von so viel größerer Bedeutung sein könnte. Wenn jemand in Frankreich durch die edle Tat meines Vaters in die Lage versetzt worden ist, sein Werk fortzuführen, dann will ich ihn unterstützen, es zu einem erfolgreichen Abschluss zu bringen. Das bin ich dem Andenken meines Vaters schuldig. Und das bin ich meinem Land schuldig.“ Sie bemerkte den Zweifel in Pater Tarkins Blick und suchte nach Worten, die den Abt überzeugen würden. „Das bin ich mir selbst schuldig!“

Auge in Auge standen sie einander gegenüber, in stumme Zwiesprache versunken.

„Es könnte da etwas geben …“, sagte der Abt schließlich gedankenverloren, wobei er sacht mit den Fingern auf die Tischplatte trommelte.

„Ich bin zu allem bereit.“

„Von Zeit zu Zeit“, begann er zögernd, „treffen Boten in London ein, deren Nachrichten weitergeleitet werden müssen. Sie legen oft weite Reisen auf verschlungenen Pfaden zurück, und es ist bisweilen schwer einzuschätzen, wann sie ankommen oder wo. Gewisse Individuen, die in Erfahrung bringen wollen, welche Nachrichten diese Boten überbringen, und deren Ziele den unseren völlig zuwiderlaufen, durchkämmen die Stadt auf der Suche nach der Person, die besagte Nachrichten erhält. Sie werden dann an unsere Freunde in London weitergeleitet. Aus diesem Grund darf der Empfänger der Nachrichten nie zu lange an einem Ort verweilen, muss sein Domizil häufig wechseln und dabei jedes überflüssige Aufsehen vermeiden.“

Er hielt inne, und Charlotte deutete sein Schweigen als

eine Art Prüfung, um herauszufinden, ob sie den tieferen Sinn seiner Worte begriffen hatte.

„Ich nehme an", begann sie vorsichtig, „dass es durch den ständigen Wohnungswechsel des Empfängers und die Tatsache, dass er nie genau weiß, wann der Kurier eintrifft, schwierig ist, ein Treffen der beiden zu arrangieren."

Der Abt nickte. Sie hatte die Prüfung bestanden. „Letztes Jahr ist es dem Kurier aus Frankreich nicht gelungen, seine Nachrichten weiterzugeben, obwohl er einzig zu diesem Zweck nach England gekommen war. Er hatte nur wenig Zeit, bis man ihn in Frankreich vermissen würde, und der Empfänger war gerade umgezogen."

„Ein Mittelsmann", fuhr Charlotte fort, „würde die Angelegenheit erleichtern. Eine Person, die beide Männer leicht ausfindig machen könnte. *Besonders,* wenn es sich bei dieser Person um jemanden handelte, den kein Mensch mit etwas Derartigem in Verbindung bringen würde", ergänzte sie. „Ein junges, lebenslustiges Persönchen, ohne politische oder religiöse Bindungen, eine leicht zu treffende Person, die stets im Blickpunkt der Öffentlichkeit steht, sei es auf einem Ball, einer Gala, einem Empfang oder an sonst einem Ort, wo man sich ihr nähern kann, ohne Verdacht zu erregen."

„Sie denken an eine weibliche Person?"

„Ja, an mich, um genau zu sein", entgegnete Charlotte. „Ich wäre die ideale Besetzung für diese Funktion, Pater Abt. Ich genieße eine Freiheit, derer sich nur wenige junge Damen erfreuen. Ich bewege mich in den unterschiedlichsten Kreisen, und ich kann kommen und gehen, wann und wohin ich will, ohne damit Anlass zu Bemerkungen zu geben." Sie verzog die Lippen. „Nun, jedenfalls zu keinen, an die ich mich noch nicht gewöhnt hätte."

Der Abt wandte sich von ihr ab, senkte nachdenklich den Kopf und ging, die schwieligen Hände hinter dem Rücken verschränkt, auf das Bücherregal am anderen Ende des Raumes zu. Charlotte wagte kaum zu atmen, während sie ihm mit den Augen folgte.

Erst jetzt, da sich ihr die Möglichkeit bot, etwas für das Andenken ihres Vaters zu tun, wurde ihr bewusst, wie wichtig ihr dies war. Der Abt durfte sie nicht abweisen! Die nächsten Minuten würden zeigen, ob er die lebenslustige junge Müßiggängerin in ihr sah, für die alle Welt sie hielt, oder die nüchterne, entschlossene junge Frau, als die sie selbst sich einschätzte.

„Es muss nicht besonders gefährlich sein", murmelte er.

Charlotte wartete.

Er sah über die Schulter hinweg zu ihr herüber, einen sorgenvollen Ausdruck auf dem zerfurchten Gesicht. „Sie brauchen sich nur ein paar Anschriften einzuprägen und diese auf einem Ball oder einer ähnlichen Veranstaltung im Vorübergehen zu wiederholen."

Sie nickte eifrig.

„Unsere Verschwörergruppe ist sehr klein. Man würde höchstens zwei- oder dreimal im Jahr an Sie herantreten."

„Ich verstehe."

Er wandte sich um und blickte ihr geradewegs in die Augen. „*Nicht besonders* gefährlich und *nicht* gefährlich ist allerdings keineswegs dasselbe. Ein gewisses Risiko wäre in jedem Fall dabei."

„Ich bin bereit, es einzugehen."

„Doch bin ich bereit, es Ihnen aufzubürden?"

Sie nahm ihm die Antwort ab. „Ja."

Der Abt versank in nachdenkliches Schweigen, und Charlotte unterbrach seine Gedanken nicht, denn sie wusste, dass es ein Fehler wäre, ihn jetzt zu bedrängen. Schließlich stieß er einen tiefen Seufzer aus. „In Ordnung, Miss Nash. In Ordnung."

Ein zufriedenes Lächeln erschien auf Charlottes Lippen. „Vielen Dank."

„Nein, mein Kind. Danken Sie mir nicht. Ich wandle auf einem schmalen Grat, und mein Gewissen plagt mich unaufhörlich.“ Mit einem abermaligen Seufzer streckte er die Hand nach einem dicken, in Leder gebundenen Buch aus, das in einem Regal über seinem Kopf stand. „Aber da es nun beschlossene Sache ist, dass Sie die Rolle der Vermittlerin spielen werden, können Sie ebenso gut einen meiner Agenten kennenlernen: den Verfasser dieses Briefs.“

Er zog mit einem kräftigen Ruck an dem Buch, das er umschlossen hielt. Charlottes Augen weiteten sich vor Staunen, als sich ein Teil des Regals wie von Geisterhand öffnete und den Blick auf einen Geheimgang freigab, der von einer einzigen Laterne spärlich erhellt wurde.

„Kommen Sie“, rief der Abt.

Charlottes Herz pochte heftig. Sie war im Begriff, dem Mann zu begegnen, der so lange standgehalten hatte – und der die Mission fortsetzte, die vor so vielen Jahren begonnen worden war. Ein Mann von innerer Überzeugung und tiefer, unerschütterlicher Loyalität. Für Charlotte war er bereits ein edler Held, auch wenn die Jahre der Arbeit im Untergrund und in steter Gefahr ihn gewiss hart und misstrauisch hatten werden lassen …

„Kein Grund, so zu brüllen, Pater!“ Ein junger Mann trat aus dem Halbdunkel. Sein schmales, markantes Gesicht wurde von ungewöhnlich langem braunen Haar umrahmt, und die gefährlich aussehende Narbe auf seiner linken Wange verschwand beinahe unter einem dunklen Stoppelbart. Er trug ein schmutziges Hemd, sein weiter Mantel war an den Ärmelaufschlägen zerschlissen, und die Hosen, die sich um seine schmalen Hüften und den flachen Bauch schmiegten, wirkten auf seltsame Weise unanständig. In seinem sonnengebräunten Gesicht blitzte ein Lächeln auf.

„Das ist … Dand Ross“, sagte Pater Tarkin und blickte Charlotte erwartungsvoll an.

Sie hätte ihn nicht als einen der drei jungen Schotten wiedererkannt, die vor drei Jahren ins Haus ihrer Eltern nach York gekommen waren. Doch damals hatte sie nur Augen für Ramsey Munro gehabt, der ihr erschienen war wie ein dunkler Engel und der noch dazu gerade erst aus fast zweijähriger Gefangenschaft in einem französischen Kerker befreit worden war.

Dieser Mann hier wirkte geradliniger, hagerer, beunruhigender. Als ihre Blicke sich trafen, gefror das Lächeln auf seinen Lippen. Charlotte verspürte ein seltsames Flattern in der Herzgegend, so, als schlügen Flügelschwingen wie rasend gegen ihre Rippen. Sie trat unwillkürlich einen Schritt vor und öffnete den Mund. Um zu lächeln? Um ihn zu begrüßen?

In den rauchigen Tiefen seiner Augen flackerte etwas auf.

„Nun, was haben wir denn da?", fragte er gedehnt. „Ich wusste gar nicht, dass Sie neuerdings auch weibliche Waisenkinder aufnehmen, Pater. Doch offenbar ist das der Fall, denn warum sonst würde dieses arme Ding ein Kleid tragen, das ihm mindestens zwei Nummern zu klein ist und so fadenscheinig, dass man hindurchsehen kann?"

So viel zum Thema edler Held, dachte Charlotte.

* * *

Frankreich, Spätherbst 1788

„Muss ich wirklich mit Mr. Johnstone gehen, Madame?", fragte der Junge, den Blick auf seinen englischen Hauslehrer gerichtet. In seiner Stimme lag keine Furcht, doch auch keine echte Hoffnung darauf, seine Mutter von ihrem Vorhaben abbringen zu können. Jeremy Johnstone wusste den Versuch seines Zöglings dennoch zu würdigen.

„Ja. Es ist alles vorbereitet." In den Worten der Dame im

Samtkleid schwang nicht der Hauch einer mütterlichen Regung mit. Sie legte die Hände auf die Schultern des Knaben und blickte über dessen Kopf hinweg in Jeremys Gesicht. „Er ist ein kluger Junge und sehr reif für sein Alter. Er wird Ihnen nicht zur Last fallen."

Sie spähte unentwegt über die Schulter und verriet damit, dass sie es kaum erwarten konnte, den Handel zum Abschluss zu bringen und sich von dem Knaben zu verabschieden.

„Ich werde mit meinem Leben für seine Sicherheit einstehen, Madame. Ihr Vertrauen ehrt mich sehr." Jeremy verneigte sich tief über die ausgestreckte Hand der Dame. Nie zuvor war er seiner Dienstherrin so nahe gewesen. Seit er vor drei Jahren nach Frankreich gekommen war, um sich der Erziehung ihres kleinen, bescheiden wirkenden Sohnes anzunehmen, hatte ihre Kommunikation in dem großen Haushalt stets über Dritte stattgefunden.

Er betrachtete sie verstohlen und versuchte, Ähnlichkeiten zwischen Mutter und Sohn zu entdecken. Doch es gab nur wenige. Ihr Gesicht war rundlich und hübsch, aber in ihrem Ausdruck lag eine eiserne Entschlossenheit, die sich noch nicht in den kindlichen Zügen ihres Sohnes wiederfand.

Er war ein braver, aufgeweckter Junge und ein geborenes Sprachtalent. Bereits jetzt konnte er sich ohne jeden Akzent auf Englisch verständigen. Jeremy mochte ihn nicht nur, er bewunderte ihn auch ob seiner inneren Stärke. Die tapfere Gefasstheit, die sein Zögling angesichts derart großer Umwälzungen an den Tag legte, rührte ihn zutiefst.

Er vermutete, dass die Umwälzungen – nur wenige Wochen zuvor war Grenoble von Aufständen erschüttert worden – der Grund dafür waren, dass diese Dame aus dem Hochadel beschlossen hatte, ihren einzigen Sohn zu Freunden nach Schottland zu schicken, bis sich die Lage in Frankreich wieder beruhigt hatte. Jeremy wusste, dass der Junge klaglos tun würde, was seine Mutter verlangte. Der Kummer auf seinem Gesicht war jedoch nicht zu übersehen. Er würde alles zurücklassen müssen, was ihm lieb und vertraut war. Jeremy empfand Mitleid mit ihm. „Ähm."

Die Dame löste den Blick von ihrem Sohn und schaute ihn kühl an. „Was gibt es, Master Johnstone?"

„Vielleicht ist dies gar nicht nötig, Mylady? Der König wird sicher ..."

„Der König ist ein Narr, und seine Gemahlin übertrifft ihn noch an Torheit. Dies wird kein gutes Ende nehmen, und wenn Seine Majestät sich weigert, zur Kenntnis zu nehmen, was in meinen Augen offensichtlich ist, werde ich meinen Sohn nicht seiner Blindheit opfern. Nein! Der Junge geht nach Schottland."

„Sehr wohl, Madame." Jeremy verbeugte sich erneut tief.

Seine adlige Dienstherrin vollführte eine ungeduldige Handbewegung, und sofort kam einer der im Hintergrund wartenden Lakaien mit einem prall gefüllten Geldbeutel herbeigeeilt. Sie nahm den kleinen Sack aus Samt in Empfang und reichte ihn an Jeremy weiter. „Das dürfte mehr als genug sein für meinen Sohn und Sie. Darin befindet sich außerdem ein Brief an meine Freunde, in dem ich sie bitte, sich meines Kindes anzunehmen. Ich vertraue Ihnen dieses Schreiben an mit dem ausdrücklichen Wunsch, es meinen Freunden in Schottland auszuhändigen, wenn Sie meinen Sohn zu ihnen bringen." Zum ersten Mal huschte ein Ausdruck der Besorgnis über ihre glatte Stirn. „Ich wünschte, ich hätte Zeit gehabt, sie von meinen Absichten zu unterrichten, doch ... die Lage wird von Tag zu Tag heikler. Ich wage nicht, noch länger zu warten."

Sie beugte sich hinab, bis ihr Gesicht auf gleicher Höhe mit dem ihres Sohnes war. Standhaft erwiderte der Junge ihren Blick. Sie berührte seine Schulter, und als der Knabe sich kaum merklich vorbeugte, erkannte Jeremy, wie gern sein Zögling sich in die Arme seiner Mutter geschmiegt hätte. Doch er tat es nicht und blieb stattdessen schweigend stehen.

„Vergiss nicht, wer du bist, mein Sohn. Vergiss niemals, wer du bist oder was von dir erwartet wird."

„Nein, Madame", versprach er feierlich. „Das werde ich nicht."

1. KAPITEL

Culholland Square, Mayfair
14. Juli 1806

„Nun, Mr. Robinson, wenn Sie Ihren Blick ausnahmsweise einmal von meinem Dekolleté lösen könnten, um mir ins Gesicht zu sehen, würde es Ihnen gewiss leichter fallen zu erraten, was ich bei unserem Spiel nachahme“, sagte Charlotte. Der rotschopfige junge Mann, Erbe eines riesigen, durch Handel erworbenen Vermögens und seit einer Woche stolzer Träger eines Adelstitels, den er allerdings, so munkelte man, auf nicht ganz einwandfreie Weise erworben hatte, errötete bis zu den Haarwurzeln.

Charlotte kannte kein Erbarmen. Der mehlgesichtige Emporkömmling hatte ihr auf den Busen gestarrt, seit er in Begleitung der jungen Leute eingetroffen war, die Charlotte zu Gesellschaftsspielen und Erfrischungen in ihr Stadthaus eingeladen hatte – ihr erstes „Zuhause“, seit sie sich im vornehmen Londoner Stadtteil Mayfair niedergelassen hatte. Ein skandalöser Schritt, denn sie war unverheiratet und lebte allein.

Da Lady Welton als Anstandsdame zugegen war, ging alles höchst sittsam und schicklich zu, auch wenn sie bereits vor Stunden an einem sonnigen Fleckchen eingedöst war. Wenigstens hatte es sittsam und schicklich zugehen *sollen,* verbesserte Charlotte sich im Stillen, nachdem ihr Gewissen sich zu Wort gemeldet hatte. Allerdings war offenbar nie etwas, das sie tat, so schicklich, wie man es angesichts ihrer Herkunft, ihrer reizenden Art und ihres vornehmen Umgangs hätte vermuten sollen, denn schließlich war sie die Schwägerin von Ramsey Munro, Marquis of Cottrell, und des berühmten Colonel Christian MacNeill. Und genau das machte einen Großteil ihrer Anziehungskraft aus, wie Charlotte völlig richtig erkannte. In ihrem charmanten Kreis konnten Dinge gesagt werden, die man anderswo nicht zu äußern wagte, die Kleider der Damen waren modischer und eine Spur gewagter als üblich. Bisweilen wurden ein paar Takte des berüchtigten Walzers vorgeführt, es wurde viel gelacht, und Charlotte brachte ihre Verehrer regelmäßig mit schlagfertigen Antworten in Verlegenheit, wozu den meisten anderen jungen Mädchen der Mut fehlte. Ihre Zurechtweisung des glotzäugigen Mr. Robinson entlockte den weiblichen Gästen ein glucksendes Kichern, während die männlichen Besucher in schallendes Gelächter ausbrachen.

„Verzeihung, ich weiß gar nicht, wo ich mit meinen Gedanken war", stammelte Mr. Robinson.

„*Denken* ist in diesem Fall wohl nicht ganz der passende Ausdruck, finden Sie nicht?", fragte Charlotte in zuckersüßem Ton, womit sie abermals für lautstarke Belustigung bei den Zuhörern sorgte. „Kommen Sie, mein Freund, lassen Sie uns einmal üben, wie man einer Dame ins Gesicht schaut. Nein, nein, nein, nicht nur auf meine Lippen, auf mein ganzes Gesicht! Sehen Sie? Zwei Brauen, ein Augenpaar von seltsamer Farbe, eine gewöhnliche Nase und ein etwas zu energisches Kinn. Ah, so ist es gut. Na also, es geht doch."

Die Damen und Herren, die allesamt als die leichtlebigsten jungen Leute der feinen Gesellschaft galten, applaudierten wohlwollend. Und Mr. Robinson, ebenso fest dazu entschlossen, in ihren Kreis aufgenommen zu werden, wie dazu, Miss Nash zu gefallen, brachte genug Selbstbewusstsein auf, um über sich selbst zu lachen und sich vor Charlotte und den anderen zu verbeugen.

Nach diesem Intermezzo widmeten sich ihre Gäste wieder dem Scharadenspiel, und Charlotte, der aufgefallen war, dass die gläserne Schüssel mit der Punschbowle sich bedenklich geleert hatte, ging hinaus, um nach einem Dienstmädchen Ausschau zu halten. Sie war nicht weiter als bis zur Küchentür gekommen, als eine männliche Stimme in atemlosem Ton nach ihr rief.

Sie wandte sich um, nur allzu gut wissend, was sie erwartete. Doch es war nicht Mr. Robinson. Es war Lord LeFoy. Der hochgewachsene, rotblonde Lord LeFoy. Nun, das war in der Tat eine Überraschung! Sie hatte geglaubt, er hätte um ein Haar um die Hand der jungen Miss Henley angehalten.

„Miss Nash", flüsterte er, während er mit ausgestreckten Armen auf sie zukam. Charlotte wartete höflich. Um nicht ins Leere zu greifen, ließ er die Hände sinken, da Charlotte keinerlei Anstalten machte, ihm die ihren zu reichen.

„Ja?"

„Ich muss einen Augenblick Ihrer Zeit in Anspruch nehmen."

„Ja."

„Allein."

Sie ließ den Blick vielsagend durch den menschenleeren Flur wandern.

„Ja."

Er runzelte die Stirn. Offenkundig nahmen die Dinge einen anderen Verlauf, als er es sich erhofft hatte. Armer Lord LeFoy! Doch wenn es um Charlotte und die Männer ging, nahmen die Dinge meistens einen anderen Verlauf als erhofft. Jedenfalls für die Männer.

„Sie wünschen mir etwas vertraulicher Natur mitzuteilen?", half sie ihm auf die Sprünge.

„Jawohl", erwiderte er heftig nickend. „Jawohl. Ich … ich …"

„Ja?"

„Ich bete Sie an!"

„Ah."

Er griff nach Charlottes Hand, hob sie an seine Lippen und drückte einen glühenden Kuss auf den zarten Stoff ihres Handschuhs. „Ich bin Ihr ergebener Diener. Verlangen

Sie von mir, was Sie wollen, ich werde es tun. Ich stehe Ihnen mit Leib und Seele zur Verfügung. Ich bete Sie an, mein Engel, meine Teufelin."

„Wie Luzifer?", fragte Charlotte und ließ die Hand wie ein lebloses Stück Fleisch in der seinen ruhen. Ihn zu ermutigen, wäre wirklich zu grausam, und ihr haftete ohnehin bereits der Ruf an, herzlos zu sein. Außerdem mochte sie die Henleys. Die Heirat ihrer Tochter mit Lord LeFoy würde sie von vielen Sorgen befreien.

„Äh?" Lord LeFoy blinzelte wie eine alte Eule.

„Engel und Teufel. Wenn ich mich recht entsinne, gibt es nur ein Wesen, das beide in sich vereint, und das ist Luzifer."

„Ah! Ja. Nein. Ich wollte sagen, dass Sie ein Engel sind, dass mich Ihre Engelsgleichheit jedoch verhext, teuflisch verwirrt." Er schien recht zufrieden mit seiner Erklärung. „Sie müssen die Meine werden!"

„Du liebe Güte. Machen Sie mir etwa einen Antrag, Lord LeFoy? Das wäre mir nämlich, mit Verlaub, gar nicht recht. Ich mag Sie, verstehen Sie? Und ich würde Ihnen arge Kopfschmerzen bereiten, wenn es zu einer Hochzeit kommen sollte." Als sie den verständnislosen Ausdruck auf seinem Gesicht sah, seufzte sie leise.

„Erlauben Sie, dass ich Ihnen meine Untugenden aufzähle", bat sie freundlich. „Ich bin von Natur aus kein treuer Mensch. Eifersucht und Besitzdenken jeglicher Art sind mir ein Gräuel. Vermutlich würde ich heftig und auf skandalöse Weise reagieren, falls ich damit belästigt würde. Außerdem liebe ich den Luxus, und mein Unterhalt wäre zweifellos eine höchst kostspielige Angelegenheit. Und schließlich habe ich weder im Augenblick noch in absehbarer Zukunft den Wunsch, Nachkommen in die Welt zu setzen." Sie setzte ein entzückendes Lächeln auf.

Lord LeFoys ohnehin große Augen wurden noch größer. Charlotte konnte förmlich sehen, wie sein Verstand versuchte, die Oberhand über seine Gefühle zu gewinnen. Doch wenn es einen Mann heftig nach etwas oder jemandem verlangt, zieht die Vernunft meist den Kürzeren.

„Das ist mir gleich. Ich vergöttere Sie!"

„Natürlich tun Sie das", entgegnete Charlotte und tätschelt seine Hand, die noch immer ihre Rechte umklammert hielt. „Doch es kommt nicht darauf an, was Sie *fühlen*, sondern darauf, was das Beste für Sie ist. Ich könnte es nicht ertragen, wenn Ihre Verehrung sich in Verdruss verwandelte. Verdrossene Menschen ermüden mich. Und sie *würde* sich in Verdruss verwandeln. Und Ihr Vater …?" Die Vorstellung, der lüsterne alte Earl of Mallestrough könne ihr Schwiegervater werden, entlockte Charlotte ein Lachen. „Vermutlich müsste ich jedes Mal, wenn Sie aus dem Haus gingen, meine Schlafzimmertür vor ihm verriegeln. Keine guten Voraussetzungen für trautes Eheglück, finden Sie nicht auch?"

Bei der Erwähnung seines Vaters erstarrte Lord LeFoy. Doch er achtete Charlotte genug, um ihrer Einschätzung seines alten Herrn nicht zu widersprechen.

„Nein, nein", fuhr sie fort. „So, wie es jetzt ist, ist es für uns beide am besten. Sie beten mich an, und ich sonne mich in Ihrer Verehrung. Sehr romantisch. Und viel zivilisierter, denn auf diese Weise braucht weder Ihre Zuneigung zu mir noch mein Genießen derselben Einfluss auf unser Leben zu nehmen. Sie werden Maura Henley heiraten, die eine reizende Braut und eine gute Mutter Ihrer Kinder sein wird. Sie wird niemals Ihre Siebensachen aus Ihrem Zimmer schleudern noch Ihnen eine Szene bei ‚Almacks' machen. Sie werden sehr glücklich sein. Um meiner Eitelkeit willen bitte ich Sie jedoch, dann und wann sehnsuchtsvoll zu seufzen, wenn wir einander in der Öffentlichkeit begegnen, damit ich mich daran erfreuen kann."

„Sie würden mir eine Szene bei ‚Almacks' machen?", flüsterte er entsetzt.

„Oh, das ließe sich früher oder später nicht vermeiden, glauben Sie nicht?“, fragte sie zuckersüß und neigte in gespielter Unschuld den Kopf.

Der junge Lord ließ ihre Hand los. „Bei Gott, ja. Das würden Sie tun. Das *werden* Sie tun!“

„Nun, bevor die anderen sich fragen, was Sie und ich wohl die ganze Zeit hier draußen treiben, sollten Sie besser wieder hineingehen, während ich mich um die Punschbowle kümmere“, sagte sie vergnügt.

Er schluckte, wandte sich ab, zögerte und drehte sich dann abermals zu ihr um. „Äh … danke, Miss Nash. Sie sind eine sehr … vernünftige Frau.“

Sie beugte sich zu ihm und flüsterte: „Erzählen Sie das bitte niemandem.“

Lord LeFoy nickte, ebenso begierig darauf, sich zu verabschieden, wie er einige Minuten zuvor gewesen war, ihr einen Heiratsantrag zu machen. Die Augen gen Himmel gerichtet, murmelte sie ein Dankgebet, als ihr abgewiesener Verehrer mit hastigen Schritten im Empfangszimmer verschwand.

Charlotte wollte ihren Weg in die Küche soeben fortsetzen, als ihr Dienstmädchen erschien, eine kecke, gescheite junge Frau namens Lizette. „Ich bitte um Verzeihung, Miss Nash, doch da ist ein … Mann, der darauf besteht, Sie zu sehen.“

Ein Mann. Kein Gentleman. Und kein Hausierer, denn um den hätte Lizette sich selbst gekümmert. Charlottes Neugier war geweckt.

„Wer ist dieser Mann?“

„Er sagt, er sei ein Diebesfänger, Miss Nash, und bringe Nachrichten bezüglich einiger Schmuckstücke, die er wiederbeschafft habe.“ Lizette verzog bestürzt das hübsche runde Gesicht, während sie ihr Gedächtnis nach Erinnerungen an abhandengekommene Pretiosen durchforstete. Sie wurde nicht fündig, was zweifelsohne daran lag, dass ihre Dienstherrin kein einziges Geschmeide vermisste. Charlottes Herz pochte mit einem Male heftiger, und sie spürte, wie ihr ein heißer Schauer den Rücken hinablief.

„Wo ist er?“

„Ich wusste nicht recht, wohin mit ihm, also habe ich ihn ins Damenzimmer gebeten, Miss.“

„Sehr gut“, entgegnete Charlotte. „Erklären Sie meinen Gästen bitte, dass ich eine Weile fort sein werde.“

Mit diesen Worten wandte sie sich ab und ging den Flur entlang, bis sie vor der Tür des Damenzimmers stand. Ein letzter tiefer Atemzug, dann drückte sie die Klinke hinunter und trat ein.

Ihr Herz klopfte noch immer wie rasend.

„*Diebesfänger?*“ Charlotte ging belustigt um ihren Lieblingssessel herum, auf dem Dand Ross sich ungeniert flegelte, die Beine von sich gestreckt, die schweren Stiefelabsätze auf die blitzblanke Oberfläche ihres mit Einlegearbeiten verzierten Lieblingstisches gelegt. Sein unerwarteter Besuch erfüllte sie mit freudiger Erregung, doch das würde sie ihm natürlich niemals sagen. Er würde sich etwas einbilden darauf oder, schlimmer noch, es amüsant finden. Dass sie so empfand, lag nur an jener Aura der Verwegenheit, die ihn stets umgab.

Charlotte hatte nicht geahnt, dass der Ruch der Verwegenheit so … anziehend auf sie wirken würde, als sie in Dand Ross’ Schattenwelt eingetaucht war. Doch sie konnte diesen Reiz weder leugnen noch ihm widerstehen. Niemals jedoch würde sie ihm zu erkennen geben, wie sehr sie sich auf seine unangemeldeten Besuche freute.

Sie legte nachdenklich einen ihrer tadellos manikürten Fingernägel an die Lippen, als brüte sie über einem Scherzrätsel, beugte sich dann vor und zog kaum merklich die Nase kraus. Eine plötzliche Eingebung ließ ihr Gesicht erstrahlen.

„Ich hab's! Lizette muss Sie missverstanden haben. Sie haben bestimmt *Rattenfänger* gesagt."

Er hob die Lider mit den dichten braunen Wimpern und sah zu ihr auf. „Wissen Sie, Charlotte", bemerkte er versonnen, „heutzutage trägt man tatsächlich Mieder in Paris, statt lediglich eine solche Möglichkeit gutzuheißen."

Sein Blick wanderte zu ihrem gewagten Dekolleté hinab, dann hob er den Kopf und schaute ihr geradewegs in die Augen. Sie erwiderte seinen Blick mit vollendetem Gleichmut. Falls er erwartet hatte, sie in Verlegenheit zu bringen, hatte er sich getäuscht. Mehr Männer, als Charlotte zählen konnte, hatten ihr auf den nicht einmal besonders üppigen Ausschnitt gestarrt, ohne dass ihr auch nur die zarteste Röte in die Wangen gestiegen war.

Außerdem hatte Dand Ross sie seit ihrer ersten Begegnung und den Dutzenden von Treffen danach des Öfteren mit gespieltem Verlangen geneckt, seinen kühnen Worten jedoch nie Taten folgen lassen. Er war ein vollendeter Profi: unnahbar, spöttisch, unverbindlich.

Sie betrachtete ihn aufmerksam, während er ein Glas Rotwein leerte. Die Jahre hatten auch ihn stattlicher, kräftiger und härter werden lassen, doch er besaß noch immer diese lockere, lässig-geschmeidige Anmut, die man bei mancher Katze beobachten konnte.

Schwarzbraunes Haar, verwegen blickende braune Augen, ein schmales Gesicht mit breitem Mund und wohl geformten Lippen sowie ein kantiges Kinn, das zurzeit unter einem dichten Bart verborgen war, ebenso seine Narbe – all das erinnerte an einen Piraten. Auch wenn Dand mit Nachdruck behauptete, diese Narbe sei die Folge eines Sturzes von der Leiter beim Äpfelstehlen und nicht etwa die eines Duells, wie Charlotte zunächst vermutet hatte.

Sollte sie ihm das abnehmen? Charlotte war nicht sicher, was sie tatsächlich über Dand wusste und was er lediglich versuchte, sie glauben zu machen. Seine eigenen Ansichten und Gefühle – falls er welche hatte – hielt er sorgsam verborgen.

„Tatsächlich?“, entgegnete sie in zuckersüßem Ton. „Nun, wir befinden uns im Krieg und sind durch Napoleons Seeblockade von unseren Handelspartnern in Übersee abgeschnitten. Ich betrachte es daher als meine patriotische Pflicht, dafür zu sorgen, dass mein Schneider unsere Wirtschaft nicht über Gebühr durch verschwenderischen Gebrauch von Stoff belastet.“

„Welch beeindruckende Vaterlandsliebe, Charlotte“, entgegnete Dand trocken. „Ihre Opfer machen mich sprachlos. Oder sollte ich ‚Opfer‘ besser in der Einzahl benutzen? Es hat nicht den Anschein, als ob Sie auf allzu viele Annehmlichkeiten verzichten würden.“

Sein spöttischer Blick schweifte durch den geschmackvoll eingerichteten Salon, wanderte über die schieferblauen Wände und das kostbare Mobiliar: die zierlichen, mit blauer Seide bezogenen Polstersofas mit ihren schönen kannelierten Beinen, die eleganten Sessel, die mit edlem, jonquillefarbenem Brokat bezogenen Kissen. Schließlich fesselte ein üppiger Strauß gelber Rosen und weißer Gardenien, der in einer riesigen chinesischen Vase auf einem mit Japanlack überzogenen Beistelltisch stand, seine Aufmerksamkeit.

„Gelbe Rosen?“

„Sie erkennen sie wieder.“

„Oh ja.“ Seine Stimme klang leise. „Ich habe sie mit meinem Blut genährt. Woher haben Sie sie?“

„Sie stammen aus dem Rosenstock, den Sie und Ihre Gefährten uns vor so vielen Jahren mitbrachten. Ich habe Ableger davon aus York mit nach London genommen, damit sie mich an die guten alten Tage erinnern. Zuerst ins Stadthaus der Weltons und nun hierher“, erklärte Charlotte. „Sie sollten einmal sehen, welches Aufsehen ich errege, wenn ich sie im Haar trage oder jenes Kleidungsstück mit ihnen schmücke, das ich – offenbar zu Unrecht – für mein Mieder halte.“ Sie lächelte schelmisch. „Ich mag es, auf diese Weise Aufmerksamkeit zu erregen. Außerdem passen sie zur Dekoration“, fügte sie hinzu und ließ den Blick zufrieden durchs Zimmer schweifen.

„Neue Anschrift, neue Wandfarbe, neue Möbel“, murmelte Dand, während er ihrem Blick folgte. „Man muss sich allerdings fragen, ob sich das schickt: eine junge Frau, die allein lebt …“

„Oh, vermutlich nicht“, entgegnete Charlotte schlagfertig. „Doch was kümmern mich Schicklichkeit und Anstand, wenn sie mich nur einschränken und mich daran hindern, Ihnen und Ihren Verbündeten so nützlich zu sein, wie ich es jetzt bin, nämlich allein?“

„Was für ein praktisch denkendes Mädchen Sie doch sind, Charlotte. Aus Ihnen ist eine ziemlich resolute junge Dame geworden, nicht wahr?“

„Ich hoffe es.“

„Und wie viele Herzen haben Sie diese Woche gebrochen, grausame kleine Miss Nash?“, entgegnete er mit einem Grinsen.

„Herzen?“ Sie überlegte. „Keines. Stolz? Den des einen oder anderen Verehrers gewiss.“

„Arme Kerle.“ Dand stellte das Weinglas zu seinen Füßen ab, lehnte sich zurück und wippte auf den hinteren Stuhlbeinen, die Hände über dem flachen, muskulösen Bauch verschränkt.

Nach all diesen Monaten kam Charlotte noch immer nicht über die erstaunliche Tatsache hinweg, dass *er* einer von Englands besten Geheimagenten war. Es erschien ihr so unwahrscheinlich. Verrufen, gewissenlos und gefährlich – sie konnte nicht glauben, dass der erste Eindruck, den sie damals in Pater Tarkins Bibliothek von ihm gewonnen hatte, so falsch gewesen war.

Damals hatte es einen Moment gegeben, noch ehe ein Wort zwischen ihnen gefallen war, da ihre Blicke einander begegnet waren, einen Augenblick, der ihr Herz und ihren Atem hatte stocken lassen. Die Zeit war stehen geblieben, und sie hatte das Gefühl gehabt, sich niemals mehr aus dem Bann seines strahlenden, wilden Blickes lösen zu können. Dann jedoch hatte er das Wort an sie gerichtet, sie zurückgewiesen und jenen Moment inniger Verbundenheit zerstört. Ach ja … Es war ohnehin alles nur Einbildung gewesen. Es gab keine geheimen Bande zwischen ihnen, keine tiefere Beziehung. Es gab ein Ziel und eine Verpflichtung, und das war mehr als genug, um dem Leben Halt zu geben.

„Dennoch, etwas muss Sie zu Ihrem Umzug bewogen haben“, hakte Dand nach. „Was ist geschehen, Charlotte? Haben Sie schließlich doch noch einen gesellschaftlichen Fauxpas begangen, über den nicht einmal Lord und Lady Welton hinwegsehen konnten? Haben Sie bereits am Vormittag Diamanten getragen? In einem Monat zweimal dasselbe Kleid angezogen?“, fragte er spöttisch. „Sagen Sie's mir! Was haben Sie angestellt, dass die Weltons den Haustürschlüssel vor Ihnen versteckt haben?“

„Gar nichts. Maggie Welton hat einfach nur die Dreistigkeit besessen zu heiraten“, entgegnete sie leichthin. „Und ihr Ehemann, dieser unglückselige Wicht, hat sich geweigert, mich weiterhin bei ihnen wohnen zu lassen. Stellen Sie sich diese Frechheit vor.“

Dand grinste. „Wie taktlos von ihm.“

„Genau“, bekräftigte sie in spitzem Ton. „Doch dank des Feingefühls, das andere …“, sie schielte zu ihm hinüber, „nur vom Hörensagen kennen, kam ich zu dem Schluss, dass dies der geeignete Zeitpunkt sei, meinen lieben Freunden, den Weltons, Lebewohl zu sagen und mich in meinen eigenen vier Wänden einzurichten. Zum Glück bin ich dank der Mittel, die Kate und Christian mir überlassen haben, sehr gut in der Lage dazu.“

Dands Blick glitt über ihr neues Kleid und verweilte auf dem feinen Kaschmirtuch, das sie um die Schultern trug, und den matt schimmernden Perlenohrringen. „Die Summe war offenbar großzügiger bemessen, als ich dachte."

Sie lächelte unverbindlich. Er hatte keine Ahnung.

„Wenn wir schon von Ihrem Erbe sprechen, welche Neuigkeiten haben Sie von Colonel und Mrs. MacNeill?", wollte Dand wissen. „Und der schönen Helena und dem ebenso schönen Ramsey, natürlich."

Als er den Namen ihrer ältesten Schwester erwähnte, der neuen Marchioness of Cottrell, zögerte Charlotte. Helenas letzter Brief war recht kurz gewesen, und aus jeder Zeile hatte das angestrengte Bemühen gesprochen, das extravagante Benehmen der Jüngsten weder zu tadeln noch infrage zu stellen. Charlotte konnte von Glück sagen, dass ihre andere Schwester Kate mit dem Regiment ihres Ehemanns in fernen Ländern weilte und wenig von dem Klatsch und Tratsch hörte, der Helena zu Ohren kam.

„Es gibt keine besonderen Neuigkeiten", entgegnete sie. „Helena und Ramsey bereiten sich auf ihre Abreise aus Jamaika vor, wo Ram eine der Pflanzungen des alten Marquis' aufgelöst hat. Sie müssten noch diesen Monat in London eintreffen. Kate und Christian sind auf dem Festland."

„Und glauben sie noch immer alle, ich sei ein Mörder?"

Auf diese Frage war Charlotte nicht vorbereitet. Ihr war nicht bewusst gewesen, dass Dand etwas daran lag, was seine ehemaligen Gefährten von ihm dachten. Etwas auf die Meinung anderer Menschen zu geben, bereitete nur schlaflose Nächte und trübte das klare Denkvermögen. Diese Lektion hatte sie von Dand gelernt. Zu viele Nächte hatte sie wach gelegen und sich mit den Gedanken daran gequält, welchen Gefahren er sich bei seiner Rückkehr nach Frankreich aussetzte oder welchen er jüngst entronnen war, wenn er an ihrer Tür klopfte. Damit die entsetzlichen Bilder, die ihre Vorstellungskraft heraufbeschwor, sie nicht um den Verstand brachten, hatte sie sich schließlich gezwungen, gar nicht mehr an ihn zu denken.

Doch nun war er hier und erkundigte sich nach der Meinung der anderen „Rose Hunters". Es war unerwartet. Es zeigte, dass auch er nur ein Mensch war und sein Herz nicht gefeit gegen Schwächen aller Art. Sie hatte Dand Ross stets für völlig unempfindlich in Gefühlsdingen gehalten. Nun wusste sie es besser.

„Das kann ich nicht sagen. Sie vertrauen sich mir nicht an. Vergessen Sie bitte nicht, dass ich mich als vergnügungssüchtige Müßiggängerin viel zu sehr für meine eigenen Angelegenheiten interessiere, um auch nur einen Gedanken an andere Menschen zu verschwenden."

„Sie klingen ein wenig verbittert", bemerkte er.

Tat sie das? Hoffentlich nicht. Der Gedanke, sie könne es ihren Schwestern insgeheim verübeln, dass diese sie tatsächlich für so oberflächlich hielten, wie sie sich gab, missfiel ihr zutiefst. Dennoch ... Bisweilen wünschte sie wider jede Vernunft, ihre Schwestern würden an ihren guten Charakter glauben, aller gegenteiligen Beweise zum Trotz. „Aber nein", entgegnete sie nicht ganz aufrichtig. „Ich versuche nur, es Ihnen gleichzutun, Dand."

Er hob herausfordernd den Kopf. „Und wie bin ich?"

„Weltgewandt, mit allen Wassern gewaschen ..." Sie zählte seine Eigenschaften auf. „Ohne Reue, ohne lästige Gewissensbisse, ohne jegliche Bindung und folglich auch ohne jede Verpflichtung, irgendjemandem gegenüber Rechenschaft ablegen zu müssen."

„Und was veranlasst Sie zu dieser recht unschmeichelhaften Einschätzung meines Charakters?", fragte er belustigt.

„Ich finde sie ganz und gar nicht unschmeichelhaft", erwiderte sie ehrlich überrascht. „Mir scheint, dies sind höchst vorteilhafte Eigenschaften."

„Wirklich?", fragte er und kniff halb amüsiert, halb nachdenklich die Augen zusammen. „Doch Sie haben mir noch immer nicht gesagt, warum Sie so von mir denken."

„Nun, Ihre beiden besten Freunde, die zufällig meine Schwager sind, dachten, Sie hätten sie an die Franzosen verraten, den Wärter getötet, der Ihren schändlichen Verrat hätte bezeugen können, und vorgehabt, auch sie umzubringen. Was Ihnen nur deshalb nicht gelungen ist, weil meine Schwester Helena Ihnen einen Degen zwischen die Rippen stoßen konnte, bevor Sie, als Vikar verkleidet, dazu kamen, sie mit dem Ihren zu durchbohren."

„Was für eine lebhafte Schilderung, Charlotte. Vielleicht sollten Sie einen jener schwülstigen Schauerromane schreiben, die im Augenblick so en vogue sind?"

Sie überhörte seine Bemerkung. „Und doch sitzen Sie hier, ungerührt und seelenruhig, als gingen Sie all die hässlichen Verdächtigungen nichts an. Wie schaffen Sie das nur?"

„Ich tröste mich mit dem Wissen, dass ich keine jener Schandtaten begangen habe. Ich besitze tatsächlich ein Gewissen, Charlotte. Es ist zwar alles andere als rein, doch dass ich versucht hätte, meine einstigen Gefährten zu ermorden, muss ich mir jedenfalls nicht vorwerfen. Außerdem würde Pater Tarkin sich für meine Unschuld verbürgen."

„Sie leben allerdings schon lange nicht mehr in der Abtei St. Bride's. Menschen ändern sich mit den Jahren." Sie trat hinter seinen Stuhl und blickte auf sein zerzaustes, von hellbraunen Strähnen durchzogenes Haar hinab. „Woher soll *ich* wissen, dass Sie unschuldig sind?"

Er sah argwöhnisch zu ihr auf.

„Ich habe den Mann nie gesehen, der behauptete, Vikar Tawster zu sein", fuhr sie fort. „Nur Helena kann ihn identifizieren. Alles, was *ich* weiß, ist, dass Sie nach wie vor entschlossen sind, sich Ihren ehemaligen Gefährten nicht zu erkennen zu geben. Und auch meinen Schwestern nicht. Womöglich gibt es einen Grund dafür?"

Er verzichtete auf eine Antwort. Sein kragenloses Hemd war geöffnet und ein wenig verrutscht, sodass Charlotte seine kräftige, sonnengebräunte Schulter sehen konnte. Ein paar Zentimeter weiter, und die berüchtigte Rosentätowierung wäre zum Vorschein gekommen. Zwar hatte Charlotte sie nie gesehen, doch ihre Schwestern hatten ihr von dem schmerzhaften Souvenir erzählt, das der Folterknecht ihren Ehemännern und deren Mitverschwörer Dand Ross im Burgverlies von LeMons in die Haut eingebrannt hatte.

Sie beugte sich hinab, bis ihre Lippen beinahe sein Ohr berührten. Ein leichter Duft nach Seife und Kampfer umgab ihn. Er hielt es nicht einmal für nötig, sich umzudrehen. Keine Frage, er nahm allzu vieles als selbstverständlich hin. Kein Mann der feinen Gesellschaft hatte ihre Aufmerksamkeit je als Selbstverständlichkeit betrachtet. Dand Ross jedoch tat es. Ein Anflug von Boshaftigkeit überkam sie.

„Hinzu kommt noch“, flüsterte sie ihm ins Ohr, „dass Sie sich nach dem Zwischenfall mit Helena und dem Degen monatelang nicht in London haben blicken lassen. Vielleicht zogen Sie sich nach Frankreich zurück, um Ihre Verletzung auszukurieren? Vielleicht“, sie beugte sich über seine Schulter, „tragen Sie die Narbe … hier!“

Charlotte streckte blitzschnell die Hand aus und drückte sie flach gegen seine Rippen. Ehe sie wusste, wie ihr geschah, hatte Dand sie am Handgelenk gepackt und sie mit einem derart kräftigen Ruck über seine Schulter gezogen, dass sie auf seinem Schoß landete. Verwirrt blickte sie in sein finsteres Gesicht, das ihr mit einem Male völlig fremd vorkam. Dand hielt ihre Hand mit eisernem Griff von seinem Körper fort.

Ein Schauder der Furcht durchrieselte sie. Sie hatte nicht gewusst, dass er so stark war und sich so pfeilschnell bewegen konnte … und dass er sie mit derart finsterer Miene anstarren konnte.

Plötzlich begann sie, sich heftig zu wehren, doch Dand vereitelte ihre Befreiungsversuche mit beschämender Leichtigkeit. Während sie miteinander rangen, spürte Charlotte die Hitze seines Körpers an jeder unpassenden Stelle, spürte, wie ihre Haut erglühte und ihre vergessen geglaubte Fähigkeit zum Erröten wiedererwachte. Er bemerkte es nicht einmal.

„Halten Sie mich tatsächlich für einen Mörder?“ In seiner tiefen Stimme lag keine Spur von Belustigung mehr. „Und wenn Sie es tun, wollen Sie dieses Spiel dann wirklich mit mir spielen?“

2. KAPITEL

Charlotte zuckte in seiner Umarmung zusammen. Sie empfand zum ersten Mal leibhaftige Furcht vor ihm. Niemand hatte sie je zuvor gegen ihren Willen festgehalten. Sie wandte das Gesicht von ihm ab, damit er nicht sah, wie tief er sie erschüttert hatte. „Dand …?“

Sofort lockerte sich sein Griff. „Und das, mein Mädchen, wird Sie lehren, gewaltsam Hand an jemanden zu legen.“

Sie hatte gewaltsam Hand an *ihn* gelegt? Charlotte redete sich ein, dass es nur die Angst war, die ihr jenes Herzklopfen verursachte, jene plötzliche Atemlosigkeit, und dass Dand seine Achtung vor ihr verlieren würde, wenn er ahnte, dass etwas so Banales wie ein paar zornige Worte und eine vertrauliche Berührung sie derart aus der Fassung bringen konnten. „Sehr gewaltsam war das nicht.“

„Das kommt auf die Sichtweise an. Gewalt ist alles, was bedrohlich ist, verstehen Sie?“

Sie verstand es nicht. Als ihr bewusst wurde, wie hart sein Körper war, wie muskulös die Arme, die sie noch immer umfangen hielten, und wie nah sein Herz an dem ihren schlug, bewegte Charlotte sich sacht. Dort, wo ihre Haut die seine berührte, fühlte es sich an, als stächen tausend winzige Nadeln in ihr Fleisch. Doch nun, da sie keine Angst mehr hatte, fühlte sie sich … geborgen? Ja. Beschützt.

Es war lange her, dass jemand sich schützend zwischen sie und eine wie auch immer geartete Bedrohung gestellt hatte. Ein schönes Gefühl, so trügerisch es auch sein mochte. Gewiss, Dand würde pflichtschuldig eingreifen, wenn er sie in Gefahr wähnte, doch er war selten in London und daher auch nur selten in der Lage, sie beschützen zu können. Sie würde auf sich selbst aufpassen müssen, wie schon seit Jahren.

Doch sie konnte eine Weile lang die Illusion genießen. Daran war schließlich nichts Verwerfliches, oder?

Charlotte ließ den Kopf an Dands Schulter sinken und schaute zu ihm hoch, in seine braunen Augen. Sein Blick war geheimnisvoll und unergründlich. Trotz der schäbigen Kleidung, die er trug, war sein Körper gewaschen, sein Haar voll und glänzend. Seine Oberlippe war geschwungen, die Unterlippe fest, doch ebenso wohlgeformt. Nur ein sinnlicher Mensch besaß Lippen wie diese. „Ich glaube eigentlich nicht, dass Sie ein Mörder sind."

„Ihr Vertrauen tröstet mich ungemein. Und nun hinunter mit Ihnen, bevor Sie meine Hose zerknittern", befahl er mit seltsam heiserer Stimme und hob Charlotte von seinem Schoß.

Sie wich einen Schritt zurück. Sie fühlte sich abgewiesen, ein Gefühl, das ihr derart lächerlich vorkam, dass sie verzweifelt nach Worten suchte, um ihre Verlegenheit zu überspielen. „Warum sagen Sie Ram und Kit denn nicht, dass nicht Sie der Verräter sind?", fragte sie schließlich. „Pater Tarkin hätte nichts dagegen."

„Weil ich viel zu lange gewartet habe und viel zu viele ..." Er brach jäh ab und fuhr dann in gewollt gleichgültigem Ton fort: „Wenn Kit und Ram dahinterkämen, dass ich die Mission weiterverfolge, die wir damals gemeinsam begonnen haben, würden sie mir auf der Stelle mit gezückter Waffe zur Hilfe eilen, ob ich wollte oder nicht. Entsetzlich ruhmsüchtig, die beiden. Immer schon gewesen."

Charlotte ließ sich nicht täuschen. „Sie schützen sie."

„Nein", widersprach Dand. „Ich schütze, wofür ich, wofür *wir* so lange gearbeitet haben. Ich verspüre keinerlei Verlangen danach, mich für den Rest meines Lebens in französischen Ställen und Garnisonen herumzutreiben, so kurzweilig das bisweilen auch sein mag."

Er erhob sich und ging an Charlotte vorbei hinüber zum Fenster, das einen hübschen Ausblick auf den kleinen Park auf der gegenüberliegenden Straßenseite bot. Seine nächsten

Worte überraschten sie abermals. „Sie haben sich das Haar schneiden lassen."

Charlotte strich mit den Fingern über ihre kurzen roten Locken. „Ja. Und?"

„Es sieht ziemlich gewagt aus. Geradezu liederlich."

„Liederlich?" Es belustigte sie, dieses altmodisch-prüde Wort aus Dand Ross' Mund zu hören. „Oh, ich finde es keineswegs liederlich. Höchstens ein wenig raffiniert vielleicht."

„Und so wollen Sie wirken? Raffiniert?"

Er wandte sich nicht um, während er sprach, sondern blickte weiter zum Fenster hinaus. „Das wird dem Abt ganz und gar nicht gefallen."

„Der Abt hat nicht genug Geheimagenten in seinen Diensten, um wählerisch zu sein. Und ich mache meine Arbeit gut, das können Sie nicht bestreiten."

„Das haben Sie mir oft genug gesagt, und der Abt ebenso, fürchte ich", entgegnete er. „Muss ich annehmen, dass Ihre gewagte Aufmachung irgendwie dazu beitragen soll, sich sogar der Kirche als dienlich zu erweisen?"

„Und England", fügte Charlotte hinzu.

„Und dank Ihrer Raffinesse ist es Ihnen gelungen, sich von der bloßen Mittelsperson zur waschechten Geheimagentin hochzuarbeiten?"

„Das ist nur folgerichtig, finden Sie nicht? Je häufiger ich in gewissen leichtlebigen Kreisen verkehrte, desto mehr Informationen bekam ich. Je mehr ich wusste, desto einfacher wurde es, noch mehr zu erfahren." Ihre Miene verdüsterte sich. „Warum klingen Sie so missbilligend?"

„Ich klinge missbilligend?", fragte er mit einem Lächeln, das sich nicht in seinen Augen widerspiegelte. „Ich wollte lediglich meine Sorge um Ihr Wohlergehen zum Ausdruck bringen. Wie Sie wissen, habe ich Ihrer Familie einen Schwur geleistet, der mich verpflichtet, notfalls dem Tod in den Rachen zu springen, um Ihre hübsche Haut zu retten. Und da ich allerdings sehr an meinem Leben hänge, so armselig es auch sein mag, dachte ich, es könnte genügen, Ihnen ein wenig mit dem Finger zu drohen, bevor Sie sich tatsächlich in Gefahr begeben. Holde Jungfern zu retten ist eine so verflucht zeitraubende Angelegenheit, verstehen Sie?“

Charlotte strich sich kokett mit den Fingern durchs Haar. „Finden Sie meine Haut wirklich hübsch?“

„Sie wissen, dass sie hübsch ist“, entgegnete Dand sachlich. „Es wäre eine jämmerliche Verschwendung, wenn Sie als Würmerfutter enden würden. Nein, das werde ich nicht zulassen. Sie sind die Einzige der Nash-Schwestern, die noch keinen Beschützer hat, der Tag und Nacht auf sie Acht gibt. Sollte Ihnen etwas zustoßen, würde ich das als persönliches Versagen empfinden.“ Er hielt inne. „Ich könnte Sie heiraten.“

Er wartete und nickte dann, als Charlotte lediglich eine ihrer kupferroten Brauen hob. „Nein? Natürlich nicht. Sie müssten eine Närrin sein. Und Sie sind ganz und gar keine Närrin, nicht wahr, Charlotte?“

Statt auf ihre Antwort zu warten, wandte er sich halb von ihr ab. „Dann werden Sie ohne meinen Rund-um-die-Uhr-Schutz auskommen müssen.“

Sie lachte. „Keine Sorge, Dand. Ich werde mich nicht blindlings in Gefahr begeben, und ich habe auch nicht vor, mich in ein Festmahl für Würmer verwandeln zu lassen. So verführerisch der Gedanke auch ist, Ihnen eine gelbe Rose zuzuwerfen und von Ihnen zu verlangen, mich zu heiraten, nur um zu sehen, wie Sie sich winden, so werde ich es dennoch nicht tun. Ich halte lediglich Augen und Ohren auf und überbringe dann die Informationen, die ich auf diese Weise sammle, denjenigen, denen sie am nützlichsten sind.“

„Oho!“ Dand stieß einen leisen Pfiff aus. „Nicht mehr nur Pater Tarkin, sondern ‚denjenigen, denen sie am nützlichsten sind‘. Außer für den Abt arbeiten Sie also noch für jemand anderen?“

Charlotte hatte gewusst, dass sie es ihm früher oder später würde sagen müssen. „Ja", bestätigte sie. „Der Krieg beschert einem ungewöhnliche Verbündete, das haben Sie selbst oft gesagt. Die Beweggründe der katholischen Kirche und der englischen Regierung mögen unterschiedlich sein, ihre Ziele sind es nicht."

Dands Mundwinkel zuckten. „Wie hat er Sie dazu überredet, Dienerin zweier Herren zu werden, Charlotte? Oder war dabei nur wenig *Reden* im Spiel?" Der Blick seiner Augen wurde eisig. „Wer ist er?"

Charlotte runzelte die Stirn. „Wer ist wer?"

„Der Agent der englischen Regierung, den Sie mit Informationen versorgen." Sein Lächeln bekam etwas Wölfisches.

„Es handelt sich nicht um einen ‚er', sondern um eine ‚sie'." Charlotte trat die Flucht nach vorn an. „Ginny Mulgrew."

Es gab keinen Grund, ihm ihren Namen zu verschweigen. Dand war nicht oft in London, und wenn, dann nur für wenige Tage – obgleich er in letzter Zeit häufiger kam und länger blieb. War es … eine Frau, um derentwillen es ihn neuerdings so oft nach London zog? Die Vorstellung versetzte Charlotte einen Stich, und sie schob den Gedanken rasch beiseite.

Er war schlicht lächerlich. Dand hatte ihr gegenüber nie eine Frau erwähnt, in keinem Zusammenhang – und schon gar nicht davon gesprochen, Gefühle für eine Frau zu empfinden. Andererseits hätte er sich ihr gewiss nicht anvertraut, wenn es so wäre, erkannte Charlotte.

Sie wartete. Nach einer Weile wich der finstere Ausdruck aus seinem Gesicht, und er kniff nachdenklich die Augen zusammen. „Ich verstehe. Und wie haben Sie Miss Mulgrew kennengelernt?"

„Mrs. Mulgrew. Ihr Ehemann ist ein Baronet, doch sie leben seit Jahren getrennt."

„Und wie haben Sie Mrs. Mulgrews Bekanntschaft gemacht?“

„Ich erfuhr von einem gemeinsamen Freund, dass sie Erkundigungen über eine Person einholte, die auch mir interessant erschien. Daraufhin bat ich ihn, uns einander vorzustellen.“ Die schlichte Erklärung unterschlug die Tatsache, dass sie sich mit dieser Bitte um ein Haar ins gesellschaftliche Abseits manövriert hätte, denn Ginny Mulgrew war eine stadtbekannte Kurtisane. Doch das brauchte Dand nicht zu wissen.

„Mrs. Mulgrew war ungemein hilfreich. Der Sturz Napoleons liegt ihr ebenso sehr am Herzen wie Ihnen oder mir.“

„Bravo“, sagte Dand, doch es war offensichtlich, dass er in Gedanken ganz woanders weilte. „Der Patriotismus der Dame ist sehr löblich. Doch er sollte meinen Absichten nicht in die Quere kommen.“

„Absichten?“ Das Wort versetzte Charlotte in Alarmbereitschaft. „Sie sind nicht hier, um eine Nachricht zu überbringen, nicht wahr? Sie sind aus einem wichtigeren Grund erschienen.“

Er widersprach ihr nicht.

„Um was geht es? Vielleicht kann ich Ihnen helfen?“

Dand fuhr sich mit den Fingern durchs Haar und nickte. „Ein Brief wurde gestohlen. Sein Inhalt könnte ein geplantes Bündnis zerstören, das geeignet wäre, Napoleons militärischer Expansion auf dem Festland ein Ende zu bereiten.“

„Ein Brief?“, wiederholte Charlotte atemlos. „Ein Brief in einer versiegelten Rolle, der in Paris entwendet wurde?“

„Ja.“ Er ließ die Hand sinken. „Woher wissen Sie das?“

„Weil er hier in London ist. Oder vielmehr der Mann, der behauptet, im Besitz des Schreibens zu sein.“

Mit zwei großen Sätzen war Dand bei ihr, packte sie am Arm und zog Charlotte zum Sofa. Dort drückte er sie ins Polster hinein und nahm neben ihr Platz. „Erzählen Sie mir alles“, drängte er. „Wer ist dieser Mann?“

„Ein gewisser Comte Maurice St. Lyon, ein französischer Royalist, jedenfalls behauptet er das. Er lebt bereits seit mehreren Jahren in England und ist ungemein vermögend, ein Connaisseur und Kunstsammler. Auch wenn offenbar niemand die Quelle seines Reichtums kennt, verfügt er über erstklassige Verbindungen. Uns ist bekannt, dass er Kontakt zu verschiedenen ausländischen Würdenträgern aufgenommen hat, und auch zu Personen, die weder Rang noch Titel besitzen, aber dennoch sehr einflussreich sind. Er befände sich im Besitz eines versiegelten Briefes, hat er sie wissen lassen, der von einem ‚höchst interessanten Bestimmungsort' abgefangen worden sei. Er hat all diese Leute auf seine Burg eingeladen, wo sie in drei Wochen Gelegenheit haben werden, besagten Brief zu ersteigern."

Dand ließ sich gegen die Rückenlehne sinken. „Verflucht!" Eine geraume Weile saß er schweigend da, die Fingerspitzen vor den Lippen aufeinandergelegt. „Wo ist dieser Comte St. Lyon jetzt?", fragte er schließlich.

„Er bereitet sich auf die Abreise zu seiner Burg vor. Sie liegt vierzig Meilen nordwestlich von Sterling. Eine wahre Festung. Der Graf hat ein regelrechtes Heer von Männern zur Bewachung des Gebäudes samt zugehöriger Ländereien angeheuert. Die Umgebung ist öde und menschenleer, von einem Hirtendorf einige Meilen weiter südlich einmal abgesehen. St. Lyon kennt jeden in der Gegend. Ein Neuankömmling würde sofort bemerkt … und auf der Stelle ins Jenseits befördert werden", erklärte Charlotte. Sie nahm damit die Antwort auf Dands Frage vorweg, der wissen wollte, ob bereits ein Spion in die Nachbarschaft eingeschleust worden sei.

„Warum wird der Mann nicht einfach beseitigt?", fragte Dand mit solcher Kaltblütigkeit, dass es Charlotte zum zweiten Mal an diesem Tag schauderte. Dann jedoch rief sie sich in Erinnerung, dass Ginny Mulgrew den gleichen Einfall gehabt hatte.

„Weil der Comte unmissverständlich klargemacht hat, dass der Brief geöffnet und sein Inhalt publik gemacht würde, falls ihm etwas zustoßen sollte."

„Den Brief stehlen?", schlug Dand vor, doch sein Ton machte deutlich, dass er davon ausging, diese offenkundigste aller Lösungen sei bereits versucht worden.

„Niemand weiß, wo das Schreiben ist. Die beiden geschicktesten Einbrecher Londons haben unabhängig voneinander versucht, sich Zugang zur Stadtvilla des Comte zu verschaffen. Beide haben mit ihrem Leben dafür bezahlt." Es gelang Charlotte, sich nichts von der Betroffenheit anmerken zu lassen, die sie bei der Entdeckung der Leichen empfunden hatte.

„Dienstboten?"

„Allesamt von St. Lyon sozusagen handverlesen. Er hat sämtliche Dienstmädchen und Lakaien aus Frankreich mitgebracht, und sie sind ihm so treu ergeben oder fürchten ihn so sehr, dass kein Bestechungsgeld der Welt sie dazu verleiten könnte, sich der Gefahr seiner Rache auszusetzen."

Charlotte sah förmlich, wie hinter Dands nachdenklich gerunzelter Stirn und seinen zusammengekniffenen Augen ein Plan nach dem anderen Gestalt annahm und wieder verworfen wurde.

„Verflucht! Ich muss in zwei Wochen nach Frankreich zurück." Er schlug sich mit der Faust aufs Knie. „Der Abt ist von der Angelegenheit in Kenntnis gesetzt worden, nehme ich an?"

„Ja. Eine Brieftaube wurde losgeschickt, doch bis jetzt hat er nicht geantwortet. Vielleicht hat der Vogel sein Ziel nicht erreicht. Doch keine Angst", sagte Charlotte leise, „die Sache ist in guten Händen."

Bei diesen Worten hob Dand besorgt die Brauen. „Ach ja? In *wessen* Händen liegt sie denn?"

„In Ginny Mulgrews. Sie und ihre Verbündeten haben einen Plan zur Wiederbeschaffung des Briefs ausgeheckt."

Dand erhob sich. „Was für einen Plan?"

„Vor einigen Wochen habe ich sie dem Comte vorgestellt ..."

„Sie?", fiel Dand ihr ins Wort. „Woher kennen *Sie* diesen Comte?"

Charlotte warf ihm einen kurzen, vielsagenden Blick zu. „Kommen Sie, Dand! Mein Ruf muss Ihnen doch bekannt sein. Ich bin genau die Sorte temperamentvoller Wildfang, die ein Mann vom Schlage St. Lyons anziehend findet. Ich habe Ihnen doch gesagt, dass er über beste Verbindungen verfügt." Sie sah keine Veranlassung, Dand zu erzählen, dass der Comte noch wesentlich mehr mit ihr vorgehabt hatte, bis er dahintergekommen war, dass sie die Schwägerin des mächtigen Marquis of Cottrell war. „Wie ich ihn kennengelernt habe, tut nichts zur Sache. Wichtig ist nur, dass er Ginny Mulgrew auf seine Burg eingeladen hat. Als seine Mätresse. Und dort wird sie den Brief stehlen."

Charlotte erwiderte Dands Blick mit gespieltem Gleichmut und wartete darauf, dass er eine abfällige Bemerkung über ihr Bündnis mit einer Kurtisane machte. Er tat es aber nicht.

„Wie will sie das anstellen, wenn der Ort so gut bewacht ist?"

„Der Comte hat keine besonders hohe Meinung von meinem Geschlecht. Er hält uns Frauen für flatterhaft, käuflich, sentimental und töricht. Die Gefahr, die von einer Frau ausgeht – denn dass Frauen von Männern als Werkzeug eingesetzt werden können, das räumt er ein –, diese Gefahr ist in seinen Augen jedenfalls äußerst gering."

„Ginny wird überwacht werden, doch gewiss nicht allzu streng. Außerdem haben wir Baupläne der Burg studiert, von deren Existenz der Comte nichts weiß. Wir kennen tatsächlich Geheimgänge und Schlupflöcher, von denen er keine Ahnung hat. Es mag ein paar Tage dauern, doch Ginny *wird* den Brief finden. Sie hat schon viele verborgene Dinge wieder ans Licht geholt."

„Und Ihre Beteiligung an der Sache?"

„Meine?", fragte Charlotte. „Ich bin gar nicht daran beteiligt."

Sie blickten einander lange in die Augen.

„Und so soll es auch bleiben, einverstanden?"

3. KAPITEL

Jermyn Street, Piccadilly
15. Juli 1806

Die Luft des Spätnachmittags war warm und drückend. Der Mann, der im Schatten der alten Bäume des St.-James-Friedhofs stand, lockerte seinen gestärkten Kragen, ohne den Blick von der unauffälligen, doch eleganten Tür des Stadthauses auf der gegenüberliegenden Straßenseite abzuwenden. Er hatte lange genug darauf gewartet, dass die Kurtisane, die dort wohnte, sich in eine bezwingende Lage brachte. Die Zeit wurde knapp. Er musste bald handeln, eine Entscheidung erzwingen.

Er holte tief Atem, ließ die Luft dann langsam aus seinen Lungen entweichen und suchte dabei fieberhaft nach der besten Strategie für seine heikle Mission. Als was sollte er auftreten, wenn er seinen Plan in die Tat umsetzte? Als Constable? Als altes Weib? Als Lumpensammler? Als Soldat?

Die Gesichter all jener, in deren Rolle er im Laufe seines Lebens geschlüpft war, tauchten vor seinem geistigen Auge auf wie die Facetten eines Kaleidoskops und verschwommen ineinander, bis er seine eigenen Züge nicht mehr erkennen konnte. Zu wissen, wer er war, wer er wirklich war, war das Einzige, was zählte.

Ein Anflug von Panik erfasste ihn. Unwillkürlich ballte er die Hände zu Fäusten, bis sich die Fingernägel in sein Fleisch gruben. Nur mühsam gelang es ihm schließlich, sich zu entspannen.

Es gab nur einen Weg, um sicherzustellen, dass er die Erinnerung an sein wahres Ich nicht verlor. Er musste zurück zum Ursprung und die Identität wiederfinden, die ihm unterwegs abhanden gekommen war.

Und *sie* würde ihm dabei helfen.

Ein schwaches Lächeln huschte über sein düsteres Antlitz. Welche Ironie des Schicksals, dass ausgerechnet Charlotte Nash der Schlüssel zu seiner Erlösung sein sollte, zu seiner Wiederkehr von den Toten, seinem phönixgleichen Auferstehen aus der Asche. Wie ironisch und doch wie ungemein passend. Es kam vor, dass er sich in ihren geheimnisvollen Augen verlor, wenn er mit ihr sprach, und dabei vergaß, was er suchte. Sie war wirklich höchst bemerkenswert. Höchst faszinierend. Ein Mann, ein gewöhnlicher, anständiger Mann, könnte sich in eine Frau wie sie verlieben.

Doch er war kein solcher Mann.

Das Dämmerlicht des späten Abends milderte die ersten Fältchen, die sich um Ginny Mulgrews schöne Augen zeigten. Sie neigte den Kopf und betrachtete ihr Gesicht aufmerksam im Spiegel. War es nun an der Zeit, ihre Diener anzuweisen, die kostbaren Kronleuchter und Kerzenhalter in ihrem Hause durch solche mit weniger Kerzen zu ersetzen, deren Licht schmeichelhafter war? Sie stellte diese Überlegungen ohne Wehmut oder Bedauern an und beurteilte ihre Lage mit der kühlen Nüchternheit eines Generals, der einen Feldzug plant.

Eine Kurtisane lässt solche Details nie außer Acht.

Heute Abend war es besonders wichtig, dass sie atemberaubend aussah. Bei der Opernaufführung würde sie die Einladung des Comte St. Lyon auf seine Burg in Schottland annehmen.

Sie hob das Kinn und prüfte, ob ihr Hals Zeichen der Erschlaffung aufwies. In diesem Fall würde sie in Zukunft Kolliers und enge Halsbänder tragen, obwohl ihr makelloses Dekolleté bisher auch ohne Schmuck unwiderstehlich gewirkt hatte. Doch mit sechsunddreißig Jahren gehörten diese Zeiten womöglich bald der Vergangenheit an.

Sie zog eine lange, kunstvoll gelockte Strähne aus ihrem

ebenso kunstvoll frisierten Haar und zupfte gedankenverloren daran herum. Ihr Haar war noch immer voll und glänzend und hatte auch jene herrliche kastanienbraune Farbe noch nicht verloren, die in so vielen Herrenclubs Gegenstand begeisterter Trinksprüche gewesen war. Ebenso war ihr Teint noch immer glatt und zart. Nur ihre Hände verrieten das Herannahen des reiferen Alters. Sie wirkten ein wenig dünn, jetzt, wo das jugendliche Polster, das zuvor die schlanken Knochen umhüllt hatte, allmählich schwand. Von nun an würde sie Handschuhe tragen, aus feiner Spitze oder weichem Rehleder.

Ginny Mulgrew war eine ausgesprochen praktisch veranlagte Frau. Sie wusste nur zu gut, dass ihre Schönheit ihr den Lebensunterhalt sicherte und ihr Zugang zu jener vornehmen Gesellschaft verschaffte, von der ihr Ehemann sie hatte fernhalten wollen.

Ihr Ehemann … Beim Gedanken an diesen widerlichen Kerl verzog sie verbittert die Lippen. Er weigerte sich hartnäckig, in die Scheidung einzuwilligen, ganz gleich, wie oft sie ihn darum bat oder wie vielen Männern, manche davon Mitglieder seines eigenen Clubs, sie ihre Gunst gewährte. Er wusste, wie sehr sie sich von ihm zu befreien wünschte … und deshalb weigerte er sich.

Es war seine Rache dafür, dass sie ihm keine Kinder hatte schenken können.

Nun, zumindest besaß sie die Genugtuung zu wissen, dass sie beide litten.

Sie hatte nicht vorgehabt, Kurtisane zu werden. Es hatte fünf Jahre der Armut und der Verbannung in einer baufälligen Burg in Irland bedurft, sie zu diesem Entschluss zu bewegen. Nein, Kurtisane zu werden, war nie ihre Absicht gewesen, ebenso wenig wie Spionin.

Doch als einer ihrer früheren Liebhaber, ein Mann, der eine hohe Stellung in einer jener kaum bekannten Behörden innehatte, die sich mit solchen Dingen befassen, ihr gesagt hatte, sie könne ihrem König einen Dienst erweisen und dabei auch noch ein hübsches Sümmchen verdienen, hatte sie freudig eingewilligt. Sie hatte es nicht wegen des Geldes getan. Sie hatte es getan, vermutete sie mit der ihr eigenen Fähigkeit zu nüchterner Selbsteinschätzung, um ihren Abscheu zu mildern vor dem, was sie tat und was aus ihr geworden war.

Ein kurzes Klopfen an der Tür kündigte das Erscheinen ihres großen blonden Butlers Finn an. „Pardon, Ma'am, doch unten steht ein Herr, der einen Augenblick Ihrer Zeit in Anspruch nehmen möchte."

Das war nichts Neues. Herren verlangten stets, dass Ginny ihnen einen Augenblick ihrer Zeit gewährte – und noch einiges mehr. Der missbilligende Gesichtsausdruck des Butlers und der Umstand, dass der Besucher keine Visitenkarte überreicht hatte, weckten allerdings ihre Neugier, in die sich auch eine Spur Furcht mischte. In den letzten Tagen hatte sie immer häufiger das Gefühl gehabt, dass jemand sie beobachtete, jemand, der ihr nicht wohlgesonnen war und der jede ihrer Bewegungen genau zur Kenntnis nahm.

Eine Spionin dachte natürlich stets solche Dinge.

„Wer ist es, Finn?"

„Er wollte seinen Namen nicht sagen."

Einer von denen! Einer dieser Adligen mit übersteigerter Vorstellung von der eigenen Wichtigkeit, der sich hinter einer Maske der Anonymität versteckte, bevor er den Fuß über die Schwelle ihres Hauses setzte. Doch die Zeiten, in denen sie Rücksicht auf derartige Eitelkeiten nehmen musste, waren längst vorbei. „Sagen Sie ihm, ich sei nicht zu Hause."

„Das habe ich bereits getan", entgegnete der Butler zu Ginnys Überraschung. Wenn Finn versucht hatte, ihn fortzuschicken, ohne sie auch nur von seiner Anwesenheit zu unterrichten, musste der Fremde in der Tat außergewöhnlich dreist sein. Solche Männer interessierten sie. Und falls es sich bei dem Besucher um ihren heimlichen Beobachter handelte, war es besser, sie kannte sein Gesicht.

„Bitten Sie ihn herein“, gebot sie und stand auf, um sich nach einem vorteilhaften Rahmen für den Empfang ihres geheimnisvollen Gastes umzuschauen. Denn es war immerhin möglich, dass er sich, dreist oder nicht, als der Mühe wert erwies. Ihre Wahl fiel auf die rosafarbene Chaiselongue. Ginny ließ sich darauf nieder und zog die nackten Füße unter ihren Körper. Feine Herren fanden nackte Füße entsetzlich ungehörig.

Ein Klopfen an der Tür, ein mit rauchiger Stimme gehauchtes „Herein“, und Finn betrat abermals das Zimmer. „Mr. Ross, Ma'am.“

Ginnys erster Gedanke war, dass dieser Mann tatsächlich dreist und gewöhnlich war. Seine Kleidung bestand aus grobem Tuch, seine Stiefel waren verschlissen, und sein zerzaustes Haar umrahmte ein Gesicht, das durch den dunklen Bart noch finsterer wirkte. Ihr zweiter Gedanke war, dass Finn keinen Geschmack besaß, wenn er diesen Mann ihrer Aufmerksamkeit für unwürdig befand.

Der Fremde war groß, breitschultrig und schlank, beinahe schlaksig, und bewegte sich mit lässiger Geschmeidigkeit. Ein Ausdruck der Gleichgültigkeit lag auf seinem Gesicht, doch im Schein der Lampe entging Ginny das spöttische Funkeln seiner braunen Augen ebenso wenig wie die lange Narbe, die sich unter seinem Bart verbarg. Sie schätzte ihn auf Ende zwanzig. Ein sehr schönes Alter für einen Mann.

„Das ist alles, Finn.“ Sie verabschiedete den Butler mit einem Kopfnicken.

„Danke, dass Sie mich empfangen haben, Mrs. Mulgrew.“ Ein leichter Akzent. Schottisch?

„Seien Sie willkommen, Mr. Ross“, entgegnete sie. „Wollen Sie sich nicht setzen?“

„Vielen Dank.“ Er ließ sich achtlos auf einen Sessel sinken, der im rechten Winkel zur Chaiselongue stand. Die locker sitzende Hose spannte über seinen Oberschenkeln und offenbarte straffe, muskulöse Beine. Seine kräftig wirkenden Hände ruhten auf den mit Schnitzereien verzierten Sessellehnen. Ein Netz kleiner, verblasster Narben überzog die sonnengebräunten Handrücken, die allem Anschein nach einst einer sehr groben Behandlung unterzogen worden waren.

Das Lächeln auf Ginnys Lippen erstarb. „Wer sind Sie?“

Auch sein Lächeln verflog. Wie sie vermutet hatte, war sein gleichgültiger Gesichtsausdruck reine Verstellung gewesen. „Ich bin ein Freund von Miss Charlotte Nash.“

„Ein Freund“, wiederholte sie mit ausdrucksloser Stimme, äußerst darauf bedacht, sich ihre plötzliche Besorgnis nicht anmerken zu lassen. Anschließend musterte sie ihn auf demütigende Weise von oben bis unten.

„Ja“, entgegnete er, während er ihr gewagtes Dekolleté, ihr nahezu durchsichtiges Kleid und die offenen Haare einer ähnlich herablassenden Begutachtung unterzog. „Offenbar hat Miss Nash die Angewohnheit, sich mit ...“ Er machte eine vielsagende Pause. „Nun, sagen wir, *ungewöhnlichen* Freunden zu umgeben.“

Sein Gegenschlag entlockte ihr ein Lächeln. „Eins zu null für Sie.“

Dies musste der Mann sein, von dem man ihr am Nachmittag berichtet hatte, der Mann, der Auskünfte über sie eingeholt hatte, dessen Identität sie jedoch nicht hatte in Erfahrung bringen können. Sie hatte nicht erwartet, dass er so ungehobelt aussehen würde. So verwegen.

Wie sollte denn jemand wie er Umgang mit Charlotte pflegen?

Sie schob die Hand unter das Kissen an ihrer Seite und ließ die Finger über den mit Einlegearbeiten aus Perlmutt verzierten Griff der schussbereiten Pistole gleiten, die stets dort lag. „Sie hatten einen arbeitsreichen Nachmittag, Mr. Ross."

Er blickte sie fragend an.

„Ich habe aus mehreren Quellen erfahren, dass Sie sich nach mir erkundigt haben. Und nicht bei jenen Leuten, die für gewöhnlich Treffen zwischen mir und meinen Gentleman-Freunden arrangieren, nicht wahr?"

„Schon möglich, ja."

„Dann neige ich zu der Annahme, dass Sie einer der papsttreuen Verbündeten unserer Charlotte sind und in derselben Branche tätig sind wie ich, nur mit anderen Methoden, wenn Sie so wollen."

„In derselben Branche?"

„Dem Geheimdienst", entgegnete sie unverblümt.

Seine Augen blitzten auf. „Wenn Sie eine Spionin sind, Mrs. Mulgrew, dann sind Sie nicht eben sehr diskret", murmelte er. „Und wenn ich nun ein französischer Agent wäre?"

„Dann hätten Sie die falschen Leute nach mir gefragt und wären bereits tot", erklärte sie ungerührt. „Die Männer sind meinen Freunden treu ergeben. Sie hätten Ihre Fragen nicht beantwortet, wenn sie nicht zumindest sicher gewesen wären, wer oder was Sie *nicht* sind. Und nun sollten wir unsere kleinen Wortgefechte beenden und zur Sache kommen, was meinen Sie?" Als er nicht antwortete, fuhr sie fort: „Warum haben Sie Erkundigungen über mich eingeholt?"

„Wie ich schon sagte: Ich bin ein Freund von Miss Nash."

„Was ist mit Charlotte?"

„Ich fürchte, Sie haben ‚unsere Charlotte' in etwas hineingezogen, das sie in Gefahr bringen könnte. Ich bin gekommen, um Ihnen Gelegenheit zu geben, mich möglichenfalls vom Gegenteil zu überzeugen." Obwohl er mit sanfter Stimme sprach, lief Ginny ein kalter Schauer über den Rücken. Sie schloss die Finger fester um den Griff ihrer versteckten Pistole.

„Welch rührende Sorge um ihr Wohlergehen", sagte sie mit einem leicht wehmütigen Lächeln und warf ihrem Gast einen aufreizenden Blick zu. „Wahrlich, ich beneide Miss Nash um ihre ‚Freunde'."

Er ließ sich nicht auf ihr Spiel ein und erwiderte Ginnys koketten Blick ohne die geringste Spur von Interesse.

„Sind Sie Charlottes Bruder? Ihr Cousin? Ihr Onkel?", fuhr sie fort. „Wer sind Sie, dass Sie sich so um ihr Wohlbefinden sorgen? Und ich werde mich nicht mit der Antwort ‚ein Freund' abspeisen lassen, das versichere ich Ihnen."

„Das werden Sie wohl müssen, fürchte ich", entgegnete er kühl. „Ich habe mich verpflichtet, über Charlottes Sicherheit zu wachen, mehr kann ich Ihnen nicht sagen."

Dann fiel es Ginny plötzlich wie Schuppen von den Augen, als ihr mit einem Mal all die Gerüchte und Geschichten einfielen, die sich um Ramsey Munro, den Marquis of Cottrell, und Colonel Christian MacNeill rankten. „Rose Hunters" hatten sie sich genannt, junge Männer, die in Frankreich im Kerker gesessen hatten, weil sie an einer Verschwörung zum Sturz Napoleons beteiligt gewesen waren, jedoch verhaftet wurden, bevor sie ihren Plan in die Tat umsetzen konnten. Sie wären hingerichtet worden, wenn Charlottes Vater, Colonel Nash, sein Leben nicht für das ihre geopfert hätte. Als Wiedergutmachung hatten sie geschworen, Nashs Witwe und die drei verwaisten Töchter zu beschützen und ihnen zu dienen.

Ginny durchforstete ihr Gedächtnis nach weiteren Einzelheiten. Die jungen Männer waren in einem französischen Gefängnis von einem Abtrünnigen aus ihren eigenen Reihen verraten worden, doch niemand wusste genau, ob es sich dabei um einen aus ihrer Mitte gehandelt hatte oder um jemanden aus der Abtei, in der sie erzogen worden waren. Einige Jahre später hatte der geheimnisvolle Verräter zuerst versucht, MacNeill zu töten, und danach Cottrell. Bei seinem letzten Attentatsversuch hatte Charlottes Schwester Helena den Unbekannten niedergestochen. Daraufhin verschwand er, und es wurde allgemein angenommen, dass er seiner Verletzung erlegen war.

Man hatte auch vermutet, dass es sich bei dem Mann, den Helena angegriffen hatte, und dem Mann, der hier leibhaftig vor ihr stand, um ein und denselben handelte: Dand Ross.

Die Besorgnis, die Ginny zunächst verspürt hatte, wich nackter Angst.

„Sie sind es“, sagte sie leise und legte den Zeigefinger an den Abzug ihrer Waffe. „Der letzte *Rose Hunter.*“ Er antwortete nicht und wirkte dabei völlig entspannt. Bis auf seinen entschlossenen Blick.

Das Einzige, was Ginny davon abhielt, die Pistole unter dem Kissen hervorzuziehen und ihn auf der Stelle niederzuschießen, war die Tatsache, dass Charlotte stets geschwiegen hatte, als alle anderen zu dem Schluss gelangt waren, nur Andrew Ross könne der Mörder und Verräter sein.

Und das kam Ginny mit einem Mal recht merkwürdig vor, nun, da sie näher darüber nachdachte. Warum hatte Charlotte nichts gesagt? Weil sie wusste, dass Dand Ross nicht tot war? Oder weil sie wusste, dass er unschuldig war? Oder beides?

Charlotte, Charlotte, dachte sie, welche Geheimnisse hast du vor mir verborgen?

Doch wenn dieser Dand tatsächlich ein papsttreuer Spion war, hatte sie seine Identität und seine Existenz natürlich verdeckt halten müssen. Offenbar verstand sie sich sehr gut darauf, Geheimnisse zu wahren.

„Nun, Mr. Ross, was kann ich tun, um Ihre Sorgen hinsichtlich unserer gemeinsamen Freundin zu zerstreuen?“

„Erläutern Sie mir Miss Nashs Rolle in dem Plan, von dem sie mir erzählt hat, dem Plan, der etwas mit der Einladung auf die Burg des Comte St. Lyon zu tun hat.“

Ginny fuhr erschrocken zusammen.

„Was genau hat Charlotte Ihnen gesagt, diese ungezogene Göre?“ Ginny hatte ihren Tadel in scherzhaft-nachsichtigem Ton äußern wollen, doch es misslang ihr gründlich. Wem galt die Loyalität dieser „Göre“ wirklich?

„Ich weiß, dass Sie einen Brief in Ihren Besitz bringen wollen, der sich zurzeit in den Händen des Comte St. Lyon befindet. Ich weiß, dass er vorhat, den Brief meistbietend zu versteigern und dass Sie ihn vorher zu stehlen beabsichtigen. Alles, was ich noch wissen will, ist, welche Rolle Miss Nash dabei spielen soll.“

„Keine.“

Ginny begegnete seinem zweifelnden Blick mit einem Achselzucken. „Sie sorgt für ein wenig Ablenkung, das ist alles. Sie ist so hinreißend offenherzig. Die Leute versuchen ständig, sich zu übertrumpfen, indem sie die vertraulichsten Dinge vor ihr ausplaudern. Außerdem besitzt sie die Gabe, die unterschiedlichsten Menschen mit den unterschiedlichsten ... nun, sagen wir ‚Talenten‘ kennenzulernen.“

„Baumeister, beispielsweise.“

Sie nickte. „Es war Charlotte, die den Gentleman mit dem Plan von St. Lyons Burg ausfindig gemacht hat. Sie hörte zufällig mit an, wie eine alte Herzogin, eine Witwe, einer anderen riet, die Schlafgemächer ihres Anwesens von demselben Burschen renovieren zu lassen, der in der kürzlich erworbenen Festung des Comte St. Lyon so wundervolle Arbeit geleistet hätte. Wie Sie sehen, ist unsere Charlotte trotz ihrer Jugend und ihrer scheinbaren Flatterhaftigkeit ungemein nützlich. Ganz zu schweigen von ihrem Mut und ...“

„Ich wünsche, dass sie ihren Mut nie unter Beweis stellen muss“, fiel er ihr ins Wort. „Und genau darum bin ich hier. Um Ihnen unmissverständlich deutlich zu machen, wie *sehr* ich wünsche, dass Charlotte niemals in diese Lage gerät. Ich *bestehe* sogar darauf.“

Ginny erwiderte seinen eindringlichen Blick mit vor Verwunderung aufgerissenen Augen. „Ich wüsste überhaupt nicht, warum sie das tun sollte. Jedenfalls nicht in der augenblicklichen Lage. So, nun habe ich Ihre Befürchtungen zerstreut, wie ich hoffe. Seien Sie so gut und tun Sie dasselbe mit den meinen", bat sie. „Wer sind Sie? Und erweisen Sie mir freundlicherweise die Ehre, mich für halbwegs intelligent zu halten."

„Ich habe nie an Ihrer Scharfsinnigkeit gezweifelt", entgegnete er höflich. „Wie Sie bereits erkannt haben, verfolgen wir dasselbe Ziel, zumindest im Augenblick."

„Dann sollten wir zusammenarbeiten", schlug sie vor.

Er schüttelte den Kopf. „Ich muss bald nach Frankreich zurück und mich dort um gewisse Dinge kümmern, bevor ich ..." Er hielt inne. „Ich würde bleiben, wenn ich könnte, und sei es nur, um mich zu vergewissern, dass Sie Ihr Wort halten, was Miss Nashs Sicherheit betrifft."

Auf Ginnys Wangen zeigten sich entzückende Grübchen, als sie lächelte. Sie bot all ihren Charme auf, um Dand zu entwaffnen. „Wie kann ich Sie überzeugen? Ihr eigener Kontaktmann, der, dem Charlotte Ihre Briefe übergibt und der Ihr Netzwerk hier in London organisiert, befürwortet ihre Verbindung zu mir."

„Mein Kontaktmann?"

Sie ließ sich zu einem flüchtigen Siegerlächeln hinreißen. Dand Ross war nicht der Einzige, der vertrauliche Informationen besaß. „Jawohl. Toussaint."

Sein Gesichtsausdruck verriet Verwunderung. „Sie kannten ihn nicht?", fragte Ginny.

Dand warf ihr einen verächtlichen Blick zu. „Ich habe nie danach gefragt. Ich brauche nur zu wissen, dass es einen Kontaktmann gibt. Nicht, wer er ist. Das Leben hat mich gelehrt, dass Dinge nicht zu kennen, die andere mit höchst unangenehmen Methoden in Erfahrung bringen wollen, der einzig sichere Weg ist, sie nicht preiszugeben. Falls man ... *in Bedrängnis* gerät."

Ginny begriff den schrecklichen Sinn seiner Worte. Ihre Achtung vor ihm wuchs, als ihr Blick abermals auf die kleinen Narben auf seinen Händen fiel. Er war in Frankreich gefoltert worden.

„Woher wissen Sie von Toussaint?", fragte er.

„Oh, nicht von Charlotte, das versichere ich Ihnen. Wir sind eher zufällig auf ihn gestoßen. Eine der Tauben, derer er sich bedient, um der Abtei Nachrichten zukommen zu lassen, fiel dem Pfeil eines Bogenschützen zum Opfer. Der Schütze, ein kleiner Beamter im Dienste des Außenministers, fand die Botschaft, welche die Taube trug, bemerkenswert genug, um seinen Dienstherrn davon zu unterrichten. Und auf diese Weise", sie zuckte bescheiden die Schultern, „auch uns. Toussaint weiß vermutlich nicht einmal, dass wir ihn enttarnt haben."

„Ist ihm Charlottes Rolle in Ihrem Netzwerk bekannt, und billigt er sie?", fragte Dand und blickte sie gespannt an.

„Ja. Wenn nicht offen, so doch stillschweigend. Charlottes Funktion ist wichtiger, als Sie vermutlich denken. Sie ist zu einem unverzichtbaren Teil eines Systems geworden. *Meines* Systems. Wenn Toussaint ihr verboten hätte, sich in den Dienst Englands zu stellen, hätte sie es dennoch getan, glaube ich. Vielleicht sollten Sie sich ein Beispiel an ihm nehmen?"

„Ach. Doch Toussaints Ziele unterscheiden sich womöglich von den meinen."

„Ich dachte, als Agent Roms sei es Ihr Ziel, die Monarchie in Frankreich wiederherzustellen und damit auch der katholischen Kirche wieder zu all ihren früheren Rechten und Privilegien zu verhelfen", sagte sie bedeutungsvoll. Ein Ausdruck der Anerkennung flackerte in seinen warmen braunen Augen auf. Er war wirklich ein höchst attraktiver Mann.

„Das ist die eine Seite. Doch es gibt noch ein ... persönliches Element." Er stützte die Hände auf die Sessellehnen und erhob sich schwungvoll. Ginny legte den Kopf in den Nacken, um ihm weiterhin in die Augen sehen zu können. „Glauben Sie, Sie werden Erfolg haben?"

Sie nickte.

„Wie sicher sind Sie sich Ihrer Sache?"

Sie zog verärgert die Stirn kraus. „Garantieren kann ich nichts, doch der Plan ist bis in die letzte Einzelheit gründlich durchdacht."

„Erzählen Sie mir von St. Lyon."

Ginny sah keinen Grund, seine Bitte abzuschlagen. „St. Lyon ist ein Sammler. Er sammelt Kunst, edlen Wein, alte Bücher … und schöne Frauen. Er sammelt Geliebte wie andere Männer Schnupftabakdosen. Je schwerer es ist, sie in seine Kollektion aufzunehmen, desto größer ist sein Verlangen, sie zu besitzen. Seine Leidenschaft wird nicht von einer bestimmten Frau entfacht, es ist vielmehr die Jagd, die Herausforderung, sie dem Schutz eines anderen Mannes zu entreißen, die ihn erregt. Er *muss* besitzen, was ihm verwehrt wird."

„Und Sie glauben nicht, dass ein solcher Mann eine Bedrohung für Miss Nash darstellt?"

„Charlotte hat nichts vom Comte zu befürchten." Ginny behielt für sich, dass dies unter anderen Umständen vermutlich nicht der Fall gewesen wäre.

Sie hob den Blick. Zu spät erkannte sie, dass Dand den Ausdruck der Besorgnis auf ihrem Gesicht sehr wohl bemerkt hatte. Sie sah das Misstrauen in seinen Augen und beeilte sich, ihn zu beruhigen. „Der Comte würde *niemals* das Risiko eingehen, sich den Groll der feinen Gesellschaft zuzuziehen, indem er ein ehrbares Mädchen aus gutem Hause verführt. Seine gesellschaftliche Stellung ist ihm viel zu wichtig, als dass er sie wegen der Schwärmerei für eine Demoiselle aufs Spiel setzen würde. Falls er überhaupt ins Schwärmen käme."

Dands Augen wurden schmal. Er trat einige Schritte zurück und beobachtete, wie Ginny Mulgrew sich in die Seidenkissen zurücklehnte. „Außerdem", schnurrte sie, „fesselt längst eine andere Frau seine Aufmerksamkeit. Wie Sie wissen, hat er mich als seinen ‚besonderen Gast' auf seine Burg eingeladen."

Er musterte sie mit beleidigend abschätzigem Blick. Sie schwang die Beine über den Rand der Chaiselongue, erhob sich und ging auf Dand zu. „Es ist von allergrößter Wichtigkeit, dass dieser Brief, den der Comte gestohlen hat, nie an die Öffentlichkeit gelangt", sagte sie und legte ihm beschwörend die Hand auf die Brust. „Wir haben zuverlässige Hinweise darauf, dass sein Inhalt mehrere Mitglieder einer fremden Regierung belasten könnte, welche augenblicklich darüber nachdenkt, ob sie Englands Bemühungen unterstützen oder behindern soll – hochrangige Regierungsmitglieder, die unserer Sache äußerst wohlwollend gegenüberstehen. Dieser Brief könnte ihren Untergang bedeuten."

„Sie sind wirklich erstaunlich indiskret", murmelte er.

Sie blickte Dand geradewegs ins Gesicht und versuchte, seine Gedanken zu lesen. Wenn es ihm nicht gelang, ihr Vertrauen zu gewinnen, würde er ihr Haus nicht lebend verlassen. Oder würde dieses Schicksal stattdessen ihren Butler Finn ereilen? Ginny wollte es lieber nicht herausfinden. „Verstehen Sie?"

„Natürlich verstehe ich", entgegnete er, mit einem Mal ungeduldig. „Genau aus diesem Grund muss ich nach Frankreich zurückkehren, um jene zu beruhigen, die diesen Brief geschrieben haben, bevor sie aus Angst das Land verlassen und das Spiel aus ist."

Das war er also! Der Spion, der am besten unter dem Namen Rousse bekannt war, obgleich er noch unzählige andere Decknamen besaß, hatte eines der ausgeklügeltsten Geheimbündnisse Europas aufgebaut. Ginny sah ihn voller Ehrfurcht an.

„Deshalb brauche ich vor meiner Abreise Ihr Wort darauf, dass Miss Nashs Mitwirkung bei diesem Unternehmen mit dem heutigen Tage endet. Hier und jetzt.“ Seine dunklen Augen verengten sich zu Schlitzen. „Sie haben doch wohl nicht vor, sie mitzuschleppen, damit sie für – wie nannten Sie es doch gleich? – *Ablenkung* sorgt, während Sie nach dem Brief suchen?“

Ginny hatte tatsächlich mit diesem Gedanken gespielt, war dann jedoch zu dem Schluss gekommen, dass es einen seltsamen Eindruck machen würde, wenn sie eine Nebenbuhlerin mitbrachte. Der Comte war kein Narr. Und sie konnte es sich nicht erlauben, auch nur das geringste Misstrauen zu erregen.

„Glauben Sie mir, Mr. Ross, ich habe nicht den Wunsch, Charlotte in Gefahr zu bringen …“

Er bewegte sich so schnell, dass ihr keine Zeit blieb, nach dem Revolver zu greifen, den sie unter dem Kissen hatte liegen lassen. Gerade noch hatte er entspannt in ihrer Nähe gestanden, und jetzt beugte er sich drohend über sie, die Hand um ihre Gurgel geschlossen. Mit eisernem Griff. Ginny krampfte die Finger um sein Handgelenk und versuchte verzweifelt, sich zu befreien. Vergeblich. Sein Daumen drückte sich tief in eine weiche Stelle unter ihrem Kieferknochen. Funken tanzten vor ihren Augen.

„Wie ich sehe, habe ich mich nicht klar genug ausgedrückt“, sagte er. „Lassen Sie mich meinen Standpunkt verdeutlichen. Es ist mir gleich, was Sie zu tun *wünschen.* Ich habe viele Dinge getan, die ich nicht unbedingt zu tun *wünschte.* Mich interessiert nur, wie Sie *handeln.* Ich will nicht, dass Miss Nash in Gefahr gebracht wird. *Verstehen Sie?*“ Sein Ton war vollkommen ruhig, vollkommen gefühllos.

Ginny ließ die Hände sinken und nickte, während sie wie gebannt in die Augen ihres Angreifers starrte. Plötzlich ließ er sie los, ebenso unerwartet, wie er sie gepackt hatte. Er trat einige Schritt zurück und neigte den Kopf zu einer leichten Verbeugung, die, wenn nicht als Spott, so jedoch keinesfalls als Entschuldigung gedacht war. „Gut. Ich wünsche Ihnen einen angenehmen Abend, Mrs. Mulgrew."

* * *

Küste von Nordschottland
Spätherbst 1788

„Dort ist ein Licht am Ufer!" Der Midshipman brüllte über den tosenden Sturm hinweg.

„Feuer oder Laterne?"

Jeremy, der mit dem Jungen in der vorderen Kajüte des Loggers kauerte, hörte den Kapitän vom Deck herunterschreien.

Das Kreischen und Krachen der Spieren und das Ächzen der hölzernen Planken übertönte die verzweifelte Antwort des Midshipmans. Jeremy drückte den Jungen enger an sich und versuchte, seiner eigenen Angst Herr zu werden.

Plötzlich bekam das Schiff so starke Schlagseite, dass Jeremy und sein Schützling den schrägen Kajütenboden hinabrutschten, um im nächsten Augenblick mit knochenbrecherischer Wucht in die entgegengesetzte Richtung geschleudert zu werden. Auf Deck war eine laute Männerstimme zu hören. Der Kapitän stieß wilde Flüche aus.

Die schottische Küste war bereits in Sichtweite gewesen, als ein Sturm über sie hereingebrochen war. Der Kapitän hatte in Richtung Süden abdrehen lassen, fort vom Hafen von Wick, um den pechschwarzen Wolken zu entrinnen, doch das Unwetter hatte sie mit der Entschlossenheit eines hungrigen Wolfes eingeholt, der sich seine Beute nicht entgehen lassen will, und warf den kleinen Logger nun erbarmungslos hin und her.

Plötzlich schwappte ein Schwall Wasser in die Kajüte, als der Lukendeckel aufgerissen wurde und das angespannte, erschöpfte Gesicht des Kapitäns in der Öffnung erschien. „Wir legen an! Ob das unsere Rettung bedeutet oder unseren Tod durch die Hände von Strandräubern, weiß ich nicht", rief er zu ihnen hinab. „Machen Sie sich bereit!" Er schlug die Luke zu.

„Was meint er?", fragte der Junge. Sein Gesicht war blass, und er zitterte am ganzen Leib, doch er hatte nicht geweint. Nur der Mut seines Schützlings bewahrte den Hauslehrer davor, schluchzend zusammenzubrechen.

„Strandräuber", erklärte Jeremy und blickte sich dabei nach etwas um, an dem der Knabe und er sich festhalten konnten. „Männer, die Feuer anzünden, um Schiffe an felsige Küsten zu locken, wo sie zerschellen. Dann suchen sie den Strand nach Beute ab und bringen die überlebenden Schiffbrüchigen um, damit diese sie nicht verraten können."

Der Junge schluckte.

„Kannst du schwimmen?", fragte Jeremy, als sein Blick auf ein Stück Tau fiel.

„Ja."

„Gut." Er entdeckte ein kleines Weinfass, zog den Korken aus der Öffnung und goss den Inhalt unter dem staunenden Blick des Jungen auf den Kajütenboden. Mit steifen Fingern fädelte er das Tau durch die an beiden Seiten des Fässchens angebrachten Messinggriffe und verschloss es erneut mit dem Korken.

„Komm her! Du bist ein starker Junge", sagte Jeremy, während er das Tau um die Taille des Knaben legte und dann versuchte, einen Knoten zu binden. „Wenn es Strandräuber sind und das Schiff an den Felsen zerbirst, versuche, dich an das Fass zu klammern. Und wenn du es bis zum Ufer schaffst, dann versteck dich."

„Können Sie eigentlich schwimmen?", fragte der Junge unvermittelt.

„Nein."

Der Knabe starrte ihn an und griff dann verzweifelt nach Jeremys Händen. „Dann müssen Sie sich auch an das Fass binden!"

„Sei kein Dummkopf, Junge", sagte Jeremy und versuchte vergeblich, ein Schluchzen zu unterdrücken. „Du musst überleben. Ich habe deiner Mutter mein heiliges Ehrenwort gegeben. Ich habe ihr versprochen, alles in meiner Macht Stehende zu tun, um dich sicher und wohlbehalten nach Schottland zu bringen, und das werde ich auch tun."

„Nein!", schrie der Junge und schlug verzweifelt mit seinen kleinen Fäusten nach ihm, bis Jeremy ihm eine kräftige Ohrfeige versetzte, ihn unsanft an den schmalen Schultern packte und heftig schüttelte, während das Schiff bedrohlich schlingerte.

„Hör mir zu", brüllte er. „Ich halte mich für einen Ehrenmann. Welche Würde besäße ich, wenn du ums Leben kämst und ich überlebte? Nein, verlang nicht von mir, dass ich das verrate, was mir Selbstachtung gibt. Ich würde es auch nicht von dir verlangen", sagte er grimmig.

„Aber, Sir ..." Auf dem Gesicht des Jungen spiegelten sich Verwirrung und Verzweiflung zugleich. Und aufrichtige Bewunderung. Bis zu diesem Augenblick hatte Jeremy nie bemerkt, dass der Knabe Zuneigung zu ihm empfand.

Jeremy stockte das Herz. Tapfer versuchte er zu lächeln und lockerte seinen Griff um die zitternden Schultern des Knaben. „Außerdem ist das nur eine Vorsichtsmaßnahme, mein Junge. Selbst wenn es Piraten sind, werde ich bestimmt heil ans Ufer kommen. Tu es also für mich, bitte!"

Der Junge schloss einen Moment lang die Augen, und als er sie wieder öffnete, richtete er den Blick auf das Tau, an dem der Hauslehrer noch immer herumfingerte. Er schob Jeremys Hände fort und verknotete es selbst. Seine Lippen bebten, und unter seinen gesenkten Lidern quollen Tränen hervor.

Das Schiff schlingerte und stampfte, bis der Bug mit einem Mal gegen etwas Hartes stieß und sich so steil aufrichtete, dass Jeremy und sein Schützling inmitten einer Lawine aus Möbeln, Gepäckstücken und Büchern ans andere Ende der Kajüte geschleudert wurden. Das Krachen splitternden Holzes mischte sich mit den Schreien der Matrosen und dem Heulen des Windes.

Nun war es also so weit. Eine große Ruhe ergriff Besitz von Jeremy. Schweigend packte er den an das leere Fass gebundenen Jungen und stolperte mit ihm den schrägen Kajütenboden hinauf, während das Schiff bedrohlich ächzte und knirschte. Er kletterte auf den umgestürzten Schreibtisch, stemmte den Lukendeckel hoch, fasste den schmalen Knaben um die Taille und hob ihn hinaus in die regnerische, stürmische Nacht. Er griff nach der Hand des Jungen, als eine mächtige Woge über den zerborstenen Schiffsrumpf schwappte. Eine plötzliche Erkenntnis schnürte ihm die Kehle zu: Er hatte seinem Schützling weder die Geldbörse seiner Mutter noch den Brief an jene adligen Freunde mitgegeben, die ihn bei sich aufnehmen sollten. Jetzt war es zu spät dazu, und der Knabe wusste nicht einmal, zu wem er gehen sollte.

Jeremy versuchte, das Tosen des Sturms und das Krachen zerbrechender Planken zu übertönen, und schrie aus Leibeskräften: „Suche Ros…!“

Eine riesige Welle brach über das sinkende Schiff herein und ergoss sich in bitterkalten Strömen in die geöffnete Luke. Es gelang Jeremy einige kostbare Augenblicke lang, die Hand des Jungen festzuhalten.

Dann wurde der Lukendeckel von der Gewalt der Wassermassen fortgerissen.

4. KAPITEL

Haymarket Theatre, London
17. Juli 1806

„Welch ein Gedränge! Und wie entsetzlich langweilig, finden Sie nicht, Miss Nash?“ Ein junger Geck der feinen Gesellschaft, dessen Name Charlotte entfallen war, posierte am Geländer der Welton'schen Privatloge, und seine gekünstelte Sprechweise passte vortrefflich zu seinem zur Schau getragenen Überdruss.

Charlotte nickte und setzte ein kokettes Lächeln auf, obwohl sie ihm in Wahrheit kaum zugehört hatte. Den ganzen Abend lang war sie von der Tatsache abgelenkt worden, dass Dand ihr bei seinem letzten Besuch vor drei Tagen keine Nachricht für Toussaint übergeben hatte. Da dies der einzige Zweck seines Aufenthalts in London war, würde er bald wiederkommen, um das Versäumte nachzuholen. Vielleicht schon heute Nacht?

Eine überfüllte Loge in einer beliebten Oper wäre ein hervorragender Ort, um ihr eine geheime Botschaft zuzustecken. Er konnte jeden Augenblick auftauchen, als Lakai, als Platzanweiser oder sogar als zerlumpter Bettler auf der Treppe zum Opernhaus. Sie würde ihm einen Penny geben, falls er letztere Verkleidung gewählt haben sollte. Der Gedanke entlockte ihr ein Lächeln.

„Da kommt St. Lyon, und ich will verflucht sein, wenn er nicht diese flotte …“ Der junge Geck biss sich auf die Zunge. „Äh, er kommt in Begleitung von Miss Mulgrew.“

Der Comte St. Lyon schlenderte mit Ginny Mulgrew an seiner Seite in die Loge, verbeugte sich galant vor Lady Welton und grüßte deren Gatten. Ein gut aussehender Mann, das lässt sich nicht bestreiten, dachte Charlotte. Ein wenig größer als der Durchschnitt, schlank, von aufrechter Haltung und ausgeprägt gallischen Gesichtszügen. Dunkles glattes Haar, das aus einer hohen, zerfurchten Stirn gekämmt war, eine breite, doch elegant geformte Nase und ein Paar dunkle, feucht schimmernde Augen. Er bemerkte, dass sie ihn musterte, und kam mit einem selbstzufriedenen Lächeln auf den Lippen näher.

Der junge Stutzer neigte den Kopf und blickte unentschlossen zu Ginny hinüber. „Comte“, sagte er. „Äh … Ma’am.“

Ginny würdigte ihn keines Blickes, während sie sich einen Weg zum Geländer der Loge bahnte, und auch der Graf ging wortlos an ihm vorüber, was dem jungen Mann die schwierige Entscheidung ersparte, ob er sich in Gegenwart einer Dame mit einer Kurtisane unterhalten sollte. Er murmelte eine Verabschiedung und stahl sich davon. Charlotte blieb allein mit dem Comte zurück.

„Welche Freude, Sie wiederzusehen, Miss Nash“, sagte er.

Charlotte schlüpfte mühelos in die Rolle, die sie seit so vielen Jahren spielte, und hob halb artig, halb schalkhaft die Brauen. „Ich bitte Sie, Comte! Wir begegnen einander so häufig, dass ich allmählich fürchte, Sie werden mich gewöhnlich finden.“

„Niemals“, beteuerte der Comte. Sein angestrengter Versuch, die Etikette zu wahren und seinen Blick nicht von ihrem Gesicht abzuwenden, machte Charlotte bewusst, welch gewagtes Dekolleté ihr dünnes Kleid aus Silberlamé hatte.

Sie widerstand dem plötzlichen Drang, ihr Schultertuch hochzuziehen, das hinabgeglitten war und elegant ihre Arme umspielte, um damit ihre Blöße zu bedecken. Stattdessen lachte sie leise, öffnete ihren Fächer und ließ das zarte Gebilde aus Seide und Spitze sacht vor ihrer Brust flattern.

„Ich aber bestehe darauf, dass es wahr ist“, widersprach sie. „Und ich schwöre hiermit allen Vergnügungen ab, bei denen wir einander begegnen könnten, damit Sie mich für etwas ganz Besonderes halten.“

„Bitte, verehrte Miss Nash, versagen Sie sich um meinetwillen nur kein Vergnügen“, entgegnete der Comte. „Es wäre ein unnötiges Opfer, denn zu meinem Bedauern werde ich Ihre schöne Stadt morgen verlassen.“

Charlotte brachte es fertig, einen überzeugenden Ausdruck der Bestürzung auf ihr Gesicht zu zaubern. „Aber warum denn, Sir?“, wollte sie wissen. „Und gestatten Sie mir die Kühnheit zu fragen, wohin es Sie zieht?“

„Eine gewisse Kühnheit steht Ihnen gut, Miss Nash“, entgegnete der Comte lächelnd.

Als habe seine Bemerkung sie aus der Fassung gebracht, fächelte Charlotte sich ein wenig eifriger kühle Luft zu. Oh, sie beherrschte dieses Spiel wirklich gut!

„Was Ihre Frage nach dem Warum und dem Wohin meiner Reise angeht …“, fuhr der Comte fort, „nun, es handelt sich dabei um eine lästige Pflicht. Ich muss einige meiner früheren Landsleute auf meiner Burg in Schottland empfangen. Sie sind neu in den hiesigen Gefilden und haben das Bedürfnis, sich ein wenig auszuruhen, bevor sie ihr Leben in Englands glanzvollster Stadt beginnen.“

Eine Stadt, die der Comte, ohne mit der Wimper zu zucken, von Napoleons Soldaten überrennen lassen würde, wenn nur der Lohn hoch genug wäre – davon war Charlotte überzeugt. „Wie liebenswürdig Sie sind, Comte. Doch wie rücksichtslos von Ihren Gästen, mitten in der Saison einzutreffen und uns Ihrer Gesellschaft zu berauben.“

„Ich wünschte, ich könnte mich dieser Pflicht entziehen, Miss Nash. Doch eine allzu große Bürde ist sie auch nicht, denn die Burg wurde von Grund auf renoviert und neu möbliert. Jetzt ist sie ein wahrhaft prächtiges Anwesen. Sie müssen mich unbedingt einmal besuchen kommen. Versprechen Sie mir das!“

„Es wäre mir eine große Freude“, entgegnete Charlotte und neigte anmutig den Kopf, während sie den Comte im

Stillen zum Teufel wünschte. „Finden Sie nicht auch, Miss Mulgrew?“

Ginny, die von ihrer Erkundung des Parketts zurückgekehrt war, hatte sich während des Gesprächs ungewöhnlich ruhig verhalten. „Ja. Wunderbar.“

Um sie herum waren die anderen Gäste der Weltons damit beschäftigt, sich die Handschuhe zurechtzuzupfen, mit ihren Fächern zu wedeln im vergeblichen Versuch, sich in der stickigen Luft Kühlung zu verschaffen, und sich ganz allgemein auf den Aufbruch vorzubereiten. Kaum einer versuchte, eine Unterhaltung mit dem Comte zu beginnen, und kein Einziger richtete das Wort an seine Begleiterin. Doch weder das eine noch das andere schien den Grafen im Geringsten zu stören.

„Hat Ihnen die Aufführung gefallen, Miss Nash?“, erkundigte er sich.

„Oh, eine gute Vorstellung genieße ich immer“, entgegnete Charlotte und ließ den Blick durch das Opernhaus schweifen, hinüber zu den Privatlogen, die wie riesige Schwalbennester an den rubinrot und goldfarben getünchten Wänden klebten. In jedem dieser Horste verrenkten sich die Damen und Herren der feinen Gesellschaft die Hälse, um hinüber in die Loge der Weltons zu spähen.

Charlotte konnte sie beinahe hören: „Dieses Mädchen wird noch ein schlimmes Ende nehmen.“ – „Ein leichtsinniges Ding, der Fluch des Lebens der armen Marquise of Cottrell, fürchte ich.“ – „Was haben sich die Weltons nur dabei gedacht, eine Kurtisane in ihre Loge einzuladen? Wollen sie ihre junge Freundin ins Verderben stürzen?“ Und, wohl am aufschlussreichsten: „Ich fürchte, das schafft Miss Nash auch ganz allein.“

„Herrje!“ Der Comte hatte ihren gequälten Blick auf die klatschsüchtigen Gaffer bemerkt. Er beugte den Kopf mit dem glatt nach hinten gekämmten Haar zu ihr hinab. „Ich hoffe, ich habe keinen Anlass zu unpassenden Vermutungen gegeben."

„Gewiss nicht", entgegnete Charlotte knapp. Der Comte, von untadeliger Eleganz in seinem mitternachtsblauen Jackett, den weißen Seidenstrümpfen und der gelben Weste, wusste nur zu gut, dass es nicht seine Anwesenheit war, die das empörte Getuschel verursacht hatte – sondern Ginnys.

Erhobenen Hauptes, das kastanienbraune Haar im goldenen Licht der Theaterbeleuchtung schimmernd, ließ Ginny den Blick kühl und gebieterisch umherschweifen. Ihr Kleid, ein rosenfarbener, mit aufwendigen Blumenstickereien verzierter Traum aus Crêpe de Chine, übertraf alle anderen an Eleganz. Ihr Teint schimmerte in dem matten Glanz, den einzig ein Puder aus Perlmutt verleihen konnte, und ihre mit einer Tinktur aus Johannisbeeren gefärbten Lippen wurden vom Hauch eines Lächelns umspielt. Doch all ihrer Schönheit zum Trotz war sie allein. Um sie herum hatte sich ein kleiner unsichtbarer Kreis gebildet, der sie vom Rest der Nachtschwärmer in der Welton'schen Loge trennte. Falls sie es bemerkt haben sollte, verstand sie es gut, sich die Kränkung nicht anmerken zu lassen.

„Was ist mit Ihnen, Mrs. Mulgrew? Hat Ihnen die heutige Vorstellung gefallen?", fragte Charlotte.

„Verzeihen Sie, Miss Nash, ich war mit den Gedanken woanders. Was haben Sie gesagt?" Bei Ginnys Worten wandte der Comte sich zu ihr um und reichte ihr die Hand. Ginny nahm sie ohne zu zögern an. Ein Ausdruck des Triumphs huschte über das Gesicht des Grafen.

Deshalb ist er also gekommen, wurde Charlotte mit einem Mal klar. Er wusste, dass die Weltons die einzigen Mitglieder der feinen Gesellschaft waren, die nachlässig oder gleichgültig genug waren, ihn und Ginny in ihrer Privatloge zu empfangen. Alle sollten ihn mit ihr sehen und wissen, dass es ihm gelungen war, sie ihrem vorherigen Liebhaber, Lord

Denney, abspenstig zu machen. Er hatte sie nur hergeführt, um sich mit ihr als seiner jüngsten Errungenschaft zu brüsten.

Errungenschaft. Erst jetzt wurde Charlotte die ganze Tragweite dessen bewusst, was Ginny vorhatte. Sie würde die Mätresse des Comte werden. Sie würde das Bett mit ihm teilen. Er hatte dieses Vorrecht *erworben.*

Charlotte versuchte, sich den Ekel nicht anmerken zu lassen, der plötzlich in ihr aufstieg – und schämte sich gleichzeitig für dieses unwürdige Gefühl. Wenn sie zuvor über ihr Vorhaben gesprochen hatten, hatte Ginny stets so nüchtern und ungerührt über dessen intime Aspekte gesprochen, dass Charlotte die Einstellung ihrer Freundin unbewusst übernommen hatte. Kein Kunststück, wenn die ganze Sache nichts weiter war als ein Plan war, erkannte sie jetzt.

Nun jedoch, wo sie den lüsternen Ausdruck in den Augen des Grafen und das stille Leid ihrer Freundin sah, erschien Charlotte das Ganze nahezu unerträglich. Sie rief sich mit Nachdruck all die vielen Menschen ins Gedächtnis, all die jungen Soldaten, die Arbeiter, Mütter, Großväter und Kinder, deren Zukunft und vielleicht sogar Leben von Ginnys Bereitschaft abhingen, ihren Körper zu verkaufen, um sich auf St. Lyons Burg umschauen zu können.

Ginny blickte an Charlotte vorbei, und ihre angespannte Haltung verriet, dass etwas sie beunruhigte. Der Comte hatte sich abgewandt, um ein paar Worte mit Lord Welton zu wechseln, einem kleinen, kugelrunden Mann, der sich hauptsächlich dadurch auszeichnete, dass er noch weniger in Erscheinung trat als seine Frau, und Charlotte nutzte die Gelegenheit, näher an die Kurtisane heranzutreten.

„Sie wirken ziemlich nervös. Ist etwas schiefgegangen?", fragte sie mit leiser Stimme. „Ist Ihnen am Ende bewusst geworden, dass Sie es einfach nicht über sich bringen? Dieses Opfer …?"

„Opfer?“ Ginny fiel ihr flüsternd ins Wort. „Sie erweisen mir zu viel der Ehre, Charlotte, und das kann ich nicht dulden. Das ist mein Gewerbe! Das bin ich! Und ich muss mich weder für das eine noch das andere entschuldigen.“

„Aber …“

„Es ist alles in Ordnung, außer, dass ich wünschte, der Comte hätte mich nicht hergebracht“, fuhr sie in gedämpftem Ton fort. „Aber ein Adliger ist wie ein Gockel, fürchte ich, er muss krähen. Ich wünschte nur, er hätte sich dafür einen anderen Zaunpfahl ausgesucht.“ Sie ließ die dunklen Augen aufmerksam durch das Opernhaus schweifen, als hielte sie Ausschau nach jemandem. „Ich habe in letzter Zeit das ungute Gefühl, dass mich jemand …“ Sie brach ab. Ihr Gesichtsausdruck war angespannt und ein wenig verärgert.

„Dass Sie jemand was?“

„Ach nichts. Ich habe zu viel Fantasie, das ist alles“, flüsterte Ginny ungeduldig, ganz offensichtlich bestrebt, das Gespräch zu beenden. „So, und nun kümmern Sie sich gefälligst um diese jungen Herren dort, die Sie so sehnsüchtig anhimmeln, ehe einem von ihnen vor lauter Schmachten noch der Speichel aus dem Mund läuft.“ Der scharfe Ton entsprach ganz und gar nicht Ginnys sonstiger Art. „Da *ist* noch etwas anderes, etwas, das Sie wissen müssen. Kommen Sie, Charlotte!“

Verwundert über die entschlossene Aufforderung, wandte Charlotte sich um.

„Es ist Zeit, dass wir gehen“, verkündete Lady Welton von ihrem Platz an der Balustrade aus. Auf ihrem sanften, ansprechenden Gesicht lag ein Ausdruck des Missfallens, der Blick ihrer großen Augen wanderte zwischen Ginny und Charlotte hin und her. Der Grund ihres Kummers war klar. Sie zwang sich dazu, Charlotte vor verderblichem Einfluss zu schützen – verderblichem Einfluss in Gestalt von Ginny Mulgrew –, und diese Rolle lag ihr nicht.

Lady Welton verabscheute „vulgäre Szenen“, wie sie es nannte, samt der dazugehörigen Vorwürfe, Gegenbeschuldigungen und verletzten Gefühle. Und diese Abneigung erklärte auch die wohlwollende Nachlässigkeit, die sie bei der Erziehung ihrer stets zu Streichen und Späßen aufgelegten Sprösslinge an den Tag gelegt hatte.

Trotz ihrer bemerkenswerten Fähigkeit, die Augen vor Dingen zu verschließen, von denen sie nichts wissen wollte, konnte selbst Lady Welton nicht einfach übersehen, dass eine stadtbekannte Kurtisane etwas ins Ohr jenes jungen Mädchens flüsterte, von dem sie stets behauptete, es sei wie eine Tochter für sie. Nicht, dass sie selbst die Freundschaft zu einer Kurtisane – die damit einhergehenden aufschlussreichen Gespräche eingeschlossen – für eine schlechte Sache hielte. Im Gegenteil, sie wünschte, sie wäre so vorausschauend gewesen, vor ihrer Hochzeit mit Lord Welton eine solch praktische Bekanntschaft zu schließen. Einige Erkenntnisse hätte ihnen so manche Peinlichkeit erspart. Doch Charlotte sollte diese Gespräche gefälligst im Foyer führen oder im Vorraum oder an irgendeinem anderen Ort, wo sie sie nicht sehen konnte. Wenn die Leute dann vorwurfsvoll mit dem Finger auf sie zeigten, würde sie, Lady Welton, mit Fug und Recht behaupten können, sie wisse von nichts und könne daher auch nicht zur Verantwortung gezogen werden.

Charlotte und die Kurtisane standen jedoch genau vor ihrer Nase und unterhielten sich tatsächlich im Flüsterton, vermutlich über jene „faszinierenden Dinge“, also musste etwas unternommen werden. Schlimmer noch, *sie* musste etwas unternehmen.

„Es herrscht zu viel Gewühl hier wegen all der jungen Männer, die sich in Scharen hereindrängen. Man bekommt ja kaum noch Luft!“ Lady Welton blickte vorwurfsvoll zu der Clique von Charlottes Verehrern hinüber, die in die Loge geströmt waren, kaum dass der letzte Vorhang gefallen war.

„Noch nicht, Ma'am", protestierte einer der jungen Galane. „Es wäre sinnlos, jetzt schon aufzubrechen. Sie würden nur wieder im Gedränge stehen, während Sie auf eine Kutsche warten."

„Das stimmt", fügte ein anderer hinzu. „Und es ist immer noch besser, im Gewühl zu sitzen als darin zu stehen."

Ein überzeugendes Argument, befand Lady Welton. Sie hasste es, im Gedränge zu stehen. „Nun gut, dann warten wir noch ein Weilchen."

„Mylord." Der Comte, dem dieses kleine Zwischenspiel nicht entgangen war, wandte sich an Lord Welton. „Meine Kutsche wartet auf der anderen Seite der Straße. Gestatten Sie, dass ich sie Ihnen zur Verfügung stelle?"

„Äh? Oh!" Weltons rosafarbenes Gesicht strahlte vor Erleichterung. „Das wäre ..."

„Unmöglich!", platzte Lady Welton heraus.

Lord Welton drehte sich um und blickte verwundert zu seiner Frau hinüber, die aufgestanden war und sich aufführte wie eine Glucke, deren Küken im Begriff war, einem Fuchs hinterherzulaufen. „Unmöglich?", wiederholte er verwirrt.

„Ja." Sie nickte alles andere als unauffällig in Ginnys Richtung. Charlotte spürte, wie ihr aus Mitgefühl für ihre Freundin die Schamesröte ins Gesicht stieg. Doch Ginny wirkte keineswegs gekränkt. Sie wirkte gelangweilt.

„Ja", wiederholte Lady Welton entschlossen. „Ich hätte gern einen Glühweinpunsch, bevor wir gehen, und wir wollen den Comte doch nicht warten lassen. Ich bestehe sogar darauf, dass er nicht auf uns wartet."

„Oh." Ihr Mann ließ einen tiefen Seufzer hören und wandte sich dann ab. Langjährige Erfahrung hatte ihn gelehrt, dass es sinnlos war, sich mit seiner Gattin auf Diskussionen einzulassen. „Man bringe meiner Gemahlin einen Punsch!"

Der Comte nahm seine Niederlage mit Würde zur Kenntnis und verbeugte sich, bevor er Ginny den Arm anbot. „Dann wünschen wir Ihnen noch einen angenehmen Abend. Lady Welton! Welton!“ Seine dunklen Augen richteten sich auf Charlotte. „Miss Nash?“

Sobald sie außer Sichtweite waren, klappte Lady Welton ihren Fächer zu und zupfte das Schultertuch über ihren fülligen Armen zurecht. „Also gut, gehen wir. Es macht keinen Sinn, die Letzten in der Warteschlange zu sein.“

„Aber meine Liebe, ich habe den jungen Farley soeben nach einem Glas Punsch losgeschickt“, wandte ihr Mann ein.

„Dann soll der junge Farley ihn trinken“, entgegnete Lady Welton ungerührt, klemmte Charlottes Arm unter den ihren und bahnte sich entschlossen einen Weg durch die Gruppe der jungen Männer, die noch immer in der Loge herumlungerten.

„Das verstehe, wer will“, klagte Lord Welton und trottete verdrossen hinter ihnen her.

„Oh, Alfred“, sagte seine Gemahlin im Tonfall einer Gouvernante, die versucht, ihrem nicht eben brillanten Zögling ein Quäntchen Wissen einzutrichtern. „Es ist eine Sache, einer Frau wie Mrs. Mulgrew den Zutritt zu seiner ohnehin von unzähligen Schwätzern und Taugenichtsen bevölkerten Privatloge zu gewähren, doch eine völlig andere, freiwillig ihre Gesellschaft in einer geschlossenen Kutsche zu dulden.“

Nachdem sie ihren Gatten über diesen bedeutsamen Aspekt der Etikette aufgeklärt hatte, stieß Lady Welton den jungen Farley, der soeben mit dem gewünschten Getränk zur Tür hereinkam, mit dem Ellbogen zur Seite, rauschte die Treppe zum Foyer hinab und bahnte sich, ihren Mann im Schlepptau, einen Weg durch die Menge.

Sie traten auf die Catherine Street hinaus, mitten hinein ins Gewühl der anderen Opernfreunde. Die Herren versuchten fieberhaft – wenngleich mit beschränktem Erfolg – eine

Kutsche herbeizuwinken, während ihre Töchter und Gattinnen missgelaunt unter dem festlich beleuchteten Säulenvorbau des Theaters herumstanden. Londons allgegenwärtiger Nebel war von der Themse her stadteinwärts gezogen, hüllte die auf dem Bürgersteig Wartenden ein und machte alles unsichtbar, was weiter als einige Schritt entfernt war.

Auf der anderen Straßenseite stieg ein Durcheinander von Stimmen und Geräuschen von den schemenhaften Umrissen der privaten Broughams und Kutschen auf, den gespenstischen Silhouetten der Pferde und Menschen. Aus den nebligen Tiefen waren das Rufen geisterhafter Straßenhändler zu hören, die geröstete Nüsse feilboten, das Geschrei kleiner Schuhputzer, die lauthals ihre Dienste anpriesen, das Geplauder der Damen und das Gebrüll der Herren, das Ganze untermalt vom Geklirr und Geknirsch des Pferdegeschirrs, von Hufgetrappel und dem Rumpeln der Kutschräder auf dem Kopfsteinpflaster. Ein Kutscher rief jemandem zu, er möge gefälligst darauf achten, wo er hintrete, das Knallen einer Peitsche ertönte, gefolgt vom vorwurfsvollen Wiehern eines Pferdes, dann das wüste Fluchen eines Mannes, der im dichten Nebel gestolpert war.

An der Ecke des Opernhauses stand eine Gruppe herausgeputzter Halbweltdamen unter einer Straßenlaterne und bot ihre Reize feil. Sie scherzten und lächelten und blickten aufreizend zu den jungen Stutzern hinüber, die langsam an ihnen vorbeistolzierten wie Restaurantbesucher, die ihren nächsten Gang auswählten.

Charlotte erhaschte einen Blick auf Ginny, die ein wenig weiter oben auf dem Bürgersteig in ein Gespräch mit dem Comte vertieft war. Die Kurtisane nickte kurz, verschwand dann zwischen zwei Kutschen, die sich zur Abfahrt bereit machten, und wurde schließlich auf der anderen Seite vom Nebel verschluckt.

„Wir werden noch Stunden hier herumstehen“, stellte

Lady Welton verdrossen fest. Charlottes kleine Schar von Verehrern hatte sich aufgelöst, alle waren davongeeilt auf der Suche nach einer Kutsche, die sie zum nächsten Ball, zum nächsten Spielkasino, zur nächsten Vergnügung bringen würde.

„Wir könnten ein paar Schritte die Straße hinuntergehen, weiter unten ist bestimmt nicht mehr so viel Betrieb", schlug Charlotte vor.

Lady Welton blickte sie an, als habe sie den Verstand verloren. „Warum?"

„Dann müssen wir vielleicht nicht so lange warten", erklärte Charlotte.

„Wir haben ohnehin nicht viel Besseres zu tun. Ich kann nicht behaupten, dass ich mich auf die Einladung bei den Neeblers freue. Sie etwa, Charlotte? Nein, natürlich nicht. Eine knickrige, mürrische Sippe, diese Neeblers! Sie werden einige Stückchen Hammelfleisch und ein paar jämmerliche Garnelen zur Stärkung anbieten, und zum Dank für unsere Mühe müssen wir uns dann das Gekreische der Tochter des alten Windsacks und das Klaviergeklimper seiner Gattin anhören. Nein, da warten wir lieber!" Sie hob die Hand und winkte mit einem Taschentuch ihrem Mann zu, der schnaufend die lange Reihe der Kutschen entlanglief in der Hoffnung, ein freies Gefährt zu ergattern.

„Welton, einen Stuhl, bitte!"

„Aber meine Liebe!", rief er zurück. „Wo soll ich denn hier einen Stuhl herbekommen?"

„Wirklich, Welton!", entgegnete sie in einem Ton, der gleichzeitig zärtlich und verärgert klang. „Wenn ich das wüsste, würde ich dich doch nicht bitten, mir einen zu suchen, nicht wahr?"

„Da ist was dran", murmelte Welton und gab die Jagd nach einer freien Droschke auf, um stattdessen nach einem Stuhl für seine Frau Ausschau zu halten.

„Welton ist ein Schatz“, sagte Lady Welton zufrieden und tätschelte Charlottes Arm.

„Mrs. Mulgrew!“ Von irgendwo auf der anderen Straßenseite her erhob sich eine männliche Stimme über den Lärm. „Wären Sie so freundlich?“

Charlotte spähte zu Ginny hinüber. Ein Ausdruck des Unmuts huschte über das hübsche Gesicht der Kurtisane, denn sie verspürte nicht die geringste Lust, im dichten Nebel den stark befahrenen Boulevard zu überqueren. Dann jedoch raffte sie anmutig ihre Röcke, trat vom Bürgersteig auf die schlüpfrigen Pflastersteine der Straße und verschwand zwischen den Kutschen.

„Ah!“ Lady Weltons Ausruf des Entzückens veranlasste Charlotte, sich umzudrehen, gerade noch rechtzeitig, um zu sehen, wie Lord Welton aus dem Nebel auftauchte, zwei kräftige Arbeiter im Gefolge, die eine schwere Marmorbank herbeischleppten, die sie weiß der Himmel wo entwendet hatten. „Auf Welton ist stets Verla…“

„Vorsicht!“

Der Warnruf übertönte den Straßenlärm. Plötzlich herrschte Stille, dann jedoch hörte Charlotte das wilde Hufgetrappel durchgegangener Pferde auf dem Kopfsteinpflaster, das Rumpeln von Kutschrädern, das Donnern eines vorbeijagenden Gefährts und dann … einen Schrei, gefolgt von einem grässlichen dumpfen Knall.

Die rasende Kutsche verschwand ebenso schnell, wie sie gekommen war. Kaum war sie außer Sichtweite, erfüllte bereits das Geräusch eiliger Schritte und besorgter Stimmen die Nacht.

„Sie ist verletzt! Sie ist verletzt! Jemand muss einen Arzt holen! Rasch!“

„Oh!“, rief Lady Welton leise aus und hob erschrocken die Hand an die Lippen. „Da ist wohl eine arme Frau überfahren worden. Hoffentlich niemand, den ich kenne …“

Eine entsetzliche Vorahnung stieg in Charlotte auf.

„Charlotte, Kindchen! Wohin gehen Sie? Sie können doch nicht …"

Mehr hörte Charlotte nicht mehr, denn sie war bereits losgelaufen, um die Frau zu finden, die unter die Hufe der durchgegangenen Pferde geraten war. Etwas weiter die Straße hinab hatte sich ein kleiner Menschenauflauf gebildet. Charlotte bahnte sich einen Weg durch die Menge. Hoffentlich war es nicht …

„Nein!"

Ginny Mulgrew lag auf der Seite, das eine Bein in unnatürlichem Winkel vom Körper abgespreizt. Das Wasser, das sich in den Vertiefungen des Kopfsteinpflasters gesammelt hatte, hatte bereits ihr prächtiges Kleid durchnässt. Einige Fingerbreit unterhalb ihrer Hüfte war der Abdruck eines Pferdhufes zu erkennen, der sich tief in den Stoff eingegraben hatte. Ihr Gesicht war totenblass, ihre Augen geschlossen. Charlotte ließ sich neben der Verunglückten niedersinken, ohne das harte Pflaster unter ihren Knien auch nur wahrzunehmen. Behutsam strich sie Ginny eine dichte Haarsträhne aus der Stirn. Sogleich rann Blut aus einer Schnittwunde, die darunter verborgen gewesen war. Charlotte sah zu den bestürzt dreinschauenden Passanten auf, die sich um sie geschart hatten. „Wir müssen sie von der Straße fortbringen! Und einen Arzt holen. Sofort!", verlangte sie. Ein betroffen dreinblickender Herr in einer grünen Weste winkte zwei livrierte Diener herbei, die sich förmlich den Hals verrenkten, um einen Blick auf das Geschehen zu erhaschen. „Besorgen Sie etwas, um die Frau wegzubringen", befahl er. „Schnell!" Die beiden verschwanden auf der Stelle, um seinen Auftrag auszuführen.

Einen Augenblick später tauchte der Comte St. Lyon neben Charlotte auf. Er wirkte zutiefst verwirrt. „Was ist denn passiert?"

„Irgendein junger Geck hat die Kontrolle über seine Gäule verloren“, entgegnete der Gentleman in der grünen Weste, „und die arme Unglückliche hier über den Haufen gefahren. Verfluchter Schwachkopf!“

„Mein Gott“, flüsterte St. Lyon. „Wird sie durchkommen?“

„Das werden wir erst wissen, wenn sie untersucht worden ist“, bemerkte Charlotte schroff. „Und hier auf offener Straße kann das nicht geschehen.“

Die beiden Dienstboten von St. Lyon traten aus der Menge hervor und schleppten eine breite Bank herbei. „Vorsichtig!“

Behutsam hoben sie die Verletzte auf die Bank. Trotz der Vorsicht, die sie dabei walten ließen, erwachte Ginny aus ihrer Bewusstlosigkeit. Ein Angstschrei entrang sich ihrer Kehle.

„Es ist alles in Ordnung“, sagte Charlotte beruhigend. „Wir bringen Sie hier weg.“

„Wohin?“, fragte der Herr in der grünen Weste besorgt.

„Zu mir“, entgegnete St. Lyon.

„Nein“, hauchte Ginny, die Augen, in denen sich ihre ganze Qual widerspiegelte, flehentlich auf Charlotte gerichtet. „Bitte!“

„Sie kommt zu mir“, erklärte Charlotte in einem Ton, der keinen Widerspruch duldete. „Ich werde bei ihr bleiben. Ich kann mich besser um sie kümmern als Sie, Comte.“

St. Lyon erhob keine Einwände. „Ich hole meinen Landauer“, sagte er und überquerte eilig die Straße.

„Charlotte.“ Das Wort war kaum hörbar. Ginny presste jede Silbe mühevoll zwischen den vor Schmerz zusammengekniffenen Lippen hervor. „Versprechen Sie es mir.“

„Ruhig, meine Liebe …“

„Charlotte“, stöhnte sie und riss die Augen weit auf. „Sie müssen es mir versprechen!“

„Ja, gewiss doch“, sagte Charlotte sanft. „Natürlich. Alles, was Sie wollen.“

Ginny schüttelte den Kopf. Ihr Gesicht war schmerzverzerrt. „Verstehen Sie doch, Charlotte! *Sie* müssen statt meiner mit auf St. Lyons Burg gehen. Und Sie dürfen sich von *niemandem* davon abbringen lassen, hören Sie?“

5. KAPITEL

Culholland Square, Mayfair
18. Juli 1806

Es muss Ihnen irgendwie gelingen, beide Männer für unsere Pläne zu gewinnen", flüsterte Ginny ihrer Vertrauten mit brüchiger Stimme zu. Ein leidender Zug lag um ihren Mund, ihr Gesicht war noch immer aschfahl, doch sie war trotz der Beruhigungsmittel, die der Arzt ihr verabreicht hatte, bei klarem Verstand.

„Ja", entgegnete Charlotte und zupfte die leichte Tagesdecke zurecht, die Ginnys schlanken Körper umhüllte, wobei sie darauf achtete, nicht an das bandagierte und von beiden Seiten mit einer Holzlatte geschiente Bein der Verunglückten zu stoßen.

„Trinken Sie das", drängte sie und drückte Ginny eine Tasse mit heißer Rinderbrühe in die Hand. „Sie müssen bei Kräften bleiben."

Ginny schüttelte ungeduldig den Kopf. „Kann man Ross trauen?"

„Ja." Charlotte stellte die Tasse auf den Nachttisch. „Wie ich schon sagte: Seine Vertrauenswürdigkeit ist über jeden Zweifel erhaben. Und seine Loyalität steht der Ihren oder der meinen in nichts nach."

„Das bezweifle ich nicht", murmelte Ginny. „Ich bin mir nur nicht sicher, wem diese Loyalität gilt." Sie schloss die Augen und kämpfte gegen die Schmerzen und die betäubende Wirkung der Arznei an, die sie kurz vor Charlottes Ankunft eingenommen hatte. „Sie sagten vorhin, Sie hätten eine Nachricht von Ihrem anderen … Verbündeten."

„Das stimmt", entgegnete Charlotte und runzelte die Stirn, als sie an die kurze Notiz dachte, die sie vor einigen Stunden erhalten hatte. „Er wünscht mich heute Nachmittag zu sprechen."

„Oh?“

„Wir sind einander erst zweimal begegnet“, erklärte Charlotte. Ihr Gesichtsausdruck spiegelte ihre Verwirrung wider. „Er bekleidet ein sehr hohes Amt, und es ist von allergrößter Wichtigkeit, dass seine Identität geheim bleibt. Bis vor einigen Monaten habe ich ihn nie richtig zu Gesicht bekommen. Wir haben einander stets mitten in der Nacht getroffen, und er ist immer im Schatten geblieben. Und selbst dann musste ich die Nachrichten für ihn unter einem Stein oder in einer Urne verstecken, während er mich aus der Ferne beobachtete.“

„Ein sehr vorsichtiger Mann“, bemerkte Ginny. „Warum ändert er sein Verhalten jetzt?“

„Ich weiß es nicht. Vermutlich hat er von Ihrem Unfall erfahren und will wissen, welche Auswirkungen er auf unser Vorhaben hat.“

„Dann sollten Sie besser hingehen“, flüsterte Ginny und schloss erschöpft die Augen.

Charlotte zog den losen Wollmantel enger um ihren Körper. Trotz seines leicht muffigen Geruchs war sie froh, dass sie sich das gute Stück von ihrer verdutzten Küchenmagd geborgt hatte. Selbst das schlichteste ihrer Kleider hätte in dieser schmuddeligen Seitenstraße der Drury Lane unnötiges Aufsehen erregt. Der Droschkenkutscher hatte sich aus Sorge um seine Pferde und seine eigene Sicherheit geweigert, tiefer in das Elendsquartier hineinzufahren, und Charlotte kurzerhand zum Aussteigen aufgefordert. Eine halbe Stunde würde er auf sie warten, nicht länger, hatte er ihr widerwillig versprochen.

Sie konnte es dem Mann nicht verübeln. Es war ein sonniger Tag, die Luft war mild, doch der Gestank, der aus den offenen Abwasserkanälen zu beiden Seiten der von Schlaglöchern übersäten Gasse emporstieg, nahm Charlotte fast den

Atem. Die baufälligen Häuser wirkten finster und bedrohlich. Die meisten Fensteröffnungen waren mit Brettern vernagelt, und aus den Treppenhäusern, die zu den schäbigen kleinen Wohnungen führten, drang Lärm auf die enge Straße hinaus. Weiter unten lungerten streitsüchtige junge Burschen vor den Eingängen der zahllosen Kellerspelunken herum, während erschöpft wirkende Männer an müde blickenden Frauen vorbeistapften, die Krüge aus Ton und teilnahmslose, zerlumpte Kinder auf dem Arm trugen.

Charlotte sah sich nach einem Straßenschild um, doch es gab keines. Keinen Hinweis darauf, dass sie sich in dem ihr vertrauten London befand. Schließlich erblickte sie eine Frau, die auf der obersten Stufe einer Treppe hockte, die zu einer der Kellerschänken führte. Ein halbnacktes Kleinkind saß auf ihrem Schoß und lutschte am Daumen.

„Ich suche die Sparrow Lane Nummer zwölf", sagte Charlotte. „Können Sie mir sagen, wo das ist?"

Der Blick der Frau fiel auf die Halbstiefel aus feinem Kalbsleder, die unter Charlottes Mantel hervorlugten. „Nich' für umsonst."

„Hier ist ein Farthing."

Die Frau streckte hastig die Hand aus und griff gierig nach der Münze. „Da!" Sie wies mit dem Kopf auf das Haus hinter ihr. „Steh'n genau davor."

„Vielen Dank." Charlotte erklomm die Treppenstufen und sah zu den windschiefen Dächern empor. Waren die Brieftauben, mit deren Hilfe Toussaint mit Pater Tarkin in Schottland kommunizierte, irgendwo dort oben untergebracht?

Beherzt klopfte sie an die Tür. Sie brauchte nicht lange zu warten. Die Tür öffnete sich, und vor ihr stand ein finster wirkender Mann. „Miss Nash, ich bin so froh, dass Sie gekommen sind. Bitte!" Er tat einen Schritt zur Seite.

Charlotte zog den Kopf ein, um nicht gegen den niedrigen Türsturz zu stoßen, und trat über die Schwelle. Im Inneren war es stickig und düster, das einzige Fenster des Raumes war mit Brettern vernagelt, und eine einsame Laterne spendete notdürftig Licht. Dennoch stellte Charlotte zu ihrer Erleichterung fest, dass die Wohnung annehmbarer war, als das Äußere des Gebäudes vermuten ließ. Gewiss, der Fußboden knarrte unter ihren Schritten, und die Wände waren von zahlreichen Rissen durchzogen, doch unlängst hatte jemand gründlich geschrubbt, wie der unverwechselbare Geruch nach Lauge bewies, der ihr in Augen und Nase stieg.

„Wollen Sie nicht Platz nehmen?“, fragte Toussaint mit leichtem französischen Akzent.

Charlotte streifte sich den groben Wollmantel von den Schultern, setzte sich auf den angebotenen Stuhl und betrachtete den Mönch, der sie herbestellt hatte. Als sie ihn vor einigen Monaten kennengelernt hatte, war ihr erster Eindruck gewesen, dass er jünger aussah, als er sein konnte. Sein braunes Haar war lediglich an den Schläfen leicht ergraut, und sein Gesicht war zwar ein wenig verwittert, doch von festen, klaren Konturen.

Ihr zweiter Eindruck war, dass er einen sehr ungemütlichen Mönch abgeben musste. Er schien beinahe zu platzen vor Tatendrang und Entschlossenheit. Seine Bewegungen waren schneidig und flink, so als habe er größte Mühe, sie unter Kontrolle zu halten. Zwar ließ er die Arme scheinbar entspannt herabhängen, dabei öffneten und schlossen sich seine Fäuste jedoch wie das Maul eines Fisches auf dem Trockenen. Charlotte war sicher, dass er sich dessen nicht einmal bewusst war. Doch es war nicht nur diese mühsam im Zaum gehaltene Energie. Auf seinen Lippen lag ein mildes Lächeln, doch der Blick seiner scharfen Augen war unerbittlich. Seine militärische Vergangenheit hatte er nicht völlig abstreifen können. Er unterzog Charlotte einer raschen Begutachtung – und ließ den Blick dann auf ihrem züchtigen Ausschnitt ruhen.

„Ist das ..., könnte das eine der gelben Rosen aus St. Bride's sein?“ In seiner Stimme schwang Missbilligung mit. „Eine jener Rosen, die die jungen Männer Ihrer Familie mitgebracht haben?“

„Ja“, bestätigte Charlotte. Sie hatte vergessen, dass sie am Morgen eine der Blüten an ihrem Mieder befestigt hatte. „Sie halten das vermutlich für entsetzlich gefühlsduselig.“

„Gefühle können einen Menschen zugrunde richten. Oder eine Sache. Seien Sie vorsichtig.“ Seine Züge entspannten sich. „Danke, dass Sie gekommen sind. Was ich über Mrs. Mulgrew gehört habe, ist höchst betrüblich. Höchst beunruhigend.“

„Diese Tragödie könnte sehr weit reichende Folgen haben. Folgen, denen wir unter Umständen hilflos ausgeliefert sind. Wir können es uns nicht leisten, diesen Brief zu verlieren“, sagte er mit tonloser Stimme. „Wie schwer sind Mrs. Mulgrews Verletzungen? Wird sie Ihrer Meinung nach rasch genug genesen, um zu einem späteren Zeitpunkt nach Schottland zu reisen?“

Er klang verzweifelt.

„Ich fürchte nein. Es besteht nicht die geringste Hoffnung, dass sie sich genug erholt, um unseren Plan auszuführen.“

Toussaint stöhnte leise auf und schloss die Lider. Als er sie wieder aufschlug und Charlottes Gesichtsausdruck sah, erhob er sich und blickte ihr geradewegs in die Augen. „Ich kann die Wichtigkeit dieses Briefes nicht oft genug betonen. Nicht nur der Absender geriete in große Gefahr, wenn seine Identität enthüllt würde, nicht nur sein Land, das sich ob dieses Verrats den Zorn Napoleons zuziehen würde, sondern auch der Vatikan würde in Mitleidenschaft gezogen. Priester, denen erst kürzlich die Rückkehr in ihre Diözesen gestattet wurde, wären die Leidtragenden.“

„Sir?“

Er beugte sich vor und beschwor Charlotte mit grimmigem Blick, die Bedeutung seiner Worte zu begreifen. „Napoleon und der Papst liegen im Zwist miteinander. Der Machthunger des Korsen wächst von Monat zu Monat. Er nimmt es dem Heiligen Vater übel, dass dieser die Seeblockade gegen England nicht unterstützt. Wenn sich herausstellt, dass dieser Brief an den Papst gerichtet war, und sein Inhalt bekannt wird …" Er schüttelte den Kopf. „Napoleon hätte endlich den lang ersehnten Vorwand gefunden, um alle Beziehungen zur Kirche zu kappen und den Papst zu seinem Feind zu erklären."

„Jetzt verstehen Sie, warum ich so verzweifelt bin. Ich habe Mrs. Mulgrews Plan nie gutgeheißen, doch nur ein Narr könnte verkennen, dass er die größte Aussicht auf Erfolg bot, um diesen Brief wiederzubekommen. Nun …" Er machte eine wegwerfende Handbewegung und wandte sich ab. Charlotte sah, wie seine Schultern bebten. „Wir *müssen* diesen Brief zurückholen, koste es, was es wolle. Wir *müssen!*"

Er drehte sich um und blickte sie an. Charlotte bemerkte, dass er den Atem anhielt und derart aufgewühlt war, dass sich ein Tröpfchen Schaum in seinem Mundwinkel gebildet hatte. Seine Augen blickten flehentlich, seine Hände zuckten.

„Ich verstehe", sagte Charlotte ein wenig irritiert, gleichzeitig jedoch gerührt von seinem Eifer und seinem moralischen Dilemma. „Voll und ganz. Und ich muss gestehen, ich bin erleichtert, dass wir in dieser Angelegenheit einer Meinung sind."

Der Mönch straffte sich und blickte ihr in die Augen. „Was meinen Sie damit?"

„Ich beabsichtige in der Tat, an Mrs. Mulgrews Stelle in den Norden zu reisen."

Seine Augen weiteten sich vor Staunen. Er öffnete unwillkürlich den Mund und schloss ihn dann rasch wieder. „Was? Ich sollte es Ihnen verbieten", flüsterte er.

Hier war der Mönch unaufrichtig.

„Bruder Toussaint“, sagte Charlotte nachsichtig, „aus diesem Grund haben Sie mich doch um ein Treffen gebeten, nicht wahr? Um mich zu fragen, ob jemand Mrs. Mulgrews Aufgabe übernehmen könne. Und wer außer mir käme dafür infrage?“

Er riss gekränkt die Augen auf. „Ich … ich war nicht sicher … Das heißt, ich hätte nicht geglaubt, Sie würden …“

Charlotte hatte Mitleid mit ihm. „Sie *wollen* nicht, dass ich das tue, ich weiß. Ich bin selbst nicht besonders begierig darauf, doch ich bin die einzig mögliche Stellvertreterin. Es ist sinnlos, das abzustreiten. Bitte“, fuhr sie fort, ehe er ihr abermals widersprechen konnte, „lassen Sie mich ausreden. Sie hatten den schweren Entschluss gefasst, mich darum zu bitten. Doch als ich dann vor Ihnen stand, ist Ihnen erneut aufgefallen, wie jung ich bin, wie unerfahren, und dann haben Sie es sich anders überlegt. Doch Ihr ursprünglicher Gedanke war nicht falsch.“

Diesmal erhob er keinen Einwand, sondern sagte: „Wie aber wollen Sie es anstellen, an Mrs. Mulgrews statt auf St. Lyons Burg nach dem Brief zu suchen?“ Eine plötzliche Eingebung ließ sein Gesicht aufleuchten. „Ich kann …“

„Sie brauchen gar nichts zu tun, Bruder Toussaint“, versicherte sie ihm. „Ich werde Dand Ross dazu bringen, mir zu helfen.“

„Dand? Er ist hier? Zu diesem Zeitpunkt?“ Sie hatte den Mönch offenbar völlig aus der Fassung gebracht. „Mein Gott, dann *ist* es wahrhaftig Vorsehung“, murmelte er und bekreuzigte sich. „Es hat so sein sollen.“

„Ich schätze, Dands Kommen und Gehen hat sehr wenig mit göttlicher Vorsehung zu tun“, bemerkte Charlotte trocken. „Er ist nach London gekommen, um mir von dem vermissten Brief zu berichten. Doch davon wussten wir bereits. In ein paar Wochen muss er zurück nach Frankreich, bis dahin jedoch werde ich seine Hilfe nicht mehr brauchen.“

„Wird er hier auftauchen? Um mich zu sehen?“, fragte Toussaint aufgeregt.

„Nein.“ Charlotte schüttelte den Kopf. „Er weiß nicht einmal, dass Sie sein Kontaktmann sind.“

Der Mönch lächelte ziemlich verlegen. „Nein, natürlich nicht. Ich ... Es ist nur so, ich habe mitgeholfen, ihn zu erziehen, verstehen Sie?“ Aus seinen Worten sprach rührender Stolz.

Charlotte betrachtete ihn mit wachsendem Interesse. „Wie war er?“ Sie konnte sich die Frage nicht verkneifen. „Als Junge?“

„Dand?“ Toussaint dachte einen Augenblick lang nach. Ein Lächeln umspielte seine Lippen, offenbar schwelgte er in vergnüglichen Erinnerungen. „Lausbub, so nannten ihn die Mönche. Er hatte immer nur Unfug im Sinn, hat sich nachts aus dem Schlafsaal geschlichen, um auf Abenteuersuche zu gehen, hat seine Kameraden zu Streichen angestiftet und sich dann listig wie der Teufel aus der Affäre gezogen, wenn sie erwischt wurden. Bruder Fidelis, der alte Kräuterheilkundige, sagte immer, Gott habe den Rohrstock für Burschen wie Dand Ross gemacht.“

Das glaubte Charlotte nur allzu gern. „Und die anderen Jungen?“

Toussaint lächelte, und zum ersten Mal entdeckte Charlotte einen Funken Wärme in seinem sonst so kühlen Blick. „Ramsey war als Knabe ebenso vornehm und zurückhaltend, wie er es heute als Mann ist. Und Kit“, fuhr er fort, „besaß nicht nur starke Muskeln, sondern einen mindestens ebenso starken Willen.“

„Es gab noch einen vierten“, sagte Charlotte. „Der, der in Frankreich getötet wurde.“

„Douglas Stewart.“ Toussaint nickte, einen Ausdruck unsäglichen Kummers auf dem Gesicht.

„Kit hat einmal gemeint, Douglas sei das Herz ihrer Gemeinschaft gewesen. Das Band, das sie einte. Er muss ziemlich außergewöhnlich gewesen sein."

Der Mönch runzelte die Stirn. „Außergewöhnlich? Ich weiß nicht. Er war ein gescheiter Bursche, gewiss, auch recht kräftig, doch nicht kräftiger als viele andere. Von edler Gesinnung. Ernst. Doch das macht noch lange keinen guten Anführer aus."

Charlotte hatte Ramsey und Kit stets nur voller Hochachtung von Douglas Stewart reden hören. Sie war davon beeindruckt gewesen. „Ich verstehe nicht ganz."

„Nun, Ramsey besaß Haltung und Manieren, Kit Kraft und Entschlossenheit."

„Und Dand?"

„Dand war der Klügste von allen. Und er hatte Charme, doch auch eine dunkle Seite. Douglas jedoch zeichnete sich aus durch … nichts." Welch flüchtige Stimmung Toussaint auch immer ergriffen haben mochte, sie war mit einem Mal verflogen. „Genug davon! Es ist aus und vorbei und kaum noch von Bedeutung. Sie gaben zu verstehen, Dand sei bereit, Ihnen bei der Ausführung Ihres Plans zu helfen? Auf welche Weise?"

Bei dieser Frage stieg Charlotte eine brennende Röte in die Wangen, und sie war froh, dass es in der stickigen kleinen Kammer so düster war. „Bruder Toussaint", sagte sie, „Ihr Gewissen ist schon belastet genug. Wir wollen es nicht noch mit einer weiteren Bürde beschweren, einverstanden? Dands Unterstützung wird mir nicht schaden, sie wird mir vielmehr helfen, glaubwürdig die Art von Frau zu verkörpern, die der Comte gefahrlos kompromittieren kann."

Toussaint zog missbilligend die Brauen zusammen. „Mein Kind …"

„*Glaubwürdig*, Bruder Toussaint, nicht wahrhaftig."

6. KAPITEL

Nordschottland
Weihnachten 1788

Ich hab dich nicht davor bewahrt, dass man dir die Kehle durchschneidet, nur um mit anzusehen, wie die Soldaten dich niederschießen. Ganz gleich, was Geoff erzählt, ich hab die Rotröcke mit eigenen Augen die Hauptstraße nach Norden hoch marschieren sehen.“ Der bullige grauhaarige Mann stellte sich auf die Zehenspitzen und lugte über die dichte Hecke, welche die Landstraße an diesem Wegstück säumte. Als er nichts Verdächtiges entdeckte, drehte er sich zu dem Jungen um und blickte ihn mit gemischten Gefühlen an.

„Zeit, unsere Rast zu beenden und aufzubrechen, Kleiner. Doch hier trennen sich unsere Wege. Es war mir ein Vergnügen, dein Führer und Weggenosse zu sein, junger Sir, aber jetzt heißt es Abschied nehmen.“ Er blinzelte kurzsichtig, und wegen seines schiefen Kiefers waren seine Lippen zu einer Grimasse verzogen. Nach fast einem Monat an Trevors Seite wusste der Junge jedoch, dass diese Miene so etwas wie Zuneigung ausdrückte, eine recht bemerkenswerte Gefühlsregung für einen Dieb, Schmuggler und vermutlich auch Mörder, wie Trevor einer war.

„Du hast ein geschicktes Händchen, wenn es darum geht, Schlösser zu knacken, das könnte dir in Zukunft noch mal nützlich sein. Doch nicht jetzt. Du bist viel zu jung und zart …“ Er hielt inne und schüttelte den Kopf. „Dein Vater hätte es gewiss nicht gern gesehen, dass du dein Leben auf der Straße verbringst. Nein, es ist besser, du gehst in die Abtei St. Bride's. Pater Abbot kommt jeden zweiten Mittwoch auf dem Rückweg aus der Stadt hier vorbei und wird bald auftauchen.“

„Ich will nicht in ein Kloster.“

Der Mann nickte verständnisvoll. „Natürlich nicht. Aber

du hast sonst nichts, wohin du gehen könntest, und für einen Mann Gottes ist Pater Abbot gar nicht so übel. Außerdem gibt es noch andere Waisenknaben dort."

Der Junge sagte kein Wort.

„Weißt du", fuhr Trevor nachdenklich fort, „du könntest mir sagen, wer du bist, dann würde ich vielleicht ein paar Leute ausfindig machen, die nach dir suchen."

„Das habe ich Ihnen doch schon gesagt", entgegnete der Junge und seufzte vernehmlich. „Ich bin ein verlorener Sohn aus dem Geschlecht der Bourbonen, aber da Ihre Freunde alle ertränkt haben, die meine wahre Herkunft kennen, und ich weder Geld noch Dokumente besitze, die meine Behauptung beweisen könnten, werde ich das wohl noch lange bleiben."

„Frechdachs", kicherte Trevor. „Das hat dich gerettet, weißt du das? Du hast Black Sam zum Lachen gebracht mit deinen Geschichten von Schlössern und blaublütigen Herrschaften, deshalb hat er dich am Leben gelassen. Was deine Herkunft angeht ... Wenn es jemanden gibt, zu dem du gehen könntest, so wirst du das ohne mich tun müssen."

„Sie waren sehr anständig zu mir, Trevor", sagte der Junge. „Danke, dass Sie mich nicht umgebracht haben."

Trevor starrte ihn abermals an und seufzte. „So hätte mein eigener Sohn sein können. Geschickte Finger und ein eigensinniges Köpfchen. Und ziemlich angenehme Gesellschaft. Also, ich behaupte nicht, dass ich ein schlauer Kerl wäre, aber ein paar Dinge weiß ich doch, und die werde ich dir zum Abschied mit auf den Weg geben, mein Junge. Du kannst sie dir zu Herzen nehmen oder sie gleich wieder vergessen, das ist mir schnuppe, doch anhören wirst du sie dir. Also, es ist ganz gleich, wer du warst, bevor ich dich zwischen den Felsen am Strand aufgelesen habe, wo du dich versteckt hattest. Wer immer du in Frankreich warst, ist an jenem Strand gestorben."

Der Junge nickte. Falls er Groll empfand gegenüber den Männern – Trevor eingeschlossen –, die für das Ende seiner ehedem glänzenden Zukunft und den Tod seiner Reisegefährten verantwortlich waren, so ließ er es sich nicht anmerken.

„Sei kein Dummkopf, Junge, davon gibt es auf der Welt schon genug. Sei clever! Du kannst deine Tage damit verbringen, nach den Dingen zu jammern, die du begehrst, oder dir nehmen, was du kriegen kannst. Du hast eine flinke Zunge und kannst sehr einnehmend sein, wenn es dir gerade passt. Nutze die Dinge gut, die dir weder das Meer noch Schmuggler oder Strandräuber entreißen können. Vergiss nicht, was ich dir beigebracht habe. Du …“

Das Wiehern eines Pferdes ließ Trevor mitten im Satz innehalten. Er duckte sich hinter die Hecke, die Hand fest um die Schulter des Jungen geschlossen. „Das ist die Kutsche des Abtes. Los, geh! Tritt auf die Straße und winke ihn heran.“

„Aber …“

„Um Himmels willen, Junge“, sagte Trevor verzweifelt. „Ich hab in meinem Leben eine einzige gute Tat vollbracht, als ich dir an jenem Strand das Leben gerettet habe. Nun lass mich eine zweite tun. Wer weiß, vielleicht bewahrt mich das am Tag des Jüngsten Gerichts vor dem Höllenfeuer.“

Ein breites Grinsen huschte über das Gesicht des Jungen. „Oh, das bezweifle ich.“ Dann stolperte er, ohne sich noch einmal umzublicken, auf die holprige Landstraße hinaus und winkte der herannahenden Kutsche zu.

* * *

Culholland Square, Mayfair
18. Juli 1806

„Seien Sie nicht albern“, rief Dand und beugte sich über Charlotte, die seelenruhig dasaß und zarte Veilchen auf ein neues Sofadeckchen stickte.

Er war von ihrem Butler in das ummauerte Gärtchen geführt worden. Wie Charlotte vermutet hatte, war Dand am Morgen mit einer Nachricht für Toussaint zurückgekehrt. Und wie sie ebenfalls vermutet hatte, war er ganz und gar nicht begeistert gewesen, als sie ihm von ihrem geänderten Plan erzählt hatte.

Dass er allerdings so heftig reagieren und sich so anders verhalten würde als üblich, hatte sie nicht erwartet. Tatsächlich entdeckte sie in diesem Fremden kaum den anmaßenden, durch nichts aus der Ruhe zu bringenden Halunken wieder, den sie zu kennen glaubte. Statt ein wenig spöttisch wie sonst, wirkte sein Gesichtsausdruck mit einem Mal drohend, und seine ganze Haltung drückte Kampfbereitschaft aus.

„Ich bin nicht albern“, entgegnete Charlotte ungerührt. „Hören Sie auf, sich wie ein überfürsorglicher großer Bruder aufzuführen.“

„Oh, ich kann Ihnen versichern“, erwiderte er in weichem Ton, der ob seiner Sanftheit umso bedrohlicher klang, „dass meine Gefühle im Augenblick alles andere als brüderlich sind.“

Charlotte schluckte. Sie würde sich nicht einschüchtern lassen. „Wenn Sie sich freundlicherweise daran erinnern wollten, dass wir eine Aufgabe zu bewältigen haben, würde das die Sache sehr viel leichter machen.“

„Nein“, entgegnete er schroff. „Diese Sache kann nie und nimmer einfach sein. Sie ist lächerlich, weiter nichts. Ein hirnrissiger Plan, ausgeheckt von einer Verwirrten im Fieberwahn und einer romantischen Träumerin. Ich überlasse es Ihnen, welche der beiden Rollen Sie für sich beanspruchen und welche Sie Mrs. Mulgrew überlassen.“

„Sie werfen mir doch nicht ernsthaft vor, ich sei eine Romantikerin?“, fragte Charlotte in einem beschwichtigenden Tonfall.

„Gestern noch hätte ich das nicht behauptet, Ihre jetzigen

Absichten jedoch lassen keinen anderen Schluss zu. Sie haben beschlossen, eine Heldin zu sein."

„Nicht ich", entgegnete Charlotte knapp. „Das Schicksal."

„Das Schicksal oder Mrs. Mulgrew?", fragte Dand argwöhnisch. „Wo steckt die Arme eigentlich?"

Charlotte schüttelte nachdenklich den Kopf. „Es wundert mich stets aufs Neue, dass Sie in einem Benediktinerkloster erzogen worden sind, von Mönchen, die für ihre Barmherzigkeit gegenüber Kranken und Verwundeten berühmt sind."

„Die Lektionen über Mildtätigkeit und Nächstenliebe habe ich immer verschlafen. Also noch einmal: Wo ist sie?"

„Wenn Sie es unbedingt wissen wollen: Sie liegt oben im Bett." Charlotte wappnete sich innerlich. Eins … zwei …

„Himmeldonnerwetter!" Dand schloss die Augen und versuchte, das wüste Schimpfwort hinunterzuschlucken, das Charlotte ihm förmlich von den Lippen ablesen konnte. Warum er sich jetzt allerdings zurückhielt, nachdem er sie bereits mit einem eindrucksvollen Repertoire an Flüchen bekannt gemacht hatte, war ihr ein Rätsel.

„Sagen Sie mir, Charlotte", knurrte er, „erschien Ihnen der Gedanke, als Ausgestoßene der Gesellschaft zu leben, eines schönen Tages plötzlich so verlockend, dass Sie sich kein anderes Dasein mehr vorstellen konnten? Oder war der Verlust Ihres Verstandes ein schleichender Prozess?"

Charlotte legte den Stickrahmen beiseite. „Sie haben keinen Grund, beleidigend zu werden."

„Oh doch, das habe ich. Vor allem, wenn ich es mit solcher Starrköpfigkeit und selbstzerstörerischer Verblendung zu tun habe." Er tobte.

„Hören Sie auf, so zu brüllen, die Dienerschaft wird Sie hören. Ginny ist hier, weil sie bei dem Unfall mehrere schwere Knochenbrüche erlitten hat", erklärte sie und wartete darauf, ein Zeichen des Bedauerns für seinen Mangel an

Mitgefühl bei ihm zu entdecken. Vergeblich. Sie unternahm einen erneuten Versuch.

„Sie wird womöglich nie wieder richtig laufen können. Wenn sie überhaupt überlebt." Kein Hauch von Mitleid. „Es geht ihr *furchtbar* schlecht. Der Arzt hat ihr etwas gegen die Schmerzen verschrieben, doch sie ist nicht in der Lage, sich um sich selbst zu kümmern. *Deshalb* ist sie hier."

„*Deshalb* hat man Dienstboten."

„Nein", entgegnete Charlotte mit Nachdruck. „Deshalb hat man Freunde. Und ich betrachte Ginny ebenso sehr als Freundin wie als Verbündete. Und genau das sollten Sie auch tun."

„Ich kenne Mrs. Mulgrew weder noch vertraue ich ihr. Sie und ich arbeiten für verschiedene Auftraggeber. Und es gelingt nur wenigen, gleichzeitig Diener zweier Herren zu sein." Er machte eine vielsagende Pause. „Was vermutlich bedeutet, dass ich Sie zu Ihrem diesbezüglichen Talent beglückwünschen muss."

Charlotte schenkte ihm ein zuckersüßes Lächeln. „Auch wenn Sie mich beschämen, werden Sie mich nicht dazu bringen, das zu tun, was Sie wollen. Oder das aufzugeben, was ich will."

„Verflucht!"

„Wie dem auch sei", fuhr sie ungerührt fort, „ich schlage vor, wir reden über unsere augenblickliche Lage und darüber, wie wir es anstellen können, diesen Brief wiederzubeschaffen."

„Gütiger Himmel", murmelte Dand und raufte sich in einer Geste hilfloser Verzweiflung die Haare. „Sie bringt nicht einmal das Wort ‚stehlen' über die Lippen und ist trotzdem fest entschlossen, zu … Nein!" Er schüttelte den Kopf und starrte sie finster an. „Nein!"

„Doch!", widersprach Charlotte mit ebensolchem Nachdruck. „Und würden Sie sich *bitte* setzen."

Sein Blick wurde noch grimmiger. Sie beugte sich vor und bat in sanfterem Ton: „Bitte, Dand, setzen Sie sich. Wir können ruhig und vernünftig darüber reden. Ich bin keine Närrin, und Sie haben mich nie zuvor wie eine behandelt."

„Sie haben sich auch nie zuvor wie eine benommen."

Charlotte ließ sich in ihren Stuhl zurücksinken und machte eine wegwerfende Handbewegung. „Na schön, agieren Sie sich aus", sagte sie im Tonfall einer vom Wutanfall ihres Zöglings erschöpften Gouvernante. „Wenn Sie sich beruhigt haben, reden wir weiter."

Er starrte sie an, völlig überrumpelt von ihrer gönnerhaften Art. „Machen Sie doch, was Sie wollen", brummte er schließlich und flegelte sich auf den Korbstuhl neben ihr. „Reden Sie!"

Oh, sie hasste ihn, wenn er sich so aufführte: gebieterisch, überheblich, unnahbar. Doch sie brauchte ihn. *Sie* brauchten ihn. Der Erfolg ihres Plans hing davon ab, ob es ihr gelang, seine Unterstützung zu erwirken.

Charlotte ließ sich von ihrem Stuhl auf das dichte, weiche Gras zu Dands Füßen gleiten. Er sah überrascht auf sie hinab. Entschlossen griff sie nach seinen Händen und spürte sogleich die unterdrückte Anspannung, die in ihm war. Seine Finger waren rau und schwielig, doch elegant geformt, die Handrücken von golden schimmernden Härchen bedeckt. Die Männer, die Charlotte kannte, hatten alle unbehaarte Hände, weiß wie Wachs und ebenso weich. Ganz anders Dand Ross. Seine Hände waren kräftig, sehnig und ungemein männlich. Alles an ihm war herausfordernd männlich. Er ist ein *Mann,* rief Charlotte sich in Erinnerung, und in der Kunst, Männer dazu zu bringen, das zu tun, was sie von ihnen wollte, war sie schließlich eine ausgewiesene Expertin.

„Dand", sagte sie ruhig, „Sie wissen besser als ich, was auf dem Spiel steht."

Er verzog die Lippen zu einem spöttischen Lächeln,

packte Charlotte am Handgelenk und zog sie mit einem Ruck zu sich heran. Verwirrt sah sie zu ihm auf. Seine Augen funkelten bedrohlich. „Lassen Sie das! Versuchen Sie nicht, mich mit Ihren weiblichen Verführungskünsten zu umgarnen!“ Seine Stimme klang rau. „Ich bin kein Gentleman. Ich werde nicht reagieren, wie ein Gentleman reagieren würde.“

Sie wich zurück, doch anstatt sie loszulassen, zog Dand, der aufgesprungen war, sie empor, bis sie aufrecht vor ihm stand. Unsicher trat sie einen Schritt zurück, als habe sie es mit einem vermeintlich harmlosen Schoßhund zu tun, der plötzlich knurrend die Zähne fletschte. Es war bereits das zweite Mal, dass er ihr mit einer unerwarteten Reaktion Furcht eingejagt hatte. Sie hatte sich eingebildet, ihn zu kennen. Ein großer Irrtum, wurde ihr nun bewusst.

Mit einem Mal wich der Zorn in seinen Augen einem Ausdruck hilfloser Niedergeschlagenheit. „Es gibt einen anderen Weg. Es *muss* einen anderen Weg geben, in diese Burg zu gelangen“, murmelte er.

Charlotte stiegen unversehens Tränen in die Augen, Tränen der Wut. Sie war wütend auf die Situation, wütend auf die verflixte Kutsche, die Ginny überrollt hatte, wütend auf Dand, der die Unverschämtheit besaß, mit ihr zu streiten, weil sie bereit war, an Ginnys statt auf St. Lyons Burg zu gehen.

Sie hatte es sich schließlich nicht ausgesucht. Wie konnte er es wagen, sie zu behandeln, als habe sie dieser Entscheidung nicht mehr Bedeutung beigemessen als der Frage, welches Kleid sie heute tragen sollte? Herrje, er tat gerade so, als stürze sie sich mit freudiger Begeisterung in dieses Wagnis, als sei es eine Art Spiel für sie. Sie sah ihn mit blitzenden Augen an.

„Und welchen?“, fragte sie.

„Das weiß ich noch nicht genau, doch ich werde einen Weg finden!“

„Na fein", bemerkte sie spöttisch. „Doch was halten Sie davon, wenn wir einstweilen den Plan ausführen, den wir schon *haben,* bis Ihnen ein besserer eingefallen ist? Und das bedeutet, dass St. Lyon *mich* an Ginnys Stelle auf seine Burg einladen muss."

„Warum sollte er das tun?", fragte Dand in ebenso scharfem Ton. „Ich weiß: Sie könnten eine Anzeige in der *Times* aufgeben, dass Sie zurzeit Bewerbungen zahlungskräftiger Herren um die Stelle Ihres Gönners und Beschützers annehmen und St. Lyon dabei einen Sonderpreis gewähren."

„Seien Sie nicht vulgär."

„So sehr es mir widerstrebt, Ihr Zartgefühl verletzen zu müssen … Darf ich Sie darauf hinweisen, dass es vulgär *ist,* eine Hure zu sein?", stieß er hervor.

„Dies führt uns nicht weiter. Mir ist völlig bewusst, dass es kein leichtes Unterfangen sein wird", räumte Charlotte ein und näherte sich behutsam dem Kernpunkt des Gesprächs. „Doch wir haben uns eine Kriegslist ausgedacht."

„Ich kann es kaum erwarten, sie zu erfahren."

Charlotte überhörte seine Bemerkung. „St. Lyon bricht morgen früh zu seinem Anwesen in Schottland auf, um dort auf seine Gäste zu warten, die im Laufe des nächsten Monats peu à peu aus den unterschiedlichsten Gegenden eintreffen werden. Er wird sich langweilen, wird unruhig sein. Nach etwa einer Woche wird Ginny ihm schreiben und ihm meine Gesellschaft anstelle der ihren anbieten."

„Und Sie glauben nicht, dass St. Lyon es höchst merkwürdig finden wird, dass Sie ihm plötzlich angeboten werden wie ein Korb Äpfel?", spottete Dand. „Abgesehen davon, dass kein Mensch Ihnen abnehmen würde, dass Sie sich aus heiterem Himmel für eine Karriere als Kurtisane entschieden haben, halte ich St. Lyon nicht für einen Mann, der sich seine Mätressen von anderen aussuchen lässt."

„Und selbst wenn er das täte … Ein Mann in St. Lyons

Lage muss sich fragen, warum seine Möchtegern-Mätresse ihm einen Ersatz ins Haus schickt, wenn sie sich dadurch um einen mächtigen, wohlhabenden Gönner bringt."

Charlotte holte tief Luft. Die Erklärungen, die sie gegen seine Einwände ins Feld führen würde, würden ihm ganz und gar nicht gefallen. „Die Frage, warum Ginny eine Stellvertreterin schicken sollte, ist nicht so schwer zu beantworten, wie Sie denken", sagte sie. „Das Handwerk der Kupplerin ist offenbar die nächste Sprosse auf der Karriereleiter in Ginnys Gewerbe." Ihr Versuch, spaßig zu klingen, zeigte keinerlei Wirkung. Dands achatfarbene Augen, die sonst so warm dreinblickten, wirkten nun gefühllos und kalt wie Flusskiesel.

Charlotte versuchte es mit einem Lächeln. „St. Lyon wird mich als Stellvertreterin akzeptieren, weil ... weil er ... in der Vergangenheit ein gewisses Interesse an mir gezeigt hat."

Sie hatte sich getäuscht. Dand hatte sein Repertoire an anschaulichen Flüchen noch nicht ausgeschöpft. Zumindest nahm sie aufgrund des Tonfalls, in dem er sie ausstieß, an, dass es sich um Flüche handelte. Als er plötzlich von seinem Stuhl auffuhr, erschrak Charlotte so sehr, dass sie stolpernd zurückwich.

Er starrte sie finster an. Offenbar fiel es ihm schwerer, als sie vermutet hatte, ihr zu erlauben, sich in Gefahr zu bringen, wo er doch geschworen hatte, sie vor allem Unbill zu beschützen. Die Erkenntnis rührte an ihr Herz, doch sie durfte sich keine Schwäche gestatten. Alle brachten Opfer. Alle machten Zugeständnisse, wenn die Not es verlangte.

„Dand, es gibt niemand anderen", sagte sie und machte einen Schritt auf ihn zu. „Unsere Verschwörergruppe ist sehr klein, und es sind nur sehr wenige Frauen unter uns. Zwei, um genau zu sein. Ginny und ich."

„Selbst wenn von der Exstenz einer anderen Frau auszugehen ist, einer, die St. Lyon begehrenswert fände, einer, der man vertrauen könnte, die mit dem Bauplan der Burg vertraut wäre und wüsste, wonach sie suchen muss, würde St. Lyons niemals eine Fremde auf seiner Festung dulden. Nicht in der augenblicklichen Situation. Er wird jedem misstrauen, den er nicht kennt ..."

„Genau!" Dand stürzte sich auf ihren letzten Satz. „St. Lyon wird allem misstrauen, was ungewöhnlich ist, allem, was vom Alltäglichen abweicht. Und was könnte ungewöhnlicher sein als Ihre plötzliche Entscheidung, ihn als Liebhaber zu akzeptieren, wo Sie jeden beliebigen Mann der feinen Gesellschaft als Ehemann haben könnten?"

Seine maßlose Übertreibung entlockte ihr ein flüchtiges Lächeln.

„Der Plan wird niemals aufgehen. Und außerdem", fügte er hinzu und wandte sich von ihr ab, um einige Schritte zu machen, „würde St. Lyon nie seine gesellschaftliche Stellung aufs Spiel setzen, indem er die jungfräuliche Schwägerin eines Angehörigen des Hochadels verführt."

Sie holte tief Luft. „Er wird sie nicht aufs Spiel setzen."

Dand blieb stehen, Charlotte den Rücken noch immer zugewandt. „Wie das?"

„Weil ich bis dahin ein gefallenes Mädchen sein werde."

„Was?" Er drehte sich um.

„Wenn St. Lyon Ginnys Brief erhält, wird sich bereits die ganze feine Gesellschaft über meinen Fehltritt das Maul zerreißen. Er ist ein Salonlöwe, Dand. Seine Freunde in London werden ihm oft Nachrichten zukommen lassen und ihn über die neuesten Klatschgeschichten auf dem Laufenden halten. Und darum brauche ich Ihre Hilfe."

Sie ging auf ihn zu und streifte dabei mit den Röcken den Rosenbusch, woraufhin zahllose gelbe Blütenblätter auf den Rasen hinabsegelten. Zaghaft streckte sie die Hand nach ihm aus. Dand blickte auf diese, als sei sie eine scharfe Klinge, rührte sich jedoch nicht. Sie legte behutsam ihre Finger auf seine Brust. Sein Körper war warm. So lebendig. So männlich. „Ich brauche Sie als meinen Verführer“, flüsterte Charlotte.

Er starrte sie eine geraume Weile lang an. Die leicht geweiteten Augen und die zusammengezogenen dunklen Brauen verrieten sein Entsetzen. „Sie haben den Verstand verloren“, murmelte er. „Sind Sie sicher, dass es Mrs. Mulgrew war und nicht Sie, die von diesem Pferd überrannt worden ist?“

Charlotte trat noch näher an ihn heran, hob den Kopf und sah ihm geradewegs in die Augen. „Dand, es gibt sonst niemanden, den ich darum bitten könnte. Sie brauchen nur so zu *tun,* als seien Sie mein Liebhaber. Bleiben Sie bis spät in die Nacht hinein in meinem Haus. Begleiten Sie mich zu dem einen oder anderen öffentlichen Auftritt. Machen Sie ein verliebtes Gesicht.“

Sie warf ihm ein schelmisches Lächeln zu. „Stellen Sie sich vor, Sie werden derjenige sein, der mich vom Pfad der Tugend abbringt. Die meisten Männer würden diese Rolle sehr verlockend finden.“

Dand wich jählings einen Schritt zurück und stieß ihre Hand fort. Er würde sich nicht von ihr einfangen lassen. „Vergessen Sie Ihre Verführungskünste! Ich bin nicht einer Ihrer jungen Schnösel.“

Nein, das war er in der Tat nicht. Er war ganz anders als alle Männer, die ihr begegnet waren. Die sie je kennengelernt hatte. Zu versuchen, ihn zu becircen, war ein Fehler gewesen. Dazu hatte sie zu große Achtung vor ihm. Ihre Hände sanken kraftlos herab, das kokette Lächeln auf ihren Lippen verblasste. „Dieser Plan wird aufgehen!“

„Oh ja. Es klingt alles höchst plausibel“, spottete er. „Sie ruinieren Ihren Ruf und Ihre Zukunft, weil Sie aus heiterem Himmel in Liebe für einen dahergelaufenen Unbekannten entflammt sind.“

„Niemand in London weiß, wer Sie sind. Ich werde verbreiten, dass ich Sie noch aus York kenne, eine alte Jugendliebe, etwas in der Art, doch dann wären Sie zur Marine gegangen. Nun seien Sie nach vielen Jahren zurückgekehrt, und im Überschwang der Gefühle hätte ich alle Vorsicht über Bord geworfen und wäre Ihre Geliebte geworden. Jeder, der meinen Ruf kennt, wird diese Geschichte glauben", fuhr sie fort. „Nach ungefähr einer Woche werden wir uns dann trennen. Ich werde vorgeben, wieder zur Vernunft gekommen zu sein, zu spät, um meinen guten Ruf zu retten, doch noch rechtzeitig genug, um zu begreifen, dass ein Leben als Ehefrau eines mittellosen ehemaligen Kapitäns nicht nach meinem Geschmack wäre. Auch das wird niemanden überraschen. Danach werde ich vor sorgfältig ausgewählten Ohren verlautbaren lassen, meine gute Freundin Ginny Mulgrew habe mich davon überzeugt, dass es in meiner unglücklichen Lage das Beste für mich wäre, ihrem Beispiel zu folgen und mir einen wohlhabenden Gönner zuzulegen: St. Lyon."

„Erwecke mich aus diesem Albtraum, Herr!", flehte Dand, die Augen gen Himmel gerichtet.

„Lassen Sie das." Es war keineswegs so, dass sie selbst von dieser Idee begeistert war. Sie hatten nur keine andere.

„Ich mache bei diesem Wahnsinn nicht mit." Er wandte sich um, doch Charlotte ließ ihn nicht gehen. Blitzschnell trat sie ihm in den Weg und hielt ihn mit beiden Händen zurück.

„Doch, das werden Sie", sagte sie. „Weil Sie wissen, wie viele Menschenleben gerettet werden könnten ... gerettet *werden,* wenn es mir gelingt, diesen Brief zu finden. Genauso, wie Sie wissen, wie viele Unschuldige ihr Leben verlieren werden, wenn es mir nicht gelingt."

„Der Plan wird niemals aufgehen."

„Mag sein", gab sie zu. „Doch wir müssen es versuchen. *Ich* muss es versuchen. Und wenn das Unternehmen fehlschlägt, nun, dann weiß ich wenigstens, dass es nicht daran lag, dass mir mein Ruf wichtiger war als das Leben Hunderter, vielleicht sogar Tausender unschuldiger Menschen. Dand …" Das Sonnenlicht blendete sie, erschwerte es ihr, seinen Gesichtausdruck zu erkennen. „Wie könnte ich noch in den Spiegel schauen, wenn ich nicht wenigstens versuchen würde, diesen Brief zu beschaffen? Wie könnten Sie noch in den Spiegel schauen, wenn Sie mir nicht helfen?"

„Wie kann ich noch in den Spiegel sehen, wenn ich es tue?" Seine Stimme klang rau, gequält. Er hob die Hand an ihr Gesicht, berührte es jedoch nicht. Seine Fingerspitzen schwebten über ihrer Wange, zeichneten eine Linie in die Luft, als würde er sie liebkosen.

„Sie werden es tun müssen. Genauso wie ich."

Er ließ die Hand sinken.

„Außerdem werde ich vielleicht gar nicht St. Lyons Mätresse werden müssen", sagte sie hoffnungsvoll. „Er könnte eine Abneigung gegen mich entwickeln. Oder feststellen, dass ich viel zu anspruchsvoll für seinen Geschmack bin. Oder zu berechnend. Ich gehe nur als seine potenzielle Geliebte dorthin, Dand. Es muss nicht zwangsläufig bis zum Äußersten kommen." Sie hoffte inständig, Letzteres möge der Wahrheit entsprechen. Seit sie ihren Entschluss gefasst hatte, klammerte sich Charlotte an diese schwache Hoffnung. „Helfen Sie mir!"

„Sie haben nicht die leiseste Ahnung, was Sie da von mir verlangen, nicht wahr?", murmelte er. Ihre Hand lag noch immer auf seiner Brust, und sie spürte, wie heftig sein Herz klopfte.

„Der Eid? Der heilige Schwur der ‚Rose Hunters', sich mit Leib und Leben für die Sicherheit und das Wohlergehen der Nash-Töchter einzusetzen?" Er musste ihr helfen. Sie drehte sich um und suchte nach geeigneten Worten, um ihn zu überzeugen. Ihr Blick fiel auf eine einzelne gelbe Rose, die einsam am Ende eines zitternden Zweiges hing. Charlotte beugte sich herab, pflückte sie und hielt Dand die Blüte entgegen.

„Sie haben geschworen, alles zu tun, worum man Sie bitten würde. Ich bitte Sie nun, mich zu unterstützen."

„Ich habe nicht geschworen, zu Ihrem Untergang beizutragen", entgegnete er finster und weigerte sich, auch nur einen Blick auf die Rose in ihrer Hand zu werfen.

„Ich weiß. Doch ich würde Sie von Ihrem Schutzgelöbnis entbinden, wenn Sie mir im Gegenzug helfen, das Leben zahlloser Unschuldiger zu retten."

Ein Schauder durchlief ihn. Er biss die Zähne zusammen, seine Wangenmuskeln zuckten. Charlotte griff nach seiner zur Faust geballten Hand, öffnete sie, legte behutsam die Blüte hinein und faltete seine langen Finger dann ebenso vorsichtig über diese. „Ich finde, das ist ein ziemlich gutes Geschäft", scherzte sie matt und hoffte inständig, er möge ihr Angebot annehmen. „Bitte, Dand!"

Einen wilden Fluch ausstoßend, zerquetschte er die unschuldige Blume – und wich vor Charlotte zurück. Er meidet mich, bemerkte sie, während sie selbst stets nach einem Vorwand suchte, um ihn zu berühren. „Wie?"

Sie wusste, dass er ihr nicht mehr lange bereitwillig zuhören würde, und erläuterte in knappen Worten den Plan, den Ginny und sie im Lauf der vergangenen Nacht ausgetüftelt hatten.

„Sie müssen unter falschem Namen auftreten. Der Name Dand Ross ist zu vielen Leuten ein Begriff. Kommen und gehen Sie dann bei mir ein und aus, als seien Sie hier zu Hause. Benehmen Sie sich wie ein Liebhaber." Sie zuckte mit den Schultern und lächelte schwach. „Tun Sie so, als würden Sie mich entehren."

Dand erwiderte ihr Lächeln nicht. „Täuschen Sie sich nicht, Charlotte. Die Welt wird nie erfahren, dass alles, was ich mache, nur vorgespielt ist", sagte er nüchtern. „Sie werden bis ans Ende Ihrer Tage mit den Folgen dieser Maskerade leben müssen. Selbst wenn Sie erfolgreich sein sollten, der Krieg gewonnen und Napoleon besiegt ist, werden Ihre edlen Beweggründe und Ziele niemals enthüllt werden. Es wird keine Feier zu Ihren Ehren geben, keinen Galaempfang für die tapfere Heldin. Niemand wird sich bei Ihnen bedanken. Gerüchte und Getuschel werden Sie auch in Zukunft verfolgen. Man wird Ihnen weiterhin die kalte Schulter zeigen. Die Damen der feinen Gesellschaft werden die Straßenseite wechseln, um Ihnen nicht zu begegnen, und junge Stutzer werden dasselbe tun, *um* Sie zu treffen. In den Augen der Welt *werden* Sie entehrt sein."

„Ich weiß." Dank ihrer Freundschaft mit Ginny besaß Charlotte eine gewisse Vorstellung davon, wie ihre Zukunft aussehen würde. „Werden Sie mir helfen?"

Er ließ den Blick lange schweigend auf ihrem entschlossenen Gesicht ruhen. „Zum Teufel, ja, ich werde es tun", stieß er schließlich mühsam hervor.

„Danke." Die quälende Anspannung fiel von ihr ab.

„Ich werde es tun", wiederholte er. „Doch nur, bis ich einen neuen Plan ausgearbeitet habe. Ist das klar?"

„Völlig", flüsterte sie. „Glauben Sie mir, ich wünsche mir nichts sehnlicher, als dass Ihnen eine bessere Lösung einfällt."

Er betrachtete sie mit zusammengepressten Lippen. „St. Lyon bricht morgen nach Schottland auf?"

„Ja."

„Dann müssen Sie bald ins Gerede kommen, richtig?"

„So bald wie möglich", bestätigte sie.

„Wohin gehen Sie morgen Abend?", fragte er, und fügte dann mit einer gewissen Bitterkeit hinzu: „Sie gehen doch irgendwohin, nehme ich an?"

„Ja", entgegnete sie. „Ich wollte einen Wohltätigkeitsball in den Argyll-Sälen besuchen."

„Hervorragend! Eine öffentliche Veranstaltung." Nachdenklich legte er die Stirn in Falten. „Ich glaube, ich werde wohl etwas dafür auftreiben können."

Charlotte neigte fragend den Kopf. „Wofür?"

In den sonst so warmen Tiefen seiner dunklen Augen flackerte ein kaltes Licht. „Na, für den ersten Akt von ‚Der Untergang der Miss Charlotte Nash'."

7. KAPITEL

Argyll-Ballsaal, London
19. Juli 1806

Charlotte blieb an der Schwelle des Argyll-Tanzsaals stehen und rang mit einer nie zuvor gekannten Nervosität. Drinnen warfen Hunderte von Wandspiegeln das Kerzenlicht zurück in den Saal, wo es sich funkelnd in Diamantbroschen brach, schwere Perlenketten noch verführerischer schimmern ließ und das mit reichlich Pomade bearbeitete Haar der Herren zum Glänzen brachte.

Charlotte kannte diese Menschen. Sie hatte viele von ihnen bei ihrer Ankunft in dieser großen Stadt vor fünf Jahren zum ersten Mal getroffen, als sie von ihrer Ersatzfamilie, den Weltons, in die Gesellschaft eingeführt worden war. Die meisten von ihnen waren recht angenehme Zeitgenossen, doch es gab auch jene, die wie Aasgeier in den Ecken des Ballsaals hockten und gierig darauf lauerten, dass jemand einen gesellschaftlichen Fauxpas beging, um sich dann genüsslich auf ihn zu stürzen.

Nun, heute Nacht würden sie auf ihre Kosten kommen. Wenn alles nach Plan verlief, würde sie ihrem Ziel, als „gefallenes Mädchen" zu gelten, bald ein gutes Stück nähergekommen sein. In spätestens einer Woche würde auch der Comte St. Lyon die Neuigkeit erfahren haben, und obwohl Charlotte sich der Folgen ihres Vorhabens bewusst war und sie aus freien Stücken handelte, konnte sie doch nicht umhin, sich das fassungslose Entsetzen ihrer Schwestern vorzustellen, wenn sie von den Ereignissen dieses Abends erführen.

Doch welche Wahl hatte sie?

Ein letztes Mal tief Luft geholt, dann betrat Charlotte erhobenen Hauptes und mit einem koketten Lächeln auf den Lippen den Saal.

Minuten später schon war sie von Verehrern umringt, Männer, die ihr vertraut waren, und andere, die bittend an den Ärmeln ihrer Kameraden zupften, damit Letztere sie dieser betörenden jungen Dame vorstellten. Charlotte genoss das Spiel, das sie so gut beherrschte, und innerhalb kürzester Zeit waren die Elfenbeinrippen ihres eleganten Fächers mit den Namen der Männer beschrieben, denen sie einen Tanz versprochen hatte.

Sie flirtete mit einer Hingabe, die sie nie zuvor an den Tag gelegt hatte. Ihren Freundinnen hingegen schenkte sie keinerlei Beachtung, wohl wissend, dass diese schon morgen dem Himmel dafür danken würden. In die allgemeine Geräuschkulisse aus Musik und Geplauder mischte sich schon jetzt leises Getuschel, das klang wie das Rascheln welker Blätter im Wind.

Charlottes Anspannung wuchs. Wann würde er kommen? Wo war er? Und würde *irgendjemand* glauben können, dass sie ihn attraktiv fand?

Oh, sie bezweifelte nicht, dass allein der Anblick von Dands Gesicht eine Frau dazu verleiten konnte, den Pfad der Tugend zu verlassen. Doch sie war keine gewöhnliche Frau, sie war das unter dem Namen „Charlotte Nash" bekannte Kunstgebilde. Dieses extravagante Geschöpf war nicht nur für seine lose Zunge und seine kühnen Eskapaden bekannt, sondern auch für seinen untrüglichen Sinn für Stil und Eleganz. Sie war höchst anspruchsvoll in der Wahl der Herren, die mit ihr tanzen oder sie zum Essen einladen durften. Niemand würde ihr abnehmen, dass sie sich von einem Mann in schlecht sitzender Weste oder, schlimmer noch, einem Mann mit *Bart* angezogen fühlen könnte.

„Wenn ich mich nicht irre, ist dies mein Tanz, Miss Nash?" Ein junger Leutnant, der ihr vergangene Woche bei einer Kunstausstellung vorgestellt worden war, erschien an ihrer Seite.

Charlotte warf einen kurzen Blick auf ihren Fächer. Ach ja, Albright, Matthew. „Ganz recht."

Sie hakte sich bei ihm ein und ließ sich von dem jungen Mann auf die Tanzfläche führen. Er behandelte sie mit großem Respekt, seine behandschuhte Hand berührte kaum die ihre. „Sie sind bezaubernd. Einfach wunderbar."

„Vielen Dank", erwiderte sie automatisch. „Sie sind zu liebenswürdig."

Bezaubernd. Seine Bewunderung, die so rein und unschuldig war, versetzte Charlotte zu ihrer eigenen Überraschung einen Stich.

Würde sie jemals wieder ein Mann einfach nur „bezaubernd" finden, wenn dieser Abend vorüber war? Oder wären die Begriffe, die man in Zukunft mit ihrem Namen verbinden würde, von solcher Art, wie sie kein Mann im Zusammenhang mit seiner Tochter, Schwester und erst recht nicht Ehefrau dulden würde?

„Nein, ich bin nicht liebenswürdig, ich sage nur die Wahrheit. Ich bin nie jemandem wie Ihnen begegnet. Sie sind so außergewöhnlich, so faszinierend, so ..."

„Aufreizend", raunte eine tiefe männliche Stimme hinter ihr. „Sie kleines Biest."

Sie wirbelte herum. Vor ihr stand ein großer, breitschultriger Mann in tadellos geschneiderter Abendgarderobe: dunkelblaues Jackett, schneeweiße Weste, ein ebenfalls blütenweißes, elegant gebundenes Halstuch, das von einem einzigen Topas geschmückt wurde. Strahlende, bernsteinfarbene Augen leuchteten aus seinem sonnengebräunten Antlitz. Das glänzende braune Haar war tadellos geschnitten, und auf einer seiner hageren, marmorglatt rasierten Wangen war eine blasse, halbmondförmige Narbe zu sehen. Ein spöttisches Lächeln umspielte seine wohlgeformten Lippen.

Dand? *Dand!* Man hätte ihn tatsächlich für einen Gentleman halten können. Für einen Aristokraten sogar, wären da nicht seine Sonnenbräune und diese auffällige Narbe gewesen.

Eine Woge der Erleichterung durchflutete sie.

„Sie haben mir diesen Tanz versprochen“, sagte er.

„Ich fürchte, da täuschen Sie sich, Sir.“ Albright, dem diese Wendung der Dinge ganz und gar nicht gefiel, trat einen Schritt vor und wies auf den Fächer in Charlottes Hand. „Sie brauchen nur einen Blick darauf zu werfen, um zu erkennen, dass *mein* Name auf ihrem Fächer steht, nicht Ihrer!“

„Tatsächlich?“, fragte Dand und löste den Blick widerwillig von Charlotte, um ihn auf den jungen Leutnant zu richten. Mit einem Lächeln, das nur bei flüchtigem Hinsehen freundlich wirkte, nahm er Charlotte lässig den Fächer aus der Hand, zermalmte ihn mit ebensolcher Lässigkeit, und ließ die zerdrückten Überreste auf die Tanzfläche fallen.

„Leider hat Miss Nash ihren Fächer verloren. Doch ich bin sicher, dass ihr jetzt wieder einfällt, dass mir, nicht Ihnen, dieser Tanz gebührt. Ebenso wie der nächste. Und der übernächste. Sie erinnern sich doch, nicht wahr, meine kleine Charlotte?“

Der Kosename klang warm und vertraut in ihren Ohren, schmeichelte ihr wie eine Liebkosung. Ihr Herz klopfte heftig. Dand hob die Mundwinkel zu einem anzüglichen Lächeln. Er ist sich seiner Wirkung auf mich bewusst, registrierte Charlotte. Es ist ein Spiel, rief sie sich in Erinnerung. Das war sein Beruf. Das war seine Natur. So überlebte er. Indem er in eine Rolle schlüpfte. Genauso wie sie selbst.

Sie hatte sein schauspielerisches Talent nie angemessen gewürdigt. Sie durfte nicht vergessen, ihn bei nächster Gelegenheit dazu zu beglückwünschen.

„Miss Nash würde niemals so häufig hintereinander mit ein und demselben Herrn tanzen“, erklärte Albright, der seine Empörung kaum unter Kontrolle halten konnte. „Sie beleidigen eine Dame, Sir. Und als Gentleman verlange ich Satisfaktion!“

Dand zog eine Braue hoch und blickte mit leicht gelangweiltem Gesichtsausdruck auf Albright herab. Ein Kater, der mit einer Maus spielt, dachte Charlotte atemlos.

„Ehe Sie etwas tun, das Ihr Vater bedauern wird – vorausgesetzt, Ihrem Vater liegt etwas an Ihnen –, warum fragen wir nicht die Dame selbst, ob sie sich beleidigt fühlt?“ Er sah Charlotte an und hob eine seiner dunklen Brauen. „Nun, Miss Nash?“

Der Augenblick der Wahrheit war gekommen. Charlotte zögerte, denn ihre Antwort entschied unwiderruflich über ihre zukünftige Stellung in der Gesellschaft.

„Charlotte?“ Dands Stimme klang sanft, so als verstünde er genau, welches Opfer sie brachte. Sein Mitgefühl schenkte ihr Kraft. Sie lächelte Albright wie um Verzeihung bittend an.

„Ich fürchte, ich hatte vergessen, dass dieser Gentleman ein Recht auf diesen Tanz besitzt. Und auf die folgenden.“

Der Leutnant starrte sie fassungslos an. Seine blassen Wangen liefen vor Wut und Enttäuschung dunkelrot an. Er hatte sie auf ein Podest gehoben, und nun war sie herabgestürzt. Sie hatte das Traumbild zerstört, das er sich von ihr gemacht hatte, und das nahm er ihr übel. Sie konnte es ihm nicht verdenken.

„Es tut mir leid“, sagte sie.

„Ich verstehe“, entgegnete er steif. Dann verneigte er sich vor Dand. „Ich wünsche Ihnen viel Vergnügen mit ihr.“

Seine Wortwahl ließ Charlotte alles Blut aus den Wangen weichen. Albright wandte sich ab, doch Dand streckte blitzschnell die Hand aus, packte den jungen Mann am Arm und riss ihn herum.

„Mir scheint, ich habe Sie nicht recht verstanden“, sagte Dand in höflichem Ton, doch mit drohend zusammengekniffenen Augen. „Das hoffe ich jedenfalls zu Ihrem Wohl.“

Der junge Offizier blickte grimmig drein, sein Überlebenswillen lag im Zwist mit seinem Stolz. Einer plötzlichen Regung folgend, legte Charlotte ihre Hand auf Dands Arm. Dies hier war lächerlich. Wie konnte er diesem jungen Mann etwas zuleide tun wollen, weil der Unglückliche für bare Münze nahm, was sie ihm vorspielten? Sie wollte nicht, dass dem Jungen etwas zustieß. Ihr Gewissen war ohnehin belastet genug. „Sir …“

Dand beachtete sie nicht. „Ich wiederhole: *Was* haben Sie gesagt?“

Albrights Selbsterhaltungstrieb war stärker als sein Stolz. Er senkte den Blick. „Ich wünsche Ihnen viel Vergnügen auf dem Ball“, murmelte er, wandte sich abermals hastig ab und bahnte sich einen Weg durch die Tanzenden. Charlotte schaute ihm nach, malte sich die neugierigen Fragen aus, die man ihm stellen würde, und seine vernichtenden Antworten darauf.

„Es tut mir leid.“

Sie sah sich um. Dand betrachtete sie nachdenklich.

„Nicht um mich, hoffe ich“, entgegnete sie leichthin. „Wir haben erreicht, was wir uns vorgenommen haben. Mein Ruf ist dahin.“

„Noch nicht.“ Mit unerwarteter Sanftheit nahm er ihre Hand, zog Charlotte in seine Arme und begann zu tanzen.

Er war überraschend begabt, und seine Bewegungen zeugten von natürlicher Anmut, während er Charlotte die lange Reihe der Tänzer entlangführte, die sich zur Quadrille aufgestellt hatten. Er sprach kein Wort, doch wenn die Schritte sie zueinander führten, betrachtete er ihr Antlitz mit einer Hingabe, die keinem Beobachter verborgen bleiben konnte. Wie ein wahrer Liebhaber, hingerissen und voller Sehnsucht …

Natürlich tat er nur das, was seine Rolle von ihm verlangte, doch man hätte sich leicht vorstellen können, dass dieser glühende Blick Ausdruck echter Gefühle war. Charlotte ermahnte sich im Stillen. Was war nur los mit ihr, dass sie auf derart alberne Gedanken kam? Es musste an all den Leuten liegen, dem Kaleidoskop der Farben, der überlauten Musik, dem Duft schweren Parfüms, der dicht wie die Nebel der Themse von erhitzten Schultern und geröteten Dekolletés emporstieg. Kein Wunder, dass sie sich leicht benommen fühlte.

„Sie sehen ganz durcheinander aus, meine Liebe", bemerkte Dand, während er wieder einmal mit ihr die Reihe der Tänzer abschritt.

„Aus gutem Grund", entgegnete sie und erfand folgenden Grund einen Augenblick später. „Sie haben meinen Fächer zerbrochen. Einen sehr hübschen Fächer noch dazu."

„Ich kaufe Ihnen einen neuen", antwortete er, nahm sie an beiden Händen und vollführte eine elegante Drehung. „Außerdem müssen Sie zugeben, dass es ein gelungenes Spektakel für unser Publikum war. Sehr männlich von mir, meine Besitzansprüche geltend zu machen."

„Indem Sie einen wunderschönen Fächer zerstörten?", fragte sie zweifelnd, als er die Hand locker auf ihre Hüfte legte.

Er lachte und zog damit die Aufmerksamkeit zahlreicher Ballbesucher auf sich. „In der Tat, ja. Der Bursche hat sofort begriffen, dass ich mir Ihrer Zuneigung sehr sicher sein muss, um ein solches Risiko einzugehen. Doch ich erwarte nicht, dass Sie das verstehen. Frauen fehlt der Sinn für derartig subtile Spielchen."

Der Unsinn seiner Worte gab Charlotte ihren Humor zurück. „Sie haben recht", entgegnete sie. „Viel zu subtil. Ich hätte Ihren Besitzanspruch besser verstanden, wenn Sie mich über die Schulter geworfen und aus dem Saal getragen hätten."

Anstelle einer Antwort zog Dand sie näher zu sich heran,

als die Anstandsregeln es erlaubten, und brachte ihr so in Erinnerung, wie groß er war, wie stark. Seine Lider waren halb geschlossen, seine Lippen von einem geheimnisvollen Lächeln umspielt, das Charlotte erröten ließ. Warum musste er seine Rolle nur so verflixt überzeugend spielen? Wie brachte er es fertig, dass sie sich fühlte wie ein junges Mädchen, aufgeregt und unsicher, obwohl sie weder das eine noch das andere war?

Der Tanz war zu Ende, doch Dand ließ Charlottes Hand nicht los, was ihm die verblüfften und missbilligenden Blicke der Umstehenden einbrachte. Und als das Orchester eine neue Melodie anstimmte, bat er Charlotte nicht erst um Erlaubnis, sondern zog sie wortlos zurück in seine Arme. Diesmal spielten die Musiker einen Cotillion, einen recht schwierigen französischen Tanz, den die feine Londoner Gesellschaft noch immer als ein wenig zu schnell empfand. Schon nach wenigen Schritten wurde Charlotte klar, dass Dand nicht nur ein guter, sondern ein wahrhaft begnadeter Tänzer war.

„Wo haben Sie tanzen gelernt?", fragte sie. „Im Kloster gab es dazu doch gewiss wenig Gelegenheit?"

„Im Gegenteil. Bruder Fidelis ist ungemein leichtfüßig."

Die Vorstellung, wie der rundliche Mönch, dem sie in St. Bride's begegnet war, ein Menuett tanzte, entlockte ihr ein Lachen. Dand blickte sehnsuchtsvoll auf ihre Lippen. Eine tadellose Vorstellung! Genau so würde ein Liebhaber schmachten. „Nein, sagen Sie mir die Wahrheit."

„Man schaut sich hier und dort das eine oder andere ab", entgegnete er vage und riss den Blick von ihrem Mund los. Dann wirkte sein Gesichtsausdruck mit einem Mal verschlossen, und seine Gedanken schweiften in die Ferne, als die Schrittfolge des Menuetts sie zwang, für eine kurze Weile die Tanzpartner zu wechseln.

„Was bedrückt Sie?", fragte Charlotte, als sie wieder zueinandergefunden hatten.

„Nichts“, entgegnete er. „Es ist nur …“

Er hielt mitten im Tanz inne, packte Charlotte fest am Handgelenk und zog sie aus der Reihe. Wortlos hielt er mit großen Schritten auf die Türen am gegenüberliegenden Ende des Ballsaals zu. Andere Tänzer sprangen ihnen aus dem Weg und verrenkten sich dann die Hälse, um ihnen nachzustarren.

Dand führte Charlotte durch die geöffneten Türen auf die vom Mondlicht erhellte Terrasse hinaus. Am anderen Ende des von einer Mauer umgebenen kleinen Gartens waren zwei ältere Herren in ein Gespräch vertieft. Ihre Stimmen wehten in der klaren Nachtluft zu ihnen herüber. Sie unterhielten sich über Napoleons neueste Handelssperren.

„Was tun Sie da?“, fragte Charlotte leise, als Dand stehen blieb, ohne seine warme, schwere Hand von ihrem Rücken zu lösen.

„Sie haben es selbst vorgeschlagen.“ Er klang ein wenig angespannt, so als versuche er, sich von etwas zu überzeugen.

„Bitte, klären Sie mich auf“, bat sie. „Wovon sprechen Sie?“

„Warum sollten wir den ganzen Abend mit Tanzen verbringen, um Ihren Ruf zu ruinieren, wenn wir das erwünschte Ergebnis auf viel einfachere und wirkungsvollere Weise erzielen können?“

„Ich verstehe nicht.“ Sie legte den Kopf in den Nacken, um in Dands von Schatten verdunkeltem Gesicht nach einer Erklärung für den Sinn seiner Worte zu suchen. Einige Sekunden lang sah er wie gebannt auf sie hinunter, dann jedoch trat er unvermittelt einen Schritt zurück und ließ die Arme sinken.

„Himmel!“ Er strich sich mit den Fingern durchs Haar und zerzauste die zuvor so tadellos gebändigten Locken, was ihm abermals jenes verwegene Aussehen verlieh, das Charlotte so vertraut war. „Ich kann nicht glauben, dass irgendjemand sich einbildet, Sie kämen damit durch. Das Ganze ist heller Wahnsinn!“

Sein Zorn sprang wie ein Funke auf sie über. „Es mag Wahnsinn sein, doch es ist unsere einzige Chance, fürchte ich“, entgegnete sie hitzig. „Haben Sie mich hergeschleppt, um mir Mut zu machen, oder haben Sie noch etwas anderes zu sagen?“

Er blickte sie eindringlich an. Seine Wangenmuskeln zuckten. „Nein.“

„Was tun wir dann hier draußen? Es ist nicht dunkel, wissen Sie? Man kann uns ziemlich deutlich sehen. Die Leute gaffen schon.“

„Genau deshalb sind wir hier“, entgegnete er grimmig. „Und deshalb!“

Mit diesen Worten schlang er ohne Vorwarnung die Arme um ihren Körper, riss Charlotte an sich und küsste sie leidenschaftlich.

Kein Mann hatte sie je zuvor so geküsst. Er zeigte nicht einen Hauch der Finesse, die sie von ihren gesitteteren Verehrern gewohnt war. Er war ein Rohling. Keine schmeichlerischen Liebkosungen, kein galantes Werben um ihre Gunst, kein schmachtendes Flehen. Stattdessen ein sinnlicher Sturmangriff.

Ohne Rücksicht auf Sitte und Anstand zog er sie noch näher zu sich, bis sie Hüfte an Hüfte, Schenkel an Schenkel, Bauch an Bauch beieinanderstanden, und drückte seine geöffneten Lippen mit feuriger Inbrunst auf die ihrigen. Er strich mit den Fingern über ihren Nacken, fuhr durch ihr sorgfältig frisiertes Haar und brachte dabei das ganze kunstvolle Arrangement aus Locken und Haarbändern durcheinander. Dann fasste er sie sanft am Schopf und zog ihren Kopf nach hinten, um sie noch leidenschaftlicher küssen zu können. Der Himmel steh mir bei, dachte Charlotte, und ließ ihn gewähren.

Auf so etwas war sie nicht eingestellt gewesen. Nichts in ihrem bisherigen Leben als kokette, dennoch favorisierte junge Frau der feinen Gesellschaft hatte sie auf etwas Derartiges vorbereitet. Ohne sich ihres Tuns bewusst zu sein, schlang sie die Arme um Dands Nacken und öffnete die Lippen. Ihr Herz pochte wild gegen ihre Rippen, als er sie daraufhin noch fester umschlang, sich über sie beugte und sie noch fordernder küsste.

Sie seufzte an seinen geöffneten Lippen, während seine Zunge ihren Mund erkundete. Ihr Verlangen wurde so mächtig, dass sie kaum noch einen klaren Gedanken fassen konnte. Von plötzlicher Mattigkeit überwältigt, schloss sie die Augen und hielt sich an den breiten Schultern fest, die sich über sie beugten.

Die Welt um sie herum schien sich zu drehen, und Charlottes Begehren wurde nahezu unerträglich. Mit einem Mal gaben ihre Beine nach, und sie drohte, zu Boden zu fallen. Dand fing sie auf, und als er sie an sich emporzog, spürte sie den harten Beweis seiner Männlichkeit, der sich fordernd gegen ihren Körper drückte. Gedanken des Zweifels erhoben sich wie ein rauer Wind über dem Meer der Sinnlichkeit, in dem sie zu versinken drohte. Wie von fern vernahm sie den ungleichmäßigen Rhythmus ihres eigenen Atems, spürte das rasende Klopfen ihres Herzens. Ein Laut entstieg Dands Kehle, ein tiefes, männliches Stöhnen. Er beugte sich abermals über sie. In seinen dunklen Augen loderte die Flamme der Begierde. Er war bereit für einen zweiten Angriff auf ihre Sinne.

Charlotte war es nicht. Sie konnte nicht. All das war zu viel, zu überwältigend, und sie fühlte sich noch nicht bereit dazu. Unwillkürlich stemmte sie beide Arme gegen seine Brust. Dand ließ sie augenblicklich los.

Zaghaft hob sie den Blick und schaute in sein Gesicht. Sein Ausdruck war gleichmütig, doch das heftige Auf und Ab seines Brustkorbs unter ihren Handflächen und das wilde Pochen seines Herzens verrieten ihr, dass Dand in Wahrheit nicht ganz so unerschütterlich war, wie sein Gesichtsausdruck vermuten ließ.

„Sie sollten aussehen, als seien Sie in Leidenschaft entbrannt, meine Liebe, nicht, als versuchten Sie, einer Vergewaltigung zu entgehen“, murmelte er spöttisch, den Blick vielsagend auf Charlottes gegen seine Brust gestemmten Hände gerichtet.

Eine brennende Röte schoss ihr in die Wangen, und sie zog rasch die Hände fort.

„Schon besser“, flüsterte er, neigte den Kopf und strich sanft mit der Zunge über ihren Hals. Charlotte zuckte zusammen. „Keine Sorge, ich werde Sie nicht wieder küssen. Nur noch ein paar Augenblicke willig in meinen Armen, dann ist unsere Vorstellung beendet und wir können beruhigt den Vorhang fallen lassen.“

Vorstellung. Als seine Lippen ihre Halsbeuge erreicht hatten, liebkoste er die Stelle, wo unter der zarten Haut ihr rasender Pulsschlag zu spüren war. Charlotte erbebte.

„Ganz ruhig, Liebes“, flüsterte er mit tiefer, vor Erregung heiserer Stimme. „Es ist doch schließlich nichts Besonderes.“

Doch das war es, sie wusste es. Das war es.

„Meine Liebe, Sie haben es getan“, rief Ginny, als Charlotte das Schlafzimmer betrat. Auf Ginnys Wunsch hin hatte das Dienstmädchen sie sofort von Charlottes Heimkehr unterrichtet. Die Kurtisane richtete sich halb auf und lehnte sich gegen die Kissen in ihrem Rücken. Zum ersten Mal seit ihrem Unfall wirkte ihr Mienenspiel lebhaft. „Ihr Ruf ist ruiniert! Das ist herrlich. Und wie rasch und gründlich Ihnen das gelungen ist! Einfach grandios!“

„Wie haben Sie es erfahren?“, wollte Charlotte wissen.

„Lord Skelton war vor einer Stunde hier.“ Ginny kicherte. „Er muss die Argyll-Ballsäle in Windeseile verlassen haben, um mir die Neuigkeit brühwarm aufzutischen. Wie reizend von ihm. Ich glaube, ich schulde ihm einen Kuss.“

„Was hat er gesagt?“

„Er wollte der Erste sein, der mir von dem pikantesten Skandal erzählt, den die feine Gesellschaft in den letzten zehn Jahren erlebt hat. Dass nämlich mein reizender junger Engel vom Pfad der Tugend abgewichen sei und fortan zu den gefallenen Vertretern seiner Zunft zähle."

Sie beugte sich vor, ihre schönen Mandelaugen leuchteten. „Hat Ross Sie tatsächlich an Ort und Stelle in jenem Garten entehrt?"

„*Entehrt* ist eindeutig übertrieben", entgegnete Charlotte mit zittrigen Knien und bemühte sich verzweifelt, ihrer Stimme einen gelassenen Klang zu geben. Dann ließ sie sich auf das Fußende von Ginnys Bett sinken.

Das war es also. Ihr Ruf war ruiniert. Ihr inneres Beben hatte jedoch weniger mit dem Wissen um ihren gesellschaftlichen Ruin zu tun als mit dem Mann, der ihn herbeigeführt hatte. Sie war schon oft geküsst worden, von vielen Männern. Keiner von ihnen hatte allerdings jemals eine solche Wirkung auf sie gehabt. Keiner zuvor hatte ihr den Atem geraubt, den Kopf verdreht, den Puls in die Höhe getrieben, ihr dieses flaue Gefühl in der Magengegend verursacht und ihre Knie weich werden lassen. Offenbar brütete sie irgendeine Krankheit aus.

Sie zwang sich, Ginnys allzu strahlenden, allzu wissenden Blick zu erwidern. „Wie befriedigend für Lord Skelton. Ich vermute, Sie haben seine schlimmsten Befürchtungen bestätigt?"

„Erst nach ausgiebigem Händeringen und nachdem ich ihm das Versprechen abgenommen habe, Stillschweigen darüber zu bewahren. Was bedeutet, dass spätestens jetzt …", sie warf einen Blick auf die Uhr, es war ein Uhr in der Früh, „alle, einschließlich sämtlicher Gärtnergehilfen, davon erfahren haben."

Sie tätschelte das Kissen, das neben ihr lag. „Kommen Sie, setzen Sie sich zu mir und erzählen Sie mir alles."

Charlotte streifte sich zögernd die weichen Chamois-Handschuhe von den Fingern. Sie wollte nicht länger bleiben, sie wollte allein sein, um nachzudenken. Und um in Erinnerungen zu schwelgen, fürchtete sie. „Es gibt nicht viel zu sagen, und ich bin entsetzlich müde."

„Das, meine Gute, ist eindeutig gelogen", sagte Ginny und hob die elegant geschwungene Braue. „Kommen Sie schon, berichten Sie's mir."

„Er hat den jungen Leutnant Albright fortgejagt, mich für die Dauer von zwei Tänzen in Beschlag genommen, anschließend in den Garten hinausgeschleppt, dafür gesorgt, dass man uns vom Saal aus gut sehen konnte, und mich dann geküsst."

„Und Sie?"

„Ich habe seinen Kuss erwidert. Hingebungsvoll."

„Braves Mädchen! Man sollte sich die Arbeit ruhig ein wenig versüßen. Und danach?"

„Danach hat er mich quer durch den überfüllten Ballsaal gezerrt, mir seinen Mantel über die Schultern geworfen und mich in eine Kalesche gehievt, in die er dann auch selbst eingestiegen ist, nachdem er dem Kutscher zuvor laut zugerufen hatte, er solle uns zu mir fahren."

„Hervorragend", bemerkte Ginny begeistert. „Und was passierte dann?"

„Zwei Häuserblocks weiter klopfte er an das Wagendach und bat den Kutscher anzuhalten. Er ist ausgestiegen und hat mir eine gute Nacht gewünscht."

„Oh?" Ginny klang enttäuscht. „Das ist alles?"

„Ja, außer, dass er mich zu einer Spazierfahrt durch den Hyde Park eingeladen hat, morgen zur beliebtesten Stunde, um auch den letzten Zweifler von meinem Fehltritt zu überzeugen." Sie erzählte Ginny nicht, wie Dand während jener kurzen Fahrt ausgesehen, wie er zusammengesunken am anderen Ende der dunklen Kutsche gesessen hatte, das Gesicht im Schatten verborgen, von nahezu greifbarer Anspannung erfüllt.

„Ausgezeichnet. Wie ich sehe, hat er sich die ganze Angelegenheit gut durch den Kopf gehen lassen. Ich beginne, Mr. Ross zu schätzen. Sagen Sie mir, wie hat er ausgesehen?"

„Ausgesehen?"

„Ja", bekräftigte Ginny. „Wirkte er so verwegen wie ...", sie räusperte sich, „wie Sie ihn immer beschrieben haben? Oder hatte er sich den hauptstädtischen Gepflogenheiten ein wenig angepasst?"

„Oh, er war das Abbild eines gepflegten Gentlemans, auch wenn sein Benehmen dieser Erscheinung ganz und gar nicht entsprach."

„Umso besser", rief Ginny aus. „Die Neuigkeit wird sich so rasch verbreiten, dass St. Lyon vielleicht noch während seiner Reise nach Schottland davon erfährt. Doch um sicherzugehen, werde ich ihm gleich heute Nacht einen Brief schreiben, in dem ich beiläufig erwähne, dass meine eigenwillige junge Freundin Miss Nash sich in eine höchst missliche Lage gebracht hat."

Der Mann bahnte sich einen Weg durch die Menschenmenge, die sich um einen Zeitungsjungen gebildet hatte, welcher lauthals Napoleons jüngste Heldentaten verkündete. Das Gedränge um ihn herum nahm er kaum war. Er musste sich sammeln. In den letzten vierundzwanzig Stunden hatten die Ereignisse eine unerwartete Wendung genommen. Zum Glück war er ein Meister darin, sich veränderten Gegebenheiten anzupassen.

Doch ... Gott steh ihm bei, er hatte nicht erwartet, dass ihn dies alles derart mitnehmen würde. Dass es ihm so schwerfallen würde. Selbst jetzt drohten seine Gefühle ihn zu überwältigen.

Er schluckte heftig und spürte, wie sein altes zwanghaftes Leiden abermals Besitz von ihm ergriff. Hastig umherblickend, erspähte er einen schäbigen kleinen Hinterhof, der zu dieser späten Stunde finster und verlassen dalag. Mit gesenktem Kopf stolperte er in die Dunkelheit und wühlte – ungleichmäßig atmend, die Kehle wie zugeschnürt – nach dem Messer, das er in der Manteltasche trug. Kaum hatte er es gefunden, zog er sich mit einer Mischung aus Scham und Erleichterung den linken Handschuh aus und spreizte die Finger, so weit er konnte. Keine sichtbaren Narben. Nicht mehr. Sobald dies alles vorüber war und er seinen rechtmäßigen Platz in der Gesellschaft eingenommen hatte, würde er es nicht mehr nötig haben, diese … Scheußlichkeit an sich selbst zu verüben.

Er zog die schmale, tödlich scharfe Klinge aus ihrer Malachithülle, starrte auf die silbrige Spitze, die so vollkommen, so fein geschliffen in seiner Hand lag, und versuchte, die Kraft aufzubringen, ihrem glänzenden Zauber zu widerstehen.

Sein Kopf sank gegen die Backsteinmauer, in seinem Inneren tobte ein Kampf widersprüchlicher Gefühle. Stolz, Verzweiflung, Wut und … ja, *Liebe* bedrückten sein Herz, bedrängten seine Seele.

Mit einem unterdrückten Aufschrei der Selbstverachtung stieß er die Klinge in das weiche Fleisch zwischen Zeige- und Mittelfinger. Er rang zischend nach Atem, als er den Stich spürte, den befreienden Schmerz. Den süßen Schmerz, der die Schuld fortätzte wie Säure, die Zweifel, den Schrecken, bis er nichts mehr empfand als köstlichen … reinen … Schmerz.

Allmählich kehrte seine innere Ruhe zurück. Sein Mut. Sein Durchblick. Und sein ohnehin wacher Verstand wurde noch schärfer. Die Welt erschien ihm mit einem Mal heller als zuvor. Achtlos steckte er die Klinge zurück in die Scheide, während er sich in Gedanken bereits den Ereignissen der

Nacht und den vielfältigen Problemen zugewandt hatte, die sie aufwarfen. Er dachte an das Mädchen und an die Hure, und er dachte an den Mann, der unter dem Namen Dand Ross bekannt war.

Natürlich! Warum hatte er das nicht früher erkannt? Es würde alles hervorragend ausgehen. Sogar noch besser, als er ursprünglich geplant hatte. In der Tat, es schien beinahe so, als sei es Gottes Wille.

Vielleicht war es das.

8. KAPITEL

Culholland Square, Mayfair
20. Juli 1806

„Miss Nash! Miss Nash!“ Charlottes Zofe Lizette klopfte nicht einmal an, sondern stürzte geradewegs ins Zimmer, Augen und Mund weit aufgerissen vor Entsetzen.

Erschrocken richtete Charlotte sich in ihrem Bett auf. „Was ist los, Lizzie? Was um Himmels willen ist geschehen?“

Das Dienstmädchen lief zum Schlafzimmerfenster, schob die schweren Brokatvorhänge zur Seite und ließ das helle Sonnenlicht in den Raum hineinfluten. Dann wirbelte es herum, die Hand auf die Brust gelegt.

„Da ist ein Mann unten im Flur! Er ist vor zehn Minuten in einer prächtigen Kutsche vorgefahren und hat Einlass verlangt. Als der Butler ihm jedoch sagte, Sie würden zu dieser frühen Stunde keinen Besuch empfangen, ist er dennoch hereingekommen. Jetzt steht er unten und wartet. Sie mögen sich *beeilen,* soll ich Ihnen ausrichten.“

„*Was* hat er Ihnen gesagt?“ Charlotte blinzelte, um die Müdigkeit aus ihren Augen zu vertreiben. Viel Schlaf hatte sie in der vergangenen Nacht nicht gefunden. Bis in die frühen Morgenstunden hatte sie vor Scham kein Auge zugetan. Nicht, weil sie mutwillig ihr gesellschaftliches Ansehen zerstört hatte, sondern einzig deshalb, weil es ihr nicht gelungen war, ihre körperlichen Reaktionen auf Dand Ross’ meisterhafte Verführungskünste zu verbergen.

„Wer ist es?“

„Ich weiß es nicht genau, Ma’am. Ein Angeber, glaube ich. Er ist braun wie ein Orientale und gekleidet wie ein feiner Pinkel, doch ein Gentleman ist er nicht. Welcher Gentleman würde sich so benehmen? Keiner!“

Dand ist hier?, dachte Charlotte verwirrt. Er hatte doch gesagt, er wolle sie am Nachmittag abholen kommen.

Sie warf einen Blick auf die bronzene Uhr auf dem Kaminsims. Neun in der Früh. Eine unchristliche Zeit für einen Besuch, es sei denn, etwas Bedeutsames war vorgefallen.

Charlotte sprang aus dem großen, weichen Bett, schlüpfte in den durchsichtigen Morgenrock aus hellgelber Seide, den Lizette ihr in dankenswerter Voraussicht hinhielt, und hastete zur Tür hinaus.

„Soll ich die Lakaien rufen lassen?", fragte ihre Zofe, die Mühe hatte, ihr zu folgen.

„Nein", rief Charlotte über die Schulter hinweg, während sie mit nackten Füßen die Treppenstufen hinunterhuschte. Etwas Unvorhergesehenes musste geschehen sein. Warum sonst würde Dand verlangen, dass sie sich beeilte? Atemlos erreichte sie den Treppenabsatz über dem Flur …

„Irgendjemand soll gefälligst hochgehen und dem Mädchen ausrichten, nur ja keine Zeit zu verschwenden, um sich aufzutakeln." Dands Stimme ließ sie erstarren. Er sprach mit leicht fremdländischem Akzent, und seine Worte trieften vor Überheblichkeit. „Ein Mann will schließlich nicht die Katze im Sack kaufen, nicht wahr?"

Das ließ sie erstarren. Sie spähte über das Geländer in den Flur hinab. Lässig auf einen Spazierstock mit Silberknauf gestützt, stand Dand in der Mitte des Raums auf dem Parkett und ließ den Blick mit beiläufigem Interesse umherschweifen.

Er sah nicht übernächtigt und mitgenommen aus. Im Gegenteil, er fühlte sich offenbar recht wohl. Irgendetwas lief hier schief! *Sie* war eine Meisterin des Flirts. *Sie* beherrschte die Kunst der Tändelei wie keine andere. *Sie* war die unvergleichliche, die unerreichbare, die aufreizende Miss Charlotte Nash. Er war ein … ein … Rattenfänger!

Ein gut aussehender Rattenfänger allerdings. Ein verflixt

gut aussehender Rattenfänger, das ließ sich nicht leugnen. Sein tadellos geschneiderter marineblauer Gehrock spannte sich, ohne eine einzige Falte zu werfen, über seine breiten Schultern, seine muskulösen Oberschenkel wurden von engen lederbraunen Hosen umschmiegt, und seine Füße steckten in schwarzen, auf Hochglanz polierten Schaftstiefeln.

„Was machen Sie hier?“, rief sie, halb über das Geländer gebeugt, zu ihm hinunter.

Er hob den Blick. Seine Augen blitzten auf vor Vergnügen. „Ah, Charlotte! Und wie reizend Sie aussehen!“

Das spöttische Funkeln in seinen Augen brachte ihr schmerzlich zu Bewusstsein, dass sie einen durchsichtigen Morgenrock trug, ihre kurzen Locken vom Schlaf zerzaust waren und ihr Gesicht nach der unruhigen Nacht vermutlich blass und kränklich wirkte. Keine guten Voraussetzungen für eine kokette junge Dame und Herzensbrecherin von Rang. „Was treiben Sie zu dieser frühen Stunde in meinem Haus?“

„Nun ja, da ich für die Kosten aufkomme, habe ich beschlossen, mich Ihrer reizenden Gesellschaft zu erfreuen. Unser Arrangement ist einfach wunderbar!“ Er hatte sich unverkennbar einen leichten französischen Akzent zugelegt.

„Unser *Arrangement?*“, wiederholte sie. „Was zum Kuckuck meinen Sie …“

„Denken Sie an Ihre Dienstboten, Charlotte“, mahnte Dand leise und ließ den Blick vielsagend über ihre Schulter schweifen.

Charlotte wandte sich um und schaute geradewegs in das völlig erstaunte Gesicht ihrer Zofe.

„Und es gibt da noch andere …“, hörte sie Dand murmeln.

Ihr Blick wanderte hinunter in den Flur. Rechts und links der Eingangstür standen Brian und Curtis, ihre Lakaien. Auch sie wirkten verblüfft, doch bereit, auf ein Wort ihrer Herrin hin zu handeln. Charlotte beugte sich ein wenig weiter über das Treppengeländer und erspähte ihre Köchin, die den Kopf zu der mit grünem Wollflanell bezogenen Küchentür herausstreckte. Sogar die Hausmagd hatte sich, den Staubwedel noch in der Hand, in den Flur geschlichen, um zu sehen, was dort vor sich ging.

Ach, du lieber Himmel! Ein leises Stöhnen entschlüpfte ihren Lippen.

„Tss, tss.“ Dand schnalzte mitfühlend mit der Zunge. „Mein armer Liebling. Ich wollte nicht, dass das Dienstmädchen Sie weckt, doch das dumme Ding hat nicht mit sich reden lassen.“ Er legte den Kopf schräg, als sei ihm soeben ein Gedanke gekommen.

„Ach, Charlotte“, sagte er jetzt in leicht vorwurfsvollem Ton, „Sie haben Ihrer Dienerschaft nicht von uns erzählt? Böses Mädchen! Kein Wunder, dass alle so grün im Gesicht sind. Sagen Sie allen, sie sollen zurück an ihre Arbeit gehen. Nun, worauf warten Sie noch?“

Er drehte sich zu den Dienstboten um, sein Blick war streng, und seine dunklen Augen funkelten drohend. „Oder soll ich das tun?“

„Nein, nein.“ Charlotte zögerte. Welchen Tonfall schlug man an, wenn man seinen Hausangestellten verkünden musste, dass man ein „leichtes Mädchen“ geworden war? Dand hatte sie völlig überrumpelt. Es war unfair. Sie würde sich aus dem Stegreif etwas einfallen lassen müssen. Etwas Beiläufiges, Wohldurchdachtes …

„Was ist? Hat niemand etwas zu tun?“

Dand lächelte die verdutzten Angestellten wie um Nachsicht bittend an. „Miss Nash wünscht, einen Augenblick mit mir allein zu sein.“

„Hinaus!“

Die Dienstboten huschten davon wie Käfer im gleißenden Schein einer Lampe. Einige Sekunden später erinnerte nur das sachte Schwingen der grünen Küchentür an ihre vorherige Anwesenheit.

Dand sah grinsend zu Charlotte empor. „Ein gelungener Auftritt, würde ich sagen."

„Finden Sie?", entgegnete sie kühl. „Ich beuge mich Ihrer zweifellos größeren Erfahrung in diesen Dingen. Doch nun zum letzten Mal: Was zum Teufel soll das Theater?"

„Tss, tss, was für eine Ausdrucksweise! Wissen Sie, Charlotte, die begehrtesten Kurtisanen sind dafür bekannt, dass sie sich in der Öffentlichkeit als vollendete Damen geben und daheim zu Wildkatzen werden. Ich fürchte, bei Ihnen verhält es sich genau umgekehrt."

„Dand ..."

„Ich versuche lediglich, Ihnen ein paar nützliche Ratschläge zu erteilen", entgegnete er leichthin, legte sich den Gehstock über die Schulter und begann damit, die Treppenstufen emporzusteigen. Charlotte wich erschrocken zurück. Er konnte doch nicht allen Ernstes vorhaben, ihr Schlafzimmer betreten zu wollen? Es gab Grenzen, die selbst in einer solchen Situation nicht überschritten werden durften. Dies war eine davon, und Charlotte verteidigte sie instinktiv.

„Halt! Keinen Schritt weiter!", befahl sie. Dand blieb auf halber Höhe der Treppe stehen und schaute Charlotte verwundert an. „Sie ... Sie warten im Speisezimmer."

„Dafür, dass Sie ein so raffiniertes kleines Biest sind, sind Sie erstaunlich provinziell, wissen Sie das?"

Sie wartete nicht darauf, was er sonst noch zu sagen hatte, sondern machte auf dem Absatz kehrt und verschwand in ihrem Schlafgemach. Nachdem sie sich ihres Nachtgewands entledigt und sich hastig das Gesicht gewaschen und die Zähne geputzt hatte, zog sie eilig ein betont züchtiges, pflaumenblau gestreiftes Kleid aus elfenbeinfarbenem Batist an.

Was hatte dies alles zu bedeuten? Dand war hergekommen, um ihrem Schauspiel noch mehr Glaubwürdigkeit zu verleihen, kein Zweifel. Doch wie weit wollte er gehen, um ihren lädierten Ruf vollends zu ruinieren? Gewiss weiter, als sie selbst gehen wollte, vermutete Charlotte.

Als die Erinnerung an die gestrige leidenschaftliche Umarmung in ihr aufstieg, ließ diese ihr Herz sogleich höher schlagen. Genug! Charlotte bändigte ihre kurze Lockenpracht mit einem Haarband aus schwarzem Samt, atmete einige Male tief durch und verließ, von neuem Selbstbewusstsein erfüllt, ihr Schlafgemach, um Dand Ross die Stirn zu bieten.

„Wo ist er?“, fragte sie einen der Lakaien.

„Monsieur Rousse ist im Speisezimmer, Ma'am.“

Monsieur Rousse. Er hatte wahrhaftig den Verstand verloren.

Sie betrat den Speiseraum, wo Dand gemütlich am Kopfende ihres Esstisches saß und sich soeben etwas Rührei auf seinen Toast löffelte. Als er sie erblickte, fuchtelte er mit seiner silbernen Gabel über dem Teller herum. „Ihr Köchin macht hervorragende Rühreier, meine Liebe. Das Geheimnis sind die Schalotten, behauptet sie.“

Charlotte ging mit keinem Wort auf seine Bemerkung ein und näherte sich ihm mit wenigen Schritten. „Auf die Gefahr hin, dass ich mich wiederhole“, sagte sie unwirsch, „was machen Sie hier? Und seit wann haben Sie sich den französischen …?“

Dand brachte sie mit einer knappen, bedeutungsvollen Geste zum Schweigen, griff nach der Kaffeekanne und goss sich etwas von ihrem Inhalt in eine Tasse. „… Brauch zu eigen gemacht, den Tag mit einem starken Kaffee zu beginnen?“, führte er ihren Satz geschickt zu Ende und gab Charlotte mit einem weiteren vielsagenden Blick in Richtung Tür zu verstehen, dass ihre Dienerschaft sie gewiss belauschte. „Weil ich Franzose bin.“

Er schenkte ihr ein strahlendes Lächeln, und Charlotte

fragte sich einen Augenblick lang, ob Dand tatsächlich französisches Blut in den Adern hatte. Er akzentuierte jedenfalls wie ein Einheimischer, allerdings klang es nicht nach grober Mundart, sondern nach dem eleganten Französisch des Adels. Aber nein, das war Unsinn. Er war ein schottischer Waisenjunge, der seine Rolle gut beherrschte, weiter nichts.

„Sie sollten etwas essen“, fuhr Dand unbekümmert fort. „Curtis!“

Sofort öffnete sich die Verbindungstür zur Küche, und Charlottes jüngster Lakai trat ein. Dand hatte recht gehabt, die Dienstboten verfolgten ihr Gespräch. „Sir?“

„Miss Nash benötigt eine Stärkung. Ein Ei?“ Er hob fragend die Brauen und unterzog ihren schlanken Körper völlig ungeniert einer prüfenden Betrachtung. „Zwei Eier. Und Toast.“

Das war zu viel! Sie war keine Zuchtstute, die er bei einer Wette gewonnen hatte und die er nun begutachtete, um festzustellen, ob es sich lohnte, sie zu behalten. Sie spielte die Rolle seiner Mätresse. Und Mätressen wurden von ihren adligen Liebhabern mit Charme und Respekt behandelt. So jedenfalls hatte sie es gehört.

Als er ihren grimmigen Blick bemerkte, fügte Dand hinzu: „Und Honig. Sie braucht dringend etwas Süßes.“

Als gut geschultem Diener gelang es Curtis, ein Lächeln zu unterdrücken, gegen das vergnügte Funkeln seiner Augen war er jedoch machtlos. „Sofort, Sir.“

„Und kein Herumgelungere vor der Tür mehr“, fügte Dand wie beiläufig hinzu.

„Ich wollte keineswegs unhöflich sein, Sir. Nur auf der Stelle zu Diensten, wenn man mich braucht.“

„Das glaube ich Ihnen gern. Falls ich jedoch jemals ein Mitglied der Dienerschaft beim Horchen ertappen sollte, werde ich das dem Betreffenden sehr übel nehmen. Richten Sie das bitte auch den anderen aus.“

„Sehr wohl, Sir."

Sobald Curtis fort war, lehnte Dand sich entspannt in seinem Stuhl zurück. „*Jetzt* können wir reden."

„Oh, vielen Dank", antwortete Charlotte spöttisch und rückte sich den Stuhl am anderen Ende der langen Tafel zurecht.

„Meine Liebe", begann er, als sie gerade im Begriff war, sich zu setzen. „Ich habe getan, was ich konnte, um uns eine ungestörte Unterhaltung zu ermöglichen. Doch wenn Sie darauf bestehen, meilenweit von mir entfernt Platz zu nehmen, braucht es keine Lauscher an der Tür, um unser Gespräch mit anzuhören."

Er hatte recht. Doch musste er deshalb so selbstgefällig dreinschauen? Sie hatte viel verlorenes Terrain wettzumachen, ehe sie wieder auf gleicher Augenhöhe mit Dand war, erkannte Charlotte. Bei ihrem gestrigen Kuss hatte sie sich zu stark offenbart, ihre Gefühle zu deutlich gezeigt. Doch das war gestern Abend gewesen. Heute war ein neuer Tag, und sie hatte sich in Erinnerung gerufen, wer sie war und wer sie sein musste, wenn ihre Maskerade Erfolg haben sollte.

Sie neigte anmutig den Kopf und schlenderte zu Dand hinüber. Er erhob sich und zog einen Stuhl unter dem Tisch hervor. Charlotte nahm Platz.

„Nun", begann sie und forderte ihn mit einer Handbewegung auf, sich ebenfalls zu setzen, „sprechen Sie bitte. Warum haben Sie sich diesen französischen Nachnamen zugelegt?"

„Ihr Plan, mich als alte Jugendliebe aus der Nachbarschaft vorzustellen, gefiel mir zunächst ziemlich gut. Doch dann bin ich zu dem Schluss gekommen, dass man ihn zu leicht hätte widerlegen können", erklärte er. „Ihr Vater war ein wohlhabender Mann, meine Liebe, und das Haus, in dem Sie Ihre Kindheit verbrachten, steht in einem der feinsten Wohnviertel Yorks. Ich bin sicher, dass es in der Londoner Gesellschaft mehr als einen gibt, der früher in derselben Gegend gelebt hat und mit erschreckender Genauigkeit sagen könnte, wer wann welches Haus in welcher Straße bewohnt hat."

„Und was hilft es uns, dass Sie sich als Franzose ausgeben?"

„Als französischer Immigrant", verbesserte er. „André Rousse, der mit seiner Familie einst eine herrliche Saison in Bristol verbrachte, nachdem er vor den entsetzlichen Ereignissen im Land seines Herrn Vaters geflohen war. Und dort, in Bristol, hat eine glückliche Fügung zu unserer schicksalhaften Begegnung geführt." Er hielt in seiner Erzählung inne und blickte sie prüfend an. „Haben Sie je den Eindruck gehabt, unser Kennenlernen sei schicksalhaft gewesen, Charlotte? Ich schon. Wie dem auch sei, Sie wissen die Brillanz dieser Geschichte gewiss zu würdigen, nicht wahr? Falls irgendjemand es seltsam finden sollte, dass Sie mich nie erwähnt haben … Nun, man spricht nicht über seine Beziehungen zu Franzosen in diesen Tagen, wenn es nicht unbedingt nötig ist."

Sein Plan war gut durchdacht, kein Zweifel. „Das ergibt wohl Sinn", bemerkte sie knapp.

„Sie werden mir noch den Kopf verdrehen mit solchen Schmeicheleien."

Der Anflug eines Lächelns huschte über ihr Gesicht. Sie stützte das Kinn in die Hand und neigte den Kopf. „Aber warum sind Sie *hier,* Dand?"

Er schob sich abermals eine Gabel voll Rührei in den Mund. „Das versteht sich doch wohl von selbst. Ich bin gekommen, um meiner Rolle als Ihr Beschützer Glaubwürdigkeit zu verleihen."

„Dazu brauchen Sie nicht in aller Herrgottsfrühe bei mir vor der Tür zu stehen."

„Oh doch! Wir haben zwar vergangene Nacht für einiges Aufsehen gesorgt, aber in den Augen der feinen Gesellschaft sind Sie lediglich eine kompromittierte junge Dame, mehr nicht. Die meisten von ihnen warten vermutlich auf eine Verlobungsanzeige in der *Times.* Allen voran der werte Comte St. Lyon, denn schließlich weiß er, wer Sie sind und, wichtiger noch, wer Ihr Schwager ist. Überlegen Sie doch einmal, Charlotte, was ist wahrscheinlicher? Dass Sie sich in Bälde verloben oder dass Sie sich von einem Tag auf den anderen in eine Halbweltdame verwandeln? So angenehm es auch wäre, ich könnte *Wochen* damit zubringen, Sie an jeder Straßenecke und bei jedem gesellschaftlichen Ereignis in London zu küssen, ehe selbst der Letzte begriffen hätte, dass es keine Verlobungsanzeige in der Zeitung geben wird – und dass ich Sie auch nicht nur kompromittiert, sondern wahrhaftig entehrt habe. Und dann, erst dann, wird Ihnen der vorsichtige St. Lyon in die Falle gehen. Doch bis dahin ist es zu spät für mich." Er lächelte verbindlich. „Für uns, meine ich. Das heißt: St. Lyon muss so rasch und so nachdrücklich wie möglich überzeugt werden, wie Sie gestern Abend treffend bemerkten." Dand nippte an seiner Kaffeetasse. „Und was würde ihn nachdrücklicher davon überzeugen, dass Sie ein gefallenes Mädchen sind, als mein Einzug in Ihr Haus? Außerdem verbreitet sich kein Gerücht so rasch wie das, welches von der eigenen Dienerschaft in die Welt gesetzt wird."

Er hatte vor, bei ihr einzuziehen? Fassungslos, die Lippen zu einem stummen „Oh" geformt, starrte sie ihn an. Bis zu diesem Augenblick war ihr nicht klar gewesen, wie weit er dieses Spiel zu treiben beabsichtigte. Ja, das eine oder andere gemeinsame Frühstück, einige Besuche zu später Stunde ohne Anstandsdame, gewiss. Doch bei ihr wohnen?

„Aber …", stammelte sie. „Ich wollte nicht … ich dachte, wenn wir später vielleicht … Wenn ein Zweifel bestehen bliebe hinsichtlich meiner, äh …" Verlegen suchte sie nach Worten, um auszudrücken, was gesagt werden musste. „Meines … Zustands."

„Oh! Sie haben gehofft, Sie könnten sich irgendwie aus der Affäre ziehen und verhindern, dass man sie als Kurtisane brandmarkt?“, fragte er mitfühlend.

Was war aus dem wütenden, kaum zu überzeugenden Schotten geworden? Dem Mann, der getobt und geflucht hatte, als sie ihm von ihrem Plan erzählt hatte, in die Rolle einer Halbweltdame zu schlüpfen? Er hatte sich in Luft aufgelöst. Jemand hatte ihn gegen diesen elegant gekleideten, unbekümmerten Doppelgänger ausgetauscht.

„Ich fürchte, wir alle müssen mit unseren einmal getroffenen Entscheidungen leben, Charlotte“, erklärte er mit derselben widerlichen Liebenswürdigkeit.

„Warum haben Sie Ihre Meinung geändert? Warum stehen Sie diesem Plan plötzlich so wohlwollend gegenüber?“

„Ich habe mich in meine stille Kammer zurückgezogen und nachgedacht.“ Sein Blick wirkte verschlossen. „Ich habe mich gefragt, was ich zu tun bereit wäre, um mein Ziel zu erreichen, und bin zu dem Schluss gekommen, dass ich jedes Risiko eingehen, jedes Opfer auf mich nehmen würde, um dieses Unternehmen zu einem erfolgreichen Ende zu bringen.“

Charlotte betrachtete ihn kummervoll. Wäre ich doch nur nicht so eindringlich gewesen, wünschte sie im Stillen und erkannte im nächsten Augenblick, wie absurd dieser Gedanke war.

„Kommen Sie, Charlotte“, sagte Dand. Der harte Ausdruck war aus seinem Blick gewichen, und stattdessen blitzte die vertraute Mischung aus mildem Spott und Belustigung aus seinen Augen. „Sie sind nicht die Einzige, die Opfer zu bringen hat, wissen Sie? Ihr Schwager Munro wird mich bis ans Ende der Welt verfolgen, um mich mit seinem Degen zu durchbohren, sobald er von der Geschichte erfährt. Und Ihr anderer Schwager, der Furcht einflößende Kit?“ Er lachte. „Er wird nicht eher Ruhe geben, als bis er das Vergnügen hatte, mir jeden Knochen im Leib einzeln zu brechen.“

„Nicht, sobald die beiden über die Hintergründe Bescheid wissen“, widersprach Charlotte. „Und außerdem ahnen sie nicht einmal, dass Sie mein ‚Verführer‘ sind.“

Sein Blick verfinsterte sich, sein Ton jedoch blieb unbekümmert. „Das kann man nur hoffen …“

Als vom Korridor her Geräusche zu ihnen hereindrangen, packte Dand Charlotte unvermittelt am Handgelenk und zog sie mit einem Ruck auf seinen Schoß.

„Wie?“

„Spielen Sie mit“, flüsterte er hastig und schlang den Arm um ihre Taille. Eine Sekunde später wurde die Tür geöffnet, und Curtis betrat mit einem Silbertablett in den Händen den Raum. Beim Anblick seiner Herrin, die in unmissverständlicher Haltung auf dem Schoß des Fremden saß, blieb er wie angewurzelt stehen, die Augen vor Staunen weit aufgerissen.

„Stellen Sie es hier ab, Curtis“, befahl Dand lässig und ließ seine Hand dabei langsam und genüsslich über Charlottes Rücken wandern. Der Lakai lief feuerrot an. Ich schaffe das, machte Charlotte sich im Stillen Mut und zwang sich, tief durchzuatmen. Ich muss es schaffen.

„Danke, mein Junge. Und du, mein Täubchen, bist du sicher, dass ich dich füttern muss?“

Zum Glück hatte sie den Kopf abgewandt, denn sonst hätte ihr Diener ein Wort von ihren Lippen ablesen können, das sie vermutlich nicht einmal kennen sollte.

Dands braune Augen funkelten vor Vergnügen. „Ah! Sie ist schüchtern! Wie reizend! Gehen Sie jetzt, Curtis, ich möchte mich ein wenig mit meiner Liebsten vergnügen.“

Charlotte vernahm ein scheppperndes Geräusch, als das Tablett hastig auf dem Tisch abgestellt wurde, dann eilige Schritte und das Zuschlagen der Tür. Empört stemmte sie sich gegen Dands Brust und versuchte, sich aus seiner Umarmung zu befreien, doch er hielt sie fest umschlungen.

„Was genau haben Sie mit diesem kleinen Zwischenspiel

bezweckt, außer, den armen Curtis in Verlegenheit zu stürzen?“, fragte Charlotte. Ihre Aufregung wurde noch geschürt durch den Umstand, dass sie gar nicht anders konnte, als Dands starke Muskeln wahrzunehmen, die Kraft seiner Arme, den Duft seiner Haut. Die Wärme seines überaus männlichen Körpers war selbst durch die Kleidung hindurch zu spüren – und verwirrte Charlotte zutiefst.

„Die Dienstboten, meine Liebe, sind bei diesem Theaterstück unser wichtigstes Publikum. Sie müssen Gerüchte über uns verbreiten, und wir müssen ihnen den Stoff dafür liefern, und zwar je mehr, desto besser.“

Statt auf seinen Unsinn einzugehen, versuchte sie, sich zu erheben. Er ließ es nicht zu. „Wer hätte das gedacht?“, fragte er lachend. „Die aufreizende, verwegene Miss Nash ist prüde.“

Die Lippen ganz nah an ihrem Ohr, flüsterte er: „Spielen Sie jetzt nicht den holden Unschuldsengel, Sie kleine Herzensbrecherin.“

Als Charlotte seinen warmen Atem auf ihrer Haut spürte, überkam sie abermals jenes sehnsüchtige Gefühl der vergangenen Nacht. „Ich bin kein holder Unschuldsengel. Ich bin auch nicht prüde. Ich bin kokett, lebensfroh und keinem Flirt abgeneigt“, verkündete sie in ihrer Ehre gekränkt, und war sich dabei mit jeder Faser ihres Körpers seiner Nähe bewusst.

„Dann verhalten Sie sich auch so. Und bleiben Sie!“ Er zog sie erneut an sich. Sie erschauderte unwillkürlich.

„Bleiben Sie“, wiederholte er mit seltsam rauer Stimme. „Machen Sie sich mit mir vertraut, mit meinem Körper, meinen Berührungen.“

Das klang vernünftig und höchst sinnvoll. Jedenfalls, solange Dand nichts von dem glühenden Verlangen ahnte, das jede seiner Berührungen in ihr entfachte. Ihre Sehnsucht nach ihm war zu mächtig, zu eindeutig, als dass Charlotte sie hätte leugnen können. Ihre Arme, die noch immer steif und verkrampft um seinen Nacken lagen, entspannten sich allmählich. Sie schmiegte sich an seinen muskulösen Körper, und als sie seine Erregung spürte, war ihr, als werde ihr eigener Leib vollkommen weich, empfänglich, offen …

Nein! Selbst wenn Dand und sie keine … Komplizen wären, all ihre Lebenserfahrung sagte ihr, sie müsse sich in Acht nehmen. Und das bedeutete, sich selbst gegenüber völlig ehrlich zu sein.

Für Dand war dies ein großes Spiel, und London, Paris und alles, was dazwischen lag, nichts als ein Schachbrett, auf dem jeder eine Figur darstellte, der er sich nach Belieben bediente, um sein Ziel zu erreichen. Doch sie war nicht wie er. Sie konnte die Dinge nicht rein sachlich betrachten. Die entscheidende Frage war nun, ob sie als Schauspielerin begabt genug war, um ihre Gefühle vor ihm zu verbergen.

Sie musste es sein.

„Also gut."

„Es ist kein Todesurteil, wissen Sie?", flüsterte er. Waren das seine Lippen an ihrem Ohr? Ein heißer Schauer durchrieselte sie. „Außerdem ist es nur für kurze Zeit, wie Sie mir so klug erklärt haben."

Charlotte drehte den Kopf und schaute ihm in die Augen. Sie waren klar wie Bernstein, und in den Winkeln zeigten sich kleine Fältchen, die von dem spöttischen Lächeln herrührten, das ihr so vertraut war.

„In spätestens zwei Wochen", fuhr er fort, „werden wir dem staunenden Publikum abermals eine leidenschaftliche Szene vorspielen, diesmal allerdings die unserer Trennung. Ich werde Sie mit der gebührenden Dramatik aus meinem Leben verbannen, woraufhin Sie sich gedemütigt und von allen verachtet in unser ehemaliges Liebesnest zurückziehen werden, um den Scherbenhaufen Ihres Lebens notdürftig zusammenzukehren."

Er hatte es absichtlich wie die Handlung eines schwülstigen Romans klingen lassen. Charlotte musste unwillkürlich lachen. Sie war erleichtert, dass er das neckische Knabbern an ihrem Ohrläppchen aufgegeben hatte. Jedenfalls redete sie sich das ein.

„Wie abscheulich!"

Er nickte feierlich. „Eine echte Tragödie."

„Schlimmer noch."

Statt zu antworten, schmiegte er sein Gesicht in die Locken, die ihren Nacken umspielten. Charlotte erstarrte. Er sog ihren Duft ein.

Nein! Nein! Sie war kein törichtes junges Ding, das in Verzückung geriet, nur weil ein Mann ihm Aufmerksamkeit schenkte.

„Was ist das für ein Parfüm?"

„Jasmin." Sie vergaß beinahe das Luftholen.

„Geradezu betörend." Heiße Schauer rieselten ihr den Rücken hinunter, als sie seinen Atem auf ihrer Haut spürte. Entschlossen biss sie sich auf die Unterlippe. So leicht würde sie sich nicht aus der Fassung bringen lassen. Und wo hatte er diesen Trick überhaupt her?

„Ich habe einen besseren Einfall, wie wir unsere verhängnisvolle Affäre beenden können", sagte sie, während sie sich aus seiner Umarmung wand und versuchte, möglichst gelassen zu klingen. „Ich werde Ihnen den Laufpass geben. Und Sie stürzen sich daraufhin rasend vor Schmerz und Liebeskummer von der London Bridge in die Themse." Sie zögerte. Das ging wohl wirklich ein wenig zu weit. „Oder nehmen das nächste Schiff nach Ägypten."

„Nein, nein", widersprach er sanft und schlang erneut die Arme um Charlotte. Dann fuhr er fort, ihren Nacken zu liebkosen. Kleine Wonneschauer durchrieselten sie. „Verstehen Sie, wenn *ich* Sie verlasse, ist es leicht nachzuvollziehen, dass Sie sich aus lauter Kummer flugs einem neuen Liebhaber in die Arme werfen, um abermals jene Augenblicke höchsten Glücks zu erleben, die Sie mit mir genossen haben."

„Ich erlaube mir, auf die katastrophalen Folgen hinzuweisen, die dieser Eindruck für meine Mission hätte", entgegnete sie höflich und drehte sich dann überraschend um, sodass ihr Gesicht dem seinen gefährlich nahe kam. Er heftete die Augen auf ihren Mund, wie gebannt vom Anblick ihrer vollen roten Lippen.

„Warum?" Er öffnete leicht die Lippen und legte den Kopf schräg, als wolle er sie …

„Weil …" Charlotte versagte die Stimme. Sie versuchte es erneut. „Weil kein Mann, und schon gar nicht einer vom Schlag St. Lyons, sich freiwillig mit einem ehemaligen Liebhaber messen lassen würde, erst recht nicht, wenn er davon ausgehen muss, dass dieser ihm überlegen gewesen ist."

Dand runzelte die Stirn, löste den Blick jedoch nicht von ihrem Mund. Haftete da womöglich etwas an ihren Lippen? Sie fuhr sich zaghaft mit der Zunge über die Unterlippe. Dands Pupillen weiteten sich. Sein Brustkorb, der sich im steten Rhythmus seines Atems gehoben und gesenkt hatte, hielt mitten in der Bewegung inne.

„Nein", sagte sie und versuchte, sich durch Dands gebannte Aufmerksamkeit nicht aus der Fassung bringen zu lassen, auch wenn sie diese für vorgetäuscht hielt. „Es ist viel besser, wenn *ich* Ihnen den Laufpass gebe, denn dann wird St. Lyon glauben, meine Erfahrung mit Ihnen sei furchtbar enttäuschend gewesen und ich wolle mich nun umgehend davon überzeugen, dass es nicht immer so sein muss." Sie lächelte süß und legte ihm sanft die Hand auf die Wange. Sein Stoppelbart glich feinem Schmirgelpapier, doch seine Haut war warm. „Nicht wahr?"

„Über die Einzelheiten können wir später sprechen." Er wirkte verwirrt. Ein wenig … benebelt. Unvermittelt wich er zurück, stand auf, hob Charlotte mit sich hoch und setzte sie dann so mühelos ab, als sei sie ein Kind. „Wohin soll ich meine Sachen bringen lassen?“

„Was? Oh.“ Ihr war ein wenig schwindlig zumute. Zu wenig Schlaf, zu viel Aufregung. „Sie werden nicht viel Platz zur Verfügung haben, bringen Sie also nicht zu viel mit.“

„Ich besitze nicht viel“, entgegnete er.

Das glaubte sie ihm gern, doch sein Geständnis erinnerte Charlotte an etwas, das sie sich bereits vergangene Nacht gefragt hatte. „Woher haben Sie diese Kleider und die, die Sie gestern auf dem Ball getragen haben? Und wie haben Sie es in so kurzer Zeit geschafft, derart elegant und gepflegt auszusehen?“

„Ach das! Ich habe einfach in Munros Stadtvilla vorbeigeschaut und mir ein paar Sachen aus seinem Kleiderschrank ausgeliehen. Wir waren schon immer von ähnlicher Statur.“ Er setzte sich wieder. „Es freut mich zu sehen, dass ihn das gute Leben nicht in einen Fettwanst verwandelt hat.“

„Sie sind in das Haus des Marquis of Cottrell eingebrochen und haben seine Kleidung gestohlen?“, fragte Charlotte, unfähig, ihre Bewunderung zu verbergen.

Dand zuckte in gespielter Bescheidenheit die Schultern. „Nun, ich bin ein Spion, Charlotte.“

„Und der Rest?“ Sie wies auf sein akkurat geschnittenes Haar und das tadellos gebundene Halstuch.

„Die Damen aus der Barrow Street waren äußerst zuvorkommend.“

Bei seinen Worten durchzuckte sie ein unbestimmtes, doch höchst unangenehmes Gefühl.

„In Zukunft werden Sie die Dienste dieser *Damen* nicht mehr in Anspruch nehmen können.“

Er hob fragend die Braue.

„Nun, da Sie … anderweitig gebunden sind, geht es nicht länger an, dass man Sie in billigen Freudenhäusern ein und aus gehen sieht.“

„Es war nicht billig“, entgegnete er mit dem Anflug eines Lächelns.

„Das ist mir gleich!“ Sie fing sich wieder. „Man darf Sie aus keinem Etablissement dieser Art kommen sehen. Ganz egal, ob teuer oder billig.“

„Man würde mich keineswegs wahrnehmen.“

„Sie werden dieses Risiko erst gar nicht eingehen“, zischte Charlotte.

„Sie wissen also, wie man ein Halstuch bindet?“

Sie hatte nie Gelegenheit gehabt, es zu versuchen. Doch das verschwieg sie ihm wohlweislich, denn schließlich sollte er dies nicht den kundigen Fingern irgendeiner Dirne überlassen. „Natürlich!“

Dand legte den Kopf schräg und betrachtete sie mit zweifelndem Blick. „Und wer hat es Ihnen beigebracht?“

Charlotte lächelte geheimnisvoll. Sollte er doch glauben, was er wollte.

„Ich verstehe“, sagte er knapp. „Ich werde jetzt besser herausfinden, was der Kutscher mit Ramseys Kleidung gemacht hat. Es wäre mir ein Graus, Ihren viel gepriesenen guten Geschmack zu beleidigen, indem ich heute Nachmittag mit einer Garderobe im Hyde Park erscheine, die nicht durch vollendete Eleganz besticht.“

„Sie genießen dieses Spiel, nicht wahr?“, fragte Charlotte.

„Nun ja“, entgegnete Dand. „Es besitzt einen gewissen Reiz.“

9. KAPITEL

Abtei St. Brides's
Oktober 1792

Du bleibst noch ein Weilchen hier", verkündete Bruder Toussaint dem jungen Burschen mit dem frechen Mundwerk. „Ihr Übrigen könnt gehen."

Die anderen vier Knaben, Ramsey, Douglas, John und Christian, ließen ihre hölzernen Schwerter sinken und verließen den leeren Stall, wobei sie sich immer wieder verstohlen nach Dand Ross umsahen. Was hatte er wohl diesmal angestellt? Falls es dem Jungen missfiel, von seinen Freunden getrennt zu werden, wusste er sein Unbehagen zu verbergen.

Seelenruhig harrte er der Dinge, die da kommen mochten, und stupste sacht mit dem Zeh gegen eine vorbeikrabbelnde Ameise. Etwas an dieser unerschütterlichen Gemütsruhe verwirrte Toussaint. War es die Art und Weise, wie der Junge sich bewegte? Sein Gang hatte nichts von der raubtierhaften Geschmeidigkeit des jungen Munro, und erst wenn er sich zum Gehen abwandte, fiel auf, wie gerade seine Haltung war, wie selbstbewusst er die Schultern straffte, bis seine ganze Gestalt eine Art gebieterischer Autorität ausstrahlte. Wo hatte der Junge gelernt, sich so zu bewegen? Und warum lag ihm derart viel daran, dieses Geheimnis nicht preiszugeben?

Oder war es die Wachsamkeit, die hinter dem schalkhaften Funkeln seiner Augen verborgen lag? Was immer es war, etwas an dem Jungen ließ Bilder von Schmach und Tod, von Guillotinen und blutbefleckten Hermelinmänteln in Toussaint aufsteigen. Sollte sein Verdacht zutreffen, würde das bedeuten, dass es den Spross einer der vornehmsten Familien Frankreichs in ein schottisches Kloster verschlagen hatte. Eine höchst unwahrscheinliche Vorstellung.

Warum jedoch sagte ihm seine innere Stimme dann so hartnäckig, dass Dand Ross viel mehr war als ein schottischer Waisenknabe, wie er selbst und Pater Tarkin behaupteten? Trafen die Gerüchte zu? Schrie Dand Ross des Nachts tatsächlich auf Französisch, wenn ihn ein Albtraum heimsuchte?

„Sie kennen dich überhaupt nicht, stimmt's? Die anderen", sinnierte er laut und fuhr sich gedankenverloren mit der Hand über den Kopf.

Der Junge sah ihn verwundert an. Aus seinem Blick sprach die reine Unschuld, was an sich schon eine Lüge war, denn der junge Bursche hatte es faustdick hinter den Ohren. „Doch, Bruder", entgegnete er schlagfertig. „Ich würde sagen, sie kennen mich recht gut. Gut genug, um mich ‚*Satansbraten*' zu nennen."

„Und bist du einer?"

„Nee", erwiderte er mit einem frechen Grinsen. „Pater Tarkin würde doch keinen Dämon unter seinen Schäfchen dulden, oder?"

„Vermutlich nicht", antwortete der ehemalige Hauptmann der Königlichen Garde Ludwigs X., einen Ausdruck der Sorge auf dem zerfurchten Gesicht. Die Feinde der Royalisten würden vor nichts zurückschrecken, um jeden Anwärter auf den französischen Thron aus dem Weg zu räumen. Wie viel Geld mochte die Auskunft wert sein, dass die Abtei St. Bride's ein Mitglied der königlichen Familie beherbergte? Eine gehörige Summe, kein Zweifel!

Der Abt hatte Toussaint ausdrücklich gebeten, sich dieses Jungen anzunehmen, denn er war überzeugt davon, dass große Fähigkeiten in ihm schlummerten. Doch Fähigkeiten wozu?, fragte sich Toussaint.

Er neigte den Kopf und betrachtete das unschuldige Gesicht des Knaben. Es war das Gesicht eines liebenswerten kleinen Lausbuben, weiter nichts. Nur die Augen, die seinen prüfenden Blick auf so einnehmende Art erwiderten, schauten ein wenig zu spöttisch, ein wenig zu wissend drein für einen so jungen Burschen.

„Wie lange bist du schon hier, Andrew?"

„Man nennt mich Dand, Sir."

„Wie lange?"

Der Junge zuckte die Schultern, zupfte an seinem Kragen herum und ließ den Blick verlegen umherschweifen – wie jedes Kind, das versucht, sich der unangenehmen Befragung durch einen Erwachsenen zu entziehen.

„Weiß nicht genau. Drei Jahre ungefähr, würde ich sagen. Pater Tarkin hat es bestimmt in irgendeinem Buch aufgeschrieben. Warum?"

Toussaint lächelte verkniffen. Ein Kind hatte Älteren keine Fragen zu stellen. Erst recht nicht, wenn es sich dabei um Geistliche handelte. „Willst du die Rute spüren, Dand Ross?"

„Nein, Sir." In seiner hastigen Antwort schwang ein aufsässiger Unterton mit. So, so, das Bürschchen mochte keine Autoritäten. Kein Wunder, schließlich war Dand derjenige von den vieren, der sich am häufigsten über Verbote hinwegsetzte und genau das tat, was er nicht tun sollte.

„Dann hüte deine Zunge, mein Sohn."

„Jawohl."

„Du bist länger hier als alle anderen Knaben, die in meine Obhut gegeben wurden."

Dand dachte einen Augenblick nach, doch Toussaint konnte sich des Eindrucks nicht erwehren, dass der Junge auf den Tag genau wusste, wann und unter welchen Umständen jeder der anderen Waisenknaben in die Abtei gekommen war. „Alle außer Dougie Stewart. Der war vor mir da."

Das wusste Toussaint natürlich. Er hatte es sich zur Aufgabe gemacht, so viel wie möglich über diese fünf Jungen herauszufinden, die er auf Pater Tarkins Wunsch hin in die

Kunst des Kämpfens einweihen sollte. Ein höchst seltsames Anliegen für einen Abt, wie er fand.

Christian MacNeills und Ramsey Munros Biografien bargen keine großen Geheimnisse. Douglas Stewart war als einziger Überlebender einer Seuche hergekommen, welche seine gesamte Familie dahingerafft hatte. John Glass war aus dem Haus seines Onkels fortgeschickt worden, nachdem dessen Witwe entschieden hatte, dass sich ihre Fürsorgepflicht gegenüber der Sippschaft ihres verstorbenen Gatten nicht auf dessen Neffen erstreckte.

Nur Dand Ross war offenbar aus dem Nichts aufgetaucht, als Pater Tarkin ihn eines Tages von der Straße aufgelesen hatte. Der Junge hatte sich bald den Ruf eines Lausbuben erworben, eines angenehm zurückhaltenden Lausbuben allerdings. Wie nicht anders zu erwarten, war es unter den Zöglingen zu Streitigkeiten um die Rangordnung gekommen, aus denen Dand Ross sich jedoch stets herausgehalten hatte. Als von allen geschätzter Knabe hatte er es vorgezogen, ein wenig abseits zu stehen.

Bis Christian MacNeill zu ihnen gestoßen war – und Douglas, Dand, Ramsey und Kit, bislang eher Einzelpersonen, wie über Nacht zu einer verschworenen Gemeinschaft verschmolzen waren.

„Ist das alles, Bruder Toussaint?“, fragte Dand und schaute sehnsüchtig zur Tür hinüber.

„Beinahe, mein Junge. Woher stammst du? Wo warst du zu Hause, bevor du nach St. Bride’s gekommen bist?“

Der Knabe verzog gequält das Gesicht. „Ich weiß nicht. Hier und dort. An Namen von Städten erinnere ich mich nicht, einzig, dass sie wohl weit weg liegen.“

„Deine Eltern?“

„Habe keine. War immer auf mich allein gestellt.“

„Ich verstehe. Noch eine letzte Frage. Du und die anderen Jungen, ihr steht einander sehr nahe, nicht wahr?“

„Ja. Sie sind wie meine Brüder“, entgegnete Dand in festem Ton.

„Brüder stacheln einander bisweilen zu Streichen oder Mutproben an, die tollkühn oder sogar gefährlich sind.“

Dand wartete.

„Wenn ich dich zu ihrem eigenen Besten darum bitten würde, mir von ihren Gesprächen oder Taten zu berichten, würdest du es tun?“

„Nein, Bruder Toussaint, das würde ich nicht.“ Seine Antwort kam ohne einen Augenblick des Zögerns.

„Nicht einmal, wenn ich dir mit Strafe drohen würde?“

Ein Lächeln huschte über Dands Züge. Ein sehr erwachsen anmutendes Lächeln, das in dem schmalen Lausbubengesicht höchst befremdlich wirkte. „In diesem Fall würde ich es mir vielleicht überlegen.“

„Ich verstehe.“ Mit der Loyalität des Jungen war es also nicht gar so weit her. Womöglich war sein Potenzial doch nicht so groß, wie Pater Tarkin glaubte.

„Doch dann“, fügte Dand mit unübersehbarem Funkeln in seinen warmen braunen Augen hinzu, „würde ich Ihnen nur das erzählen, was Sie meiner Ansicht nach hören wollen.“

Toussaint starrte ihn an. Er war zutiefst beeindruckt.

Vielleicht steckte noch weit mehr in Dand Ross, als sie sich in ihren kühnsten Träumen vorgestellt hatten.

* * *

Hyde Park, London
Nachmittag des 19. Juli 1806

Der Tag war sonnig, die Luft mild, und im Park wimmelte es von Damen und Herren der feinen Gesellschaft, die das schöne Wetter genossen. Charlotte fühlte sich ungemein chic in ihrem mit winzigen grünen Blättern bestickten Kleid aus cremefarbenem Batist. Chic und selbstbewusst.

„Herrje, Charlotte“, bemerkte Dand in gönnerhaftem Ton, „Sie sind ja steif wie eine Bischofsmütze. Was ist nur los mit Ihnen, Mädchen?“

Nun ja, *ziemlich* selbstbewusst. Das lag allerdings nur daran, dass sie es nicht gewohnt war, vorgeführt zu werden wie eine Trophäe, und sich erst noch mit ihrer neuen Rolle anfreunden musste.

Die Zügel des gemieteten Pferds in der Rechten haltend, lenkte Dand ihre Kutsche in gemächlichem Tempo den beliebtesten Boulevard des Parks entlang. Sein linker Arm ruhte auf der Rückenlehne der Sitzbank. Zwar berührte er Charlotte nicht, doch seine Haltung machte jedem Betrachter unmissverständlich klar, dass er seine Begleiterin als seinen persönlichen Besitz betrachtete. Niemand hatte sie je zuvor „besessen“. War es da etwa verwunderlich, dass sie ein wenig angespannt war?

Und er besaß die Frechheit zu fragen, was mit ihr los sei!

Der untrügliche Verdacht, dass Dand sich im Stillen über sie lustig machte, verstärkte ihr Unbehagen noch. Jedes Mal, wenn er sie ansah, entdeckte sie ein Flackern in seinem gespielt liebevollen Blick, als amüsiere ihn ein Gedanke, den er nicht mit ihr teilen wollte. Am schlimmsten jedoch war die Tatsache, dass die Zweifel an seiner Aufrichtigkeit ihre Gefühle für ihn nicht im Geringsten schmälerten.

Jede seiner Berührungen, wie flüchtig und unbeabsichtigt sie auch sein mochte, ließ wonnige Schauer durch ihren Körper rieseln. Bei jedem seiner Worte wanderte ihr Blick unwillkürlich zu seinem Mund, und sie konnte nur noch daran denken, wie seine Lippen sich auf den ihren angefühlt hatten.

„Es ist alles in Ordnung“, beteuerte sie, wohl wissend, dass ihr Tonfall mindestens ebenso steif war wie ihre Haltung. „Was sollte mit mir los sein? Es geht mir bestens.“

„Es erleichtert mich, das zu hören. Vermutlich rührt meine Sorge daher, dass Sie nicht gerade den Eindruck einer Dame erwecken, die bereit ist, ihren guten Ruf zu ruinieren, nur um an der Seite Ihres Galans zu sein. Und genau aus diesem Grund sind wir hier, nicht wahr? Um Mrs. Mulgrews zweifellos gut gemeinten Rat zu befolgen und der Gesellschaft zu beweisen, dass Sie vor lauter Verliebtheit den Verstand verloren haben."

„Es wäre unserer Sache sehr förderlich, wenn Sie nicht jedes Mal zurückzucken würden, wenn ich Sie ansehe oder berühre." Sein Lächeln war gleichzeitig selbstgefällig und raubtierhaft. „Und ich werde Sie ansehen! Und berühren! Seien Sie also keine Spielverderberin, und versuchen Sie, ein wenig überzeugender zu wirken."

„Ich bin also nicht überzeugend genug?" Charlotte nahm die Herausforderung an. In *diesem* Spiel fühlte sie sich sicher, sogar dann, wenn Dand ihr Partner war. „Dürfte ich Sie darauf hinweisen, dass Sie keine Ahnung haben, wie eine *Dame* sich in einer solchen Situation benimmt? Zweifellos haben Ihre Erfahrungen mit Schankmädchen und Frauenzimmern dieser Art Sie zu der Annahme verleitet, eine Frau zeige erst dann die gebührende Anerkennung für Ihre männlichen Vorzüge, wenn sie sich lüstern auf Ihrem Schoß windet."

Seine Augen blitzten auf. Die Vorstellung gefiel ihm offenbar. „Ich gestehe, dass ich als unsicherer und eitler Mann, der ich bin, in der Tat eher unmissverständliche Hinweise darauf bevorzuge, dass meine Bemühungen gewürdigt werden."

Verflixt, dachte sie voller Bewunderung, was für ein schlagfertiger Gegner er doch ist. „Unsinn!"

„Nein, ich bin ehrlich erfreut darüber, dass es eine einfache Erklärung für Ihre Sprödigkeit gibt, denn ich hatte allmählich befürchtet ..." Er zuckte die Schultern, ohne den Satz zu beenden.

„Was haben Sie befürchtet?“

Dand schüttelte den Kopf und lenkte die Kutsche auf einen schmaleren, doch ebenfalls rege befahrenen Weg. „Nicht der Rede wert.“

„Nein“, widersprach Charlotte, fest entschlossen zu erfahren, was er befürchtet hatte. „Ich bestehe darauf.“

„Nun“, begann er zögernd, „ich hatte allmählich befürchtet, Sie seien ganz durcheinander wegen unseres gestrigen Kusses und warteten nun wie eine furchtsame Jungfrau auf einen zweiten.“

Flammende Hitze kroch Charlottes Kehle empor und stieg ihr bis hinauf in die Wangen. Gütiger Himmel, sie errötete! Es war Jahre her, dass sie zum letzten Mal rot geworden war.

Den Blick angestrengt auf eine mächtige Platane gerichtet, die in einiger Entfernung der Kutsche stand, fragte sie in bewusst gelangweiltem Ton: „Kuss? Was für ein Kuss?“

„In den Argyll-Gärten“, entgegnete er ruhig. „Ich habe Sie dort geküsst.“

„Ach, *dieser* Kuss! Den hatte ich fast vergessen. Ich war gegen Ende des Abends so müde, wissen Sie.“

„Wie ich vermutet habe.“ Er nickte. „Mir ist jetzt klar, wie töricht ich war. Doch das beweist nur, wie irreführend ein Mangel an Erfahrung sein kann.“

Bei diesen Worten wandte sie ihm ruckartig das Gesicht zu. Dand blickte völlig ungerührt nach vorn. „Mangel an Erfahrung?“

„Ja“, entgegnete er leichthin. „Da Sie so offensichtlich keine Ahnung vom Küssen haben, dachte ich, es habe Sie verwirrt.“

„Ich habe Ahnung vom Küssen!“, widersprach sie heftig. „Ich bin schon oft geküsst worden. Sehr, sehr oft! Männer küssen mich *immer.*“

Dand runzelte die Stirn, zog die Brauen zusammen und

schaute Charlotte mit einem Ausdruck unverkennbaren Mitgefühls an. „Oh, meine Liebe“, sagte er leise. „Es tut mir so leid.“

„*Was* tut Ihnen leid?“, fragte sie gereizt. „Und warum?“

Wie kann er es wagen, mich für unerfahren zu halten?, dachte sie empört und verdrängte den Gedanken daran, dass die meisten jungen Frauen, besonders jene, die erfahren *waren*, es vorzogen, nicht dafür gehalten zu werden. Wie konnte er es wagen, ihr zu unterstellen, sie schmachte nach einem weiteren Kuss von ihm? Und wie konnte er es überhaupt wagen, ohne Handschuhe zu fahren? Seine fest um die ledernen Zügel geschlossenen Finger waren ohnehin schon rau und schwielig. Im Licht der Sonne schimmerten die Härchen auf seinem Handrücken golden. War auch der Rest seines Körpers von diesem schimmernden Flaum bedeckt? Nein, so etwas durfte sie sich nicht fragen! Sie würde sich nur den Gedanken gestatten, dass derart männliche Hände gefälligst von Handschuhen bedeckt sein sollten, wie es sich gehörte. Offenbar hatte Dand nicht die geringste Ahnung davon, was sich für einen Gentleman schickte, wie ein Gentleman sich benahm. Oder wie ein Gentleman küsste.

„Warum sagen Sie das?“, wiederholte sie.

Nachdem er sich durch einen flüchtigen Blick davon überzeugt hatte, dass sich niemand in ihrer unmittelbaren Nähe befand, verließ Dand den Weg und brachte die Kutsche unter einer mächtigen Rotbuche zum Stehen. Dann wickelte er die Zügel locker um den Bremsknüppel und wandte sich Charlotte zu. Auf seinem schönen, schmalen Gesicht lag ein ernster Ausdruck. „Ich wollte Sie nicht kränken.“

„Sie haben mich nicht gekränkt“, entgegnete sie schroff.

„Nun ja, aus Ihrer prüden Reaktion auf meinen Kuss habe ich einfach geschlossen, dass Sie noch sehr unerfahren sind, verstehen Sie?“

Prüde? Das nannte er prüde? Charlotte erinnerte sich nur

zu gut daran, wie sie sich förmlich an ihn geklammert hatte, um diesen Kuss bis zur Neige auszukosten. Wenn das prüde war, was würde er dann als leidenschaftlich bezeichnen?

„Doch nun …"

„Was nun?", unterbrach sie ungeduldig.

„Nun bin ich verärgert darüber, dass meine Geschlechtsgenossen ein derart jämmerliches Bild von uns Männern gezeigt haben, wie die Tatsache beweist, dass Ihre früheren Erfahrungen allesamt flüchtig und belanglos waren."

„Sie waren keineswegs belanglos", widersprach Charlotte hitzig. „Sie waren sehr nett!"

„Nett." Dand schüttelte sich leicht. „Nett trifft nicht ganz das, was man sich bei einer leidenschaftlichen Umarmung ersehnt. Im Wörterbuch der Liebe ist nett ein vernichtendes Urteil, eine Blamage, kurz gesagt: eine Enttäuschung."

Er sah sie an wie ein nachsichtiger Lehrer. Eine leichte Brise strich durch sein frisch geschnittenes Haar. An seinem Hals entdeckte Charlotte eine kleine Schnittwunde, die er sich offenbar beim Rasieren zugezogen hatte. Sie ließ ihn verletzlich und stark zugleich wirken, ein Widerspruch, der höchst verwirrende, höchst sinnliche Gedanken in Charlotte aufsteigen ließ.

„An nett gibt es ganz und gar nichts auszusetzen", entgegnete sie energisch. „Man muss nicht seinen niederen Trieben nachgeben, aufgewühlt, gequält und von unkeuschen Gelüsten erfüllt sein, um einen Kuss als gelungen zu betrachten."

Ein spitzbübisches Lächeln huschte über sein Gesicht. „Oh doch, genau das muss man."

Charlotte wandte sich ab. „Es ist sinnlos, mit Ihnen darüber zu streiten. Sie haben ganz offenkundig eine völlig andere Sichtweise als ich. Eine recht primitive, möchte ich hinzufügen."

Er lachte. „Sie wären überrascht, welche Genüsse diese

Sichtweise bisweilen bietet. Leider ist das Gewerbe, das Sie sich auszuüben entschlossen haben, und sei es nur zum Schein, kein sehr sauberes, meine Liebe. Und ein Kuss, ein richtiger Kuss, ist eine feuchte, leidenschaftliche und aufwühlende Angelegenheit."

„Das klingt anstrengend", bemerkte Charlotte kühl, bevor sie das endgültige, vernichtende Urteil fällte: „Und tierisch."

„Ja, das ist es." Seine Stimme hatte abermals jenen kehligen, samtweichen Klang, der ihr fehlte, wenn er Charlottes französischen Liebhaber spielte. „Ein gelungener Kuss benebelt auch den klarsten Verstand, lässt glühendes Verlangen an die Stelle des Selbsterhaltungstriebes treten und einen alle Grundsätze vergessen."

„Ich kann mir nicht vorstellen, dass irgendjemand Gefallen an so etwas finden kann", entgegnete sie spröde.

Dands Lippen verzogen sich zu einem wölfischen Lächeln. „Genau das habe ich befürchtet. Sie müssen mir in dieser Sache vertrauen, Charlotte. Es ist etwas Wunderbares, Gefangener seiner eigenen Gefühle zu sein, die Kontrolle zu verlieren, sich von seinen Instinkten leiten zu lassen. Leidenschaftliche Hingabe ist der Schlüssel zu vollkommener Freiheit."

Bei seinen Worten wurde Charlotte von Sehnsucht ergriffen. Ein Gefühl gespannter Erwartung nahm ihr fast den Atem.

Dand berührte spielerisch ihre Nasenspitze und erlöste Charlotte damit aus dem Zauberbann seiner Worte. „Nun, ungeachtet Ihrer persönlichen Vorlieben, was diese Dinge betrifft, die Vorstellung, die Sie im Augenblick bieten, ist alles andere als überzeugend. Sie wirken einfach nicht wie eine Frau, die sich auf eine gefährliche Liaison eingelassen hat. Doch das können wir zum Glück leicht ändern."

„Wie meinen Sie das?", erkundigte sie sich misstrauisch.

„Was Ihren früheren Verehrern fehlte, kann ich Ihnen bieten."

„Und das wäre?", fragte sie spitz.

„Erfahrung. Eine Erfahrung, die ganz gewiss nicht nett sein wird, das kann ich Ihnen versichern."

Charlotte stockte der Atem.

Einen Mundwinkel zu einem schiefen Lächeln gehoben, nahm Dand die Hand von der Rücklehne des Sitzes und strich mit dem Daumen ganz sacht über Charlottes Lippen.

„Wie sieht es aus, Charlotte? Sind Sie bereit für eine neue Erfahrung?" Seine Stimme klang tief, verlockend und unwiderstehlich.

„Nein."

„Was? Nicht einmal für Gott und Vaterland? Wo ist die kühne, weltgewandte Verführerin, für die Sie sich ausgeben?" Er machte sich über sie lustig. Charlotte hasste es, ausgelacht zu werden. Nein, das war nicht ganz richtig. Sie galt im Allgemeinen als Frau, die sehr wohl über ihre eigenen Torheiten lachen konnte. Dass Dand Ross über sie lachte, das missfiel ihr.

Sie zögerte. Vielleicht brauchte sie tatsächlich das, was auch immer ihr in Dands Augen so offenkundig fehlte. Wenn es wirklich nötig war, um ihr Ziel zu erreichen …

„Einverstanden."

Sie hatte ihn überrascht. Es war offensichtlich, dass er nicht mit ihrer Zustimmung gerechnet hatte.

Charlotte kam ein Gedanke. Er war ebenso verführerisch wie Dands unsittlicher Vorschlag. Auch sie konnte Dand das eine oder andere lehren.

„Was soll ich tun?", fragte sie gelassen.

„Entspannen Sie sich." Sanft strich er erneut mit dem Daumen über ihre Unterlippe. „Das hier ist nicht die Inquisition, verstehen Sie? Und eine Erfahrung, die nicht nett ist, braucht deshalb noch lange nicht unangenehm zu sein."

„Versprechungen, Versprechungen“, murmelte sie und blickte unter gesenkten Lidern zu ihm auf. Voller Genugtuung nahm sie den Anflug von Verwirrung zur Kenntnis, der über sein Gesicht huschte.

Einen kurzen Augenblick lang hatte sie vergessen, wer sie war: Charlotte Nash, mit allen Wassern gewaschenes kleines Biest, gewandte Verführerin, berüchtigte Herzensbrecherin. Und nun, da sie sich wieder daran erinnert hatte, würde sie auch Dand daran erinnern. Und falls er ihren Ruf jemals für unverdient gehalten hatte, dann würde sie ihn jetzt eines Besseren belehren.

Er beugte sich vor und ließ seine Lippen sacht über die ihren gleiten. Es war eine Berührung, die nichts mit dem leidenschaftlichen Kuss der vergangenen Nacht gemein hatte, leicht wie eine Feder, flüchtig wie ein gehauchtes Wort. Und dennoch erbebten ihre Lippen unter dieser zarten Liebkosung.

Oh weh!

Er wich zurück und sah sie an. Ein Lächeln huschte über sein Gesicht.

„Ich glaube, ich habe nie zuvor eine zum Opfer erkorene Jungfrau geküsst. Werden Sie nachher Leuchtöl für den Scheiterhaufen brauchen, was meinen Sie?“

Charlotte folgte seinem Blick mit den Augen. Ihre Hände lagen krampfhaft aneinandergepresst in ihrem Schoß, ihre ganze Haltung war stocksteif. So ging das wahrlich nicht! Sie hatte sich vorgenommen, ihrem Ruf als keckes junges Fräulein gerecht zu werden, und nicht, wegen eines harmlosen Kusses in atemloser Erwartung zu erstarren. *Er* war derjenige, dem es den Atem verschlagen sollte.

„Ich bin schon wieder nicht ganz bei der Sache.“ Es gelang ihr, dies mit einem Anflug von Bedauern in der Stimme festzustellen. „Bitte, lassen Sie es mich noch einmal versuchen. Ich verspreche Ihnen, ein wenig mehr Begeisterung zu zeigen." Sein erstaunter Gesichtsausdruck erfreute sie. „Nach allem, was man hört, bin ich eine gute Schauspielerin. Doch sagen Sie mir", sie zog nachdenklich die Stirn kraus, „wie deutlich sollte man einem Gentleman zeigen, dass man seine Bemühungen zu schätzen weiß?"

Der Ausdruck der Verblüffung wich aus seinem Gesicht. Dand ließ sich gegen die Rückenlehne der Kutschbank sinken und tat, als denke er mit der gebotenen Ernsthaftigkeit über Charlottes Frage nach. Sie musste unwillkürlich lächeln.

Wie sie es genoss, mit Dand Ross zu spielen! Einen würdigeren Gegner gab es nicht.

Er kratzte sich mit dem Daumen am Kinn und blickte mit zusammengekniffenen Augen gen Himmel. „So ungern ich es zugebe", sagte er schließlich, „wir Männer sind furchtbar leicht zu beeinflussen. Die kleinste Geste einer Frau kann unsere Selbstachtung stärken oder zerstören. Ein Seufzer zur rechten Zeit macht einen Mann zum ergebenen Sklaven, und ein Stirnrunzeln genügt, um ihn in tiefste Selbstzweifel zu stürzen."

„Die Vorstellung, Sie zu meinem Sklaven zu machen, erscheint mir recht verlockend, Dand", schnurrte Charlotte.

Er neigte bescheiden den Kopf. „Nun, ich habe mehr über Männer im Allgemeinen gesprochen. Nicht alle sind so veranlagt."

„Sie gehören anscheinend dazu. Etwa als eine Art überlegenes Exemplar?", fragte sie ein wenig spöttisch.

Wieder jenes bescheidene Lächeln. „Überlegen? Weniger leicht zu beeindrucken vielleicht. Doch wenn Sie Ihr Talent an mir erproben wollen, nur zu."

„Ich glaube, ich werde es versuchen."

Mit gespielter Selbstsicherheit beugte Charlotte sich zu ihm, hob die Hand und schloss die Finger sanft um sein markantes Kinn. Er hatte sich seit dem Morgen nicht mehr rasiert, und Charlotte spürte die harten Bartstoppeln an der zarten Innenfläche ihrer Hand.

„Ich ziehe frisch rasierte Männer vor", log sie und ließ die Fingerspitzen sacht über seine narbige Wange gleiten. Dand drehte den Kopf zu ihr hin und rieb seine Wange an ihrer Hand wie ein großer Kater. „Glatt und gepflegt", fuhr sie fort. „Doch ich mag den Duft Ihres Rasierwassers. Sandelholz ist mir von allen Herrendüften der liebste."

Voller Genugtuung bemerkte sie, dass seine Augen eine Spur dunkler geworden waren und sein Atem trotz des unerschütterlich freundlichen Ausdrucks auf seinem Gesicht ein wenig *zu* gleichmäßig ging.

Er schüttelte den Kopf, und sie nahm zum ersten Mal, mehr durch Tasten als durch Sehen, die leichte Einkerbung in der Mitte seines Kinns wahr.

„Ein Fehler! Kein Mann will hören, dass die Dame seines Herzens einem anderen Mann nahe genug gekommen ist, um dessen Duft einzuatmen. Ganz gleich, wie harmlos der Grund gewesen sein mag."

„Oh", entgegnete sie kühn, „so harmlos war er gar nicht. Mein Schwager ist ein höchst attraktiver Mann."

„Zum Kuckuck mit seiner schönen Visage", entgegnete Dand lächelnd, doch seine Augen verrieten eine innere Anspannung. „Könnten Sie jetzt wohl freundlicherweise mit dem Küssen und dem Versklaven fortfahren? Ich habe eine Verabredung zum Dinner."

Sie lachte. Er konnte sagen, was er wollte, das Aufflackern von Verlangen in seinem Blick war ihr nicht entgangen. So unempfindlich gegenüber ihren Verführungskünsten war er also doch nicht!

„Wie Sie wünschen", bemerkte sie charmant. Sie rückte näher, noch näher – und blickte ihm tief in die Augen. Kein Laut war zu hören, nur ihrer beider Atem. Charlotte ließ den Zeigefinger kühn über Dands Unterlippe gleiten. Einmal, noch einmal, diesmal über die glatte Innenseite. Er nahm ihren Finger zwischen seinen Lippen gefangen und liebkoste die empfindliche Spitze mit der Zunge.

Charlotte erbebte. Kein Mann hatte je etwas Derartiges mit ihr gemacht. Es war mehr als kühn. Jenseits aller Vorstellungskraft. Die Empfindung, die Dands Berührung in ihr auslöste, traf sie bis ins Innerste. Ihr Blut geriet in Wallung, und ihr war, als lodere ein Feuer in ihrem Leib.

Dands Augen wurden schmal, die Lider senkten sich halb über seine warmen braunen Augen, verbargen sie hinter einem Schleier dichter Wimpern, ließen sie gleichzeitig dunkler und leuchtender wirken. Wie die eines Raubtiers in der Nacht. Eines belustigten Raubtiers.

Er gab ihre Fingerspitze frei. „Atmen Sie, liebste Charlotte. Wir sind noch nicht einmal beim Kuss angelangt. Vielleicht sollten wir diesen kleinen Wettstreit auf einen späteren Zeitpunkt verschieben, wenn Sie Gelegenheit hatten, sich mit dem Kampfplatz vertraut zu machen und etwas mehr Artillerie ins Feld führen können?“

Mehr Artillerie? Mit Mühe gelang es Charlotte, die hitzige Antwort herunterzuschlucken, die ihr bereits auf der Zunge lag. Doch dann riefen Dands Worte Erinnerungen in ihr wach: Gefechte, Waffen, ihr Schwager, der an einem öden Nachmittag versucht hatte, sie einige Grundbegriffe der Fechtkunst zu lehren.

Sie hob eine Braue. „Im Gegenteil. Ich bin noch nicht einmal in Stellung gegangen.“

„Tatsächlich?“ Sein Lächeln war auf ärgerliche Weise überheblich. Offenbar bildete er sich ein, er habe ihr Selbstvertrauen ins Wanken gebracht.

Charlotte beugte sich vor, legte beide Hände flach auf Dands Brust und lehnte sich an ihn. Dann hob sie den Kopf, blickte zu ihm auf und nahm befriedigt zur Kenntnis, dass seine Muskeln sich unter ihren Handflächen anspannten.

„Was immer du tust, tue es stets mit Bedacht", wiederholte sie in Gedanken Rams erste Lektion. Dand wandte den Blick nicht von ihr ab.

„Und ohne Hast." Ihre Lippen berührten die seinen.

„Doch mit ganzer Kraft ..." Sie legte den Kopf schräg, drückte die Lippen beherzter auf seinen Mund und ließ sich vornübersinken, bis ihre Brüste sich an seinen Oberkörper schmiegten.

Ihre Hände glitten an seiner muskulösen Brust hinab und schlüpften unter sein geöffnetes Jackett. Durch die seidene Weste hindurch spürte sie seine kräftigen Rippen, die feste Taille, den flachen Bauch. Er ist so straff, dachte sie atemlos. Alles an ihm war hart wie Stein.

Ein Duft von Sandelholzseife und gestärktem Leinen umgab ihn, und seine warmen, festen Lippen schmeckten nach Kaffee. Charlotte schlang die Arme um seine Taille und küsste ihn noch hingebungsvoller. Verspürte auch er dieses Kribbeln in der Magengegend? Hatten ihre Liebkosungen eine Wirkung auf ihn?

Allerdings! Charlotte spürte, wie sein Körper sich versteifte, wie seine Muskeln sich anspannten und etwas Hartes, Heißes gegen ihren Schoß drängte.

„Atmen Sie", wiederholte sie Dands Worte, hauchte sie triumphierend gegen seine Lippen und löste sich dann von ihm.

Nach dieser Niederlage in dem Spiel, zu dem er selbst sie herausgefordert hatte, würde er es gewiss bei ihrem Kuss belassen, davon war Charlotte überzeugt. Sie hätte es besser wissen sollen! Dand zog sie zurück in seine Arme, presste seine Lippen auf die ihren und sog ihren Atem ein, als wolle er damit auch ihre Seele in sich aufnehmen.

Sie versuchte, den Kopf wegzudrehen, doch Dand umschloss ihr Gesicht mit den Händen. Seine Zunge drang in ihren Mund ein, nicht hastig und ungestüm wie ein Dieb, sondern langsam und genüsslich. Er legte eine Hand um ihren Hinterkopf und ließ die andere über ihren Rücken gleiten.

Ich hätte die Herausforderung niemals annehmen sollen … Ich sollte …

Heiße Wogen des Verlangens durchfluteten sie, röteten ihre Wangen, ließen ihre Brüste schwellen, wie Charlotte es nie zuvor erlebt hatte.

Plötzlich zog Dand sie auf seinen Schoß, erkundete die verborgenen Winkel ihres warmen Munds mit der Zunge, ermunterte sie, ihn zu schmecken, zu spüren, seine Zärtlichkeiten zu erwidern. Von sehnsüchtigem Verlangen überwältigt, gab Charlotte sich schließlich geschlagen, öffnete die Lippen und erwiderte seinen leidenschaftlichen Kuss.

Ihre Hand glitt unter sein Jackett, wanderte über sein breites Kreuz und tastete sich bis zu seinen kräftigen Schultern vor. Hingebungsvoll schmiegte sie sich an ihn, nahm seine Wärme in sich auf. Dand drückte sie sanft auf die Rückbank der Kutsche und beugte sich über sie. Charlotte spürte seine Erregung nun noch deutlicher, spürte den Beweis seiner Männlichkeit, der hart und fordernd gegen ihren Schoß drängte und sie unmissverständlich daran erinnerte, wo dieses Spiel hinführte, wo es enden musste.

„Gütiger Himmel“, hörte sie ihn murmeln. „Nicht noch mehr, Liebste. Ich flehe Sie an!“

Sie wollte liegen bleiben, in den Empfindungen schwelgen, die Dands Körper, sein Mund und seine starken Arme in ihr weckten. Doch seine Worte riefen ihr in Erinnerung, wer sie war: Charlotte Nash, eine bemerkenswert talentierte Herzensbrecherin – und wer er war: Dand Ross, nicht ihr Verehrer, nicht ihr Liebhaber. Sie spielten ein Spiel, und innerhalb dieses Spiels noch ein zweites, und sie wussten es beide.

Sie löste sich aus seiner Umarmung und bemühte sich, den richtigen Ton zu treffen, die rechte Mischung aus Gleichgültigkeit und Genugtuung, gewürzt mit einer Prise Spott, damit ihm nicht bewusst wurde, wie tief er sie berührt hatte.

„Sie flehen mich an, Dand? Dann darf ich Sie also in die Liste meiner Sklaven aufnehmen?“, fragte sie und hätte sich doch am liebsten auf der Stelle zurück in seine Arme geworfen.

Sein Gesicht ließ keinerlei Gemütsregung erkennen. Ohne ein Wort zu sagen, zog Dand sie hoch und setzte Charlotte behutsam zurück auf den Beifahrersitz, ehe er die Zügel von der Bremsstange wickelte.

Erst dann bemerkte Charlotte die anderen Kutschen, die in der Nähe angehalten hatten und sich nun verdächtig langsam in Bewegung setzten, während die Fahrer entweder mit rotem Kopf versuchten, ihrem Blick auszuweichen, oder ihn mit einem lüsternen Funkeln in den Augen erwiderten.

Was für ein Schauspiel hatten sie geboten! Welche Unterhaltung! Wie war es möglich, dass sie die Zuschauer nicht bemerkt hatte? Und Dand? War sein heiseres Flehen um Gnade nur gespielt gewesen? Seine Reaktionen nichts weiter als eine körperliche Antwort auf einen körperlichen Reiz?

„Ich hoffe, meine Vorstellung ist diesmal zu Ihrer Zufriedenheit ausgefallen?“, fragte sie, wobei es ihr weiß der Himmel wie gelang, einen unbekümmerten Plauderton anzuschlagen.

Er wandte ihr das Gesicht zu. „Vorstellung?“

„Ja. Unserem Publikum hat sie offenbar gefallen.“ Charlotte machte eine ausladende Handbewegung in Richtung der anderen Kutschen. Dand ließ den Blick umherschweifen. Er wirkte plötzlich ungerührt und gelangweilt. Natürlich hatte er gewusst, dass sie beobachtet wurden. Natürlich!

„Ich finde, ich habe hervorragende Arbeit geleistet“, fuhr sie mit spitzer Zunge fort. „In der Tat, ich bestehe darauf, dass Sie sich bei meinen früheren Lehrmeistern der Liebeskunst entschuldigen. Nun?“ Warum musste sie darauf bestehen, dass er ihren Verdacht bestätigte, und warum musste ihre Stimme ausgerechnet jetzt beben? Sie schluckte und reckte dann stolz das Kinn. „Soll ich Sie also in die Liste meiner Sklaven aufnehmen? Warum antworten Sie mir nicht?“

Anstelle einer Antwort streckte Dand die Hand aus und strich Charlotte zärtlich eine Locke hinters Ohr, die sich aus ihrer Frisur gelöst hatte. „Was tun Sie da?“

„Wie ich schon sagte, ein richtiger Kuss ist eine recht aufwühlende Sache, die so einiges durcheinanderbringt.“

10. KAPITEL

Partridge Hall, St. James Square
22. Juli 1806

„Oh, ihr guter Ruf ist rettungslos dahin!“, rief Countess Juliette Kettle aus und ließ einen Bissen gepökelten Schweinebauchs in ihrem Mund verschwinden. Ihr Tischnachbar Lord Beau Winkel runzelte bekümmert die Stirn. Er mochte Charlotte Nash. Sie war eine höchst anregende Gesprächspartnerin, und ein reizendes junges Ding dazu. Zu seiner Rechten beugte Lady Welton sich über ihren Teller und warf der Countess einen finsteren Blick zu. „Es würde mich nicht im Geringsten wundern, innerhalb der nächsten paar Tage eine Verlobungsanzeige in der *Times* zu entdecken.“

„Dafür ist es schon ein wenig spät, meinen Sie nicht?“, entgegnete die Countess und leckte sich die fettigen Fingerspitzen ab.

„Für gewisse Leute vielleicht“, erwiderte Lady Welton frostig, die vollen Wangen vor Ärger gerötet. „Doch für die Schwester des Marquis of Cottrell werden zweifellos alle eine Ausnahme machen, außer den allerengstirnigsten Tugendbolden und jenen, die keinerlei Ambitionen hegen, sich in den erlauchtesten Kreisen der Gesellschaft zu bewegen.“

Ein gelungener Gegenschlag! Die Countess war eine für ihren Ehrgeiz berüchtigte Aufsteigerin, die alles dafür tat, Einlass in jene Kreise zu finden, die sie bisher von ihren Einladungen ausgeschlossen hatten. „Gewisse Dinge lassen sich nicht überwinden, auch wenn man über glückliche Verbindungen verfügt“, entgegnete sie förmlich.

„Liebe überwindet alle Hindernisse, verehrte Countess“, widersprach Lady Welton.

„Liebe?“, mischte sich ein tadellos gekleideter Dandy namens Rawsett, der Lady Welton gegenübersaß, in das Gespräch ein.

Lady Welton musterte ihn kühl. „Gewiss haben Sie dieses Wort schon einmal gehört, junger Mann?“

Der junge Geck unterdrückte ein überhebliches Lächeln. „Öfter, als ich mich erinnern kann, verehrte Dame. Es überrascht mich nur, dass Sie sich dieses Ausdrucks bedienen, um jene Dinge zu beschreiben, die sich zwischen Miss Nash und ihrem ... Verehrer abspielen.“

„Oh, ich weiß nicht“, bemerkte Mrs. Hal Verson, die zu Rawsetts Linken saß, mit einem verträumten Ausdruck in den warmen braunen Augen. „Haben Sie die beiden schon einmal zusammen gesehen? Ich habe es. Vergangenen Mittwoch in der Leihbibliothek. Wie er sie anschaut ... Es verschlägt einem schier den Atem ... Und sie betrachtet ihn mit bittersüßem Schmerz im Blick, wenn sie sich unbeobachtet wähnt.“

„Ach, tatsächlich?“, fragte Rawsett. „Dabei hat sie doch den Ruf, jene zarten Empfindungen gar nicht zu kennen, die man für gewöhnlich mit jungen Damen ihres Standes verbindet.“

„Dieser Ruf ist wohlverdient.“ Diese Worte fielen wie Steine ins Gespräch. Sie kamen aus dem Mund Lord Bylespots, der einst vergeblich um Charlottes Gunst geworben hatte und nun mit ansehen musste, wie sie einem anderen Verehrer gewährt wurde. Verdrossen starrte der noch immer gut aussehende, doch bereits stark vom Alkohol gezeichnete junge Mann auf seinen Teller und leerte sein Weinglas dann in einem Zug. Lord Bylespot hatte eine scharfe Zunge und ein missgünstiges Wesen. Bedeutender jedoch war, dass ihm eine recht wichtige Verbindung zum Kronprinzen nachgesagt wurde. Wenn er zu dem Schluss kam, dass Charlotte Nash sich jenseits der Grenzen des Erlaubten bewegte ... Nun, falls sie hoffte, unbeschadet aus dem Schlamassel herauszukommen, in den sie sich gebracht hatte, täte sie jedenfalls gut daran, jene um sich zu scharen, die ihr wohlgesinnt waren.

* * *

Culholland Square, Mayfair
24. Juli 1806

„Falls Sie glauben, das sei schon alles, muss ich Sie warnen: Ihrer Dame steht dasselbe traurige Schicksal bevor, das jetzt Ihren Läufer ereilt", frohlockte Charlotte. Die Beine ausgestreckt, die Füße locker auf Dands Schoß gelegt, hatte sie sich behaglich in die Ecke des kleinen Sofas geschmiegt, das sie mit Dand teilte. Nun beugte sie sich vor und warf seinen weißen Läufer mit sichtlichem Vergnügen aus dem Spiel.

Vom anderen Ende des Sofas her blickte Dand finster auf das Schachbrett hinunter, das sich auf dem kleinen Tisch zwischen ihnen befand, und massierte dabei gedankenverloren Charlottes zierlichen linken Fuß.

„Für ein junges Ding, das mich angefleht hat, ihm die Füße zu kneten, weil sie vom vielen Tanzen in der Nacht zuvor so schmerzen, sind Sie nicht eben gnädig in Ihrem Triumph", bemerkte er, den Blick auf das Spielbrett gerichtet.

Statt ihm zu antworten, ließ Charlotte ihren rechten Fuß zu seinem flachen Bauch hinaufwandern und war darauf aus, ihre Zehen in seinen Leib zu drücken. Sie hätte ebenso gut versuchen können, sie in eine Steinplatte zu bohren.

„Lassen Sie das", sagte er verwirrt und schob ihren Fuß beiseite.

Sie wollte etwas entgegnen, doch er drückte den Handballen in ihre Fußsohle und massierte sie kraftvoll, und alles, was Charlotte hervorbrachte, war ein wohliges Schnurren. Sie müsse lernen, bei seinen Berührungen weder zu erröten noch zusammenzuzucken, hatte Dand einst von ihr verlangt. Wie leicht es mir doch gefallen ist, diese Aufgabe zu erfüllen, ging es Charlotte durch den Kopf, während sie sich genüsslich seiner Massage hingab. Womöglich zu leicht?

Acht Tage waren seit Ginnys Unfall vergangen, und fünf, seit Dand das Gästezimmer im hinteren Teil des Hauses bezogen hatte. Mit jedem Tag war Charlottes Sehnsucht nach seinen flüchtigen Berührungen und seinen sanften Liebkosungen, die eine solch überwältigende Wirkung auf sie hatten, gewachsen. Liebkosungen, die er ihr zur Unterhaltung des Publikums angedeihen ließ, rief sie sich in Erinnerung. Sie durfte nicht vergessen, dass seine zärtlichen Gefühle nur gespielt waren.

Könnte sie dies in Bezug auf ihre eigenen Empfindungen doch ebenfalls behaupten! Doch das vermochte sie nicht. Sie wusste nur zu gut, wie heftig ihr Herz klopfte, wenn Dand sie sehnsüchtig anschaute, wenn er den Finger sacht über die Innenseite ihres Handgelenks gleiten ließ oder ihr die Locken aus der Stirn strich, als sei dies die natürlichste Sache der Welt.

„Sie halten mich für besiegt", bemerkte er und sah mit zusammengekniffenen Augen auf das Schachbrett hinunter. „Sie glauben, Sie hätten mich meiner Schlagkraft beraubt."

„Wohl eher Ihrer Dame", berichtigte sie.

Er hob den Kopf. Ihre Blicke trafen sich, und dann, nach einem belustigten Lächeln, bei dem Charlotte nicht umhinkonnte, es zu erwidern, versenkte er sich abermals in die Betrachtung des Schachbretts. Und *das* war ein weiteres Problem, womöglich ein noch größeres. Je mehr Zeit sie in seiner Gesellschaft verbrachte, desto stärker wurde ihr Wunsch, noch mehr Augenblicke an seiner Seite zu verbringen.

Selbst wenn sie sich nicht in der Öffentlichkeit aufhielten und Dand sie nicht schmachtend ansah wie ein Verliebter – *wie* ein Verliebter, musste sie sich immer wieder in Erinnerung rufen –, selbst dann erregte er sie, forderte er sie heraus, neckte und erheiterte er sie. Sie freute sich auf diese Momente ungestörter Zweisamkeit. Wenn Dand sie in diesen ansah, entdeckte sie bisweilen außer Spottlust oder Belustigung noch etwas anderes in seinem Blick. Etwas, das er um jeden Preis verbergen wollte. Doch es gelang ihm nicht. Nicht völlig. Sie hatte diesen Ausdruck in den Augen zu vieler Männer gesehen, um nicht zu wissen, was er bedeutete: Verlangen.

Dass ein Mann sie begehrte, hatte sie nie zuvor eingeschüchtert. Dand Ross' unausgesprochenes und uneingestandenes Verlangen jedoch machte ihr Angst. Und dieses Gefühl war keineswegs nur unangenehm. Es hatte etwas Belebendes, Prickelndes. Eines hatte Charlotte in ihrem kurzen Leben gelernt: Es galt, den Augenblick zu genießen, denn schon im nächsten konnte etwas höchst Unerfreuliches geschehen. Vater oder Mutter konnten sterben, die Geschwister konnten einen in die Obhut von Fremden geben, und die eigene Zukunft konnte davon abhängen, ob es einem gelang, fremde Menschen für sich einzunehmen …

Getreu diesem Grundsatz, ließ sie den Fuß langsam an Dands Bauchmuskeln hinabgleiten. Sofort spürte sie, wie sie sich unter ihrer Fußsohle strafften. Doch abgesehen von einem kurzen Zucken seiner Oberlippe, gab es keinerlei Anzeichen dafür, dass Dand dies erregend fand. Zaghaft rieb sie mit der Ferse gegen den rauen Wollstoff seiner Hose.

Er hob den Blick und sah sie an. In den dunklen Tiefen seiner Augen lag ein warnender Ausdruck. Ihr stockte der Atem. „Nimm dich in Acht, Charlotte! Selbst ein Hund wird bis zum Ersticken an seiner Kette zerren, wenn die Beute verlockend genug ist."

„Nun, dann ist es ja gut, dass er an die Kette gelegt wurde", bemerkte Charlotte und beschloss, dem mulmigen Gefühl, das in ihr aufstieg, keine Beachtung zu schenken. „Um jeglichem Angriff vorzubeugen."

„Ketten reißen bisweilen", sagte Dand leise und blickte ihr lange in die Augen.

„Welch ein Glück, dass wir nur Theater spielen, nicht wahr?", fragte sie und wartete atemlos auf seine Antwort.

Er schwieg.

„Nicht wahr?", wiederholte sie beharrlich.

Dand lächelte nur, schob ihren Fuß von seinem Schoß und rückte beiläufig einen Turm auf dem Schachbrett vor.

Er neckte sie. Nun, *das* konnte sie auch! Sie lehnte sich zurück, hob die Arme über den Kopf und streckte sich genüsslich. „Geben Sie auf, Dand", sagte sie sanft wie ein Kätzchen.

„Niemals", entgegnete er, den Blick fest auf das Spielbrett gerichtet. „Sie haben die Entschlossenheit unterschätzt, mit der ich meine Dame verteidigen werde."

Er nahm einen seiner Springer vom Brett, überlegte einen Augenblick und ließ ihn dann über einem schwarzen Feld schweben, ohne ihn abzusetzen. Falls er diesen Zug tat, würde sein Springer Charlotte an der beabsichtigten Gefangennahme seiner Dame hindern, gleichzeitig jedoch würde er seinen letzten Läufer der Vernichtung durch einen ihrer Bauern preisgeben und seinen König in Gefahr bringen.

„Ein kühner Zug."

„Aber vielleicht ein notwendiger." Langsam hob er den Blick und sah sie eindringlich an. Seine Stimme war nur noch ein Murmeln. „Die Frage ist, was ich zu tun bereit bin, um meine Dame zu schützen, und wie viele Männer ich willens bin, dafür zu opfern. Und schließlich, welche Folgen meine Entscheidung für den Ausgang der Partie hat."

Er rollte den Springer zwischen den Fingern, legte den Kopf schräg und sah sie forschend an. „Was meinen Sie, Charlotte? Soll ich meine Dame beschützen, oder sollte ich den klügeren Schachzug machen und sie opfern?"

Etwas in seiner Stimme ließ sie schaudern, etwas in seinem Blick wurde finster und fremd.

„Ich weiß es auch nicht", sagte er schließlich leise, und im nächsten Moment unterbrach das Geräusch von Schritten draußen im Flur die seltsame Stimmung des Augenblicks.

Sogleich beugte Dand sich vor, packte Charlotte um die Taille und zog sie auf seinen Schoß. Sie schlang ebenso rasch die Arme um seinen Nacken und zerzauste sein Haar, als hätten sie stundenlang in leidenschaftlichen Umarmungen geschwelgt. Die Tür öffnete sich schwungvoll, und Ginny humpelte auf Krücken herein. Curtis, der sie begleitet hatte, blieb unschlüssig auf der Schwelle stehen.

„Sieh da, Mrs. Mulgrew, welch eine Überraschung", sagte Dand und machte dabei keinerlei Anstalten, Charlotte loszulassen.

„Einen Stuhl, wenn ich bitten darf", verlangte Ginny unwirsch, und auf ihren ungeduldigen Wink hin eilte der Lakai ins Zimmer, rückte ihr einen Stuhl zurecht und blieb in ihrer Nähe, bis sie sich – so anmutig, wie es ihr mit ihrem gebrochenen Bein möglich war – darauf niedergelassen hatte.

Ginny wartete, bis Curtis sich verabschiedet hatte, bevor sie den Blick auf Charlotte und Dand richtete. Als die beiden nichts unternahmen, sich von ihrer engen Umarmung zu lösen, verdrehte sie in offenkundiger Verzweiflung die Augen.

„Ich habe Sie bis auf den Flur hinaus von Damen und Läufern tuscheln hören, also tun Sie mir den Gefallen und hören Sie mit dieser lüsternen Umarmerei auf. Ich bin nicht im Geringsten beeindruckt", bemerkte sie kühl. „Und ebenso wenig überzeugt."

Charlotte wollte sich aus Dands Armen winden, doch er hielt sie fest umschlungen. „Ich glaube, Sie können mich nun loslassen", sagte sie.

„Gütiger Himmel, Charlotte, haben Sie nicht gehört, was Mrs. Mulgrew soeben behauptet hat? Wir seien nicht überzeugend in unserer Rolle als Liebespaar. Das müssen wir ändern. Übung soll ja bekanntlich den Meister machen", erklärte er und strich dabei wie beiläufig über ihren mit weichem Flaumhaar bedeckten Nacken. „Außerdem mag ich es, wenn Sie auf meinem Schoß sitzen. In meinen Armen liegen."

Sie wünschte, Dand hätte das nicht gesagt. Denn sie glaubte ihm. Und sie wünschte aufrichtig, er würde aufhören, sie zu liebkosen. Es war schwer, einen klaren Gedanken zu fassen, wenn sie sich einzig in seine starken Arme schmiegen und ihn all die sündigen Dinge tun lassen wollte, von denen sie bisher nur eine Kostprobe genossen hatte. Dinge, die sie sich kurz vor dem Einschlafen vorstellte, tief in der Nacht, wenn all die mächtigen Schutzwälle einstürzten, die sie errichtet hatte, um Schauspiel und Wirklichkeit voneinander zu trennen, und die sie am nächsten Morgen sorgfältig aufs Neue erbaute.

„Offenbar benötigen Sie mehr als Übung", erwiderte Ginny in frostigem Ton.

Ihre Worte versetzten Charlotte in Erstaunen.

Soviel sie wusste, waren sie mit ihrem Plan höchst erfolgreich. Die Zahl der Einladungen, die sich für gewöhnlich auf ihrem Flurtisch stapelten, war bereits um die Hälfte geschrumpft, ein deutlicher Hinweis darauf, dass ihr Ruf beträchtlichen Schaden genommen hatte. Bald schon würde sie niemand mehr empfangen wollen. Welch ein Erfolg, dachte Charlotte bitter. Was wollte man mehr?

Ginny sollte sie beglückwünschen, statt sie anzuherrschen.

Dand massierte sie derweil seelenruhig zwischen den Schulterblättern und strich dabei mit der Wange über ihre Scheitellocken. Eine scheinbar unschuldige Geste, deren Wirkung auf Charlotte jedoch alles andere als unschuldig war. Wenn er sie weiter so liebkoste, würde sie zu schnurren beginnen. Ihr Kopf würde auf Dands Schulter hinabsinken, und sie würde ihn dazu bringen, sie anzusehen und …

„Mrs. Mulgrew wirkt ein wenig durcheinander", flüsterte Dand in ihr Haar und wandte sich dann Ginny zu: „Sollten Sie denn schon auf den Beinen sein?"

„Ich fahre heute Nachmittag nach Hause", erwiderte Ginny schroff.

„Das ist gewiss nicht klug", wandte Charlotte ein und tauchte aus dem Nebel wohliger Mattigkeit auf, in dem sie versunken war. „Sie sind noch immer schwach und könnten einen Rückfall erleiden oder Fieber bekommen. Ich kann mir nicht erlauben …"

„Sie können sich nicht erlauben, mich hier weiter zu behalten, als eine Art lächerliche Alte", fiel Ginny ihr ins Wort. „Die Leute könnten auf den törichten Gedanken verfallen, ich würde die Rolle der Anstandsdame spielen. Ja, ja, ich weiß, das ist absurd, doch die Gesellschaft verhält sich bisweilen absurd. Besonders dann, wenn es um die Verleumdung einer Person geht, die sie im Grunde bewundern wollen, oder", sie machte eine vielsagende Pause, „um die Schwägerin gewisser Herren, die sie fürchten. Und Sie, meine liebe Charlotte, sind beides. Und die Art, wie Sie Ross behandeln, ist unserer Sache dabei ganz und gar nicht dienlich."

„Ich verstehe nicht."

„Das ist offensichtlich", bemerkte Ginny und rümpfte die Nase. „Was haben all die verstohlenen Blicke und das alberne Erröten zu bedeuten, von dem die Dienerschaft dieses Hauses und meine Bekannten draußen mir so oft berichten? Sie sollen eine *wollüstige* Frau spielen, keine verliebte. Und Sie", fuhr sie mit grimmigem Blick in Dands Richtung fort, „hören gefälligst auf, den schmachtenden Verehrer zu mimen, und fangen an, sich wie ein maßlos eifersüchtiger Liebhaber aufzuführen. Herrje, Mann! Sie haben gesagt, Sie müssten zurück nach Frankreich, und zwar bald. Bis dahin müssen Sie die Gesellschaft von Ihrem unangefochtenen Anspruch auf Charlottes Zeit überzeugen und sich dann in aller Öffentlichkeit auf höchst dramatische Weise von ihr trennen."

Dand sah sie an. „Bisher haben Sie die Fäden in unserem kleinen Marionettentheater gezogen, Mrs. Mulgrew, und wir haben Sie gewähren lassen. *Ich* habe Sie gewähren lassen. Sie sollten allerdings aufpassen, dass Sie sich nicht in Ihren eigenen Ränkespielen verheddern."

Sein Gesichtsausdruck war durchaus liebenswürdig, doch in seinem festen Blick lauerte etwas Bedrohliches, das Charlotte nachdenklich stimmte. Einmal mehr fragte sie sich, wozu Dand fähig wäre, um sein Ziel zu erreichen. Zu mehr, als ich mir vorzustellen wage, vermutete sie. Schlimmer noch, statt abschreckend auf sie zu wirken, machte Dands unterschwellige Gefährlichkeit ihn noch faszinierender. Ginny sah sichtlich verärgert aus. „Ich weiß, was ich tue. Dasselbe habe ich auch von Ihnen angenommen." Sie wandte sich abermals Charlotte zu. „Oder haben Sie es vergessen?"

„Natürlich nicht", entgegnete sie hastig. In Wahrheit jedoch waren die Tage allzu rasch vergangen, und sie hatte den Gedanken daran, dass diese kleine Komödie bald ihren Höhepunkt erreichen würde, in den hintersten Winkel ihres Bewusstseins verbannt. Was danach folgen würde …

„Ich werde mich bemühen, Sie nicht zu enttäuschen", hörte sie Dand sagen. „Sie können ruhigen Gewissens nach Hause gehen. Falls Sie so etwas wie ein ruhiges Gewissen überhaupt noch kennen."

Es klang wie eine Entlassung, gebieterisch und unmissverständlich, und zu Charlottes Überraschung fügte Ginny sich widerspruchslos. Was ging hier vor? Unter der Oberfläche dieses Gesprächs verliefen Strömungen, von denen sie nichts wusste, Strömungen, die vermuten ließen, dass die beiden einander schon einmal begegnet waren.

„Gut", entgegnete Ginny und erhob sich. „Und was meinen Seelenfrieden betrifft – darum ist es gewiss nicht schlechter bestellt als um den Ihren." Ihr Blick durchbohrte ihn förmlich.

Charlotte, die noch immer in Dands Armen lag, spürte, wie seine Muskeln sich kaum merklich anspannten, als Ginny aus dem Zimmer humpelte.

* * *

Abtei St. Bride's
August 1793

„Wie ich euch Jungen beneide." Bruder Fidelis, der den vier jungen Burschen die Mittagsmahlzeit gebracht hatte – Kekse, Käse und Bier –, blieb am Tor des von einer Mauer umgebenen Klostergartens stehen und ließ den Blick mit sichtlichem Vergnügen umherschweifen. „Den Tag inmitten solcher Schönheit zu verbringen."

Der Legende nach hatte ein Kreuzfahrer vor langer Zeit eine gelbe Rose aus dem Orient mitgebracht und sie dem Kloster geschenkt zum Dank dafür, dass der Abt der Familie jenes Ritters während einer Pestepidemie Unterschlupf gewährt hatte. Der Geistliche hatte den ummauerten Garten eigens für diese Rose anlegen lassen, die einzige gelbe Rose im ganzen Königreich. Mit der Zeit jedoch nahm die katholische Bevölkerung der Highlands immer weiter ab, und die wenigen verbliebenen Arbeitskräfte hatten wichtigere Dinge zu tun gehabt, als sich der Blumenpflege zu widmen. Bis der jetzige Abt Pater Tarkin die kleine Abtei schließlich in eine Art Waisenhaus für die Enkel der wenigen schottischen Katholiken verwandelt hatte, die nach dem Aufstand von 1745 und Prinz Charles Edwards letztem vergeblichen Versuch, die schottische Krone wiederzuerlangen, im Land geblieben waren. In den Augen des Abtes gab der verwilderte Rosengarten einen idealen Ort ab, um aufsässigen jungen Burschen

Gehorsam zu lehren und sie von ihren überschüssigen Kräften zu befreien.

Eine perfekte Stätte also für die vier rebellischsten und kräftigsten Zöglinge des Klosters: Douglas, Kit, Ram und Dand. Letzterer kletterte aus dem Graben, den er gerade aushob, und grinste den rundlichen Mönch frech an. „Tun Sie sich um meinetwillen keinen Zwang an, Bruder Fidelis", rief er ihm zu. „Sie können jederzeit meinen Platz einnehmen."

Bruder Fidelis nahm ihm seine Dreistigkeit nicht übel. Er nahm nie etwas übel. Hätte Dand sich gegenüber dem mürrischen kräuterkundigen Bruder Martin eine derartige Frechheit erlaubt, hätte er sich gewiss eine Woche lang Salbe auf den von Stockhieben gezeichneten Allerwertesten reiben müssen. Der gutmütige Bruder Fidelius jedoch fuchtelte nur mahnend mit dem Zeigefinger und sagte: „Eines Tages wirst du zu schätzen wissen, was du hier tust."

„Und was genau ist das?", fragte Douglas, die Arme voller Heu, mit dem er die Setzlinge mulchen sollte.

„Die Erschaffung von etwas Schönem. Alle, die herkommen, um Ruhe und Trost zu finden, brauchen nur auf diesen Gartenpfaden zu wandeln und sich diese Rosen anzuschauen, um an Gottes große Liebe erinnert zu werden."

Douglas legte den Kopf schräg. „Sie mögen Rosen wirklich sehr gern, nicht wahr, Bruder Fidelis?"

Der Mönch lächelte. „Ich liebe sie. Und jetzt zurück an die Arbeit mit euch", sagte er und verschwand durch das einzige Tor in der Gartenmauer.

11. KAPITEL

Eine Burg im schottischen Hochland
27. Juli 1806

„Eine gefeierte Schönheit aus bestem Hause hat sich einen Liebhaber zugelegt. Irgendeinen Franzmann.“ Der Engländer, ein entenköpfiger Geck namens Lord Rawsett, hüstelte, als er seinen Fauxpas bemerkte. „Einen Franzosen, wollte ich sagen.“

„Ein Royalist, kein Zweifel“, entgegnete Maurice St. Lyon, sein Gastgeber. Zu Rawsetts Glück war der Graf zu interessiert an dem soeben Gehörten, um Anstoß an der Beleidigung seiner Herkunft zu nehmen. Außerdem lebte er seit Ausbruch der Französischen Revolution in England und hatte sich mittlerweile an die schlechten Manieren der Einheimischen gewöhnt.

„Gewiss.“ Rawsett nickte. Er legte seinen Mantel ab und warf ihn dem wartenden Lakaien in die Arme. Getreu seiner schwatzhaften Natur, hatte Rawsett das beeindruckendste Gerücht ausgeplaudert, kaum dass er die Burg betreten und seinen Gastgeber erblickt hatte. Nun drehte er sich um und stieß einen leisen Pfiff der Bewunderung aus.

„Nicht schlecht für eine Burg, mein Lieber!“ Voller Anerkennung ließ er den Blick über die prächtigen Orientteppiche, die kostbaren Gobelins an den frisch verputzten Wänden, die gewienerten Parkettböden und die blitzblanken Fensterscheiben schweifen.

„Ich habe das alte Gemäuer mit allen Annehmlichkeiten des modernen Lebens ausstatten lassen“, erklärte St. Lyon mit sichtlichem Stolz. Ein Mangel an Komfort ist mir ebenso zuwider wie Ihnen, werter Freund.“

„Und auch die Dienerschaft wird allerhöchsten Ansprüchen gerecht, wie ich sehe.“ Rawsett wies auf die Lakaien, die schweigend zu beiden Seiten des Eingangs und zweier hoher Fenster standen. Männer, die offenbar ihrer kämpferischen Qualitäten und ihrer Pflichttreue wegen ausgewählt worden waren und nicht wie sonst üblich aufgrund ihres guten Aussehens. „Das muss Sie ein Vermögen kosten. Doch Dienstboten kann man schließlich nicht genug haben, oder?"

„Nicht, wenn man befürchten muss, dass Diebe es auf das eigene Hab und Gut abgesehen haben", entgegnete St. Lyon. In London hatte er zweimal Einbrecher ertappt, die seinen kostbaren Brief stehlen wollten. Leider hatte es sich dabei um gedungene Lumpen gehandelt, die man über die Identität ihres Auftraggebers im Dunkeln gelassen hatte. Somit war jeglicher Versuch, ihnen brauchbare Auskünfte zu entlocken, vergeblich gewesen. Er würde viel darum geben, die Namen derjenigen zu erfahren, die gegen ihn arbeiteten – nicht nur, um die Bedrohung an der Wurzel zu packen, sondern auch, um dieses Wissen teuer weiterzuverkaufen.

„Ich hoffe, Ihre Reise war nicht allzu beschwerlich?", fragte er nun Rawsett.

Der junge Mann schürzte verdrossen die Lippen. „Was kann man erwarten, wenn man in diesen öden Gefilden unterwegs ist?" Er schüttelte sich leicht. „Doch für Sie, werter St. Lyon, habe ich den hellen Lichtern und der angenehmen Gesellschaft der diesjährigen Saison bereitwillig den Rücken gekehrt. Ich weiß, dass Sie mein Opfer zu schätzen wissen, erst recht, da der pikante Skandal, den ich gerade erwähnte, in vollem Gange war, als ich London verließ."

„Oh, das tue ich", versicherte St. Lyon.

Mit seinen über die bleiche Stirn gekämmten, viel zu stark parfümierten Locken und den passend zu einer seiner unzähligen bunten Westen gefärbten Lederhandschuhen war Rawsett ein wahrer Dandy. Aber ein nützlicher. Und ein überraschend scharfsinniger.

Es war in der Tat Rawsett gewesen, der ihm den Brief gebracht hatte, den er nun versteigern wollte. Der eitle Stutzer war auf einer Vergnügungsreise nach Italien einem „todkranken königstreuen Franzmann“ begegnet, der ihn gebeten hatte, seine persönlichen Habseligkeiten einem Verwandten in Rom zu überbringen.

Es wunderte St. Lyon nicht, dass der selbstsüchtige Narr sich erst wieder an sein Versprechen erinnerte, als er ihm Anfang des Jahres bei seiner Rückkehr nach London vorgestellt worden war. Mit dem berüchtigten Eigendünkel der Engländer hatte Rawsett für sich entschieden, dass ein Franze so gut war wie der andere, und ihm, St. Lyon, den Nachlass des Verstorbenen übergeben wollen.

Als St. Lyon jedoch den Namen des Royalisten erkannte, hatte irgendetwas an seinem Verhalten Rawsett auf den Gedanken gebracht, dass es sich bei dem Nachlass um etwas Wichtigeres handeln musste als um „ein paar alte Liebesbriefe und dergleichen“. Von Gier und Wissensdurst getrieben, hatte er beschlossen, den Besitz des Verstorbenen genauer in Augenschein zu nehmen, ehe er ihn St. Lyon überließ. Im Nachlass hatte sich ein kleiner Zylinder samt dem dazugehörigen, höchst bemerkenswerten Brief befunden. In diesem Augenblick war Rawsett klar geworden, dass er etwas Wertvolles in den Händen hielt.

Doch dann, gerade als St. Lyon Anstalten traf, Rawsett seiner Bürde – und seines Lebens – zu berauben, hatte sich der englische Geck als überraschend gerissen erwiesen. Sobald er erkannt hatte, dass es ihm auf eigene Faust nicht gelingen würde, an den vollen Wert seines Fundes zu gelangen, hatte er St. Lyon vorgeschlagen, sein Geschäftspartner zu werden und sich mit einem recht bescheidenen Teilbetrag des Vermögens zufriedenzugeben, das der Comte für den Brief erhalten würde. Da St. Lyon kein besonders blutrünstiger Mensch war, sondern schlicht Geschäftsmann, waren sie handelseinig geworden. Hinzu kam, dass Adlige, selbst kleine Landjunker wie Rawsett, irgendwann vermisst wurden, wenn man sie beseitigte. Außerdem besaß dieser Gent nicht zu verachtende Vorzüge, und einer davon war, dass er über alle und jeden Bescheid zu wissen schien.

„Ach ja, die gefeierte Schönheit. Kenne ich sie?"

Rawsett zog eine Grimasse und blickte sich um, als fürchte er, belauscht zu werden. „Oh, das will ich meinen", sagte er in bedeutungsvollem Ton.

„Und wer ist sie?"

Rawsett holte tief Luft und stieß den Namen in einem Atemzug hervor. „Miss Charlotte Nash."

„Miss Nash?", wiederholte St. Lyon ungläubig. Gewiss, Ginny Mulgrew hatte in ihren Briefen angedeutet, die lebhafte junge Charlotte habe die Geduld der feinen Gesellschaft in letzter Zeit ein wenig überstrapaziert, *das* jedoch hätte er niemals erwartet!

„Jawohl." Der pomadige Rawsett konnte sich ein keckerndes Lachen nicht verkneifen. „So jung, doch so heißblütig. Man hätte es kommen sehen müssen, nehme ich an. Nun ...", er beugte sich vertraulich vor, „*mich* hat es nicht überrascht."

„Kennen Sie den Namen dieses Franzosen?", erkundigte St. Lyon sich interessiert.

Rawsett, der einen losen Faden auf dem Ärmel seines Jacketts entdeckt und seinen Redefluss unterbrochen hatte, um ihn zu entfernen, blickte verständnislos auf. „Den Namen?"

„Ja", erwiderte St. Lyon geduldig. „Von Miss Nashs Liebhaber."

„Oh, gewiss. Rousse, André Rousse."

„Das kann nicht sein", murmelte der Graf.

Rawsett verzog nachdenklich das Gesicht und antwortete dann: „Doch, doch, ich bin sicher, dass ich mich nicht irre, denn ich erinnere mich noch genau, dass sich der Name ein wenig auf ‚Chartreuse' reimte. Das war nämlich die Farbe der Weste, die ich gerade bei meinem Schneider in Auftrag gab, als Skelton hereinkam, ein wahrhaft scheußliches Jackett bestellte – der Mann hat keinerlei Sinn für Stil, sage ich Ihnen – und die ganze Geschichte erzählte."

Er schüttelte sich angewidert. „Ein fürchterliches Klatschmaul, dieser Skelton."

„Und Lord Skelton hat Ihnen ausdrücklich gesagt, dass André Rousse Miss Nashs Liebhaber ist?"

„Nicht nur ihr Liebhaber", entgegnete Rawsett genüsslich, „auch ihr Gönner. Er hat die Mietzahlungen für ihr Haus übernommen und geht dort ein und aus, durch die *Vordertür* wohlgemerkt."

War das möglich? Für St. Lyon war der Name Rousse mit vielen Assoziationen verbunden. Die früheren davon waren zweifellos unwichtig, die neueren jedoch möglicherweise von Belang.

Jene Männer, mit denen St. Lyon in Frankreich in Verbindung stand, hatten in ihren Nachrichten an ihn bisweilen einen Geheimagenten erwähnt, dessen Loyalität Rätsel aufgab, da er sich teils auf die Seite derer stellte, die die Monarchie wieder einführen wollten, um dann bei anderer Gelegenheit gegen sie zu arbeiten. Der Name dieses Agenten war Rousse. Er konnte unmöglich derselbe Mann sein, der die süße Frucht gepflückt hatte, die St. Lyon selbst so gern vernascht hätte.

„Und Sie sagen, dies ist eine frische … Freundschaft?"

„Soweit ich weiß, ist der Mann erst vor zwei Wochen in der Stadt aufgetaucht. Seither wird er ständig dabei beobachtet, wie er Miss Nash in aller Öffentlichkeit küsst und zu höchst bemerkenswerten Uhrzeiten bei ihr ein und aus geht."

„Dienstbotengeschwätz", bemerkte St. Lyon abfällig.

„Nein, nein, dies Gebaren wurde von mehreren glaubwürdigen Zeugen bestätigt, allesamt ehrenwerte Mitglieder der Gesellschaft."

Vielleicht hat Charlotte Nash sich tatsächlich einen Liebhaber zugelegt, wer auch immer der dreiste Kerl sein mag, dachte St. Lyon. Er hätte die kleine Wildkatze verführen können, doch er war ein höchst vorsichtiger Mann. Das musste er unter den gegebenen Umständen auch sein. Sobald dieser Monsieur Rousse allerdings das Feld räumte ... Jetzt, da die Frucht gepflückt war, würde sie früher oder später in andere Hände weitergereicht werden. Das kann jedoch noch eine ganze Weile dauern, dachte St. Lyon wehmütig und seufzte im Stillen.

Er erwartete noch die Ankunft von drei weiteren zahlungskräftigen „Gästen", und in Anbetracht der Mühsal, die damit verbunden war, durch einen von Kriegen zerrissenen Kontinent zu reisen, würden bestimmt noch einige Wochen vergehen, bis sie eintrafen und die Versteigerung endlich beginnen konnte. In der Zwischenzeit musste er eine Horde unterschiedlichster Besucher bei Laune halten, damit sie einander nicht an die Gurgel gingen. Er hätte Rawsett mit dieser Aufgabe betrauen können – der eitle Geck war amüsant –, doch leider hatte er einen weit dringlicheren Auftrag für seinen englischen Kompagnon.

Der arme Kerl, er wird es gewiss nicht gern hören, dass er schon bald wieder gehen muss, dachte St. Lyon, nahm den jungen Mann freundschaftlich am Arm und zog ihn in Richtung Rittersaal. Vielleicht würde er es ihm erst morgen mitteilen.

„Sagen Sie mir, Rawsett, gibt es dort unten im Gasthaus am Kreuzweg irgendwelche Frauenzimmer, die es wert sind – wie soll ich mich ausdrücken? –, einem Edelmann zu Diensten zu sein?"

Voller Stolz darüber, dass sein weltgewandter Geschäftspartner ihn um *seine* Einschätzung der Vorzüge bäurischer Dirnen bat, rieb Rawsett sich die Hände und fing munter an zu erzählen.

* * *

Abtei St. Bride's
Herbst 1794

Dand Ross hockte sich nieder, die Hände auf die Knie gestützt, betrachtete Douglas' übel zugerichtetes Gesicht und stieß einen anerkennenden Pfiff aus. „Was, frage ich mich, kann ein edler Bursche wie Dougie Stewart getan haben, um den Zorn des ewig schikanierten John Glass zu erregen?"

Douglas bewegte versuchshalber den Unterkiefer, bevor er einen Schwall Blut auf den Stallboden spuckte. „Du bist ein Idiot, Dand."

„Würdest du dir bitte das Blut aus dem Gesicht wischen, Doug? Bei dem Anblick wird mir ganz übel", bemerkte Dand, griff in die Tasche, zog ein halb zerrissenes Schnäuztuch daraus hervor und warf es seinem Freund zu. Douglas tupfte sich vorsichtig damit die Lippe ab. Die Verletzung war weniger schlimm, als es zunächst den Anschein gehabt hatte. Er würde sicherlich ein blaues Auge und eine aufgeplatzte Lippe davontragen, doch seine Zähne saßen noch vollzählig im Mund. „Warum haben sie dir so zugesetzt, Douglas?"

„John hat gehört, wie Ram und ich über die ‚Bruderschaft der Rose' gesprochen haben. Er wollte auch darin aufgenommen werden."

Dand verzog halb ungläubig, halb belustigt das Gesicht. „Du meinst das bisschen Theater, das wir letzten Monat im Garten veranstaltet haben? Als du uns dazu gebracht hast, uns mit einem Rosendorn in den Daumen zu stechen, einander die blutigen Hände zu reichen und uns dann ewige Treue und Verbundenheit zu schwören? Wegen dieses Unsinns hast du dich verprügeln lassen?"

„Für mich ist das kein Unsinn, Dand", entgegnete Douglas ernst und blickte seinen Freund eindringlich an. „Und für Ram ebenso nicht. Und auch nicht für Kit."

„Schon gut, Doug", sagte Dand versöhnlich. „Doch warum hast du ihn nicht den Eid schwören lassen? Schließlich sind es nichts als Worte. Du hättest dir eine ordentliche Tracht Prügel erspart."

Douglas blickte ihn verständnislos an. „Es waren nicht nur Worte, Dand. Begreifst *du das nicht? Es war ein Gelöbnis. Ein Schwur. Es war irgendwie … heilig. Ich konnte nicht zulassen, dass John Glass es in eine Farce verwandelte. Er würde nicht für dich sterben. Er würde für niemanden sterben. Wenn ich ihn den Eid hätte schwören lassen, hätte dieser für uns alle seinen Wert verloren. Verstehst du das nicht? Er wäre bedeutungslos geworden. Nimmst du denn gar nichts ernst?"*

Dand beugte sich vor und stützte die Ellbogen auf die Knie. „Es sind nur Worte, Doug. Es lohnt nicht, sich dafür verprügeln zu lassen."

„Willst du damit sagen, du hättest nicht genauso gehandelt wie ich?"

Dand lachte. Sein ungläubiges Staunen war ebenso echt wie das seines Freundes. „Nein, Doug, das hätte ich nicht."

„Dann tust du mir leid, Dand Ross, aufrichtig leid", sagte Douglas. Seine Miene wirkte angespannt und traurig. Er sprang auf und lief zur Stalltür, fest entschlossen, Dand hinter sich zurückzulassen. Dann blieb er jedoch stehen, als brächte er es nicht übers Herz. „Ich liebe dich, Dand, doch ich verzweifle an dir", seufzte er.

„Mir geht es ebenso", flüsterte Dand, erhob sich und folgte ihm ins Freie.

12. KAPITEL

Hamstead House, Belford Square
30. Juli 1806

„Und so nähert sich unser Schauspiel seinem Ende", sagte Dand, während die Mietkutsche sich rumpelnd auf die Hamstead'sche Stadtvilla zu bewegte.

Die Einladung war lange vor Charlottes Fehltritt ausgesprochen worden, und Countess Hamstead, die selbst auf eine nicht ganz blütenweiße Vergangenheit zurückblickte, hatte keinen Versuch unternommen, sie zurückzuziehen. Vielleicht hatte sie auch gehofft, dass Charlotte noch genügend Anstand besaß, um sich und ihrer Gastgeberin die Peinlichkeit ihres Erscheinens zu ersparen.

Leider ist Ihre Abendgesellschaft eine zu gute Bühne, werte Countess Hamstead, als dass ich auf diesen Auftritt verzichten könnte, dachte Charlotte.

Die falschen Diamanten, die sie sich von Ginny ausgeliehen hatte, funkelten bei jeder ihrer Bewegungen im Dämmerlicht des Wageninneren. Das tiefe Tintenblau ihres Samtumhangs verschmolz mit den Schatten, während sich die Rundungen ihrer Brüste schimmernd wie Alabaster aus ihrem gewagten Dekolleté wölbten.

Sie fühlte sich ruhig und gefasst, empfand keine Anspannung, kein Lampenfieber. Nur ein wenig Ungeduld und den Wunsch, der letzte Akt dieses Dramas möge bald vorüber sein. Ihr gegenüber saß Dand. Schweigend. Wenn dieser Abend vorbei war, würden sich ihre Wege trennen. Er würde zurück nach Frankreich gehen und sie … nach Schottland.

Die Kutsche kam schaukelnd zum Stehen, gefangen im dichten Droschkenverkehr, der sich im Schneckentempo über den Boulevard quälte, der zur Villa von Countess Hamstead führte. Dand saß noch immer reglos da, selbst seine behandschuhten Hände, die sich weiß von seiner dunklen Kleidung abhoben, ruhten bewegungslos auf dem silbernen Knauf seines Spazierstocks. Charlotte spürte seine Anspannung.

„Sind Sie bereit für diesen Abend?“, fragte er schließlich, als sich die Kutsche wieder in Bewegung setzte.

„Ja“, entgegnete Charlotte. „Und Sie?“

„Aber gewiss. Auch wenn mir noch immer nicht ganz klar ist, warum ich derjenige sein soll, dem der Laufpass gegeben wird.“

Er will mich auf andere Gedanken bringen, erkannte Charlotte und nahm sein Angebot dankbar an. „Darüber haben wir doch in aller Ausführlichkeit gesprochen. St. Lyon soll mich nicht für ein bedauernswertes junges Ding halten, sondern für ein gefühlloses Weibsbild, das nur seinen eigenen Vorteil im Auge hat. Für eine Frau, die auf der Suche nach einem reicheren und großzügigeren Gönner ist.“

„Das ergibt Sinn, nehme ich an. Doch ich warne Sie, mein männlicher Stolz wird sich vermutlich nie gänzlich von der Schmach erholen, die Sie ihm zufügen werden.“

„Seien Sie ganz unbesorgt. Heute Abend wird nur der Inhalt Ihrer Brieftasche in Zweifel gezogen, nicht der Ihrer Hose.“

„Herrje, Charlotte!“ Dand wich entsetzt zurück. „Welch kühne Ausdrucksweise!“

„Nicht wahr?“, entgegnete sie selbstzufrieden. „Ich habe den ganzen Nachmittag geübt. Ginny hat mir höchst nützliche Anregungen gegeben.“

„Das glaube ich gern“, bemerkte er trocken.

„Was würde es für einen Zweck machen, sich halbherzig und verschämt aus dem Kreis der ehrbaren Frauen davonzustehlen? *Ich* werde mich mit Pauken und Trompeten daraus verabschieden.“ Charlotte lächelte und hoffte, dass sie zumindest aussah wie eine tapfere Heldin. Sie wollte dieses

Gespräch mit Dand in der Gewissheit beenden, heute Abend eine überzeugende Vorstellung bieten zu können. „Oder wenigstens mit Esprit."

„Wie ich Sie vermissen werde, Charlotte", murmelte er. „Ich habe unsere gemeinsamen Tage wirklich sehr genossen."

„Ich ebenso", erwiderte sie huldvoll, denn er sollte nicht ahnen, wie ernst sie ihre Worte meinte. Die Stunden, die sie mit ihm verbracht hatte, bedeuteten ihr so viel mehr, als sie zuzugeben bereit war. Sogar vor sich selbst. Und jene Stunden, in denen seine Rolle von ihm verlangt hatte, dass er mit ihr flirtete, sie berührte, die würde sie noch viel stärker vermissen.

Dands zärtliche Worte machten sie ganz schwach. Dands feurige Blicke ließen ihr Herz höher schlagen. Dands Liebkosungen nahmen ihr den Atem. Und sein Kuss ...? Sein Kuss konnte einem Mädchen, das törichter war als sie, unerfahrener und romantischer, den Schlaf rauben, weil es sich fragte, wo solche Küsse hinführten, und das schließlich daran verzweifelte, weil es dies nie herausfinden würde.

Zum Glück war sie kein solches Mädchen.

Die Kutsche fuhr langsamer, offenbar hatten sie ihr Ziel beinahe erreicht. Charlotte zog den Vorhang des Wagenfensters zurück und ließ den Blick über die breite Marmortreppe zu der geöffneten, hell erleuchteten Flügeltür an deren Ende wandern. Lakaien standen zu beiden Seiten des Portals und empfingen die festlich herausgeputzten Gäste, die wie ein glitzernder Fluss ins Innere der prächtigen Villa strömten.

„Das ist ... Wahnsinn", murmelte Dand. Selbst im Dämmerlicht der Kutsche konnte Charlotte sein gequältes Lächeln erkennen.

„Das haben Sie mir bereits unzählige Male gesagt", entgegnete sie, jedoch ohne Groll. Sie waren schon zu weit gegangen, um noch umkehren zu können, und das wussten sie beide.

„Es war nicht vorgesehen", sagte er leise. „Alles ist ein Irrsinn!"

„Irre war nur der Gaul“, berichtigte Charlotte und dachte dabei an die Kutsche, die Ginny überrollt und ihr eigenes Schicksal so grundlegend geändert hatte. „Was dieses Pferd wohl derart erschreckt haben mag? Jedenfalls lehrt uns dies, dass selbst der ausgeklügeltste Plan durch ein umherflatterndes Stück Papier, ein Geschoss aus dem Pusterohr eines Lausbuben oder eine herumstreunende Katze zum Scheitern gebracht werden kann.“

„Ja.“ Dands Stimme erstarb. Nach einem langen Augenblick der Stille sagte er mit übertriebener Galanterie: „Gestatten Sie, dass ich Sie zu Ihrer Leistung der vergangenen Wochen beglückwünsche, solange ich noch Gelegenheit dazu habe.“

Er klang wie ein Schauspieler, der seine Bewunderung für die Darstellungskunst einer Kollegin zum Ausdruck brachte, ehe sich der Vorhang ein letztes Mal hob. „Vielen Dank. Ich gebe das Kompliment zurück. Und jetzt sollten wir die Sache zu Ende bringen, nehme ich an.“

„Ja.“

Keiner der beiden rührte sich.

„Charlotte.“

„Ja?“

„Sie wissen, dass ich in ein paar Tagen zurück nach Frankreich muss?“

„Ja. Geben Sie gut auf sich Acht, ich bitte Sie.“

„Gewiss doch.“ Er wischte ihre Sorgen mit einer Handbewegung beiseite. „Aber was ich sagen wollte, ist … Sie wissen, dass ich Ihr Haus nicht mehr betreten kann, sobald der heutige Abend vorüber ist. Und wenn wir uns zufällig in der Öffentlichkeit begegnen, müssen Sie mir sofort die kalte Schulter zeigen.“

„Ich verstehe. Kein Blick zurück, nachdem ich mich einmal entschlossen habe, dass meine Zukunft woanders liegt.“

„So ist es.“ Als sie das Aufblitzen seiner weißen Zähne

sah, wurde Charlotte schwer ums Herz. „Für eine Weile ist dies also das letzte Mal, das wir miteinander sprechen.“

Für eine sehr lange Weile. Und wenn sie einander wiedersehen würden, wäre nichts mehr wie zuvor.

„Falls Sie mich jedoch in den nächsten Tagen brauchen sollten“, fuhr er fort, „werden Sie mich am Bedford Square antreffen, wo ich ein Zimmer mieten werde. Später, ganz gleich wann, müssen Sie sich nur mit Pater Tarkin in Verbindung zu setzen, um mich zu finden. Er wird wissen, wie er mich erreichen kann.“

Dands Sorge um sie rührte Charlotte, doch sie verbarg ihre Gefühle hinter einem strahlenden Lächeln. „Soll ich Ihnen auch eine gelbe Rose schicken?“, fragte sie scherzhaft. „Natürlich nur, wenn gerade Blütezeit ist.“

Als er nicht antwortete, streckte sie den Arm aus und berührte vorsichtig seine Hand. „Oh, Dand, lassen Sie uns Ihren Eid vergessen, damit Sie aufhören können, so grimmig entschlossen dreinzublicken, und nicht weiß Gott wie viele Jahre Ihres Lebens gespannt auf die Ankunft einer gelben Blume warten müssen.“

Sie lehnte sich zurück und lächelte tapfer. „Hiermit erkläre ich, Charlotte Nash, feierlich, dass ich Sie von Ihrem Schwur entbinde.“

„Es steht Ihnen nicht an, mich von meinem Schwur zu entbinden, Charlotte“, sagte er mit ruhiger Stimme in die Dunkelheit hinein. „Nur mein Herz kann beurteilen, wann ich meine Schuld beglichen habe.“

„Armes Herz“, flüsterte sie.

„Arm, aber treu“, entgegnete er, beugte sich unvermittelt vor und berührte mit den Fingerspitzen sanft ihre Wange.

Verflixt, warum hatte er sich nur während der Fahrt die Handschuhe ausgezogen. Bei seiner Berührung erbebte sie vor Wonne und schloss unwillkürlich die Lider.

„Liebste Charlotte“, flüsterte er, „wenn Sie mich jemals benötigen, rufen Sie mich, und ich werde kommen.“ Seine Finger glitten von ihrer Wange über ihren Hals bis zu ihrem Nacken, spielten mit ihren kurzen Locken und schlossen sich dann um ihren Hinterkopf. Dand beugte sich vor. Sein warmer Atem duftete leicht nach Brandy, und Charlotte hatte das Gefühl, er müsse ihr Herz schlagen hören, so heftig pochte es.

„Sollten Sie mich um irgendetwas bitten, was es auch sein mag, wird keine Nacht dunkel genug, kein Weg weit, kein Ozean tief und kein Heer mächtig genug sein, um mich daran zu hindern, Ihren Wunsch zu erfüllen oder bei dem Versuch mein Leben zu lassen.“

Die dunkle Kraft seiner Worte und der Klang seiner mit einem Mal bebenden Stimme trafen Charlotte mitten ins Herz, und sie wünschte – Himmel, wie sehr sie wünschte! –, dass er nicht aus reinem Ehrgefühl so zu ihr sprach.

Seine Lippen berührten die ihren, eine bittersüße Liebkosung, anders als alle, die sie bisher ausgetauscht hatten, zart und sehnsuchtsvoll. Doch gerade als Dand die Hände hob, um Charlottes Gesicht sanft zu umfassen und sie inniger zu küssen, kam die Kutsche rumpelnd zum Stehen und schaukelte dann, als der Fahrer vom Kutschbock sprang. Dand löste sich widerstrebend von ihr und ließ sich zurück auf die Sitzbank sinken. Charlotte sah, wie seine Augen im Dämmerlicht funkelten.

„Und“, sagte er mit rauer Stimme, als der Wagenschlag geöffnet wurde, „ich werde keine verfluchte Rose brauchen, um den Weg zu Ihnen zu finden.“

„Ich hab ihr gesagt, sie würde sich zur Schau stellen“, verkündete Monsieur André Rousse lautstark, auch wenn nicht ganz klar war, an wen er seine Worte richtete. Zahlreiche Umstehende drehten sich neugierig zu ihm um.

„Doch genau das hat sie offenbar beabsichtigt! Warum, fragen Sie sich?“, stieß er wütend hervor, den glühenden Blick auf das Objekt seines Zorns gerichtet. „Das werde ich Ihnen sagen. Eine Frau, die in dieser schamlosen Aufmachung in der Öffentlichkeit erscheint, tut das in der Absicht, an mehr Männerhälsen zu hängen als eine gebrauchte Krawatte."

Es war Jahre her, dass der feinen Gesellschaft ein derartiges Schauspiel geboten worden war. Mit einem Mal war es totenstill im Saal. Die Gäste, die eben noch auf dem Weg zum Speisezimmer der Hamsteads gewesen waren, blieben stehen, wendeten die Köpfe in Richtung des Geschehens und hielten gespannt den Atem an.

Der hochgewachsene, gut aussehende Monsieur Rousse hatte seine Geliebte, Charlotte Nash, dabei ertappt, wie sie mit ihrem zugeklappten Fächer kokett gegen die Brust eines hingerissen dreinschauenden Verehrers klopfte. Als sie seine wüsten Beschimpfungen vernahm, wurde die junge Frau beinahe so blass wie die goldfarbene Gaze ihres Kleides. Ein Gewand, das, wie jeder unvoreingenommene Betrachter einräumen musste, in einer Weise geschneidert war, die bezüglich der Reize seiner Trägerin kaum etwas der Fantasie überließ.

Spottlustige Damen würden später verächtlich behaupten, der dünne Stoff sei angefeuchtet worden, um sich noch enger um Miss Nashs zugegebenermaßen makellose Figur zu schmiegen.

Die rotblonde Xanthippe wandte sich langsam um und richtete ihre Katzenaugen auf den Mann, den alle für ihren Liebhaber hielten. „Eine gebrauchte Krawatte? Noch etwas, das Sie sich kaum leisten können, Rousse?"

Der Andrang auf die Tür des Speisesaals kam vollends zum Erliegen. Die Szene, die sich nun vor aller Augen abspielte, hatte sich während des ganzen Abends angekündigt. Monsieur Rousse – den niemand kannte, von dem jedoch jeder bereits gehört hatte – war mit Charlotte Nash am Arm in den Saal stolziert, ohne sich um das verwunderte Raunen und das abfällige Getuschel zu scheren, das ihren Auftritt begleitet hatte. Miss Nash hatte ihn sofort allein gelassen, woraufhin der Franzose derart viel getrunken hatte, dass ein für seine Trinkfestigkeit berühmter alter General voller Bewunderung angemerkt hatte, er selbst hätte bei dieser Menge längst unter dem Tisch gelegen.

Miss Nash hatte sich derweil damit vergnügt, auf schamloseste Weise mit jedem Mann zu flirten, der ihre Gesellschaft nicht mied, und das waren, wie einige lebenskluge Matronen bemerkten, weitaus mehr, als zahllosen Ehefrauen, Müttern und Verlobten recht sein konnte.

Rousse hatte ihre Tändeleien voller Grimm beobachtet und sich dabei ein Glas Portwein nach dem anderen die Kehle hinuntergeschüttet, ohne die einladenden Blicke der etwas kühneren Matronen zu erwidern, die in ihren mitternächtlichen Beichten oder flüchtig niedergeschriebenen Tagebucheintragungen bekannten, dass sie – rein theoretisch natürlich – gut verstehen konnten, warum eine so flatterhafte und leidenschaftliche Person wie Charlotte Nash sich um seinetwillen ruiniert hatte.

Als Charlotte einem glotzäugigen Jüngling, dem Erben eines riesigen Vermögens, jedoch etwas zugeflüstert hatte, das diesen vor Vergnügen dunkelrot hatte anlaufen lassen, war Rousse quer durch den Saal gestürmt und hatte sie in einen kleinen Nebenraum gezerrt. In den folgenden Minuten waren abwechselnd besänftigendes Gemurmel und zorniges Gebrüll daraus zu hören gewesen. Doch welche weiblichen Finten Miss Nash auch angewandt haben mochte, um ihren rasenden Liebhaber zu beruhigen, sie waren offenbar wirkungslos gewesen, denn schon kurz darauf war er mit flammendem Blick und einem wüsten Fluch auf den Lippen aus dem Kabinett gestürzt. Miss Nash war ihm einige Minuten später gefolgt, hatte verärgert geseufzt und sich dann abermals ins Vergnügen gestürzt.

Das hatte sich vor zwei Stunden zugetragen.

Nun bahnte Rousse sich wutschnaubend einen Weg durch die Menge, ganz offenkundig in der Absicht, Miss Nash an die Gurgel zu gehen. Er kam bis auf wenige Schritte an die junge Frau heran, die ihn mit abgrundtiefer Verachtung musterte, und wurde dann von einigen Herren zurückgehalten, die das Schlimmste befürchteten.

Erbost versuchte er, sich aus ihrem Griff zu befreien. „Hände weg, verfluchte Kanaillen! Oder hat das Biest Ihnen auch schon den Kopf verdreht?"

„Lassen Sie ihn los", sagte Miss Nash gedehnt und wedelte spöttisch mit ihren schlanken Fingern. „Er wird erst Ruhe geben, nachdem er sich vollends zum Gespött der Leute gemacht hat."

Zögernd ließen die Herren Rousses Arme los. Der wilde Ausdruck wich aus seinen Augen, und er ging entschlossenen Schrittes an den wenigen Gästen vorbei, die ihn noch von seinem Opfer trennten, bis er schließlich bebend vor Anspannung vor ihr stand.

„Ja, Rousse?", fragte sie in gelangweiltem Ton. „Welche Klagen haben Sie jetzt noch vorzubringen? Doch fassen Sie sich bitte kurz. Der nächste Tanz ist eine Quadrille, und ich liebe Quadrilles."

„Sie sind grausam."

„Wenn es grausam ist, einen Schlussstrich unter eine peinliche Verirrung der Gefühle zu ziehen, dann bekenne ich mich schuldig."

„Herzloses Flittchen! Ich hätte Sie angebetet!"

Ein flüchtiges Lächeln huschte über ihre Lippen. „Dann habe ich Ihre Seele vor einem eindeutigen Frevel bewahrt, und Sie müssten mir dankbar sein, dass ich Ihnen Lebewohl sage." Ihr Lächeln erlosch. „Und genau das tue ich hiermit."

Mit diesen Worten wollte sie sich von ihm abwenden. Mittlerweile jedoch war Rousse kaum noch Herr seiner selbst. Verzweiflung, Trauer und Wut spiegelten sich in seinen verzerrten Gesichtszügen wider. Als Charlotte an ihm vorbeigehen wollte, packte er sie grob am Arm. Sie drehte sich seelenruhig zu ihm um. Der dumpfe Knall der Ohrfeige, die sie ihm mit ihrer behandschuhten Hand versetzte, hallte durch den Saal.

Verblüfft, betrunken und zu Tode gekränkt, ließ er sie los.

„Und nun, da Sie uns beide lächerlich gemacht haben, wären Sie vielleicht so freundlich zu gehen?" Ihre Stimme klang nicht mehr kühl und überheblich, sondern bebte zum ersten Mal kaum hörbar, und ihre Augen schimmerten feucht, als hielte sie mit Mühe die Tränen zurück.

Eine geraume Weile lang blickten sie einander an, und nicht einmal die berüchtigtsten Klatschbasen wussten die Gefühle zu deuten, die sich dabei auf Miss Nashs Gesicht spiegelten. Und dann verbeugte sich Rousse – eine überraschend elegante Verbeugung für einen Mann, der so tief ins Glas geschaut hatte – und sagte leise: „Ihr ergebener Diener, Ma'am. Ihr Sklave."

Und während Miss Nash bis zum frühen Morgen blieb und tanzte, hob das Getuschel an, das sie fortan verfolgte wie ihr eigener Schatten.

„Sie hat unverblümt zu verstehen gegeben, dass der Franzose ihr nicht das bieten kann, was sie erwartet."

„Und ebenso unmissverständlich gezeigt, dass sie auf der Suche nach einem Mann ist, der es kann."

„Mir erschien sie schon immer ein wenig zu forsch."

„Doch wer hätte vermutet, dass sie *so* forsch ist? Ich kenne ihre Schwester, die Marchioness of Cottrell. Es wird ihr das Herz brechen."

„Das bezweifle ich. Sie wird mit etwas Derartigem gerechnet haben. Im Gegensatz zu meinem armen gutgläubigen Sohn Jeff."

„Oder meinem unschuldigen Neffen Carl."

„Und meinem nichts ahnenden Gemahl."

13. KAPITEL

Culholland Square, Mayfair
3. August 1806

Am schlimmsten ist das Warten. Zu diesem Schluss kam Charlotte vier Tage später, während sie lustlos einen weiteren Faden blauer Seide durch ein Nadelöhr fädelte. Stunde um Stunde hatte sie sich in die Pläne der Renovierungsarbeiten an St. Lyons Burg vertieft, so gründlich, dass sie sie maßstabsgetreu aus dem Gedächtnis hätte nachzeichnen können. Sie wusste beinahe auf eine Handbreit genau, wohin jedes Fenster und jede Gesindestube führte, welche Wandschränke tief genug waren, um sich darin zu verstecken, welche Türen zu Treppenschächten führten und hinter welchen Holzvertäfelungen sich Geheimgänge verbargen. Seither versuchte sie, die Zeit totzuschlagen.

Handarbeiten langweilten sie nur noch, des Lesens war sie überdrüssig, und ihre eigene Gesellschaft ödete sie an. Der einzige Mensch, mit dem sie hätte reden wollen, versteckte sich in irgendeinem gemieteten Zimmer am Bedford Square und spielte die Rolle des abgewiesenen Liebhabers, wie Ginny ihr berichtet hatte. Er trank, spielte und hurte – Letzteres vermutete Charlotte zumindest –, während sie herumsaß und Kissendeckchen bestickte.

Es war ungerecht. Gewiss, an möglichen Geselligkeiten mangelte es ihr nicht: Einladungen zu Kutschpartien aufs Land, zu Abendspaziergängen im Park oder zum Tête-à-Tête-Dinner mit einigen wohlhabenden Herren. Aus lauter Langeweile hätte sie beinahe das Beisammensein mit einem aufstrebenden Politiker angenommen. Zumindest die Gespräche wären bestimmt anregend gewesen. Allerdings hätte der Herr sich vermutlich kaum über Politik mit ihr unterhalten wollen …

Also saß sie da und wartete. Spielte Karten mit Ginny bei deren täglichen Besuchen, blickte, ruhelos mit den Fingern trommelnd, aus dem Fenster auf den kleinen Platz auf der gegenüberliegenden Straßenseite und überlegte, was Dand in diesem Augenblick wohl tun würde. Wie gern wäre sie jetzt bei ihm.

Charlotte holte tief Atem. Dies führte zu nichts! Sie musste an andere Dinge denken. Zum Beispiel daran, dass St. Lyon Ginnys Brief mittlerweile erhalten haben musste und ihn vermutlich beantworten würde. Und wenn er den Köder nicht schluckte? Sie nicht einlud? Nein, das durfte nicht geschehen.

Da sie sich jeden Gedanken an Dand und seine verachtenswürdigen Liebschaften verbot und es auch nicht wagte, das Unvorstellbare in Betracht zu ziehen – dass nämlich all ihr Tun vergeblich gewesen sein könnte –, blieb ihr wenig übrig, womit sie sich beschäftigen konnte, außer ... Kissendeckchen.

Charlotte legte ihre Stickarbeit beiseite und schlenderte missmutig zu der Pralinenschachtel hinüber, die ein Verehrer ihr geschickt hatte. Bereits ein halbes Dutzend der Goldpapiernestchen waren ihres köstlichen Inhalts beraubt worden. Kein Wunder, dachte Charlotte spöttisch, dass so viele der gefallenen Mädchen, die man ihr in den Opernhäusern gezeigt hatte, recht pummelig waren.

Sie hatte sich soeben eine kleine Marzipanrose aus der Schachtel gepickt, als die Tür zum Salon aufgerissen wurde. Ginny stand auf der Schwelle, gestützt auf ein Paar ihrer zahlreichen elegant gedrechselten Krücken. Ihr hübsches Gesicht glühte vor Aufregung, und sie wedelte mit einem Stück Papier, als schwenke sie ein Fähnchen zu Ehren des Geburtstags Seiner Majestät.

„Sie ist da! Ihre Einladung!“, flüsterte sie, während sie in den Raum humpelte, sich dann auf eine der Krücken gestützt umdrehte und mit der anderen die Tür zuschlug. „Ich bin zur selben Zeit angekommen wie der Bote und habe mir erlaubt, ihn zu bezahlen. Ich kenne seine Handschrift, Charlotte. Der Brief ist von St. Lyon!"

Ihre Krücken klapperten laut auf dem Boden, als Ginny so rasch sie konnte durch das Zimmer humpelte, um Charlotte das Schreiben zu überreichen. „Lesen Sie!"

Charlotte nahm das Schriftstück an sich und brach das Siegel, indem sie kurzerhand den Zeigefinger darunterschob, statt sich mit der Suche nach einem Brieföffner aufzuhalten. Voller Stolz, dass ihre Hände nicht zitterten, faltete sie das Schreiben auseinander und las.

Nun war es also so weit. Sie holte tief Luft, dann noch ein zweites Mal.

„Was schreibt er?", wollte Ginny wissen. Wortlos überreichte Charlotte ihr den Brief.

Verehrte Miss Nash,
wie betrübt war ich, als ich von den schändlichen und geschmacklosen Aufmerksamkeiten erfuhr, welche Sie in jüngster Zeit erdulden mussten! Ich bilde mir ein, nachfühlen zu können, wie Ihnen zumute ist, da ich selbst schon einmal alles verloren habe, was mir bis dahin vertraut gewesen war, um mich in einer gänzlich neuen Lage wiederzufinden, die jedoch, das möchte ich hier hinzufügen, nicht notwendigerweise schlechter sein muss.

Diese Erfahrung kann höchst bedrückend sein, vor allem, wenn man keine Freunde in der Nähe hat, die einem neben Beistand und Trost auch ihre heitere Gesellschaft anbieten, damit man nicht vergisst, dass das Leben mit all seinen mannigfachen Freuden noch immer ein Abenteuer ist für jene, die kühn genug sind, sich seinen Herausforderungen zu stellen. Erlauben Sie mir daher, Ihnen in dieser unruhigen Zeit den Schutz meiner Burg und meine Freundschaft anzubieten.

Wenn Sie meinem Kutscher Jeffries nichts Gegenteiliges mitteilen, werde ich Ihnen am Samstag früh einen Wagen schicken, der Sie auf meine Burg bringen wird.

In der glühenden Hoffnung, mich bald Ihrer bezaubernden Gesellschaft erfreuen zu dürfen, verbleibe ich Ihr treu ergebener
Maurice, Comte St. Lyon

Ginny blickte auf, einen Ausdruck gelinder Überraschung auf dem Gesicht. „Das war's also. Wir haben es geschafft, Charlotte. Er schickt Ihnen morgen seine Kutsche."

„So bald?", murmelte Charlotte.

„Nun, meine Liebe, das beweist nur, wie sehnsüchtig er Sie erwartet. Sie sollten sich geschmeichelt fühlen."

„Ja", entgegnete Charlotte. „Das sollte ich wohl." Ihre Schultern sackten ein wenig nach vorn, als werde ihr soeben eine Last aufgebürdet, doch ihr Blick war klar und entschlossen.

„Nun, der schwierigste Teil ist geschafft. Bleibt noch die simple Aufgabe, den Brief zu finden und ihn durch eine Fälschung zu ersetzen", sagte sie. „Oh, und ich nehme an, ich sollte mich St. Lyon gegenüber recht charmant geben, um sein Interesse an mir wachzuhalten. Allerdings auch nicht so charmant, dass er mir gar nicht mehr von der Seite weichen will, schließlich brauche ich ein paar ungestörte Stunden, um den Brief zu suchen."

Charlotte lächelte – es war eine neue Art des Lächelns, kühler und angespannter als sonst. „Ich werde einfach einen Weg finden müssen, meine ungeheure Anziehungskraft ein wenig abzuschwächen."

Ginny ließ sich nicht täuschen, denn dazu kannte sie ihre

junge Freundin zu gut. Ein Ausdruck des Mitleids lag in ihren dunklen Augen. Mitleid jedoch war nicht das, was Charlotte jetzt brauchte. Sie benötigte Kraft und Zuversicht.

„Sobald Sie diesen Brief gefunden haben“, erklärte die Kurtisane, „müssen Sie sich sofort unter irgendeinem Vorwand verabschieden.“

„Gerade noch rechtzeitig, meinen Sie?“ Charlotte konnte sich die bittere Bemerkung nicht verkneifen. Es würde ihr nicht gelingen, sich „gerade noch rechtzeitig“ davonzustehlen, und das wussten sie beide.

Ginny wandte den Kopf ab und kaute verlegen auf ihrer Unterlippe. „Er ist ein … rücksichtsvoller Liebhaber, Charlotte“, sagte sie leise. „Er ist einfühlsam bei … bei der intimen Begegnung.“

Einfühlsam? Das Wort stieß Charlotte übel auf.

Sie wollte St. Lyons *Einfühlsamkeit* nicht! Ganz gleich, wie *einfühlsam* er sich ihrem Körper gegenüber zeigte, er würde niemals intimer mit ihr werden können als Dand. Sie hatte der Welt wochenlang vorgespielt, sie sei bis über beide Ohren in Dand Ross verliebt, und nun, da aus dem Spiel Ernst geworden war, empfand sie Widerwillen bei der Vorstellung, ein anderer Mann könne seine Stelle einnehmen, sie berühren …

Ihr war jede Nuance im Farbton seiner Augen vertraut, vom warmen Bernsteinschimmer geschmolzenen Toffees bis hin zum tiefdunklen Braun gerösteten Kaffees. Sie kannte jede Narbe auf seinen Händen, wusste, wie seine Brauen sich hoben, bevor er lächelte, war vertraut mit seiner raubtiergleichen Art, sich zu bewegen, seiner lässigen Eleganz, der eisernen Willenskraft, die hinter seiner scheinbaren Gleichgültigkeit verborgen lag.

Sie wusste um den scharfen Verstand hinter der Fassade beiläufiger Neugier, kannte den nüchternen Realisten, der sich hinter der Maske des unbeschwerten Halunken verbarg. Sie wusste, wie er schmeckte. Sie kannte seinen Duft. Sie brauchte nur die Lider zu schließen, um sein Bild in allen Einzelheiten vor ihrem geistigen Auge aufsteigen zu sehen.

Wie könnte sie mit irgendjemandem intimer sein? Einzig durch den körperlichen Liebesakt.

Die Erkenntnis traf Charlotte wie ein Schlag.

Sie war noch Jungfrau, ein Umstand, der St. Lyon sofort verraten würde, dass sie nie zuvor mit irgendeinem Mann intim gewesen war.

Die Luft im Zimmer war stickig und heiß, doch der Regen prasselte von Osten her gegen das Fenster, und so blieb Dand nichts anderes übrig, als es geschlossen zu halten. Der Nachthimmel jenseits der Scheiben war tiefschwarz, und ein fernes Donnergrollen kündigte einen noch heftigeren Gewittersturm an.

Mit einem Gefühl angespannter Gereiztheit, das er nur äußerst selten empfand, riss er sich das Hemd vom Leib, warf es achtlos über einen Stuhl und streckte sich dann auf dem schmalen Bett seines möblierten Zimmers aus.

So sehr er sich auch bemüht hatte, es war ihm nicht gelungen, sein Schicksal aus der engen Verstrickung mit Charlotte Nashs Leben zu befreien. Ein bitteres Lächeln huschte über sein Gesicht. Verfluchter kleiner Wildfang! Er hatte sich eingebildet, unauffällig ein wachsames Auge auf Charlotte haben und sie auf diese Weise geschickt vom Rest seines Lebens fernhalten zu können, indem er in die Rolle des zuvorkommenden Halunken geschlüpft war. Ein verhängnisvoller Irrtum, wie ihm nun klar war, denn er hatte damit nur erreicht, dass sie Vertrauen zu ihm gewonnen hatte. Sie hatte sich in seiner Gegenwart ungezwungen und gelöst verhalten, hatte es nicht für nötig befunden, auf der Hut zu sein oder sich innerlich zu wappnen.

Himmel, wenn sie wüsste, wie viel Selbstbeherrschung

es ihn gekostet hatte, ihre köstlichen kleinen Zärtlichkeiten mit der gebotenen Zurückhaltung entgegenzunehmen. Wenn sie auch nur geahnt hätte, welche körperlichen Qualen ihm ihre Vertraulichkeiten bereitet hatten, ihre Küsse, ihre Seufzer, und wie viel Kraft er hatte aufbringen müssen, um auf diese unschuldigen Ermunterungen nicht so zu reagieren, wie sein Körper es verlangte – sie hätte sich nicht allein im selben Zimmer mit ihm aufgehalten und erst recht nicht im selben Haus mit ihm gelebt!

Was er für sie empfand, war mehr als reine Begierde, er wollte sie ganz, mit Leib und Seele. Dand schloss die Augen, seine Wangenmuskeln zuckten, so groß war seine Anspannung. Er hätte in der Lage sein müssen, diese Verwicklungen zu vermeiden, dieses Verlangen zu unterdrücken, diese …

Liebe, dachte er bitter.

Ihm blieb nicht viel Zeit. Das schlimmstmögliche Ende dieser Farce wäre, wenn Ram ihn hier aufstöberte – eine Katastrophe, die nur mit der Verlegenheit vergleichbar war, in die er geriete, falls Kit MacNeill ihn hier fand. Er musste fort sein, bevor einer oder beide seiner ehemaligen Gefährten nach England zurückkehrten, und das würde bald sein, wie er aus zuverlässiger Quelle wusste. Und dann …? Dann konnte er erst wiederkommen, wenn der Vorhang zum letzten Akt aufgezogen wurde.

Er würde sich *nicht* von dem Gedanken ablenken lassen, dass Charlotte auf eine Einladung des Comte St. Lyon wartete. Der Graf war ein praktisch denkender Mann. Ein vorsichtiger Mann. Selbst wenn er wünschte, dass Charlotte auf seine Burg kommen sollte, standen die Chancen gut, dass er dies erst *nach* der Versteigerung seines Briefes tun würde. Und dann gab es keinen Grund mehr für sie, das Bett mit ihm zu teilen. Was aber, wenn der Graf …

Nein! Er musste gehen. Es war zwingend notwendig. Er konnte nicht bleiben und Charlotte von St. Lyon fernhalten, ganz gleich, wie sehr sein Herz genau dies von ihm verlangte. Es gab Ziele, für die er sein halbes Leben lang gearbeitet hatte. Menschen, vielleicht Hunderte, deren Leben vom Erfolg seiner Mission abhing, und er würde sie nicht im Stich lassen, weil er sich in Charlotte Nash verliebt hatte.

„Monsieur Rousse?" Die Magd, die sich um das Zimmer kümmerte, das er gemietet hatte, klopfte an die Tür. „Eine Nachricht für Sie, Sir."

Vielleicht sollte ich mir das Hemd überziehen, um sie nicht zu erschrecken, dachte er, doch es war warm und stickig, und die junge Frau hatte in ihrem Leben vermutlich schon weit interessantere Dinge gesehen als einen Mann mit einem rosenförmigen Brandmal auf der Brust. Dand schwang die Beine über die Bettkante, stand auf und öffnete die Tür.

„Ja? Die Nachricht?", fragte er knapp.

Das Dienstmädchen ließ die Mitteilung in seine ausgestreckte Hand fallen, machte einen hastigen Knicks und eilte davon, während Dand sich in sein Zimmer zurückzog und die Tür hinter sich schloss.

Eine Nachricht zu erhalten, war nichts Ungewöhnliches für ihn. Er sammelte noch immer Informationen in London, und die meisten seiner Gewährsmänner zogen die Anonymität eines Briefes dem Risiko eines Treffens mit ihm vor. Allerdings war das Schreibpapier von wesentlich besserer Qualität als jenes, welches seine Informanten üblicherweise verwendeten.

Kaum hatte Dand das Siegel geöffnet, sprang ihm die elegante weibliche Handschrift ins Auge, besonders die klare, schnörkellose Signatur, die man von einer so extravaganten jungen Dame wie Charlotte Nash nicht erwartet hätte.

„Bitte, kommen Sie heute Nacht zu mir."

Keine drei Atemzüge später hatte Dand das Zimmer verlassen. Er stopfte sich das hastig übergezogene Hemd in die Hose, während er, zwei Stufen auf einmal nehmend, die Treppe hinabeilte. Unten angekommen, schnappte er sich seinen Mantel vom Haken neben der Eingangstür und verschwand in der regnerischen Nacht.

* * *

Abtei St. Bride's
Frühjahr 1799

„Niemand darf wissen, wohin ihr geht. Keiner der anderen Burschen und auch keiner der Mönche. Sie sollen glauben, ihr hättet genug vom Klosterleben gehabt und wolltet von den Fleischtöpfen Edinburghs kosten." Pater Tarkin blickte jedem der vier kerzengerade vor ihm stehenden jungen Männer prüfend in die Augen. „Niemand wird den geringsten Grund finden, an dieser Geschichte zu zweifeln. Ihr vier seid nun seit fast zehn Jahren unzertrennlich."

Kit MacNeill zögerte. „Was ist mit John Glass?"

„Was soll mit ihm sein?", fragte Pater Tarkin.

„Er weiß, dass etwas in der Luft liegt. Er hat Douglas mit Fragen darüber gelöchert, wohin wir nach der Morgenandacht immer verschwinden und warum Ram sich so große Mühe gibt, seinen französischen Akzent zu vervollkommnen."

„Und was hast du ihm geantwortet, Douglas?" Pater Tarkin richtete seine Aufmerksamkeit auf den braunhaarigen jungen Mann am Ende der Reihe.

„Ich habe ihm gesagt, wir hätten vor, eines Nachts auszureißen und dem Kloster den Rücken zu kehren, um uns in der Welt einen Namen zu machen." Douglas grinste. Er war aufgeregt, erkannte Dand, konnte es kaum erwarten, die Mission auszuführen, die Pater Tarkin, Bruder Toussaint und der geheimnisvolle Besucher aus Frankreich gemeinsam geplant hatten. „Und das kommt der Wahrheit recht nahe, nicht wahr?“

„Nicht, wenn die Dinge den Verlauf nehmen, den ich erhoffe“, entgegnete Pater Tarkin. „Dann wird nämlich kein Mensch je erfahren, wer ihr wirklich seid.“ Er warf Dand einen vielsagenden Blick zu, den die anderen nicht zu bemerken schienen.

Der junge Mann hatte sich den Rat des alten Strandräubers zu Herzen genommen, den jener ihm vor langer Zeit gegeben hatte, bevor Pater Tarkin ihn am Straßenrand aufgelesen hatte. Es hatte Jahre gedauert, bis er dem scharfsinnigen Abt den Namen des Adelsgeschlechts offenbart hatte, dem er entstammte. Natürlich war sein Geständnis zu diesem Zeitpunkt kaum noch von Bedeutung gewesen. Seine nahen Verwandten waren alle tot, und jene, die Interesse daran gehabt haben könnten, zu erfahren, wo er war, würden große Schwierigkeiten haben, ihn ausfindig zu machen. Außerdem gab es keinerlei Beweis dafür, dass er tatsächlich der war, der er zu sein behauptete.

Er selbst jedoch hatte es nie vergessen. Und er würde es nie vergessen, niemals.

„Ich weiß, wer ich bin“, sagte Douglas neben ihm mit fester Stimme. „Und ich kenne diese Männer hier an meiner Seite. Ich brauche ihre Herkunft nicht zu kennen, um mir ihres Werts bewusst zu sein.“

Pater Tarkin blickte ihn wohlwollend an und nickte leicht. „Gut gesagt, Douglas.“

„Ich hoffe nur, es erweist sich als wahr“, murmelte Bruder Toussaint und ließ seinen Blick zweifelnd von einem der vier jungen Männer zum anderen wandern. „Kit ist zu ungestüm, Ram dagegen ist sanfter, als gut für ihn ist, Douglas muss sich von der romantischen Vorstellung verabschieden, auf irgendeine erhabene Mission zu gehen, und Dand …“ Er schüttelte den Kopf. „Ich weiß nicht, was er denkt. Doch das habe ich schließlich nie gewusst.“

„Dand weiß die Hälfte der Zeit über selbst nicht, was er denkt“, scherzte Douglas, legte seinem Gefährten die Hand auf die Schulter und brach damit die Anspannung. „Zum Glück sind wir drei anderen da, um ihm ein paar Gedanken zu borgen, wenn ihm die seinen ausgehen.“

Die anderen brachen in Gelächter aus. Sogar Toussaint konnte sich ein Lächeln nicht verkneifen.

„Keine Sorge, Bruder“, fügte Douglas in ernsterem Ton hinzu. „Sie werden stolz auf uns sein. Das schwöre ich.“

14. KAPITEL

Culholland Square, Mayfair
3. August 1806

Charlotte saß auf der Bank gegenüber der Standuhr in der kleinen Eingangshalle und lauschte dem Prasseln des Regens. Ein einziger Wandleuchter tauchte die Diele in ein warmes Licht, dämpfte die satten Farben des orientalischen Läufers und ließ den gelben Rosenstrauß auf dem Flurtisch bernsteinfarben schimmern.

Den Blick auf die Haustür gerichtet, wartete sie darauf, eine schemenhafte Gestalt auf der anderen Seite des schmalen Türfensters zu erspähen. Die Standuhr schlug zehn.

Vor einer Stunde war sie mit dem Packen ihrer Reisetaschen fertig geworden. Eine Dreiviertelstunde war vergangen, seit sie Dand ihre Nachricht geschickt hatte. Vor einer halben Stunde hatte sie die Dienstboten verabschiedet, und nun saß sie seit einer Viertelstunde hier unten im Flur.

Das dumpfe Pochen des Türklopfers aus Messing riss Charlotte aus ihren Gedanken. Hastig sprang sie auf, eilte zur Tür, schob den Riegel zurück und öffnete. Vor ihr stand Dand Ross, das Haar tropfnass vom Regen, der Mantel aufgeknöpft, das Hemd durchweicht und die Augen dunkel wie der Nachthimmel.

Überrascht darüber, dass sie selbst ihm die Tür öffnete, blickte er über ihre Schulter hinweg in den Korridor. Seine Lippen, die sich sonst so leicht zu einem Lächeln verzogen, waren fest aufeinandergepresst.

„Was ist geschehen? Wo sind die Dienstboten?"

Nun, da er hier war, an ihr vorbei in die schwach beleuchtete Eingangshalle trat, löste sich die Selbstsicherheit in Luft auf, die Charlotte beim Schreiben jener Nachricht noch empfunden hatte.

„Es ist alles in Ordnung", entgegnete sie und verschränkte verlegen die Finger ineinander. „Ich habe dem Personal für heute Abend frei gegeben. Aber …"

Dand wandte sich um und wartete. Regenwasser tropfte aus seinem schäbigen Mantel und sammelte sich auf dem Marmorfußboden zu einer Pfütze. Er hatte Rams elegante Garderobe abgelegt und trug wieder seine alten, schlecht sitzenden Kleider, bemerkte Charlotte.

„St. Lyon hat geschrieben und mich auf seine Burg eingeladen."

Ein Ruck ging durch seinen Körper. „Wann?"

„Seine Kutsche kommt … übermorgen", log Charlotte, damit ihre Begegnung nicht durch unnötige Hast verdorben wurde.

Dand trat einen Schritt auf sie zu und blieb dann wie vom Donner gerührt stehen. „In zwei Tagen?"

„Ja", antwortete sie leise.

Seine Miene verfinsterte sich. „Ich will verflucht sein!", stieß er wütend hervor.

„Das ist wohl eher mein Schicksal", entgegnete Charlotte im Versuch, der Angelegenheit eine heitere Seite abzugewinnen. Eine Vielzahl höchst widersprüchlicher Empfindungen erfüllte sie: Freude, Furcht, Schuld, Verlangen. Damit er nicht bemerkte, wie aufgewühlt sie war, wandte sie Dand unter dem Vorwand, die Tür abschließen zu müssen, den Rücken zu. Sie hörte, wie er den Mantel ablegte, spürte, wie er dicht hinter sie trat. Er fasste sie am Kinn und brachte Charlotte dazu, den Kopf zu drehen, sodass sie ihn über die Schulter hinweg ansah. Sein Gesichtsausdruck wirkte gefasst, doch der Blick seiner dunklen Augen war von … unergründlicher Tiefe. Früher hatte sie stets einzig das spöttische, bisweilen auch gefährliche Funkeln darin wahrgenommen. Warum nur war ihr nie aufgefallen, wie tiefgründig sein Blick war?

Seine Finger schlossen sich sanft um ihre Wange. Charlotte seufzte leise und senkte die Lider. Dand gab nicht den geringsten Laut von sich, seine Lippen schwebten über ihren Schläfen, doch kein Atemzug strich über ihre weichen Locken. Wie eine Blume, die dem Lauf der Nachmittagssonne folgt, wandte Charlotte sich mit ihrem ganzen Körper zu ihm hin. Sie spürte, wie er die andere Hand um ihren Hinterkopf legte und mit den Fingern durch die seidigen Haare in ihrem Nacken fuhr.

„Warum haben Sie nach mir geschickt, Charlotte?“ Seine Hände, die ihr Gesicht so zärtlich umschlossen hielten, zitterten.

Sie öffnete die Augen. Eine Mischung aus Furcht und gespannter Erwartung ließ ihr Herz schneller schlagen. „Ich möchte, dass Sie mich lieben, Dand.“

Er rang nach Luft. „Warum?“

Weil du mein erster Held warst und es noch immer bist.

Es gab die Wahrheit, und es gab so etwas wie ein Zuviel an Wahrheit. „Ich bin noch unberührt“, erklärte sie schlicht und wartete.

Dand brauchte nicht lange, um die Bedeutung ihrer Worte zu erfassen. Jählings zog er die Hände von ihrem Gesicht und taumelte, wie von einem Fausthieb getroffen, einen Schritt zurück. „Gütiger Himmel!“, stieß er hervor und starrte sie ungläubig an.

Charlotte stieg eine flammende Röte in die Wangen. „Ich kann nicht als Jungfrau zu St. Lyon gehen.“ Eine verflixt gute Ausrede. Nein, es war keine Ausrede, es war die Wahrheit, allerdings nur ein Teil davon. Die ganze Wahrheit war, dass *er* der Mann sein sollte, der sie in die Geheimnisse der Liebe einführte.

Dand wandte sich halb von ihr ab und ließ den Blick über die Zimmerdecke wandern, über die Wände, richtete ihn auf alles, nur nicht auf sie. „Und da haben Sie beschlossen, mir die Ehre zuteil werden zu lassen, Sie von Ihrer Jungfräulichkeit zu befreien?“ Seine Stimme klang verwundert und bitter zugleich.

„Wem sonst?“, fragte sie leise. „Wen sonst sollte ich darum bitten? Zu wem sonst sollte ich gehen? Zu einem Fremden?“

Bei ihren Worten wich der verächtliche Zug um seinen Mund, und das eisige Funkeln in seinen Augen erlosch. Mit einem Laut, der an ein Lachen erinnerte, ihr jedoch das Blut in den Adern gefrieren ließ, schüttelte er den Kopf. „Nein, du sollst nicht zu einem Fremden gehen“, rief er aus, unwillkürlich zum vertraulichen Du übergehend, und schlug mit der Faust gegen die Wand. „Nein!“ Unter der Wucht seines Schlags bröckelte der Putz. „Nein!“

„Dand!“

Er hielt inne, stützte sich mit den Handflächen gegen die Wand und ließ den Kopf hängen. Der feuchte Stoff seines Hemdes spannte über seinem breiten Kreuz, und jeder Muskel zeichnete sich straff und fest darunter ab. „Einen Augenblick, meine Liebste“, bat er mit gequälter Stimme. „Einen Augenblick.“

„Es tut mir leid, Dand“, sagte sie. Ihr war bewusst gewesen, dass ihm dies … schwerfallen würde. Was sie von ihm verlangte, widersprach dem Ehrenkodex jedes Gentlemans. Doch sie konnte ihm nicht die Wahrheit sagen, durfte ihm nicht gestehen, dass sie ihn liebte, ihn mit einer Heftigkeit begehrte, die keines Vorwands bedurfte.

Nein, sie musste auf der Hut sein. Dand würde sie niemals zu St. Lyon gehen lassen, wenn er von ihrer Liebe zu ihm ahnte, ganz gleich, ob er ihre Gefühle erwiderte oder nicht – und sie hatte keinen Anlass zu der Vermutung, dass er es tat. Jetzt ließ er sie nur gehen, weil er sie für ebenso gefeit vor tiefen Gefühlen hielt, wie er selbst es offenbar war, und für ebenso unempfindlich gegenüber romantischen Empfindungen. Warum sollte er auch anders von ihr denken? Bis vor Kurzem hatte sie sich selbst so eingeschätzt. Als Dand jetzt jedoch vor ihr stand, die langen Arme gegen die Wand gedrückt, jeden Muskel seines breiten Rückens angespannt, flammte mit einem Male heftiges Verlangen in ihr auf.

„Bitte, Dand. Es wäre einfach viel … angenehmer für mich, weil …“, *ich dich liebe*, „… ich dir vertraue.“

„Du vertraust mir?“, wiederholte er wie benommen. Seine Schultermuskeln strafften sich und traten noch deutlicher hervor. Mit einem Fluch stieß Dand sich von der Wand ab und richtete sich auf. „Du vertraust mir.“

„Ja. Außerdem schätze ich dich sehr, und das ist von großer Bedeutung für mich in diesem … Unterfangen.“

Er wandte sich um und blickte ihr geradewegs in die Augen. Im schwachen Schein der Lampe wirkte er älter, gefährlich, unberechenbar. Charlotte erbebte, halb vor Furcht, halb vor Erregung. „Ein großes Lob, in der Tat. Und gewiss nicht ungerechtfertigt. Denn welcher Mann außer Dand Ross würde einer Frau die Jungfernschaft nehmen und sie, nachdem er sie von dieser Bürde befreit hat, umgehend in das Bett eines anderen schicken?“ Sein Blick verfinsterte sich. „Du hast recht. Mir fällt kein anderer ein.“

„Dand.“ Sie griff nach seiner Hand, hob sie an ihr Gesicht und schmiegte ihre Wange hinein. „Keiner von uns beiden würde sich ein solches Ende der Geschichte wünschen, wenn er die Wahl hätte. Das weiß ich.“

Sie drehte den Kopf und drückte ihre Lippen gegen Dands Handfläche. Er ließ den Kopf in den Nacken sinken und schloss die Augen. Seine Nasenflügel bebten.

„Ich weiß, dass ich dir nicht gleichgültig bin. Ich habe dich … gespürt. Und du musst wissen, dass ich deine Küsse all meinen Protesten zum Trotz sehr … mag.“ Welch schwache Worte für ein derart starkes Verlangen!

„Herrje, Charlotte“, flüsterte er. „Wie soll ich das Richtige tun, wenn du solche Dinge zu mir sagst?“

„Das *ist* das Richtige“, entgegnete sie ernst. „Das ist es, was ich begehre. Und dieses Begehren hast du in mir geweckt. Des Nachts, wenn ich wach liege, rufe ich mir jede Empfindung in Erinnerung, die du mit deinen Berührungen, deinen Blicken und deinen Küssen in mir hervorgebracht hast. Und auch wenn alles andere nichts als Täuschung und Theater war, dies zumindest war keine Verstellung, das weiß ich. Nicht von meiner Seite.“ *Weil ich dich liebe.* „Und auch nicht von deiner. Das weiß ich, weil ich dich kenne.“

„Tust du das?“, flüsterte er mit rauer Stimme.

„Ja. Also bitte, liebe mi…“

Charlotte hatte keine Gelegenheit mehr, den Satz zu beenden. Voller Ungestüm zog Dand sie an sich und drückte seine Lippen auf ihren Mund. Sie schlang die Arme um seinen Nacken.

Sein Körper war kühl und feucht, seine Kleider vom Regen durchnässt. Auch Charlottes dünnes seidenes Nachthemd klebte bald regenfeucht an ihrem Leib. Dands Arme zitterten, sein Körper bebte, eng umschlungen sank er mit ihr auf den weichen Orientteppich hinab. Sehnsuchtsvoll schmiegte Charlotte sich an ihn, bäumte sich Dand entgegen, während er ihre Lider und Schläfen mit Küssen bedeckte. Die Finger in ihrem vollen lockigen Haar vergraben, hielt er sie fest, als könne er nicht genug von ihr bekommen, als fürchte er, sie könne sich ihm entziehen, während er mit den Lippen einen feurigen Pfad aus Küssen von ihrer Wange bis hinunter zu ihrem zarten Hals zeichnete.

„Ich werde es nicht tun, ich kann es nicht“, flüsterte er heiser an die weichen weißen Rundungen, die sich aus dem Ausschnitt ihres Nachthemdes wölbten. „Himmel, Charlotte! Bedenke, was du von mir verlangst!“

Er wich vor ihr zurück und packte sie ein wenig zu fest an den Schultern. Seine Lippen zitterten, während er mit aller Kraft versuchte, sich in den Griff zu bekommen, diese Situation in den Griff zu bekommen.

„Na, bitte", stieß er atemlos hervor, einen Anflug bitteren Humors in der Stimme, und sah mit flammendem Blick auf sie hinab. „Du hast mich einst gefragt, ob es dir gelingen würde, mich zu deinem Sklaven zu machen. Nun, du hast mich in die Knie gezwungen, doch mehr darfst du nicht von mir verlangen. Ich kann das nicht tun. Fordere es nicht von mir."

Bebend vor Verlangen, blickte sie zu ihm auf, die Lippen prall und feucht von seinem Kuss. Sie würde sterben, wenn er sie nicht aus diesem Zustand erlöste. Ihr musste etwas einfallen, das Dand dazu bringen würde, sein Ehrgefühl zu vergessen, seinen Sinn für Recht und Unrecht, seine Verpflichtung gegenüber dem Andenken ihres Vaters.

„Soll ich unseren Plan also aufgeben? Oder jemand anderen suchen, der mir diesen Dienst erweist? Das werde ich, ich schwöre es! Du hast mir einst gesagt, du würdest alles tun, jeder Gefahr trotzen, um dein Ziel zu erreichen. Dieselbe Entschlossenheit traue auch mir zu. So kurz vor dem Ziel werde ich nicht aufgeben."

„Vielleicht erreichst du es nicht einmal", stieß er grimmig hervor. „Du könntest alles verlieren, sogar das Recht, dieses erste Mal mit jemandem zu erleben, den du liebst, und alles für nichts und wieder nichts. Begreifst du nicht? Es bestand nie mehr als eine vage Chance, dass dieser Plan gelingt!"

„Und diese vage Chance muss ich nutzen", entgegnete sie. „Wir müssen sie nutzen, denn es ist die einzige, die wir haben."

„Nein."

Charlotte löste sich von ihm, erhob sich mit weichen Knien, ging zum Flurtisch hinüber und zog eine der gelben Rosen aus der Vase. Wie ein vom Kampf benommener Krieger kehrte sie zu Dand zurück, der noch immer auf dem Boden kniete. Ihre Augen glänzten feucht. Die Rose in ihrer Hand zitterte.

„Nein."

„Du hast gesagt, du würdest *alles* für mich tun." Sie ließ die Rose vor ihm zu Boden fallen. „Liebe mich!"

Ein erregendes Gefühl durchfuhr seinen Körper. Dand hob Charlotte auf seine Arme. Mit einem unterdrückten Freudenschrei schmiegte sie den Kopf an seinen Oberkörper und schlang die Arme um seinen Nacken. Die Wärme seiner Haut drang durch den feuchten Stoff seines Hemdes, und sein breiter Brustkorb hob und senkte sich gleichmäßig bei jedem dumpfen Pochen seines Herzens.

Mit großen Schritten durchmaß er den Flur, stieg die dunkle Treppe empor und trat über die Schwelle in Charlottes Zimmer. Die Lampe, die sie vorausschauend entzündet hatte, warf ein sanftes Licht auf ihr Bett mit der blütenweißen Tagesdecke.

Dand legte sie behutsam darauf nieder, bettete ihre Schultern auf die weichen Kissen und setzte sich dann an ihre Seite. Er umfasste Charlottes Gesicht mit beiden Händen, beugte sich über sie. Voller Verlangen ließ er den Blick über ihr Antlitz wandern. „Du bereitest mir süßere Qualen, als ich mir je hätte träumen lassen."

Sie streckte die Arme nach ihm aus.

Ihr Anblick ließ ihn alle Vernunft, alle guten Vorsätze und all jene einem einzigen Ziel gewidmeten Jahre vergessen, so überwältigt war er von der tiefen Aufrichtigkeit ihrer Geste. Unter ihm, im Dunkel des Schattens, den er über sie geworfen hatte, schimmerte ihre samtweiche Haut verlockend zwischen der zerknitterten Baumwollgaze ihres Nachthemds. Im flackernden Schein der Lampe leuchteten ihre rötlichen Locken wie lodernde Flammen. Charlottes bernsteinfarbene Augen funkelten, nicht der Schatten eines Zweifels trübte ihr erwartungsvolles Strahlen. Dand konnte sich nicht von ihr abwenden, brachte es jedoch ebenso wenig über sich, zur Tat zu schreiten.

„Ich habe mich schon zuvor für verloren gehalten“, flüsterte er. „Du jedoch hast mich vollends zugrunde gerichtet.“

Er beugte sich hinab und ließ die Lippen sacht über den Ansatz ihrer Brüste gleiten, die der tiefe Ausschnitt ihres dünnen Gewands freigab. Schauer der Wonne durchrieselten ihn.

Charlottes Lider schlossen sich flatternd. Dand fuhr mit der Zunge über ihre rosige Unterlippe, sog den Duft ihrer Haut ein. Seine Liebkosungen nahmen ihr den Atem. Er ließ von ihrem Mund ab, strich mit den Lippen über ihr Kinn bis hinab zu ihrem schlanken Hals. Charlotte bog sich ihm einladend entgegen. Ihm. Berauschend! Die Erfüllung seiner kühnsten Träume!

An ihrer Halsbeuge spürte er das heftige Pochen ihres Pulses. Behutsam liebkoste er diese empfindliche Stelle mit den Zähnen. Es wäre so einfach, ihr wehzutun. Sie war so zart, so zerbrechlich. Warum nur hatte er dann das Gefühl, *er* sei derjenige, der sich in höchster Gefahr befand?

Dort, wo sie sich an seinen Körper geschmiegt hatte, war ihr Nachthemd feucht und nahezu durchsichtig, sodass er ihre rosigen Brustspitzen erkennen konnte. Dand schob den zarten Stoff beiseite und entblößte ihre Brust. Charlotte verharrte reglos, während er sich niederbeugte und die volle Rundung mit hauchzarten Bissen liebkoste.

„Oh …!“ Ihre Hand vergrub sich in seinen Rücken. Ihr atemloser Seufzer versetzte ihm einen Stich ins Herz, doch er hörte nicht auf, sie zu liebkosen. Dazu war es nun zu spät. Viel zu spät. Er griff nach ihrer Hand – ob sie zitterte, weil Charlotte ihn fortstoßen oder ihn willkommen heißen wollte, vermochte er nicht zu sagen – und drückte sie neben Charlottes Schenkel auf das Bett. Dann strich er mit der Zunge über ihre Brustknospe. Charlotte erbebte.

Mit seiner freien Hand folgte Dand der Rundung ihrer Schulter, ließ die Finger über den durchsichtigen Stoff gleiten, der ihren Körper noch immer umhüllte, hinab zu ihrer schmale Taille, ihren sanft geschwungenen Hüften, über die straffen Schenkel bis zu ihrem Knie. Dort hob er den Saum ihres Kleides, zog ihn höher und höher, bis seine Fingerknöchel über die weiche Haut ihrer Kniekehle strichen.

Mit einer Kunstfertigkeit, die ihn selbst überraschte, löste Dand die kleinen Satinbänder an ihrem Strumpfband und rollte das zarte Gewirk dann mit der flachen Hand über Charlottes wohlgeformte Wade bis hinunter zu ihrem Knöchel. Geschickt zog er den Strumpf über ihren Fuß, ließ ihn zu Boden fallen und befreite auch das andere Bein von seiner seidenen Umhüllung. Dann drückte er behutsam ihre Knie auseinander.

Sie ließ ihn gewähren, doch ihre Hand, die er noch immer gefangen hielt, ballte sich vor Anspannung zu einer kleinen Faust. Einen Ausdruck banger Erwartung in den Augen, blickte sie zu ihm auf.

Dand spürte, wie seine Erregung wuchs. Sein Körper war steif, seine Bewegungen ungelenk und bar jeder Anmut, und dabei wollte er einen Tanz mit ihr tanzen, der so alt war wie die Zeit.

„Lass mich los“, flüsterte sie.

Das war es also. Er musste ihrer Bitte nachkommen, auch wenn er sich danach verzehrte, sie zu streicheln, sie zu besitzen, sich an ihrer köstlichen Weiblichkeit zu berauschen, sich in ihren Armen zu verlieren, ihren glänzenden Locken, dem Zauber duftender samtweicher Haut und straffer schlanker Glieder zu erliegen. Er richtete sich auf und ließ ihr Handgelenk los.

Langsam wie Rauch, der in einem geschlossenen Zimmer zur Decke steigt, hob Charlotte die Hand und legte sie auf seine Wange. Ihre Finger glitten über die sichelförmige Narbe neben seinem Mund. „Ich werde nicht gehen. Du brauchst mich nicht zum Bleiben zu zwingen, indem du mich festhältst. Ich bin aus freien Stücken deine Gefangene. Verstehst du nicht? Ich möchte, dass *du* mich liebst, Dand. *Du.*"

„Oh, Charlotte." Es war alles, was Dand sagen konnte. Stürmisch zog er sie in seine Arme, küsste sie leidenschaftlich, vergrub die Finger in ihrem dichten Haar, wiegte sie, voller Sehnsucht nach dem, was nur sie ihm geben konnte. Er wandte sich ab, legte sich auf den Rücken und zog Charlotte so über sich, dass sie mit ihrem ganzen Gewicht auf ihm lag. Die eine Hand auf ihren Rücken, die andere um ihren Hinterkopf, küsste er sie mit wildem Verlangen.

Dann rollte er sich über sie, tastete zwischen ihren Leibern nach dem Saum ihres Nachtgewands, zog es hoch und ... Gütiger Himmel! Haut wie weiße Schmetterlingsflügel, zart und von einer Art matter Seidigkeit, weiter oben ein samtenes Vlies krauser Löckchen und noch weichere, noch zartere Haut. Dand schmiegte seine Lenden in diesen vollkommenen Hafen, und fordernd drängte er sich zwischen ihre Schenkel.

Ein Fieber stieg in ihm auf, und das glühende Verlangen, Charlotte zur Seinen zu machen, wurde beinahe unerträglich. Er packte sie an den Schultern und drückte feurige Küsse auf ihre Schläfen, ihre Lider, ihre Wangen, ihren Hals, ihre Ohrläppchen und ihr Kinn, bevor er abermals ihre Lippen in Besitz nahm und sich an den leisen Wonneseufzern ergötzte, die ihr entschlüpften. Er hatte sanft und behutsam sein wollen, doch sein Verlangen war so groß, dass er alle guten Vorsätze vergaß und ungeduldig am Ausschnitt ihres Nachtgewands zerrte, bis das zarte Gewebe riss und Charlotte bis zur Hüfte seinem hungrigen Blick preisgegeben war. Die Lampe warf ihren schwachen Schein auf ihre Brüste, kleine, von rosigen Spitzen gekrönte Hügel.

Dand schob einen Arm unter ihre Hüften, zog sie zu sich empor, schloss die Lippen um eine ihrer Brustknospen und umspielte sie mit der Zunge. Ein köstlicher Schmerz durchzuckte seine Lenden. Er drückte Charlotte an sich, schmiegte sich in das Delta zwischen ihren Schenkeln und hörte, wie sie vor Wonne und Furcht leise seufzte. War es ein Segen? Oder ein Fluch? Er wusste es nicht mehr. Alles war wirr und verworren, eine dunkle, mondlose Nacht, ohne Wegweiser, ohne Antworten.

„Begehre mich", flüsterte er rau und liebkoste ihre Brust mit der Zunge.

Es war, als habe Charlotte nur auf diese Aufforderung gewartet. Sie zog an seinem Hemd und zerrte es so ungeduldig von seinen Schultern, dass die Knöpfe absprangen und über den Boden rollten. Wie von Teufelskunst geleitet, wanderten ihre Finger geradewegs zu der verfluchten Narbe auf seiner Brust. Dand spürte, wie Charlotte zusammenzuckte, wie das, was sie ertastete, ihre Leidenschaft erlöschen ließ. Mit einem Stöhnen löste er sich von ihr, damit sie seine Brust im schwachen Schein der Lampe betrachten konnte, das Schandmal sah, das man ihm ins Fleisch gebrannt hatte. Er wartete.

Nie zuvor hatte Charlotte etwas so atemberaubend Männliches gesehen. Sein Körper war so schön, so vollkommen gebaut, so stark und gesund. Die kräftigen Muskeln seiner Arme traten hervor, während er, auf die Hände gestützt, über ihr schwebte. Seine Schultern waren breit, und auf seinem wie gemeißelt wirkenden Brustkorb kräuselte sich dunkles Haar, das sich als schmaler werdende Linie über seinen Bauch zog, um dann unter dem Hosenbund zu verschwinden.

Der Anblick entfachte die Glut ihrer Begierde, erneuerte die süße Qual, die sie an jener zarten Stelle empfand, wo sich sein hartes Geschlecht zwischen ihre Schenkel drängte. Wogen des Verlangens durchfluteten ihren Schoß, ihre Brüste, ihre Lippen und ließen Charlotte eine Schwäche fühlen, die nur durch Stärke geheilt werden konnte.

Sie hätte ihre Blöße rasch bedecken sollen, das wusste sie, doch sie sehnte sich danach, Dand zu spüren, ihre nackten Brüste gegen seinen harten Oberkörper zu drücken. Gegen das schändliche Brandmal, diese handtellergroße Narbe in Form einer Rose. Es musste entsetzlich geschmerzt haben! Wie sehr hatte er gelitten!

Charlotte stützte sich auf die Ellbogen und ließ die Lippen behutsam über die garstige Narbe gleiten. Dands Brust hob sich ruckartig, als er nach Luft rang. Zärtlich küsste sie ihn abermals. Seine Haut war heiß, die Muskeln unter der glatten Oberfläche angespannt. Ihr Verlangen wuchs und nahm ihre ganze Vorstellungskraft gefangen. Kühne, sinnliche Gedanken schwirrten ihr im Kopf umher. Es gelüstete sie nach Dingen, die sie nicht zu benennen wusste, sie sehnte sich danach, Stellen zu berühren, für die ihr die Worte fehlten, wollte die Gefühle, die Dand in ihr weckte, auch in ihm wachrufen.

Der Körper eines Mannes ist ungemein reizvoll und empfindsam, dachte sie voller Staunen. Sie brauchte nur sanft über Dands Kehle zu blasen, um ihn erbeben zu lassen, nur ganz zart an seinem Hals zu knabbern, damit er die Augen schloss und mit geweiteten Nasenflügeln nach Atem rang, nur spielerisch mit der Zungenspitze seine Mundwinkel zu berühren, um …

Dand drückte sie unvermittelt auf das Kissen. Sein Gesicht war angespannt, seine Augen funkelten. Mit einer ungeduldigen Geste entledigte er sich seiner Hose und drückte Charlottes Knie auseinander. Und dann spürte sie ihn, hart und fordernd, an jener zartesten, verborgensten Stelle ihres Körpers.

Von plötzlicher Furcht erfüllt, blickte Charlotte zu ihm auf, grub die Fingernägel in seine kräftigen Schultern. Er wirkte mit einem Mal so fremd, so hart und unerbittlich, ganz anders als der umgängliche Halunke, der sie geneckt und mit ihr gescherzt hatte. Er sah aus wie … ein Mann am Rande des Abgrunds.

Mit einem Stöhnen ließ er sich vornübersinken und drückte das Gesicht in ihre Halsbeuge. Charlotte spürte seinen heißen Atem an ihrem Ohr, spürte, wie er die Hand unter ihre Hüfte schob, ihr Gesäß umschloss, sie emporhob. Dann … drang er in sie ein, und er war hart und groß, zu groß, und er weitete sie, während er sich langsam in sie versenkte. Mehr als die Schmerzen, die sie empfand, schockierte Charlotte die Intimität des Geschehens. Sie wand sich, versuchte, sich seinem Eindringen zu widersetzen. Dies konnte nicht das Ende sein, der Höhepunkt all jener Wochen wachsenden Verlangens, jener Augenblicke köstlicher Empfindungen! Dies nicht!

Dand ließ sie nicht los. Auf die Arme gestützt, blickte er unter halb geschlossenen Lidern auf sie herab. Seine Augen waren schwarz und unergründlich, seine Wangenmuskeln angespannt. Er drang immer tiefer in sie ein, weiter und weiter in ihren warmen Schoß. Sie wagte nicht, sich zu rühren, aus Furcht, der Schmerz könne größer werden, und verharrte in furchtsamer Erwartung. Sie fühlte sich verraten, verraten von ihren Schwestern, von Ginny, von ihrem Körper, dessen erwartungsvolles Sehnen banger Ungewissheit gewichen war.

Dand schluckte, sein Atem kam stoßweise, und auf seinem Gesicht glitzerten winzige Schweißperlen.

„Dand?“

„Ja.“ Sein Atem war nur noch ein Keuchen, sein Oberkörper, sein Gesicht und seine Arme glänzten im schwachen Schein der Lampe. Sein Blick schien eindringlich und unerbittlich. „Ja. Himmel, Charlotte, du bist so schmal, so eng!“

Mit geschlossenen Augen bewegte er sich langsam auf und nieder. Er zog sich zurück, ein paar Zentimeter nur, doch dabei reizte er eine verborgene Knospe, in der sich all ihre Empfindsamkeit bündelte. Unwillkürlich bäumte Charlotte sich ihm entgegen. Seine behutsamen Stöße berührten sie in ihrem tiefsten Innern, erweckten völlig unerwartet ihre Sinnlichkeit zu neuem Leben. Ihr Verlangen flammte auf, als er wieder in sie eindrang, loderte stärker bei jeder seiner Bewegungen.

Ihre Muskeln spannten sich an. Da war noch mehr! Ihr Körper wusste es instinktiv, strebte danach. Unerfahren in der Kunst der körperlichen Liebe, konnte Charlotte sich nur von ihrem Gefühl leiten lassen. Ihr Leib verlangte nach etwas. Und Dand konnte es ihr geben.

Er war zu weit entfernt, stützte die Hände zu beiden Seiten ihres Kopfes auf das Bett, und bei jedem Stoß lief ein Zittern durch seine muskulösen Arme. Charlotte umschlang ihn und zog ihn zu sich herab. Es erregte sie, seinen schweren männlichen Körper auf dem ihren zu spüren und Dand dabei in die Augen zu blicken. Er packte sie an den Knien und legte ihre Beine um seine Hüften. Wieder und wieder drang er in sie ein, rascher, tiefer, angespannt bis in die letzte Faser seines Körpers, und bei jedem seiner kraftvollen Stöße entfuhr Charlotte ein lustvolles Stöhnen, das sie kaum als ihr eigenes erkannte.

Die Welt schien sich um sie zu drehen. Jede Bewegung seines Körpers steigerte die Erregung, die sich in ihrem Innern wie eine Spirale der Lust in immer größere Höhen schraubte, brachte sie näher an den unerforschten Gipfel höchster Wonne, vollkommener Erfüllung. Sie klammerte sich an ihn, suchte einen Anker im tosenden Strudel der Empfindungen. Sie konnte nichts mehr denken, nichts mehr sehen, nichts mehr hören außer ihrem eigenen Stöhnen und Dands heftigem Atmen, als er noch ungestümer in sie eindrang, noch tiefer. Da war es … gerade außer Reichweite … neckend … lockend … sie musste nur noch …

Ja! Sie bäumte sich auf, bog sich einladend, dankbar. *Ja!* Ihr Höhepunkt glich einem gewaltigen Feuerwerk, gleißend, überwältigend, atemberaubend. Tränen rannen ihre Wangen hinab. Ein Lachen stieg in ihrer Kehle auf. *Ja!*

Im selben Augenblick, da das verwunderte Lachen von ihren Lippen kam, warf Dand den Kopf in den Nacken, stieß ein Flüstern aus, das wie ein Gebet klang, und drang ein letztes Mal tief in sie ein. Eine halbe Ewigkeit verharrte er regungslos, dann sank er, am ganzen Körper bebend, zurück auf das Bett, schlang die Arme um Charlotte und zog sie an sich.

Und als sie in seinen Armen lag, vor Wonne halb benommen, die Glieder schwer vor Erschöpfung, war Charlotte unwillkürlich froh darüber, dass Dand sie nicht losließ, sondern sie ebenso zärtlich und fest umschlungen hielt wie zuvor, als ihre beiden Körper zu einem verschmolzen waren. Und so ließ sie ihre Gedanken frei umherschweifen und tat für einen kurzen Augenblick lang so, als gäbe es kein Morgen.

Es hatte aufgehört zu regnen, als Charlotte erwachte. Ihre Wange ruhte auf Dands warmer, muskulöser Brust, sein schwerer Arm war um ihren Leib geschlungen. Sie hielt ein paar Sekunden lang den Atem an und gestattete sich den Gedanken, dies sei nur der erste von vielen weiteren solcher Morgen. Sie würden die Leidenschaft, die sie in dieser langen, aufregenden Nacht miteinander geteilt hatten, wieder und wieder erleben, Tag um Tag, Woche um Woche, Jahr um Jahr. Noch war die Dämmerung nicht angebrochen, und es war leicht, sich im Dunkel des Zimmers diesen Träumereien hinzugeben, eng an Dands Körper geschmiegt und noch immer umhüllt vom Duft ihres Liebesspiels.

Dann jedoch drang das knarrende Geräusch schwerer Kutschräder von der Straße unter ihrem Fenster her zu ihr herauf. Irgendwo weit draußen zwitscherte ein Vogel, und Charlotte wusste, dass der Morgen nicht mehr fern war.

Dand musste gehen.

Sie schloss die Augen und rieb ihre Wange an seiner Brust.

„Charlotte." Er zog sie näher zu sich heran. Wie lange mag er schon wach sein?, dachte sie. Wie viele Minuten, die sie gemeinsam hätten verbringen können, hatte sie durch ihr Schlafen verschwendet? Jetzt war es zu spät. Viel zu spät.

„Mein Dienstmädchen wird bald kommen", sagte sie. „Es darf dich hier nicht finden, sonst heißt es bald überall, wir hätten uns versöhnt."

„Lass St. Lyon ein paar Tage warten", bat er in grimmigem Ton. „Nur ein paar Tage, mehr brauche ich nicht. Sag ihm, du hättest nicht die passende Garderobe, müsstest noch Besorgungen erledigen ..."

„Dand, wir haben keine Zeit. Das weißt du so gut wie ich. Die Versteigerung könnte jeden Augenblick beginnen. Ich muss dort sein, ehe der Brief Schottland in der Hand eines neuen Besitzers verlässt."

„Ein paar Tage mehr ..."

„Könnten die Katastrophe bedeuten." Charlotte stützte sich auf die Ellbogen und legte ihre Hände auf sein Herz. „Dand. Ich muss gehen."

Ein Schatten huschte über sein Gesicht. Etwas Weißes blitzte im Dämmerlicht auf, so als habe er die Zähne gebleckt. Unten im Haus wurde eine Tür zugeschlagen. Die Hausmagd schickte sich an, den Herd zu befeuern.

„Du musst gehen, Dand. Bitte! Wir dürfen nicht riskieren, dass St. Lyon hiervon erfährt."

„Zum Teufel mit St. Lyon", knurrte er, zog Charlotte an sich und küsste sie mit verzweifelter Inbrunst. Sie erwiderte seinen Kuss, wollte eins mit ihm werden, doch ... Der Tag war angebrochen. Die Stimme der Vernunft und des Pflichtgefühls meldete sich erbarmungslos zu Wort und vergällte ihr das Vergnügen, bis Charlotte sich schließlich von Dand löste.

„Bitte", flüsterte sie, obwohl sie sich mit ganzer Seele

wünschte, er möge bleiben, sie noch einmal lieben, sie niemals verlassen. Ach, wüssten sie doch nichts von Kriegen und von irgendwelchen Briefen, die den Verlauf derselben ändern konnten. „Bitte!“

Er hob den Kopf. „Ich werde gehen. Ich werde mir etwas einfallen lassen. Und heute Nachmittag wiederkommen.“

„Wann?“

„Um drei, spätestens vier.“

„Komm lieber erst gegen sechs. Ich werde den Dienstboten wieder frei geben.“

„Um sechs also.“

Er löste sich von ihr, und sie spürte, wie die Matratze sich senkte, als Dand sich aufsetzte und nach den Kleidern griff, derer er sich in der Nacht zuvor mit ihrer Hilfe so ungeduldig entledigt hatte. Während sie schweigend beobachtete, wie er aufstand, konnte Charlotte nicht umhin, die Geschmeidigkeit seines Körpers zu bewundern, die breiten Schultern und die schmalen Hüften, die langen, muskulösen Oberschenkel und Waden. Er kleidete sich an und blickte dann auf sie herab.

„Du hast all meine Pläne zunichte gemacht, weißt du das?“, sagte er versonnen. Die Bedeutung seiner Worte war ihr ein Rätsel. „Doch ich schwöre, ich werde Himmel und Hölle in Bewegung setzen, damit diese Sache ein gutes Ende nimmt. Warte heute Abend auf mich, Charlotte.“

„Ja.“

Er war im Begriff zu gehen, wandte sich dann aber ein letztes Mal zu ihr um, als wolle er sich gegen eine dunkle Vorahnung wappnen, beugte sich herab, zog Charlotte an sich und küsste sie. Ihre Antwort war leidenschaftlicher, als sie beabsichtigt hatte. Die Arme um seinen Nacken geschlungen, erwiderte sie seinen Kuss mit all der verzweifelten Sehnsucht, die sie im Herzen trug. Schließlich löste er seine Lippen von den ihren und drückte Charlotte behutsam zurück auf das Bett, deckte sie mit dem Baumwolllaken zu und richtete sich auf.

„Bis heute Abend“, murmelte er und verschwand wie ein Geist im Zwielicht des anbrechenden Tages. Nur das leise Geräusch beim Schließen der Tür, die in den noch dunklen Korridor führte, brachte ihr zu Bewusstsein, dass er tatsächlich fort war.

Und erst dann gestattete Charlotte sich zu antworten, während ihr die Tränen über die Wangen hinabliefen. „Lebe wohl, Liebster“, flüsterte sie.

15. KAPITEL

Burgverlies von LeMons, Frankreich
März 1800

Sie konnten den Himmel nicht sehen, doch das Wetter fand immer einen Weg, sich auch im tiefsten Verlies der Festung LeMons bemerkbar zu machen. Im Winter pfiffen eisige Winde durch die Treppenschächte, im Sommer war das dunkle Kerkerloch von fauligem Gestank erfüllt, und nun, im Frühjahr, rann das Regenwasser an den mit Schimmel überzogenen Mauern des Verlieses hinab und sammelte sich auf dem unebenen Boden zu Pfützen.

Dand hockte mit hängendem Kopf an der Wand, den Rücken gegen das feuchte Mauerwerk gelehnt. Gestern früh, noch vor Tagesanbruch, hatten sie Douglas fortgeholt. Gleichzeitig war Kit zurückgebracht worden, schwankend, einen blutgetränkten Lappen über das frisch eingebrannte Schandmal gepresst, war er in die Zelle gewankt. „Eine Rose", hatte er gekeucht und vor Schmerz das Gesicht verzogen, als Ram sein versengtes Fleisch mit ein wenig Brandy betupfte, den er gegen eine gehörige Bestechungssumme von einem der Wächter erhalten hatte.

Sie würden bald wiederkommen, und dann würden sie entweder ihn oder Ram mitnehmen. Und verhören, so wie sie es mit Kit getan hatten.

Sie hatten ihn gefragt, wer sie auf ihrer Reise unterstützt habe, mit wem sie auf Malmaison Verbindung aufgenommen hätten, welche von Napoleons Wachen loyal seien und welche insgeheim Royalisten. Natürlich hatte Kit es ihnen nicht verraten. Erzürnt durch seine Weigerung, ihnen die gewünschten Auskünfte zu geben, hatte der Kerkermeister beschlossen, den Fragen Nachdruck zu verleihen, indem er Kit eine Rose in die Brust brennen ließ.

Der Kerkermeister war sich der Ironie seiner Folter kaum bewusst. Auf ihrer Reise nach Frankreich hatten sich Kit und seine Gefährten als schottische Bewunderer Napoleons ausgegeben und seiner Gattin Joséphine großtuerisch eine seltene neue Rose für ihre Sammlung zum Geschenk gemacht. In Wahrheit wollten sie sich auf Malmaison, ihrer Residenz, mit Mitverschwörern treffen. Doch sie waren entdeckt worden. Als Symbol ihres Verrats hatte der Kerkermeister ein Brandeisen in Form einer Rose anfertigen lassen.

Welche Ironie des Schicksals, dass Douglas' teure Bruderschaft nun für immer durch das Sinnbild ihrer Treue gezeichnet sein würde.

Dand blickte zu Ram hinüber, dem es selbst in diesem erbärmlichen Kerkerloch irgendwie gelang, sich mit einer Aura vornehmer Gelassenheit zu umgeben. Neben ihm stand Kit. Er wirkte finster und erschöpft, sein Gesicht war ausgemergelt vor Hunger. Wenn sie weiterhin so wenig zu essen bekamen, würden sie bald alle aussehen wie Vogelscheuchen, die nur noch dazu taugten, kleine Kinder zu erschrecken.

Er schloss die Augen. Es gab wichtigere Dinge als die persönliche Ehre. Ram wusste das, Kit ebenso. Doch es war ihm nie gelungen, Douglas von seiner kindischen Vorstellung von Ritterlichkeit abzubringen. Der arme Kerl glaubte tatsächlich, sie seien Ritter und dies ein ruhmreicher Kreuzzug. Ruhm! Alles, was sie brauchten, war …

Das laute Geräusch von Schritten und eisernen Ketten, die über den Steinboden geschleift wurden, ließ ihn auffahren.

Die schwere Kerkertür wurde geöffnet, und Douglas kam herein, vorsichtig einen Fuß vor den anderen setzend, als fürchte er, jeden Augenblick zusammenzubrechen. Sein Gesicht war bleich und starr, die Augen unter den unablässig flatternden Lidern blickten ausdruckslos, seine Lippen bebten und zuckten. Nach einer Weile fiel sein Blick auf Dand.

Verwundert starrte er ihn an, als habe er nicht erwartet, ihn hier zu sehen.

Dand erhob sich mühsam.

Douglas' Hemd konnte das dicke, blutgetränkte Stück Stoff auf seiner linken Brust nicht verbergen. „Ich ... ich war nicht ...“ Seine Hände zitterten entsetzlich, während er sprach, und sein Gesicht verzog sich zu einer Grimasse. „Bitte! Du musst wissen, dass ich nicht ... ich konnte nicht ...“

„Ich weiß“, sagte Dand heiser. „Du konntest deinen Schwur nicht brechen. Ich bin sicher, du warst standhaft und edel, mein Freund. Treu bis zum bitteren Ende. Keiner von uns hätte je daran gezweifelt ...“

„Es ist Zeit, dem Kerkermeister einen kleinen Besuch abzustatten, Monsieur“, sagte der Wärter, der Douglas zurück in die Zelle gebracht hatte, in hämischem Ton.

„Ja“, entgegnete Dand. „Das ist es wohl.“

* * *

Culholland Square, Mayfair
4. August 1806

„Was wollen Sie damit sagen, sie ist fort?“

Curtis, stattlich und gut gebaut wie ein junger Gott, war beileibe kein Narr. Trotz seiner ansehnlichen Muskeln war ihm sehr wohl bewusst, dass er kein ernst zu nehmender Gegner war für den wütenden Mann, der vor ihm an der Tür stand. Die rötlichen Strahlen der Nachmittagssonne verliehen Monsieur Rousses bernsteinfarbenen Augen einen dämonischen Glanz, was den jungen Lakaien dazu bewog, einen Schritt zurückzuweichen.

„Sie ist heute in aller Frühe abgereist, Sir“, sagte er und schluckte. „Eine Kutsche ist gekommen, und der Fahrer hat ihr Gepäck aufgeladen und ...“

„Gepäck?“ Das Wort ließ Monsieur Rousse aufhorchen.

„Ja, Sir. Einen ganzen Stapel Koffer und Taschen.“ Curtis blickte besorgt zu den Nachbarvillen hinüber. Noch spähte kein neugieriges Hausmädchen zwischen den Gardinen zu ihnen herüber, und kein Passant war stehen geblieben, um zu erfahren, mit welch neuerlichem Skandal die ungeliebte Nachbarin dieses ehemals ehrbare Viertel heimgesucht hatte.

Curtis mochte Miss Nash. Er wollte nicht, dass sie Opfer eines weiteren Eklats wurde, und dieser Mann hier trug die Schuld an ihrem tiefen Fall. Dass der Kerl die Dreistigkeit besaß, herzukommen und sich aufzuführen, als besäße er alles Recht der Welt zu erfahren, wo Miss Nash sich aufhielt und in wessen Gesellschaft sie war, hätte Curtis um ein Haar dazu verleitet, dem Franzosen die Stirn zu bieten. Um ein Haar.

Stattdessen fragte er: „Wollen Sie nicht eintreten, Sir? Vielleicht weiß eins der Dienstmädchen mehr als ich.“

„Ja.“ Monsieur Rousse trat über die Schwelle, kaum dass Curtis einen Schritt zur Seite gemacht hatte. „Holen Sie Lizette, die Zofe.“

„Bedaure, Sir, das kann ich nicht. Lizette begleitet Miss Nash.“

Der Franzose erstarrte. Sein Gesichtsausdruck wurde sehr ernst, sehr gefasst. Seine eisige Beherrschtheit beunruhigte Curtis noch stärker als sein Zorn. Es sind seine Augen, dachte er, und versuchte, ihrem finsteren Blick auszuweichen. In den dunklen Tiefen lauerte bitterer, rabenschwarzer Humor, gepaart mit gefährlicher Rachlust.

„Dann hat sie also gelogen“, sagte Rousse und verzog die Lippen zu einem furchterregenden Lächeln.

Er wirbelte herum und nahm die Treppenstufen mit einem einzigen Satz, um dann mit ausladenden Schritten und wehendem Mantel davonzustapfen. Der Wind trug seine Abschiedsworte an das Ohr des Lakaien. „Wer hätte das von dem entzückenden kleinen Biest gedacht?“

Und Curtis glaubte, noch nie eine Verwünschung gehört zu haben, die verächtlicher geklungen hätte als Rousses Koseworte.

Sie hatte in seinen Armen gelegen, hatte ihn die Seufzer der Wonne von ihren Lippen trinken lassen, hatte ihren Körper wieder und wieder mit ihm geteilt in jener Nacht, die tiefer in seine Seele eingebrannt war als das Schandmal in sein Fleisch. Und dabei hatte sie die ganze Zeit gelogen, wohl wissend, dass sie am nächsten Morgen zu St. Lyon fahren würde. Wissend, dass er ihr Haus verlassen vorfinden würde, wenn er wiederkam. Und ihr war klar gewesen, dass er wiederkommen würde, bei Gott, denn sie hatten einander geliebt, und ein Liebender überließ seine Angebetete nicht einem anderen Mann. Herrje, er sollte stolz auf das kleine Luder sein, denn es hatte ihn so gut durchschaut.

Das war gestern Morgen gewesen, vor kaum vierundzwanzig Stunden. Er hatte viel erreicht in dieser kurzen Zeit, doch längst nicht genug. Noch nicht.

Nun, meine Liebe, dachte er mit einem bitteren Lächeln, während die gemietete Kutsche durch die Straßen rollte, so genau du mich auch eingeschätzt hast, du weißt noch längst nicht alles über mich. Mach dich auf eine gehörige Überraschung gefasst!

Der Kutscher fuhr langsamer, als sie das Hafengelände erreichten, wo Arbeiter Schaluppen und Handelsschiffe be- und entluden und Seeleute aus den Kellereingängen von Schnapsläden und Spelunken strömten, in denen sie ihr Vergnügen suchten, ehe sie zurück an Bord gingen. Einige feierten sicher auch ausgiebig, weil sie eine weitere gefährliche Reise überlebt hatten. Und heutzutage war jede Reise gefährlich.

Durch die Kontinentalsperre, die Napoleon gegen England verfügt hatte, um die Einfuhr britischer Waren auf dem europäischen Festland zu verhindern, war der Schiffsverkehr im Londoner Hafen stark zurückgegangen. Doch es gab noch immer Kapitäne, die genug Vertrauen in die Schnelligkeit ihrer Schiffe und ihre eigenen seemännischen Fähigkeiten besaßen, um sich gegen angemessene Bezahlung in feindliche Gewässer zu wagen. Mit einem dieser Männer hatte Dand Ross eine Verabredung.

Es gab wahrlich noch viel zu tun. Er hatte seine Pläne vollständig geändert, und wenn seine Verbündeten nicht über seine neue Strategie unterrichtet wurden, konnten die Dinge eine furchtbare Wendung nehmen. Wichtige Nachrichten mussten verfasst und auf den Weg gebracht werden, Vereinbarungen waren zu treffen, und all das musste erledigt sein, bevor die Ebbe einsetzte und er abreiste.

Voller Ungeduld schlug er mit der Faust gegen das Dach der Droschke, um den Kutscher zum Halten zu veranlassen. Noch ehe das Gefährt vollständig zum Stehen gekommen war, öffnete er den Wagenschlag und sprang ins Freie. Nachdem er dem Kutscher das Fahrgeld zugeworfen hatte, winkte er mit derselben Hand einen der Laufburschen herbei, die vor den Schänken herumlungerten und auf Botengänge warteten.

„Welches ist die ‚Mudlark'?", fragte er.

Der Junge zeigte auf eine kleine Schaluppe mit frisch gestrichenen schwarzen Planken. Zwei Matrosen waren dabei, den Rumpf mit Sand abzureiben, um der Farbe den Glanz zu nehmen. Ein kluger Kapitän, dachte Dand anerkennend, denn er geht nicht das Risiko ein, dass sein Schiff im Mondlicht schimmert.

Er griff in die Tasche, zog einen dicken Umschlag hervor und starrte unschlüssig auf ihn herab.

Er wollte dies nicht. Er brauchte dies nicht. Er hatte sich um lebenswichtige Dinge zu kümmern.

Auch wenn alles gesagt und getan war, wenn Bilder von

Charlotte all seine Gedanken beherrschten – Charlotte, wie sie sich sehnsüchtig aufbäumte, während er in sie eindrang, Charlotte mit vor Wonne weit aufgerissenen Augen, Charlotte matt und benommen nach ihrem Liebesspiel –, und auch wenn der Duft ihres Körpers, der noch immer an seiner Haut haftete, ihm den Verstand benebelte und seine Entschlusskraft lähmte, so gab es weiterhin eine Vergangenheit, mit der abgerechnet, Feinde, die aufgespürt, und noch immer einen Platz in der Welt, der zurückerobert werden musste.

Noch immer eine alte Rechnung, die zu begleichen war.

Dand überreichte dem Jungen das Schreiben und erteilte ihm einige knappe Anweisungen. Dann drückte er ihm ein glänzendes Geldstück in die schmutzige Hand und zischte eine finstere Drohung in sein ungewaschenes kleines Ohr, denn er kannte junge Burschen nur zu gut. Er wusste, zu welcher Niedertracht sie fähig waren, und er wusste auch, welche Worte er wählen musste, um sie aufhorchen zu lassen. Der Botenjunge schluckte und nickte eifrig mit dem Kopf. Dand Ross drehte sich um und ging über das Laufbrett an Bord der „Mudlark".

16. KAPITEL

Die „Great North Road“ und Schottland
4. August bis 9. August 1806

Die Reise nach Norden zu St. Lyons Burg in Schottland war lang und beschwerlich, trotz der luxuriösen Ausstattung der Kalesche, die der Comte ihr geschickt hatte. Charlotte war elend zumute. Nur die gelegentlichen Zerstreuungen durch ihre Zofe machten die Reise erträglich. Lizette dagegen schien überaus zufrieden mit ihrer Lage zu sein. Wenn sie nicht gerade mit den stattlichen jungen Vorreitern flirtete, die St. Lyon angeheuert hatte, um sie vor Straßenräubern zu schützen, plapperte sie ohne Unterlass fröhlich daher.

Die weich gepolsterten Lederbänke und die quastengeschmückten Samtvorhänge an den Kutschfenstern beeindruckten das Dienstmädchen offenbar sehr. Es machte regen Gebrauch von den mit Troddeln versehenen Fußbänkchen, den weichen Daunenkissen und den Reisedecken aus feinster Kaschmirwolle. Charlotte konnte die Gedanken ihrer luxusliebenden Zofe förmlich lesen, so klar spiegelten sie sich auf Lizettes zufriedener Miene wider: Wenn dies das Schicksal war, das einem „gefallenen Mädchen“ bevorstand, dann war das Abweichen vom Pfad der Tugend wohl doch keine so schlimme Angelegenheit.

Unter normalen Umständen hätte Charlotte die pragmatische Einstellung ihrer Zofe vergnüglich gefunden, im Augenblick jedoch quälten sie zu viele Sorgen, um Lizette größere Beachtung zu schenken. Und als die junge Frau endlich bemerkte, dass ihre Dienstherrin ihr kaum zuhörte, stellte sie ihre wunderbare Fähigkeit, in fast jeder Lage einschlafen zu können, unter Beweis, und ließ Charlotte mit ihren Gedanken allein. Und diese waren alles andere als angenehm …

Das Problem war, dass sie nicht aufhören konnte, in Erinnerungen zu schwelgen. Die Nacht, die sie mit Dand verbracht hatte, ging ihr nicht aus dem Kopf und schwächte ihre Entschlusskraft. Sie redete sich ein, dass sie ihn durch ihre heimliche Abreise nicht wirklich betrogen, sondern ihnen nur einen schwierigen Abschied erspart hatte. Ihr Herz jedoch wollte von Vernunft nichts wissen.

Sie blickte aus dem Fenster auf die vorüberziehende Landschaft, und mit jeder Meile, die sie zurücklegten, wuchsen ihre Selbstzweifel. Wie hatte Dand sich wohl gefühlt, als er an jenem Abend wiedergekommen war und sie nicht mehr angetroffen hatte? Was aber hätte er getan, wenn sie ihm gesagt hätte, dass St. Lyons Kutscher sie nicht erst am übernächsten Tag, sondern bereits am nächsten Morgen abholen würde? Was erwartete sie von ihm?

Dass er sie bitten würde, seine Frau zu werden? Und zum Teufel mit St. Lyon, dem Brief und ganz Großbritannien? Und Dand? Er hatte sich nie von seinem Weg abbringen lassen, weder durch Folter noch Verrat, und auch nicht durch plötzliche Wendungen des Schicksals oder große persönliche Verluste. Warum sollte er es jetzt tun? Weil er sie entjungfert hatte? Charlotte gestattete sich ein mattes Lächeln. Er hatte nicht gesagt, dass er sie liebte.

Gewiss, er hatte ihr mit seinem Körper gehuldigt, und das auf höchst ausdrucksvolle Weise. So ausdrucksvoll, dass er etwas für sie empfinden musste, etwas, das über bloßes Verlangen hinausging. Doch was verstehe ich denn überhaupt von der körperlichen Liebe?, fragte sie sich betrübt. Vielleicht war es immer so?

Aber auch das mochte Charlotte nicht glauben. Hartnäckig klammerte sie sich an ihre Überzeugung, dass ein Mann und eine Frau nicht derart köstliche Wonnen miteinander erleben konnten, ohne dass Gefühle im Spiel waren, auf beiden Seiten! Und hätte sie Dand gestanden, dass sie in wenigen Stunden zu St. Lyons Burg nach Schottland aufbrechen würde, und hätte er keinen Versuch unternommen, sie daran zu hindern oder es ihr zumindest auszureden – es hätte ihr das Herz gebrochen. Nein, es war viel besser, seine Gefühle für sie nicht auf die Probe zu stellen. Auf diese Weise konnte sie wenigstens glauben, was sie glauben wollte, was sie glauben musste.

Selbst wenn Dand aus Liebe zu ihr den Rest der Welt zum Teufel geschickt hätte – war sie wirklich fähig, ihr Glück mit dem Blut junger Soldaten zu erkaufen? Charlotte hatte die dunkle Befürchtung, dass sie es tatsächlich war. Und diese Erkenntnis überzeugte sie mehr als alles andere davon, dass sie diese Sache allein durchstehen musste, solange sie noch den Mut dazu besaß. Damit sie, wenn alle Würfel gefallen waren und es keinen anderen Ausweg mehr gab, St. Lyons Mätresse werden konnte.

Solcherart waren die Gedanken, die Charlotte auf der endlos sich hinziehenden Reise beschäftigten. Am fünften Tag begann sie, St. Lyons gut gemeinte Sorge um ihren Komfort zu verfluchen. Wäre sie tatsächlich eine Konkubine, hätte sie seine Rücksichtnahme vermutlich zu schätzen gewusst. Doch obgleich sie dem Kutscher versichert hatte, er habe keine Strafe zu befürchten, wenn er weniger oft Rast machte und etwas schneller führe, bestand der grauhaarige alte Franzose darauf, dem Wunsch seines Dienstherrn Folge zu leisten, welcher lautete, dass die Reise die Kräfte der Dame keinesfalls strapazieren dürfe. Und so krochen sie dahin, brachen spät auf und machten früh Halt an den Herbergen, die St. Lyon für geeignet erachtet hatte, während Charlottes Anspannung mit jeder zurückgelegten Meile wuchs.

Im Laufe der Reise wurde die Landschaft allmählich ebenso trostlos wie Charlottes Überlegungen. Die üppigen grünen Felder, die London umgaben, wichen einem hügeligen Flickenteppich aus Obstgärten und Steinmauern, der dann von einer immer rauer werdenden Moor- und Heidelandschaft abgelöst wurde. Kiefern traten an die Stelle von Ahornbäumen und Birken, und Heuanger machten hohen, mit Wildblumen übersäten Wiesen Platz, bis schließlich Schieferfelsen das Bild beherrschten, deren Trostlosigkeit nur von einer dünnen Decke aus graugrünem Stechginster und weinrotem Farnkraut gemildert wurde. Die Städte wurden seltener und auch kleiner, und die Häuser standen enger beieinander, als wollten sie eine geschlossene Front bilden gegen die weite Ödnis jenseits ihrer Grenzen.

Endlich, gegen Mittag des sechsten Tages, verließ die Kutsche die Hauptstraße und folgte einem holprigen Weg, der eine kahle Anhöhe hinaufführte. Oben angekommen, brachte der Kutscher die Kalesche zum Stehen und forderte seine Fahrgäste auf, die Aussicht zu genießen. Voller Neugier steckten beide Frauen den Kopf zum Fenster hinaus. Lizette schnappte bestürzt nach Luft. Charlotte konnte sich gut in ihre Zofe hineinversetzen. Gewiss ging ihr gerade durch den Kopf, dass der Stand eines „gefallenen Mädchens" wohl doch nicht so erstrebenswert war, wenn er einen dazu verdammte, an einem Ort wie diesem leben zu müssen. So abgelegen. So öde. So abweisend.

Eine Meile von ihrem Aussichtspunkt entfernt stand St. Lyons Burg inmitten eines weiten Tals. Sie ragte von der steilen Seite eines felsigen Sockels empor, der sich über einem breiten, rasch fließenden Fluss erhob. Selbst aus der Ferne war die Wuchtigkeit der Burg beeindruckend. Dichtes Weinlaub rankte sich an dem felsgrauen Mauerwerk empor, und nur die oberen Stockwerke waren mit schmalen Fenstern versehen. Die Mauern waren so dick, dass gewiss nur ein Wurfgeschütz sie brechen könnte, und der einzige Zugang, den Charlotte erkennen konnte, war eine steile Auffahrt, die zu einem mächtigen, von zwei Wachtürmen flankierten Tor führte.

Eine wahre Festung! Charlotte lehnte sich zurück, und der Kutscher schnalzte mit der Zunge, um die Pferde anzutreiben. Ohne die Erlaubnis des Burgherrn gab es weder einen Weg hinein noch hinaus. Die offenen Moore, die die Burg umgaben, boten keinerlei Möglichkeit zum Versteck. Die einzige Brücke weit und breit spannte sich über den Fluss genau gegenüber der Burg und war somit von den Fenstern im oberen Teil der mit Zinnen bewehrten Wachtürme aus bequem zu überwachen. Das Weinlaub wuchs üppiger um diese beiden Zwillingstürme, und seine dicht beblätterten Ranken reichten beinahe bis an die dunklen Fensterflügel.

Sie überquerten die Brücke und fuhren die steile Auffahrt hinauf bis zu den mächtigen Toren, die sich bei ihrer Ankunft öffneten. Zu Charlottes großer Überraschung besaß der Burghof nichts von der bedrohlichen Trutzigkeit der Fassade. Anstelle des trostlosen, mit Kopfsteinen gepflasterten Viertelkreises der meisten Innenhöfe erwartete sie ein entzückender Garten. Buchsbaumhecken, zu fantasievollen Formen gestutzt, begrenzten ihn, während schmale Beete mit blauen und weißen Blumen – den Farben der Bourbonenkönige, erkannte Charlotte – die sorgfältig geharkte Kiesauffahrt säumten. In der Mitte des Gartens plätscherte ein von Efeu umrankter Marmorspringbrunnen, und daneben wartete, einen einladenden Ausdruck auf dem adlerartigen Gesicht, Maurice, Comte St. Lyon. Ihr zukünftiger Liebhaber.

Charlotte betrachtete ihn nachdenklich. Er war ein gut aussehender Mann, wenn man schwarze Locken kastanienbraunem Haar vorzog, ausgeprägt gallischen Gesichtszügen den Vorrang vor männlich markanten gab und weiche, feuchte Lippen anziehender fand als feste, die von einem gebieterischen Zug umspielt wurden. Und all das tat sie nicht.

Sie grub die Nägel in die zarte Haut ihrer Handflächen und versuchte, einen plötzlichen Anflug von Panik zu unterdrücken. St. Lyon durfte nicht argwöhnen, dass sie aus einem anderen Grund angereist war als dem, ihn als ihren potenziellen Gönner in Augenschein zu nehmen. Er musste glauben, dies sei ihre einzige Absicht, was ihn betraf, und der einzige Grund ihres Kommens. Der Fahrer brachte die Kalesche zum Stehen und kletterte hastig vom Kutschbock, um den Wagenschlag zu öffnen und das Fußtreppchen herauszuholen.

Kaum hatte ihr Fuß die erste Stufe berührt, war St. Lyon auch schon an ihrer Seite, griff nach Charlottes behandschuhter Hand und half ihr galant beim Aussteigen. Er hielt ihre Hand auch dann noch, als sie bereits festen Boden unter den Füßen hatte, trat einen Schritt zurück und ließ den Blick von ihren staubigen Schuhen über ihr, wie sie fürchtete, erbärmlich zerknittertes Kleid und ihre derangierte kleine Haube gleiten.

Verflixt! Eine Frau auf der Suche nach einem neuen Liebhaber hätte unterwegs anhalten lassen, um sich herzurichten. Charlotte begegnete dem prüfenden Blick des Grafen mit einem heiteren Lächeln.

„Ich konnte den Gedanken nicht ertragen, in irgendeiner schäbigen Herberge Rast zu machen, wo ich doch wusste, dass mich hier ein viel freundlicherer Empfang erwartete, verehrter Comte. Ich hoffe, ich enttäusche Sie nicht zu sehr?"

Ein Ausdruck der Anerkennung ließ sein dunkles Gesicht aufleuchten. „Wie könnte eine so reizende junge Dame wie Sie irgendjemanden enttäuschen, Miss Nash?"

„Charmant wie immer, Comte!" Sie lächelte in einer Weise, die ihre entzückenden Grübchen hervortreten ließ.

St. Lyon drückte ihre Hand kurz und ließ sie dann los. „Erlauben Sie mir, meine ungetrübte Freude darüber zum Ausdruck zu bringen, Sie hier auf meiner Burg willkommen heißen zu dürfen."

„Ihre Freude, mich zu empfangen, kann nicht größer sein als meine, endlich eingetroffen zu sein, glauben Sie mir", entgegnete Charlotte mit einem schelmischen Zwinkern.

„Sie sind, wie immer, erfrischend freimütig." Er warf einen Blick über ihre Schulter zu Lizette hinüber, die soeben an der Hand eines kräftigen Lakaien aus der Kutsche stieg. „Ah, Sie haben Ihre Zofe mitgebracht. Das freut mich für Sie, denn das Hauspersonal hier ist es nicht gewöhnt, einer Dame zu Diensten zu sein."

Jetzt übertreibt er aber, dachte Charlotte, noch immer lächelnd. All diese Anspielungen, um ihr zu versichern, dass sie in seinen Augen noch immer die Bezeichnung „Dame" verdiente. Er verbeugte sich und trat beiseite. „Meine Haushälterin Madame Paule wird Sie auf Ihr Zimmer bringen, und vielleicht erweisen Sie mir die Ehre, mir vor dem Dinner in meinem Salon Gesellschaft zu leisten?"

Ein Tête-à-Tête? Jetzt schon? Nur mit Mühe gelang es Charlotte, den unbeschwerten Plauderton beizubehalten und ihr Lächeln nicht zu verlieren. „Und wann wäre das, Comte?"

„Wir speisen um neun. Soll ich Ihnen um, sagen wir, acht einen Lakaien schicken?"

„Das wäre mir recht", entgegnete sie und bedeutete Lizette mit einem Kopfnicken, zu ihr zu kommen.

St. Lyon gab den hinter ihnen stehenden Dienstboten, vier Lakaien und eine kleine, stämmige Frau mit einem finsteren, beinahe männlich anmutenden Gesicht, ein Zeichen. Die Frau trat vor, machte einen flüchtigen Knicks und murmelte: „Wenn Sie mir bitte folgen würden, Ma'am?" Dann führte sie Charlotte und Lizette durch eine geöffnete Tür ins Innere der Burg.

Was sie dort sahen, bestätigte ihren Eindruck, der Comte habe ein vornehmes St.-James-Herrenhaus in die Wildnis des schottischen Hochlands verpflanzt. Zwar ließen nur einige hohe Fenster die Strahlen der Nachmittagssonne herein, doch es waren weder Kosten noch Mühen gescheut worden, um den Großen Saal mit Licht zu erfüllen. Kerzen und Lampen, Wandleuchter und Spiegel erhellten selbst die dunkelsten Ecken, ließen die vergoldeten Rahmen der riesigen Gemälde an den frisch verputzten Wänden schimmern, brachten mit ihrem Schein die silbernen Kandelaber ebenso zum Strahlen wie die Schalen und Vasen, die überquollen vor exotischen, im Glashaus gezogenen Früchten und Blumen. Und sie verliehen den fremdländischen Wandteppichen aus Seide ebenfalls einen wunderbaren Glanz. Ein prächtiger Perserteppich dämpfte das Geräusch ihrer Schritte, während sie der Haushälterin zu der mächtigen Treppe folgten, die sich vor ihnen erhob.

Schweigend führte Madame Paule sie hinauf. Oben angekommen, gingen sie die den Hofmusikanten vorbehaltene Galerie entlang, die sich bis zum Ende des Großen Saals erstreckte, und bogen dann in einen Korridor ein. Zur Linken gestatteten hohe Fenster einen weiten Ausblick über das Moor, auf der anderen Seite reihte sich eine geschlossene Tür an die nächste. Die Haushälterin schritt den Gang hinab, blieb dann vor der letzten Tür stehen, öffnete sie lautlos und ließ Charlotte eintreten.

Das Gemach lag auf der Westseite der Burg und wurde vom milden Licht der Nachmittagssonne erhellt, welches die mit karminrotem Damaststoff bezogenen Wände leuchten ließ. Zu beiden Seiten des mittleren Fensters standen kindshohe, mit langen Pfauenfedern und vergoldeten Palmwedeln gefüllte Vasen. Welche Pracht, dachte Charlotte. Man könnte sogar sagen: welche Dekadenz!

Ein von feinen Goldadern durchzogener schwarzer Marmorsims krönte den Kamin, der sich neben einem altmodischen, auf einem Podium stehenden Himmelbett befand, dessen schwere weinrote Satinvorhänge mit goldenen und königsblauen Hirschkühen und Hasen bestickt waren. Dutzende von weichen Kissen schmückten das Kopfende des Bettes und lagen einladend auf einem mit königsblauem Brokat bezogenen Diwan. Daneben stand ein großer, mit Einlegearbeiten aus Perlmutt verzierter Ebenholztisch, der vollgestellt war mit kristallenen Parfümflakons, Porzellantiegeln mit kostbaren Salben und Cremes, mit getrockneten Rosenblättern gefüllten Schälchen, die einen süßen Duft verströmten, und einer ganzen Sammlung von Bürsten und Kämmen aus Elfenbein.

All das war prächtig, luxuriös und beeindruckend. Am imposantesten von allem war jedoch der mächtige goldgerahmte Spiegel direkt gegenüber dem Fußende des Bettes, in dessen riesiger Oberfläche sich beinahe der ganze Raum widerspiegelte.

„Hier ist alles, was Sie voraussichtlich benötigen werden.“ Madame Paule durchquerte das Zimmer und zeigte auf ein mit einer goldenen Quaste geschmücktes Seidenband. „Und hier können Sie läuten, falls Sie zusätzlich noch etwas brauchen.“

Neugierig ging Charlotte zum Fenster hinüber und blickte hinaus. Tief unter ihr rauschte glitzernd der Fluss vorüber und verschwand in einiger Entfernung in einem Wäldchen.

„Ich muss mich nun wieder meinen Pflichten widmen“, erklärte Madame Paule. „Die Burg ist voller Gäste. Gaspard bringt Ihnen Ihr Gepäck herauf. Wünschen Sie sonst noch etwas, Ma’am?“

Lizette, verärgert über den leicht herablassenden Ton der Französin, plusterte sich auf und entgegnete: „Ja. *Mademoiselle* wünscht ein Bad zu nehmen. Ein *heißes* Bad. Des Weiteren wünscht sie ein Feuer im Kamin. Sofort.“

Madame Paule nickte höflich, doch ihre Augen, die dunkel waren wie getrocknete Weinbeeren, funkelten feindselig. „Aber gewiss. Ich werde es unverzüglich veranlassen. Und ...“

„Und wo soll ich schlafen?“, unterbrach Lizette. „Ich sehe kein Nebenzimmer für mich.“

„Nein, *Miss*“, entgegnete Madame Paule ungerührt. „Ihre Kammer ist unter dem Dach. Wie die der anderen Dienstboten.“

Arme Lizette. Charlotte konnte nichts für sie tun. Wie auch, schließlich gab es nicht einmal etwas, was sie für sich selbst hätte tun können. Der Grund, warum dieses Gemach nicht über ein Nebenzimmer für die Zofe verfügte, lag auf der Hand: Ein Dienstmädchen könnte sich bei nächtlichen Besuchen als störend erweisen.

„Oh?“ Lizette schniefte, doch ihre Wangen wirkten ein wenig rosiger als sonst. „Fein. Sie können es mir später zeigen. *Nachdem* ich mich um Mademoiselles Bedürfnisse gekümmert habe.“

„Natürlich.“ Die Französin neigte den Kopf. „Ihr Bad wird Ihnen sofort gebracht. Und ich werde einen der Lakaien beauftragen, Sie zum Speisesaal zu geleiten.“ Ihr Blick fiel auf Lizette. „Und Sie zur Nachtruhe hinauf in Ihre Kammer, um halb neun. Ist Ihnen das genehm?“

„Ja“, entgegnete Charlotte und wünschte, es wäre so.

17. KAPITEL

Burg des Comte St. Lyon, Schottland
9. August 1806

Lizette trat einen Schritt zurück, um ihr Werk zu begutachten, und blieb dann einen Augenblick lang sprachlos stehen. Erst jetzt wurde ihr richtig bewusst, wie atemberaubend das Kleid ihrer Dienstherrin mit seinem äußerst gewagten Dekolleté und dem halb durchsichtigen Stoff tatsächlich war.

„Nun?“, erkundigte Charlotte sich besorgt.

„Sie sehen ... unglaublich ... Das heißt, Sie sind ... Dieses Kleid ist umwerfend“, brachte Lizette schließlich hervor.

Wortlos reichte sie Charlotte den Handspiegel aus Elfenbein, eine völlig unnötige Geste, denn angesichts des riesigen Wandspiegels hinter ihrem Rücken hätte Charlotte ihrem Abbild selbst dann nicht ausweichen können, wenn sie gewollt hätte. Sie holte kurz Luft und drehte sich um. Ihre Augen weiteten sich. Lizette hatte recht, sie sah unglaublich aus: unglaublich schamlos. Unglaublich dekadent. Unglaublich aufreizend. Vor allem jedoch: unglaublich leicht zu haben.

Die nahezu transparente grüne Seide ihres Kleides fiel vom Saum des tief ausgeschnittenen Oberteils in schimmernden Falten an ihr hinab. Das hautenge Mieder, kaum mehr als ein Stückchen Satin, war mit kleinen glänzenden Perlen bestickt, die mit Charlottes haselnussbraunen Augen um die Wette funkelten. Der seidige Stoff umfloss ihren schlanken Leib wie Moos, fortgespült von der Strömung eines Baches, und offenbarte mehr, als er verbarg. Es war das Gewand einer Kurtisane, Ginnys Kleid, das rasch für Charlotte umgearbeitet worden war, ein Kleid, geschaffen, um zu verlocken und zu verführen.

Charlottes Blick glitt über ihr Antlitz im Spiegel, über die glänzenden, rosarot geschminkten Lippen, die mit Rouge gepuderten Wangen und schließlich über ihr Haar, in das ein bronzefarbenes Band eingeflochten war, dessen Enden auf anziehende Weise ihren Nacken umspielten. Kein Schmuck lenkte von der Vollkommenheit ihres schlanken Halses und der Makellosigkeit ihres Dekolletés ab. Die einzigen Accessoires, die sie trug, waren die langen, hautengen Handschuhe, die von den Fingerspitzen bis knapp über die Ellbogen reichten. Der Gegensatz von halb entblößten Brüsten und züchtig bedeckten Händen und Unterarmen wirkte besonders aufreizend. Ganz so, wie Ginny es vorhergesagt hatte.

Jemand klopfte leise an die Tür. Charlotte fuhr zusammen und warf einen Blick auf die Uhr auf dem Kaminsims. Halb neun. Ihre Knie begannen zu zittern.

„Ich kann nicht“, flüsterte sie. Am Ende war sie doch ein Feigling.

„Ma’am?“, fragte Lizette, einen Ausdruck der Verwirrung auf dem kleinen Gesicht.

Charlotte war nicht bereit. Noch nicht. Sie musste sich St. Lyon vom Leib halten, nur heute Abend noch. Nur noch eine Nacht, um sich an den Gedanken zu gewöhnen.

„Ich kann nicht … Kümmern Sie sich um den Lakaien, Lizette. Sagen Sie ihm, ich sei noch nicht fertig. Er solle warten … Ich … ich mag dieses Band in meinem Haar nicht. Ich hätte lieber eine Feder. Oder Blumen.“

Lizette blinzelte verwundert, eilte jedoch widerspruchslos zur Tür und trat auf den Flur hinaus. Charlotte hörte Stimmen, schnappte die Worte „Vorrecht einer Dame“ und „noch ein Weilchen“ auf, bevor ihre Zofe die Tür hinter sich schloss und zu ihr zurückkehrte. Ein Gefühl der Erleichterung durchflutete sie.

„Setzen Sie sich, Miss Charlotte. Ich bin im Handumdrehen fertig.“

„Nein!“, stieß Charlotte hervor und fügte dann in verbindlicherem Ton hinzu: „Nein, Lizette. Sie müssen sich Zeit lassen. Ich muss die Erinnerung an mein schlampiges Aussehen bei der Ankunft vergessen machen, und zwar durch einen Auftritt als strahlende Schönheit."

Sie ließ sich auf dem Diwan nieder.

Das verstand Lizette. Wie eine Künstlerin, von der verlangt wurde, ein Meisterwerk zu überarbeiten, schmollte sie zunächst ein wenig, nahm die Herausforderung dann jedoch an und griff beherzt nach Kamm und Bürste. Zwanzig Minuten später, nachdem sie nacheinander eine schwarze Straußenfeder, eine weiße Straußenfeder, eine Perlenschnur, eine Quaste vom Bettvorhang und verschiedene Bänder und Schleifen ausprobiert hatte, huschte ein zufriedenes Lächeln über ihr Gesicht.

„So!" Sie hatte die Spitzen von einem Dutzend der in den Vasen stehenden Pfauenfedern abgeschnitten, diese dann mittels goldener Fäden miteinander verknüpft und geschickt in Charlottes kupferfarbene Locken gewoben. Bei jeder Bewegung ihres Kopfes schillerten die schimmernden Violett-, Grün- und Bronzetöne der Federn auf berückende Weise.

„Sie sind ein Genie, Lizette", lobte Charlotte und empfand dabei größere Dankbarkeit für die gewonnene Zeit als für das Ergebnis der Bemühungen ihrer Zofe, so atemberaubend dies auch war. Für ein Tête-à-Tête mit St. Lyon war es nun zu spät. Charlotte lächelte, ungemein belebt durch den Aufschub ihres Stelldicheins mit dem Grafen.

Die Gesellschaft, die sich im Großen Saal versammelt hatte, um auf den Beginn des Dinners zu warten, bestand aus fünfzehn Männern und vier Frauen. Die Herren waren so sorgfältig gekleidet, als gingen sie auf einen Ball, während die Damen alle im Stil Charlottes aufgemacht waren. Mit anderen Worten: wie großzügig ausgehaltene Mätressen. Charlotte verwandte nicht viel Zeit auf die Betrachtung ihrer

Geschlechtsgenossinnen und richtete ihre Aufmerksamkeit stattdessen auf St. Lyon. Hatte es ihn erbost, dass sie sich seinen Wünschen bereits am ersten Tag widersetzt hatte?

Als der Lakai ihren Namen verkündete, kam der Comte ihr entgegen, die Rechte einladend ausgestreckt, die Augen strahlend vor Begeisterung. In London war Charlotte für ihre Extravaganz bekannt. Ihr Auftreten war stets modisch, kess und unverbesserlich – und somit verzeihlich – extravagant. Heute Abend jedoch hatte sie die Grenze des Verzeihlichen weit überschritten.

„Meine Liebe, Sie sehen hinreißend aus“, murmelte St. Lyon, hob Charlottes Hand an seine Lippen und hauchte einen Kuss auf ihre behandschuhten Fingerknöchel. „Doch ich bedaure sehr, dass wir auf unsere kleine Plauderei vor dem Dinner verzichten mussten. Und ich fürchte, auch Sie werden es bedau...“

„St. Lyon!“ Eine gebieterische Stimme unterbrach, was immer er hatte sagen wollen. Der Comte straffte die Schultern, als ein kantiger Klotz von einem Mann mit stahlgrauem Haarschopf sich zu ihnen gesellte. Er trug eine Art Militäruniform, mit der Charlotte nichts anzufangen wusste. „Ich verlange, dass Sie mich auf der Stelle mit dieser entzückenden jungen Dame bekannt machen.“

„Selbstverständlich, Eure Hoheit.“ St. Lyon neigte den Kopf. „Darf ich vorstellen? Miss Charlotte Nash. Miss Nash, Prinz Rupreck Gulbran.“

Charlotte machte einen tiefen Knicks. Der grauhaarige Klotz strahlte. Sie hatte sich kaum wieder aufgerichtet, als sie auch schon einem halben Dutzend anderer Männer vorgestellt wurde. Männern mit fremdländischem Akzent und unterschiedlichen Manieren, darunter einer mit viel Geld mittleren Alters, ein feuriger italienischer Duodezfürst, ein feister Österreicher ohne Adelstitel, doch mit dem Gebaren eines Königs, und ein dünner, ältlicher Spanier, dessen Augen verträumt dreinblickten wie die eines Dichters. Die Frauen mieden ihre Gesellschaft, und St. Lyon machte keinerlei Anstalten, sie einander vorzustellen. Allerdings pflegten ihre Geschlechtsgenossinnen auch untereinander kaum Umgang, bemerkte Charlotte.

Das ist wohl die Art der Kurtisanen, wurde ihr bewusst. Nie konnten sie sicher sein, dass sie willkommen waren, stets mussten sie andere Frauen als mögliche Rivalinnen fürchten. Charlotte runzelte die Stirn und versuchte soeben, den düsteren Gedanken daran abzuschütteln, dass dies fortan ihre Welt sein könnte, als sie St. Lyon in gemessenem Ton sagen hörte: „Und hier, meine Liebe, ist jemand, den Sie bereits kennen, wie ich glaube."

Verwirrt wandte sie sich um. Und blickte geradewegs in Dand Ross' funkelnde Augen.

„So begegnen wir uns wieder, Charlotte."

Das Herz schlug ihr bis zum Hals, während sie, von tiefem Glücksgefühl durchströmt, einladend die Lippen öffnete. Dann jedoch fasste sie sich wieder, erinnerte sich daran, wo und in wessen Gesellschaft sie sich befand, und als ihr einen Augenblick später klar wurde, was Dands Anwesenheit bedeutete, war sie froh, ihre Gefühle nicht offenbart zu haben.

Er hatte sie herkommen lassen, hatte sie darauf vorbereitet, St. Lyons Mätresse zu werden, ohne ihr dic geringste Hoffnung zu machen, dass ihr Opfer vielleicht nicht nötig sein würde. Er hatte bei ihr gelegen, hatte sie entjungfert, ohne jemals auch nur mit einem Wort zu erwähnen, dass er Zugang zu St. Lyons Kreisen hatte und selbst nach dem Brief suchen konnte, ohne dass sie sich zur Dirne machen musste.

Wie lange hatte er dies schon geplant? Hatte er den verfluchten Brief bereits gefunden? War ihre Anwesenheit hier völlig überflüssig?

Ein weit schlimmerer Gedanke drängte sich ihr auf. Vielleicht war dies von Anfang an Dands Plan gewesen? Sich ihrer als Ablenkung zu bedienen, während er nach dem Brief suchte? Ihre Jungfernschaft für ein paar ungestörte Stunden zu verkaufen?

Der Gedanke schnitt wie ein Messer in ihr Herz, schmerzte, trieb ihr das Blut in die Wangen und nahm ihr den Atem.

„Hat es dir die Sprache verschlagen, Charlotte?", fragte Dand spöttisch. Der französische Akzent, den er in London benutzt hatte, klang ausgeprägter, aristokratischer. Auch seine Kleidung war strenger, obgleich sein Gehrock von noch edlerem Schnitt war als die Garderobe, die er Ram entwendet hatte. Seine Strümpfe waren schneeweiß, seine Wangen und sein Kinn frisch rasiert und glatt wie Marmor.

Er wirkte fremd. Die sanfte Wärme, die einst in seinem Blick gelegen hatte, war verschwunden. Der freundliche Ausdruck und das entspannte Lächeln waren aus seinem Gesicht gewichen. Ein Fremder stand vor ihr.

Zum ersten Mal bemerkte Charlotte, wie kantig sein Kinn war, wie fest und hart seine Lippen, wie schmal seine Augen. Sein Lachen und seine Spottlust hatten die Unbarmherzigkeit in den Zügen dieses schönen Gesichts stets überdeckt. Nun trat sie offen zutage. Sie erkannte die Willenskraft, die hinter Dands Lächeln steckte, seine Fähigkeit zur Gnadenlosigkeit, vielleicht sogar Grausamkeit. Und die Narbe auf seiner Wange? Sie war nie und nimmer das Ergebnis eines Sturzes vom Apfelbaum!

„Warum ist er hier?", hörte sie sich fragen, und jetzt endlich erschien ein Lächeln auf Dands Lippen. Es lag keine Freude darin. Der Ausdruck seiner Augen verhieß Fürchterliches – als sei er derjenige gewesen, der getäuscht worden war. Doch das war schließlich die Rolle, die er angenommen hatte, die des verschmähten, verbitterten Liebhabers. Wie hatte sie das vergessen können? Und wie hatte sie vergessen können, welch hervorragender Schauspieler er war?

„Monsieur André Rousse ist ein Abgesandter gewisser hoher kirchlicher Würdenträger“, erklärte St. Lyon, und seine betont verbindliche Art machte überdeutlich, dass er von ihrer verflossenen Liebschaft wusste.

„Ich verstehe.“ Charlotte schlug das Herz bis zum Hals, ihr Atem ging stockend. Wie hatte er so schnell herkommen können? Wie war es ihm gelungen, eine Einladung zu erhalten? Ginnys männliche Verbündete hatten auf jede erdenkliche Art und Weise versucht, sich in diese Versammlung einzuschleichen. Doch vergeblich, denn St. Lyon hatte all seine Gäste gründlich auf Herz und Nieren prüfen lassen.

Die Hinweise darauf, dass Dand all dies von langer Hand geplant hatte, lange bevor sie ihn gebeten hatte, das Bett mit ihr zu teilen, wurden immer erdrückender. Er hatte sie benutzt. Genau wie sie ihn benutzt hatte, um sich ihrer Jungfernschaft zu entledigen – vielmehr, genau wie er *dachte,* dass sie ihn benutzt hatte. Charlotte empfand eine törichte Freude darüber, ihn in diesem Irrglauben gelassen zu haben.

Welche Gefühle sie auch immer für ihn hegen mochte, wenigstens hatte sie sich einen Rest von Stolz bewahrt, indem sie sie vor ihm verborgen hatte. Was Dand anging, so waren sie beide aus demselben Grund hier und gingen kühl und berechnend ihrer Arbeit als Spione nach, ohne sich von Gefühlen ablenken zu lassen.

So würde es sein. So würde *sie* sein. Sie wollte nichts von Dand Ross, außer, dass er ihr sagte, ob er den Brief schon gefunden hatte. Falls nicht, würde sie sich selbst auf die Suche danach begeben, so, wie sie es vorgehabt hatte.

Es ging um wichtigere Dinge als um ihren Stolz. Oder ihr Herz.

„Du siehst mitgenommen aus, Charlotte“, murmelte Dand. „Ziemlich blass. Ist dir nicht wohl? Oder ist es meine Wenigkeit, die dich derart aus der Fassung bringt? Mein armer Liebling.“ Seine Lider senkten sich halb über seine dunklen Augen. „Ich sollte gehen, um dir Kummer zu ersparen, doch ich kann mich einfach nicht dazu durchringen. Ich fürchte, du wirst meine Anwesenheit ertragen müssen."

Charlotte warf ihm einen vernichtenden Blick zu. Ohne ihn einer Antwort zu würdigen, reckte sie das Kinn empor und wandte sich von ihm ab. Mit zur Schau getragener Gleichgültigkeit zeigte sie ihm vor aller Augen die kalte Schulter. Trotz seines verletzenden Tons hatte sie die verborgene Botschaft seiner kleinen Ansprache verstanden. Er konnte nicht gehen, weil er den Brief noch nicht gefunden hatte. Wenigstens das wusste sie jetzt.

St. Lyon trat neben sie. „Es tut mir so leid, meine Liebe. Ich hatte die Absicht, Sie heute in meiner Bibliothek vorzuwarnen."

„Nicht der Rede wert, Comte", versicherte sie ihm kühl. „Wo und wie Monsieur Rousse sich die Zeit vertreibt, berührt mich nicht im Geringsten."

„Wirklich nicht?", fragte der Graf versonnen. „Auf mich haben Sie allerdings einen recht tief berührten Eindruck gemacht. Sie sind hinreißend in Ihrem Zorn und Ihrer Verachtung. Nein, meine Liebe", sagte er, während er sie zu einer Bowle führte, die auf einem Tisch am anderen Ende des Saals stand. „Ich fürchte, Sie sind zutiefst bewegt. Sie hegen noch immer starke Gefühle für diesen jungen Mann."

Charlotte wartete, wohl wissend, dass ihr Widerspruch ihn nur in seiner Überzeugung bestärken würde.

„Das ist natürlich nicht anders zu erwarten. Frauen können nicht auf ihren Verstand hören, wenn die Stimme des Herzens zu ihnen spricht. Nicht einmal dann, wenn sie über einen derart scharfen Verstand verfügen wie Sie, meine Liebe."

„Mein Herz spricht nicht zu mir", entgegnete sie steif.

„Vielleicht nicht von Liebe, ganz gewiss jedoch von Leidenschaft. Ich kann es deutlich in Ihren Augen lesen. Ich erkenne es an der flammenden Röte Ihrer Wangen, an der Angespanntheit Ihrer Haltung. Ich bin ein Meister im Entschlüsseln dieser Sprache, meine Teure.“ Er blickte sie eindringlich an, und Charlotte erkannte mit einem Mal, dass er *wollte,* dass sie etwas für Dand empfand. Wenn nicht Zuneigung, so doch Leidenschaft.

Natürlich! Hatte Ginny ihr nicht unmissverständlich klargemacht, dass St. Lyon die größte Befriedigung daraus zog, Frauen zu verführen, die auf innige Weise mit einem anderen Mann verbunden waren? Sie musste vorsichtig sein, und sie musste klug sein, vielleicht sogar klug genug, um die Rolle aufzugeben, die zu spielen sie sich vorgenommen hatte. Alles, was sie über St. Lyon wusste, bestärkte sie in ihrer Einschätzung, dass er ein arroganter Mann war, der stolz war auf seine Eroberungen – und dessen Selbstbewusstsein darauf gründete, dass er sich als unwiderstehlichen Frauenheld erlebte.

Wenn St. Lyon glaubte, dass sie sich noch immer zu ihrem ehemaligen Liebhaber hingezogen fühlte, würde sein Stolz ihn davon abhalten, sie zu sich ins Bett zu holen. So lange, bis er ganz sicher war, dass es seine Unwiderstehlichkeit war, die sie einwilligen ließ, und nicht der Wunsch, sich seiner zu bedienen, um die Erinnerung an einen anderen Mann auszulöschen. Diese Herausforderung würde ihn reizen, kein Zweifel.

Und während er sie umwarb, würde sie vielleicht Gelegenheit haben, sich auf der Burg umzusehen und den Brief zu finden, ohne den letzten Schritt gehen zu müssen.

„Wie scharfsichtig von Ihnen, Comte. Ich nehme an, Sie kennen nicht zufällig das Rezept für einen Zaubertrank, der die Erinnerung an ihn aus meinem Gedächtnis löscht?“ Sie hob eine ihrer kupferfarbenen Brauen.

„Ah“, entgegnete er. „Sie bereuen Ihre Liaison mit Monsieur Rousse. Sie möchten die Zeit zurückdrehen, noch einmal die Gelegenheit haben, einige bedeutsame Entscheidungen zu treffen.“

Verflixt! Sie wollte, dass er sie als Kurtisane betrachtete, nicht als verwöhntes junges Fräulein aus gutem Hause, das nachts in die Kissen schluchzt, weil es seine Jungfräulichkeit verloren hat. Charlotte sah ihn mit Katzenaugen an und lächelte kokett. „So ungern ich Ihnen auch widerspreche, werter Comte, ich fürchte, Sie haben mich missverstanden. Ich bereue nicht die Liaison. Ich bereue Rousse."

Er lachte und reichte ihr ein Glas Bowle. „Sie sind, wie immer, erfrischend freimütig, Miss Nash. Es ist eine Facette Ihrer entzückenden Persönlichkeit, die zu erforschen ich fest entschlossen bin."

„Oh, ich hoffe, Sie erforschen noch ein wenig mehr als nur meine Persönlichkeit, Comte", hauchte sie und blickte ihn über den Rand ihres Punschglases hinweg an.

Für die Umstehenden kaum sichtbar, streckte St. Lyon behutsam die Hand aus und strich mit den Fingerspitzen genüsslich über ihren Unterarm. Charlotte widerstand dem unwillkürlichen Drang zurückzuweichen und lächelte. Seine Finger glitten tiefer, fuhren nun spielerisch über ihre Hand.

„Alles zu seiner Zeit, meine Liebe. Ich erwarte die baldige Ankunft eines letzten Gastes, und in wenigen Tagen werden dann alle dorthin zurückkehren, wo sie hergekommen sind, und die Burg ist wieder mein. Unser, wenn Sie sich zum Bleiben entschließen. Ich verspreche, ich werde Ihnen meine ganze Aufmerksamkeit widmen. Und ich verspreche auch, dass kein Schatten der Vergangenheit uns ablenken wird, wenn wir uns unserer gegenseitigen Erforschung widmen."

Sie hatte ihn richtig eingeschätzt. Ein Gefühl der Erleichterung durchflutete Charlotte und machte es ihr leicht, dem Comte tief in die dunklen Augen zu schauen, ihn strahlend anzulächeln und ihm zuzuflüstern: „Ich werde Sie beim Wort nehmen, Comte."

18. KAPITEL

Jermyn Street, Piccadilly
12. August 1806

Wo ist Charlotte?", fragte Ramsey Munro, Marquis of Cottrell, ohne Umschweife.

Ginny Mulgrew, die die beiden unerwarteten Besucher – neben dem Marquis war auch noch Colonel Kit MacNeill erschienen – in ihrem Boudoir empfing, behielt ihr Lächeln bei, obgleich ihr dies von Sekunde zu Sekunde schwerer fiel. „Ich weiß es nicht, Mylord. Und ich verstehe nicht, was Sie zu der Annahme verleitet, ich könne in die Pläne Ihrer jungen Schwägerin eingeweiht sein."

„Die Tatsache, dass die Kleine Sie als ihre liebste Verbündete erwählt hat, um der feinen Gesellschaft eine lange Nase zu drehen", erklärte der stattliche, gut aussehende Colonel MacNeill mit seinem starken schottischen Akzent. „Seit meiner Ankunft in London habe ich aus mehr als einer Quelle von ihrer Verbindung zu Ihnen erfahren."

„Und mir ist in den drei Tagen, seit mein Schiff im Hafen vor Anker gegangen ist, ganz Ähnliches zu Ohren gekommen", sagte Munro und fügte hinzu: „Ersparen Sie uns also Ihre Ausflüchte. Wenn Ihnen auch nur das Geringste an dem Mädchen liegen würde, hätten Sie sich geweigert, Ihre Vertraute zu werden."

Die verächtlich verzogenen Lippen des Marquis of Cottrell und sein selbstherrlicher Tonfall ließen keinen Zweifel daran, was er von ihrem Mangel an Rücksichtnahme hielt.

„Miss Nash und ich sind miteinander bekannt, das ist richtig", räumte Ginny ein. Was blieb ihr anderes übrig? Gewiss hatten sich ganze Heerscharen von Schwätzern auf den Marquis gestürzt, um ihn über den zweifelhaften Umgang seiner jungen Schwägerin zu unterrichten. Charlotte und sie hatten mit dem Interesse des Marquis of Cottrell gerechnet, allerdings nicht damit, dass er sich so rasch nach ihrer Abreise nach Schottland an Charlottes Fersen heften würde. Und keine der beiden hätte sich träumen lassen, dass Colonel Kit MacNeill so bald nach England zurückkehren würde.

Es war gefährlich, wenn die beiden Männer auf der Suche nach Charlotte die Stadt durchkämmten. Beiden eilte der Ruf voraus, stets zu bekommen, was sie wollten, ganz gleich auf welche Weise, und was sie im Augenblick wollten, war, Charlotte zu finden. Ihre Entschlossenheit bewies nicht nur ihre Liebe zu ihren Ehefrauen, Charlottes Schwestern, sondern auch zu Charlotte selbst, erkannte Ginny gerührt. Dennoch durfte sie ihnen nicht sagen, wo sie war. Charlotte brauchte, nein, nach all den Opfern, die sie erbracht hatte, verdiente sie so viel Zeit wie möglich, um ihre Suche nach dem Brief zu einem erfolgreichen Abschluss zu bringen.

„Lady Welton erzählte uns, Miss Nash habe Sie nach einem Unfall bei sich aufgenommen, bis Sie wieder genesen waren.“ Der hünenhafte schottische Colonel stapfte durch den Raum, die Hände fest hinter dem Rücken verschränkt, wie um sich daran zu hindern, sie um Ginnys Hals zu schließen. „Sie wollen ihr ihre Hilfsbereitschaft doch gewiss nicht damit vergelten, dass Sie ihre Familie von ihr fernhalten?“

Eine winzige Schweißperle rann an Ginnys Schläfe hinab und wurde von ihrem Halstuch aus feiner Spitze aufgesogen. „Natürlich nicht. Ich wünschte, ich könnte helfen.“

„Oh, ich bin sicher, das können Sie“, bemerkte der Marquis, öffnete eine Schnupftabakdose aus Limoger Porzellan, krümelte sich eine Prise auf den Handrücken und schnupfte behutsam, ohne seine dunklen Augen von Ginny abzuwenden. Sein eisiger Blick ließ ahnen, was ihr bevorstand, falls sie seine Fragen nicht zu seiner Zufriedenheit beantworten sollte.

Hoffentlich ist Finn in der Nähe, dachte sie. Und hoffentlich war er bereit einzugreifen, sobald sie das Zeichen dazu gab. Beim Anblick der beiden hochgewachsenen Schotten wünschte sie allerdings inständig, dass ihr Butler genügend Hilfe mitbrachte, falls er ihr beistehen musste. Und eine Pistole.

Der Colonel, der eine Weile schweigend aus dem Fenster gestarrt hatte, drehte sich unvermittelt um. „Sie haben bei Charlotte gewohnt. Sagen Sie mir, dieser ... dieser Mann, von dem es heißt, sie habe mit ihm ...", sein Gesicht lief rot an, „... zusammengelebt, dieser Monsieur Rousse ... Sie müssen doch etwas über ihn wissen!"

Ginny hob in gespielter Hilflosigkeit die Hände. „Leider nicht. Charlotte hat mir erzählt, sie habe ihn kennengelernt, als sie noch ein junges Mädchen war und mit ihrer Familie auf Besuch in Bristol weilte."

„Charlotte ist immer noch ein Mädchen", sagte MacNeill schroff. „Ein dummes kleines Mädchen. Und ich kann nicht glauben, dass sie ..." MacNeill fand keine Worte. „Wer ist er überhaupt?", brüllte er plötzlich. Ginny zuckte vor Schreck zusammen. Wenn diese Männer jemals herausfanden, dass es sich bei dem geheimnisvollen André Rousse in Wahrheit um Andrew Ross handelte, würde ihr einstiger Bruder und Gefährte diese Erkenntnis vermutlich nicht lange überleben. Ginny empfand beinahe Mitleid mit dem Mann, doch dann erinnerte sie sich an dessen Kraft und Entschlossenheit.

„Ein Franzose", stammelte sie. „Ein Royalist? Ich weiß es nicht. Er und ich haben nicht viel Zeit miteinander verbracht. Er war völlig in Charlotte vernarrt und nahm all ihre Zeit in Anspruch." Sie schluckte. Ihre Furcht war nicht gespielt. „Meist allein."

Bei dieser Anspielung darauf, womit Charlotte sich die Tage vertrieben hatte, erschien ein angespannter Ausdruck auf dem blassen Gesicht des Marquis of Cottrell. Er wandte sich ab, und der Colonel begann erneut, in kämpferischer Manier in Ginnys Zimmer auf und ab zu gehen.

Welch bemerkenswertes Gespann die beiden doch abgeben, dachte sie. Wie gut sie aufeinander eingespielt sind, wie mühelos sie Hand in Hand arbeiten, um ihr Ziel zu erreichen. Unter der Ägide des gewieften Abtes Pater Tarkin waren sie zu einer verschworenen Gemeinschaft zusammengewachsen.

„Nachdem Charlotte ihm den Laufpass gegeben hat …“, Ginny biss sich auf die Unterlippe und wandte den Blick ab, als ertrage sie es nicht, in MacNeills funkelnde grüne Augen zu blicken, „… hat Monsieur Rousse sich am Bedford Square einquartiert, soweit ich weiß.“

„Dort waren wir bereits“, entgegnete MacNeill, die Gesichtsmuskeln angespannt vor Zorn.

Cottrell hatte sich wieder gefangen. „Mit wem haben Sie meine Schwägerin noch bekannt gemacht?“, fragte er in aalglattem Ton.

„Bekannt gemacht?“

„Ich bitte Sie!“ Ein spöttischer Ausdruck huschte über das schöne Gesicht des Marquis. „Spielen Sie hier nicht den Unschuldsengel. Ich erwarte nicht, dass Sie mir erklären, warum eine Frau, die einst Anstand und Würde besessen hat, ein naives junges Mädchen in dieselbe Falle zu locken versucht, in die sie selbst einst getappt ist. Doch ich erwarte sehr wohl, dass Sie mich für klug genug halten, nicht auf Ihre Lügen hereinzufallen. Sie haben Charlotte in Ihr Leben hineingezogen. Sie wollen sie zu dem Schicksal verdammen, das Sie selbst erlitten haben. Wir …“, er blickte rasch zu MacNeill hinüber, der mit einem knappen Nicken antwortete, „… werden sie wieder aus diesem Sumpf herausziehen. Und Sie werden uns dabei helfen.“

Alles Blut wich aus Ginnys Gesicht. Nie zuvor war sie mit so klaren Worten verurteilt worden, und mit solcher Berechtigung. Mehr noch, sie hätte sich nie träumen lassen, dass irgendetwas, was ein Mann zu ihr sagte, noch die Macht haben könnte, sie zu verletzen. Sie hatte sich getäuscht. Doch das war nicht von Bedeutung. Sie würde Charlotte nicht aufgeben. Noch nicht.

„Ich habe Ihre Schwägerin zu nichts angestiftet. Ich bin keine Kupplerin. Es tut mir leid, wenn Sie mir nicht glauben." Sie reckte das Kinn empor.

Cottrell betrachtete sie eine geraume Weile lang. „Ich glaube Ihnen. Doch Sie wissen noch etwas mehr. Etwas, das Sie uns verheimlichen."

„Der Ansicht bin ich auch." MacNeills grüne Augen wurden schmal. „Und täuschen Sie sich nicht, Mrs. Mulgrew. Wenn ich zu dem Schluss kommen sollte, dass dieses Wissen, das Sie zurückhalten, unsere Suche nach Charlotte beschleunigen könnte, werde ich keinen Augenblick zögern, es aus Ihnen herauszupressen. Wenn wir Charlotte nicht bald finden, werde ich zurückkehren und erst wieder gehen, wenn Sie mir alles gesagt haben, was Sie wissen. Und das werden Sie, glauben Sie mir."

Das Herz schlug Ginny bis zum Hals, und ihr Mund war mit einem Mal unangenehm trocken. Doch an Mut hatte es ihr noch nie gemangelt. Stolz richtete sie sich auf und warf dem hünenhaften Schotten einen hochmütigen Blick zu. „Sie drohen mir?"

Es war nicht MacNeill, der antwortete.

Der Marquis of Cottrell beugte sich vor, blickte Ginny mit seinen schönen schwarzbraunen Augen eindringlich an und sagte in samtweichem Ton: „Worauf Sie sich verlassen können, Mrs. Mulgrew."

„Sie hat gelogen", urteilte Kit MacNeill, während er Ramsey Munro in das Herrenhaus der Cottrells folgte.

„Ja. Die Frage ist nur, in Bezug worauf. Ich glaube, sie war ehrlich empört über unsere Anspielung, sie habe sich als Charlottes Kupplerin betätigt …" Er hielt inne, seine Mundwinkel zuckten. „Gütiger Himmel, Kit, ich kann kaum glauben, welche Worte mir da im Zusammenhang mit Charlotte über die Lippen gekommen sind. Mit *unserer* Charlotte! Unserer ungestümen, eigensinnigen, lebhaften und durch und durch ehrenwerten Charlotte. Das wird Helena umbringen." Er blickte zu Kit hinüber. Als er den grimmigen Ausdruck auf dem Gesicht seines Freundes sah, wurde ihm bewusst, dass er nicht der Einzige war, der den tiefen Schmerz fürchtete, den diese Nachricht der Frau seines Herzens zufügen würde. „Es tut mir leid, Kit. Ich weiß, dass Kate ebenso empfinden wird."

„Kate wird es nicht glauben. Ganz gleich, was ihr zu Ohren kommt, sie wird sich niemals davon überzeugen lassen, dass ihre kleine Schwester sich für das Leben einer Kurtisane entschieden hat. Charlotte könnte es ihr sogar höchstpersönlich verkünden, uns ihre neueste Eroberung ins Haus schleppen, und Kate würde lediglich behaupten, dass sich hinter der Fassade Dinge abspielten, von denen wir nichts verstünden."

Ram seufzte. „Ja, ich weiß. Auch Helena hat deutliche Neigungen in diese Richtung erkennen lassen." Wenngleich sie nicht so schwer zu überzeugen sein würde wie Kate, räumte Ram im Stillen ein. Im Gegensatz zu ihr hatte Helena in den vergangenen drei Jahren miterlebt, wie Charlotte sich über die feine Gesellschaft lustig gemacht hatte, war Zeugin ihrer gewagten Tändeleien gewesen und hatte gesehen, in welchen Kreisen sie verkehrte.

„Ich spreche noch einmal mit Lady Welton. Vielleicht weiß sie mehr über diesen Rousse zu sagen, als dass er Franzose ist und Charlotte offenbar irgendwie in seinen Bann geschlagen hat."

„Wenigstens hat sie dem Kerl den Laufpass gegeben", bemerkte Kit.

„Und ein paar Tage später sind beide spurlos verschwunden? Höchst unwahrscheinlich, dass dazwischen kein Zusammenhang besteht.“ Ram schloss die Augen.

„Denk nicht an so etwas, Ram“, riet Kit, der die finsteren Abgründe kannte, in die sich die Gedanken seines Freundes verirrt hatten. Er selbst war mit den seinen bereits dort. Und wenn dieser Rousse Charlotte entführt hatte und sie sich noch in seiner Gewalt befand? Oder schlimmer noch, wenn er sie, dem uralten Brauch verschmähter Liebhaber folgend, aus Rache ermordet hatte? Dann ist dieser Kerl gut beraten, sich schleunigst selbst umzubringen, bevor er mir in die Hände fällt, dachte Kit grimmig.

Sichtbar bemüht, diese düsteren Gedanken aus seinem Kopf zu vertreiben, öffnete Ram die Tür, vor der sie standen, und gewährte Kit durch einen Wink den Vortritt in seine Bibliothek. Kaum hatten sie den Raum betreten, erschien ein Lakai mit einem silbernen Tablett in den Händen, auf dem zwei Umschläge lagen. Mit einer Verbeugung überreichte er seinem Herrn die Briefe. Ram nahm sie achtlos an sich und verabschiedete den Diener mit einem Kopfnicken. Ein flüchtiger Blick auf einen der Umschläge genügte, um die Handschrift des Absenders zu erkennen. „Er ist von Helena.“

Rasch öffnete er das Schreiben und überflog die kurze Nachricht. Als er aufsah, begegnete er Kits neugierigem Blick. „Sie sind uns zuvorgekommen. Unsere Frauen haben Lady Welton einen weiteren Besuch abgestattet in der Hoffnung, noch irgendetwas Neues von ihr zu erfahren.“

Kit gestattete sich ein grimmiges Lächeln. „Du hast doch nicht ernsthaft erwartet, dass sie tatenlos herumsitzen würden, oder?“

„Nein“, entgegnete Ram und drehte den zweiten Umschlag um. Er trug keinen Absender. Kaum hatte er den Brief daraus hervorgezogen, versteinerte sich seine Miene.

„Was ist es?“, fragte Kit.

„Ein anonymes Schreiben, in dem steht, Charlotte halte

sich auf St. Lyons Burg in Schottland auf. Als ‚spezieller Gast' des Comte."

„St. Lyon?", wiederholte Kit.

„Ein französischer Immigrant und Frauenheld von einigem Renommee", erläuterte Ram mit sorgenvoller Miene. „St. Lyon mag ein Verführer sein, doch er ist ein ungemein vorsichtiger Mann. Er liebt das gesellschaftliche Leben viel zu sehr, als dass er riskieren würde, davon ausgeschlossen zu werden."

„Was bedeutet", folgerte Kit grimmig, „dass kein Grund zur Vorsicht mehr besteht, was Charlotte betrifft."

„Falls in diesem verfluchten Brief überhaupt die Wahrheit steht", bemerkte Ram wütend. „Der Verfasser könnte sich einen üblen Scherz erlaubt haben oder irgendwelche anderen Absichten verfolgen."

„Mag sein, doch wir können es uns nicht erlauben, ihn zu ignorieren."

„Nein, das können wir nicht. Ich breche gleich morgen nach Schottland auf, und du setzt die Suche hier in London fort."

Kit schüttelte den Kopf. „Oh nein, mein Freund. Ich werde dich begleiten. Du hast genug Spitzel angeheuert, die die Stadt nach Charlotte durchkämmen. Wenn sie hier ist, werden sie sie finden. Der Hinweis auf die schottische Burg ist die erste Spur, die wir hinsichtlich ihres Aufenthaltsorts haben. Ich werde nicht hier herumsitzen, während du in Richtung Norden aufbrichst. Außerdem möchte ich mich dem … Einspruch anschließen, den du bei St. Lyon einlegen wirst, falls die Behauptungen in diesem Brief sich als wahr erweisen sollten."

„Einverstanden", willigte Ram ein. „Du sagst Kate Bescheid, und ich werde tun, was ich kann, um Helena davon abzubringen, uns zu folgen. Wir brechen bei Tagesanbruch auf. Abgemacht?"

„Abgemacht."

Mittlerweile würden Ramsey und Christian seinen Brief erhalten haben. Sie würden außer sich sein bei dem Gedanken an die Lage ihrer Schwägerin. Und in ihrem blinden Eifer, sie zu retten, würden sie geradewegs in ihr Verderben rennen. Er brauchte nur zu warten. Alles fügte sich mit der Genauigkeit eines Uhrwerks ineinander. Alles, was er vor so vielen Jahren verloren hatte, würde ihm nun zehnfach zurückgegeben werden. Sein Ruf, seine Heimat, seine Ehre … sein Leben.

Er durfte nicht Opfer desselben überstürzten Eifers werden. Er musste den rechten Augenblick abwarten. Doch die Versuchung, die Maske fallen zu lassen, war unendlich groß. Er schloss die Augen und rang diesen selbstzerstörerischen Drang nieder. Er war müde. Erschöpft. Der Sieg war zum Greifen nahe, doch er hätte sich nicht träumen lassen, wie schwer es ihm fallen würde, in Dands Nähe zu sein, ohne mit ihm sprechen zu können.

19. KAPITEL

Burg des Comte St. Lyon, Schottland
12. August 1806

„Wenn Sie vor zweihundert Jahren Burgherrin gewesen wären, hätten Ihre Feinde hier auf Ihr Urteil gewartet.“ Der Comte, der Charlotte auf diesem letzten Teil ihrer privaten Burgbesichtigung auf der engen Wendeltreppe vorausging, trat in den großen leeren Raum im obersten Stockwerk des runden Wachturms. Er wandte sich um und reichte ihr die Hand. Sie nahm sie an und gestattete St. Lyon, ihr durch die Bodentür auf den feuchten, schiefergrauen Fußboden hinaufzuhelfen.

„Was glauben Sie, Charlotte?“ Er sprach ihren Vornamen mit Schmelz in der Stimme. „Wären Sie gnädig, oder würden Sie die Höchststrafe fordern, den Tod?“

„Das käme auf das Verbrechen an“, entgegnete sie, zitternd vor Kälte.

Charlotte sah sich um. Offene Fenster in jeder der vier Himmelsrichtungen erlaubten einen ungehinderten Blick über die Landschaft. Die Straße, auf der sie hergekommen waren, schlängelte sich durch die endlose Einöde. Im Westen erhoben sich die violetten Umrisse der Berge, und am Fuße der Burg glitzerte der Fluss im Licht der Abendsonne.

„Es hat etwas Ehrfurcht gebietendes“, bemerkte sie und ließ den Blick dabei verstohlen umherschweifen. Dieser Raum hatte einst als Verhörzimmer gedient. Dem Bauplan zufolge gab es einen sehr schmalen Gang, der im Erdgeschoss begann und zwischen den dicken Steinmauern bis hier herauf führte. An seinem Ende befand sich ein Guckloch, das es einem Beobachter ermöglichte, dem Geständnis eines Verhörten beizuwohnen, ohne selbst gesehen zu werden. Doch wo war dieser Sehspalt? Und wusste St. Lyon davon?

Am Morgen zuvor hatte Charlotte sich Lizettes bemerkenswerte Begabung, Madame Paule mit Sonderwünschen zu belästigen, zunutze gemacht und die Abwesenheit ihrer Bewacherin ausgenutzt, um einige der allgemein zugänglichen Gemächer in Augenschein zu nehmen. Dabei hatte sie tatsächlich eine geheime Nische hinter einer der Wandvertäfelungen entdeckt; der Brief jedoch war nicht darin gewesen.

Vergangene Nacht hatte sie sich zu später Stunde aus ihrem Zimmer geschlichen und St. Lyons Bibliothek durchstöbert, insgeheim fluchend, denn gewiss war Dand bereits vor ihr dort gewesen. Mit Sicherheit vermochte sie das allerdings nicht zu sagen, da sie seit ihrer Ankunft kaum miteinander gesprochen hatten. Aber es wäre einfach zu leichtsinnig gewesen, die Bibliothek nicht zu durchsuchen. Falls der Brief sich nicht in St. Lyons Privatgemächern befand, war er vermutlich hier versteckt. Doch ihre Nachforschungen waren vergeblich gewesen.

Charlotte wandte sich ihrem Möchtegern-Liebhaber zu. „Es ist wunderschön auf eine wilde, gesetzlose Art und Weise."

„Oh, es mag wild und gesetzlos wirken, doch es ist ein äußerst sicherer Ort, glauben Sie mir", bemerkte St. Lyon. „Auch wenn es mir ein Rätsel ist, warum die Erbauer dieser Burg dachten, irgendjemand könne diesen öden Flecken Erde besitzen wollen."

„Was hat Sie daran gereizt? Warum wollten Sie ihn?", fragte Charlotte.

„Wegen der Jagdmöglichkeiten. Moorhühner auf der Heide, Enten am Fluss, und in dem Wald ein wenig weiter unten im Süden wimmelt es nur so vor Rehen, Hirschen und Wildschweinen."

Beim Anblick ihres überraschten Gesichtsausdrucks lachte er. „Wie? Dachten Sie etwa, ich hätte die Burg aus niederen Beweggründen erworben? Womöglich, um sie als Lasterhöhle zu nutzen, als Verlies, in dem ich junge Damen verschwinden lasse?"

Er schloss die Finger um ihr Handgelenk, zog Charlotte sanft zur Wand hin und zeigte auf eine Anzahl eiserner Ringe, die in unterschiedlicher Höhe in den Stein eingelassen waren. Seine Augen unter den halb geschlossenen Lidern funkelten, als er Charlottes Arm hob und ihr Handgelenk neben einen der dicken Eisenringe drückte. „Vielleicht glauben Sie, ich würde sie hier in diesem Turm anketten, bis sie mir zu Willen sind?"

Charlotte war gewappnet. Sie wich nicht zurück, sondern erwiderte den Blick des Grafen mit einem Selbstbewusstsein, das dem seinen in nichts nachstand. „Ich glaube nicht", erwiderte sie, „dass Sie es überhaupt nötig hätten, zu solchen Mitteln zu greifen, verehrter Comte."

Er betrachtete sie einen kurzen Augenblick lang, bevor er sie mit einem Lächeln auf den Lippen losließ. „Das hoffe ich. Sie jedoch, meine Liebe, stellen eine ziemliche Herausforderung für mich dar."

„Wie das?", fragte sie in gespielter Überraschung. „Ich bin schließlich hergekommen, nicht wahr?"

„Ihr ehemaliger Liebhaber allerdings auch, meine Teure, und seine Anwesenheit wirft einen dunklen Schatten auf das Glück, das ich mit Ihnen zu erleben hoffte."

Seit ihrer Ankunft vor drei Tagen hatte Charlotte sich jeglichen Gedanken an Dand verwehrt – und war ihm so gut sie konnte aus dem Weg gegangen. War sie gezwungen, sich im selben Raum aufzuhalten wie er, tat sie so, als gäbe es ihn gar nicht, doch seine Gegenwart war ihr stets nur allzu deutlich bewusst.

Obwohl sie sich bemühte, ihre Aufmerksamkeit einzig und allein auf ihre Aufgabe zu richten, stieg ihr sofort eine zarte Röte in die Wangen, wenn Dands Stimme vom anderen Ende des Saales zu ihr herüberwehte. Jedes Mal, wenn sie aufsah, bemerkte sie, dass er sie anblickte, forschend oder grimmig, nachdenklich oder verärgert. Dand spielte den gekränkten Liebenden nur, im Gegensatz zu ihr.

Sie sehnte sich nach ihm – und verurteilte ihn gleichzeitig dafür, dass er sie getäuscht hatte, nicht ohne sich im Stillen ob ihrer Dummheit zu verfluchen. Dand hatte schließlich nie ein Hehl daraus gemacht, dass ihm jedes Mittel recht war, um sein Ziel zu erreichen, dass er alles dafür opfern würde, ganz gleich, um was es sich dabei handelte ... oder um wen.

„Schicken Sie ihn fort", verlangte Charlotte mit der Bestimmtheit einer Frau, die es gewohnt war, dass man ihren Wünschen nachkam. „Er stört mich."

„Wie ich schon sagte", entgegnete St. Lyon in versöhnlichem Ton, „er ist im Auftrag anderer hier."

„Ich verstehe nicht ganz. Was meinen Sie mit diesen ‚Verbindungen zu hohen kirchlichen Würdenträgern'? Er ist nichts als ein französischer Emigrant."

„Mein Liebe." St. Lyons Gesichtsausdruck zeugte von aufrichtiger Verwunderung. „Sie wissen wirklich nicht, wer er ist?"

„Ein Franzose, den ich vor vielen Sommern in Bristol getroffen habe. Eine kindische Vernarrtheit, die ich leider nicht als solche erkannt habe, als wir einander diesen Sommer in London wiederbegegnet sind."

„Aber ... hat er Ihnen nicht gesagt, *wer* er ist?"

Charlottes Neugier war geweckt, doch sie stellte eine gewisse Verdrossenheit zur Schau. „Nein. Was meinen Sie damit? Ich hatte noch nie eine Vorliebe für Ratespielchen. Sagen Sie mir, wer er ist, wenn Sie glauben, es könne mich beeindrucken."

„Er ist André Henri Rousse, Vetter des ermordeten Duc d'Enghein und Urgroßneffe von Maria Theresia von Österreich."

Um ein Haar hätte Charlotte laut aufgelacht. Gütiger

Himmel, wenn Dand in eine Rolle schlüpfte, dann in eine wahrhaft beeindruckende, das musste sie ihm lassen. Doch St. Lyons Gesichtsausdruck sprach Bände. Obwohl der Comte sich in die englische Gesellschaft eingefügt und ihre Werte und Gepflogenheiten übernommen hatte, empfand er noch immer Ehrfurcht vor dem Hochadel seiner alten Heimat. Kein Wunder, dass Dand ausgerechnet diesen Decknamen gewählt hatte.

„Nun ja, an achter oder an achtzehnter Stelle in der Anwartschaft auf einen nicht vorhandenen Thron zu stehen, das macht wohl keinen großen Unterschied, nicht wahr?“, fragte sie in gelangweiltem Ton. „Jedenfalls hat sein hoher Rang keinen Einfluss auf den Inhalt seiner Brieftasche, soweit ich das beurteilen kann. Und sein elegantes Aussehen verdankt er nur der Geduld seines Schneiders, bei dem er hoffnungslos in der Kreide steht.“

„Sie sind wirklich ein durch und durch praktisch denkendes Geschöpf“, bemerkte St. Lyon, und Charlotte befürchtete, sie könne zu weit gegangen sein.

Ihre Rolle verlangte zwar von ihr, dass sie käuflich war, allerdings nicht auf so offensichtliche Art und Weise, dass St. Lyon davon abgeschreckt wurde. Er sollte glauben, dass ihr Begehren zuallererst *ihm* galt, und erst an zweiter Stelle dem Inhalt seiner Geldbörse.

„Gewiss“, sagte sie leise, als würde sie zu sich selbst sprechen, „sein Mangel an Vermögen wäre mir gar nicht aufgefallen, wenn es andere Dinge gegeben hätte, um ihn wettzumachen.“ Sie verstummte und überließ es St. Lyons Vorstellungskraft, sich auszumalen, woran genau es Dand gemangelt hatte. „Ich wünsche wirklich, dass er geht.“

„Gemach, gemach, liebste Charlotte. Er wird nur noch wenige Tage hier sein“, sagte St. Lyon in besänftigendem Ton, als habe er es mit einem trotzigen Kind zu tun. Und genau dafür, zu dieser Überzeugung war Charlotte mittlerweile gelangt, hielt der Comte die Frauen: für verwöhnte, aufsässige Kinder.

„Ich stelle jedoch fest, es gibt hier keine Feste, keine Maskenbälle, keine Gesellschaft." Sie zog einen Schmollmund. „Genau wie Sie, Comte, bin ich ein Mensch, der an eine gewisse Lebensqualität gewöhnt ist. Schönheit und Zerstreuung sind ebenso wichtig für mich wie das tägliche Brot. Und an beidem mangelt es hier. Hinzu kommt …", sie warf ihm einen vorwurfsvollen Blick zu, „dass Sie nicht aufrichtig zu mir waren."

„Wie das?" Der Graf nahm ihre Hände in die seinen und drückte sie sanft. „Sagen Sie es mir."

„Sie haben mir erzählt, Sie seien hier, um Ihren nach England emigrierten Landsleuten die Eingewöhnung zu erleichtern. Doch der einzige andere Franzose, den ich unter Ihren Gästen entdecken konnte, ist Monsieur Rousse."

St. Lyon verharrte einige Sekunden lang wie versteinert, dann erklärte er: „Ich gebe es zu, ich war nicht sehr mitteilsam. Sie haben mich überführt." Er hob die Hände in einer charmanten, um Verzeihung bittenden Geste. „Wie Sie wissen, besitze ich eine Schwäche für seltene und kunstvolle Objekte. Nun, im Zuge meiner Sammlertätigkeit stoße ich bisweilen auf Dinge, die von großem Wert für andere sind und die ich dann ausgewählten Gästen im Rahmen einer Versteigerung zum Kauf anbiete."

„Wie bei Tattersall's!", rief sie aus.

Er lächelte mit kaum verhohlener Überheblichkeit. „Ja, meine Liebe. Wie bei Tattersall's. Nur mit dem Unterschied, dass bisweilen – wie soll ich sagen? – Zweifel daran bestehen, ob es mir erlaubt ist, einige dieser Dinge zu versteigern."

„Oh!" Charlotte blickte ihn mit weit aufgerissenen Augen an. „Sie meinen, Dinge wie …" Sie blickte sich verstohlen nach allen Seiten um und flüsterte: „Juwelen? Königliche Juwelen? Königliche französische Juwelen?"

St. Lyon legte den Finger an die Nase und nickte bedächtig. „So ist es."

Es war wahrhaftig kaum zu glauben, für wie leichtgläubig er sie hielt.

„Wie aufregend", rief Charlotte, trat einen Schritt zurück und vollführte eine anmutige Drehung. „Wie gern würde ich königliche Juwelen tragen. Denken Sie nur, welchen Neid ich damit erregen würde!"

„Und ich würde sie liebend gern an Ihnen sehen. Doch leider hätten Sie niemals Gelegenheit, sich in der Öffentlichkeit damit zu zeigen. Die Schmuckstücke sind viel zu leicht zu erkennen, und die Steine aus der Fassung zu brechen, würde sie eines Großteils ihres Wertes berauben. Nein, es ist viel besser, sie zu versteigern und neue Juwelen von dem Erlös zu kaufen."

Charlotte setzte eine zweifelnde Miene auf. „Hm, mag schon sein. Doch wenn ich an den ungeheuren Wert dieser Schmuckstücke denke, wundert es mich, wie ruhig und gelassen Sie sind. Fürchten Sie denn nicht, jemand könne versuchen, sie Ihnen zu stehlen? Es gibt ja noch nicht einmal Wachen hier."

Er lachte. „Meine Dienerschaft verfügt über gewisse nützliche Fertigkeiten und wird nicht zögern, Gebrauch davon zu machen, falls es nötig werden sollte. Doch das wird es nicht, seien Sie unbesorgt."

„Sie sind sich Ihrer sehr sicher, werter Comte. Auch der Vertrauenswürdigkeit Ihrer Gäste."

„Oh, meinen Gästen traue ich nicht über den Weg. Und wir beide kennen einander mittlerweile so gut, dass meine Bemerkung Ihnen keinen Anlass geben sollte, eine entsetzte Miene aufzusetzen, nicht wahr?"

Ihre Grübchen traten hervor, als sie lächelte. „In der Tat!"

„Sehr gut", fuhr er zufrieden fort. „Was ich sagen wollte, ist, dass ich nicht den geringsten Zweifel daran hege, dass einige meiner Gäste, wenn nicht gar alle, heimlich meine Gemächer durchstöbert haben. Sie haben Obstschalen umgedreht und unter sämtliche Blumentöpfe geschaut, doch alles vergeblich, wie ich hinzufügen möchte."

„Hochmut kommt vor dem Fall", mahnte Charlotte sanft.

„Oh, mit Hochmut hat das nichts zu tun, meine Liebe. Man kann einfach nichts finden, was nicht da ist. Aha! Allmählich begreifen Sie, warum ich so hartnäckig darauf bestehe, die Ankunft unseres letzten Gastes abzuwarten. Er ist im Besitz des … Schmucks."

„Tatsächlich?" Charlotte warf ihm einen bewundernden Blick zu, während sie im Stillen ihr Pech verfluchte.

Mist! St. Lyon hatte einen Komplizen. Sie musste Dand davor warnen, weiter nach dem Brief zu suchen, denn damit würde er sich selbst – und den Erfolg ihrer Mission – nur unnötig in Gefahr bringen. Sie zog die Stirn kraus. „Aber was ist, wenn *er* die Juwelen stiehlt?"

„So jung, und schon so misstrauisch. Das kann allerdings recht reizvoll sein", bemerkte St. Lyon nachsichtig. „Keine Sorge, mein Täubchen." Seine Vertrautheit mit ihr wuchs von Minute zu Minute, und die Rolle des weltklugen älteren Mannes war ganz nach seinem Geschmack. Er tätschelte sie sanft unter dem Kinn. „Mein Verbündeter ist kein Mann von überragendem Verstand. Doch er ist klug genug, um zu wissen, dass er eine Versteigerung dieser Art niemals allein zustande bringen könnte. Außerdem war er es, der mir besagte Kostbarkeit gebracht hat."

„Wie raffiniert! Und wann wird dieser Bursche eintreffen?"

„Oh, sehr bald schon", entgegnete St. Lyon. „Er ist ein pünktlicher Geselle, dieser Rawsett."

„Rawsett?"

„Vielleicht sagt Ihnen der Name etwas? Ein Müßiggänger ersten Ranges, doch ein nützlicher Müßiggänger. Sobald er eingetroffen ist, werde ich die Versteigerung durchführen, und was danach mit den Juwelen geschieht, soll mich nicht kümmern." Ein verheißungsvolles Lächeln erhellte sein Gesicht. „Und dann, meine Liebe, werde ich mich der wundervollen Aufgabe widmen, Sie diesen Rousse vergessen zu machen."

„Wen?", fragte Charlotte schelmisch.

Und St. Lyon lachte.

20. KAPITEL

Burg des Comte St. Lyon, Schottland
12. August 1806

„Ich nehme die Wette an, Comte!“ Charlotte ließ den Blick kühn über die um den Spieltisch versammelten Männer schweifen. „Mein Seidenstrumpf gegen Ihre tausend Pfund.“

Die Kartenspieler am Nachbartisch verstummten und vergaßen das Blatt in ihrer Hand, als sie Charlottes Ankündigung hörten, denn auch der Letzte von ihnen wusste, dass die kleine Bordsteinschwalbe, die in ihre Mitte geflattert war, bis vor sehr, sehr kurzer Zeit eine Dame von Stand gewesen war. Und ebenso war jedem bewusst, dass der Mann, der für ihren Sturz verantwortlich war, direkt am Nebentisch saß, Rücken an Rücken mit ihr, den Blick starr auf seine Karten gerichtet. Seine Miene war kalt und abweisend wie die Berge weiter oben im Norden.

All das war so unglaublich, so köstlich verrucht. Und es war erst Nachmittag! Welche Unterhaltung mochte sie erst beim Dinner erwarten?

„Im Krieg und in der Liebe ist alles erlaubt“, sagte der Graf und schaute ihr dabei tief in die Augen.

„Sagten Sie ‚Liebe‘, Comte?“ André Rousse wandte sich um, legte den Arm über die Rückenlehne seines Stuhls und warf Charlotte Nash einen vor Verachtung triefenden Blick zu. Wie ein Mann aus Fleisch und Blut es fertigbrachte, eine so verführerische Frau mit einem derart eisigen Blick zu mustern, überstieg das Begriffsvermögen der meisten Anwesenden.

Ihre kupferfarbenen Locken glänzten wie poliertes Metall, und ihr Kleid aus elfenbeinfarbener Seide, das sich um die Rundungen ihres geschmeidigen jungen Leibes schmiegte, brachte die Makellosigkeit ihrer rosigen Pfirsichhaut aufs Beste zur Geltung. Ihre Lippen, ständig vom Anflug eines wissenden Lächelns umspielt, lockten mit der prallen Fülle der Jugend, und ihre strahlenden Augen wurden von langen, dichten Wimpern umrahmt, deren Spitzen golden schimmerten. Was machte es schon, dass sie nicht die exotische Schönheit besaß, die man ihren älteren Schwestern nachsagte, dass ihr Kinn ein wenig zu spitz geraten war, ihre Augen mit den bronzefarbenen Einsprengseln sehnsuchtsvoll-melancholisch blickten, als sei sie eben erst dem Bett entstiegen, und ihre Lippen eine Spur zu voll und üppig waren? Sie war frech, kokett und höchst aufgeweckt. Und das war mehr wert als bloße Schönheit.

Der Comte zog die Brauen hoch ob der unerwarteten Einmischung. „In der Tat, das sagte ich, Monsieur Rousse. Haben Sie etwas dagegen einzuwenden?"

„Nein. Doch nach meinen eigenen jüngst gemachten Erfahrungen ...", sein Blick glitt über Charlottes unzüchtig bekleideten Körper, „halte ich es für meine Pflicht, Sie darauf hinzuweisen, dass die zärtlichen Gefühle, die Sie soeben erwähnt haben, außerhalb dessen liegen, was eine gewisse Dame zu empfinden in der Lage ist."

„Ich wüsste Ihre Sorge gewiss zu schätzen, wenn sie nicht so offenkundig der Haltung entspringen würde, die die Engländer mit dem Sprichwort von den unerreichbaren und daher angeblich zu sauren Trauben veranschaulichen", entgegnete St. Lyon spöttisch.

Charlotte blickte angestrengt an Dand vorbei und verfluchte ihn im Stillen dafür, dass er ihr keine Gelegenheit gab, ihn vor einer weiteren Suche nach dem Brief zu warnen. Und wenn der Narr nicht aufpasste, würde St. Lyon womöglich noch auf den Gedanken kommen, er könne ihre Zuneigung am besten dadurch erobern, dass er den edlen Ritter spielte und Dand in seine Schranken verwies. Die Art, wie die beiden Männer einander anstarrten, erinnerte Charlotte an steifbeinige Straßenköter, die sich gegenseitig das Revier streitig machten. Wie lange würde es noch dauern, bis sie einander an die Gurgel gingen?

Doch von welchem Nutzen wäre Dand für ihre Mission, wenn er verwundet würde? Oder schlimmer noch? Nein, das würde sie nicht dulden! Sie hatte viel zu viele Opfer gebracht, um ihr Vorhaben durch albernes männliches Imponiergehabe zerstören zu lassen.

Seelenruhig drehte sie sich um, als habe Dand kein Wort gesagt. „Ich bestehe stets darauf, den Wetteinsatz vor mir auf dem Tisch zu sehen, und ich vermute, Ihnen geht es ebenso. Habe ich recht, meine Herren?"

Charlotte streckte das Bein aus und ließ den samtenen Slipper von ihrem Fuß gleiten.

„Meine Liebe? Wäre es Ihnen nicht angenehmer, in einer ungestörteren ...?"

„Ich brauche keine Ungestörtheit. Jedenfalls nicht für dies hier." Sie schaute auf. Alle Männer im Saal, einschließlich des Comte, starrten auf ihren entblößten Fuß. Alle Männer außer Dand. Er erwiderte ihren Blick mit einem drohenden Ausdruck in den Augen. Zum Kuckuck mit ihm! Schließlich hatte *er* ihr die Rolle der Unterhaltungsdame zugedacht, also würde sie ihn nicht enttäuschen.

„Ich kann mir allerdings schlecht vorstellen, was Sie hiermit anfangen wollen, meine Herren. Vielleicht hätte ich einige ungestörte Augenblicke in einem der Nebenzimmer als Wetteinsatz anbieten sollen?" Sie hielt Dands Blick stand, ohne mit der Wimper zu zucken. Um sie herum schnappten ein Dutzend Männer nach Luft, bekundeten lautstark ihre Begeisterung oder räusperten sich heiser. „Zu spät, meine Herren", verkündete Charlotte mit einem katzenhaften Lächeln. „Sie wollten nur meinen Strumpf. Beim nächsten Mal ziehen Sie vielleicht in Erwägung, etwas mehr zu verlangen."

Sie beugte sich vor, ließ die Hände unter den Saum ihres Kleides gleiten und tastete nach dem Strumpfband. Dands Kiefermuskeln spannten sich an. Unter der gefährlich aussehenden Narbe begann seine Wange zu zucken.

Tu es nicht!

Hatte er die Worte tatsächlich geflüstert, oder hatte sie sie einfach hören wollen? Das war nicht von Bedeutung. Charlotte war nun mit ihrer Rolle verschmolzen. Mit einem aufreizenden Blick in die Runde ihrer hingerissenen Zuschauer streifte sie sich den hauchdünnen, mit Stickereien verzierten Seidenstrumpf über die Wade. Dann, nach einem kühn gewährten Blick auf ihren entblößten Knöchel, zog sie ihn über den Fuß und hielt ihn keck in die Höhe.

Dand erhob sich. Niemand außer Charlotte schien es zu bemerken. Auch fiel offenbar niemandem auf, dass er wortlos den Saal verließ, als könne er ihren Anblick nicht länger ertragen.

Sie lächelte. Kokett. Selbstbewusst. „Hier, Comte, ist mein Einsatz. Wenn Sie nun bitte die Karten austeilen würden?"

Ein anerkennendes Lächeln auf den Lippen, legte er drei Karten verdeckt vor Charlotte auf den Tisch. Sie hob sie auf und versuchte, gespannte Erwartung vorzutäuschen. Sie empfand keine. St. Lyons Geld bedeutete ihr nichts, auch wenn sie wusste, dass sie genau den gegenteiligen Eindruck erwecken musste, und ob sie ihren verflixten Strumpf verlor, war ihr völlig gleich. Dass sie ihn vor aller Augen abgestreift hatte, war an Verruchtheit kaum zu überbieten. Was machte es da, wenn St. Lyon ihn gewann?

Zwei Damen und eine Herz Vier. Charlotte gab sich nicht einmal die Mühe, eine weitere Karte zu ziehen, und als der Comte sein Blatt mit den zwei Zehnern aufdeckte, drehte auch sie ihre Karten um. „Gewonnen", sagte sie – und fühlte sich dennoch als Verliererin. Trotzdem lächelte sie. Lachte.

Ließ ihre Grübchen hervortreten, strahlte vor Freude über den Sieg und das gewonnene Geld und nahm die Glückwünsche der Männer im Saal entgegen, auch jene der Damen, die weit weniger begeistert klangen.

„Wenn Sie mich nun entschuldigen würden, Comte? Meine Herren?“ Sie nahm den zarten Seidenstrumpf vom Tisch und schlüpfte mit dem nackten Fuß in ihren Schuh.

„Ich werde Sie nun verlassen, um mich für den Abend umzukleiden. Sie werden mich doch nicht enttäuschen, indem Sie das Spiel beenden? Ich bin bald zurück und bestehe darauf, weiterzuspielen, bis zum Dinner geläutet wird.“ Ein Dutzend rauer Männerstimmen versicherte ihr im Chor, man werde das Spiel nicht unterbrechen und warte sehnsüchtig auf ihre Rückkehr.

Froh darüber, sich davonmachen zu können, eilte Charlotte in den Großen Saal, wo jene Gäste, denen nicht nach Kartenspielen zumute war, sich um den großen offenen Kamin geschart hatten. Obwohl sie dicht beieinanderstanden oder -saßen, blieb fast jeder für sich. Nur wenige plauderten in gedämpftem Ton mit einem anderen. Die meisten beäugten verstohlen ihre Nachbarn oder starrten mit grüblerischer Miene in die Flammen des Kaminfeuers.

Die Rivalität um die begehrte Beute, die St. Lyon feilbot, hatte sie hergeführt, und dieselbe Rivalität hielt sie davon ab, einander näherzukommen. Welcher dieser Männer arbeitete für Napoleon? Welcher für die Österreicher? Welcher verfolgte persönliche Ziele oder, wahrscheinlicher noch, Geschäfte, die durch einen Pakt zwischen Nationen gefährdet würden? Die vergangenen zwei Jahre hatten Charlotte gelehrt, dass es in jedem Land – Großbritannien eingeschlossen – Menschen gab, die sich am Krieg bereicherten.

Sie verschwendete keine Zeit damit, sich über die unterschiedlichen Beweggründe den Kopf zu zerbrechen, die all diese Leute hergeführt hatten, sondern ließ den Blick durch den Saal schweifen in der Hoffnung, Dand habe ihren Wink verstanden und warte hier draußen auf sie. Sie musste ihm unbedingt mitteilen, dass der Brief sich noch nicht in der Burg befand. Doch er war nirgendwo zu entdecken.

Im Stillen fluchend, eilte Charlotte auf ihr Zimmer. Ihre Nerven waren zum Zerreißen gespannt. Wie lange würde sie St. Lyon noch hinhalten können? Sie war nicht geschaffen für diese Dinge. Auf charmante Wortgeplänkel verstand sie sich gut, wenn jedoch der Augenblick gekommen war, wo sie sich dem Comte tatsächlich hingeben musste … Charlotte schloss die Lider und kämpfte gegen den Ekel und das Entsetzen an, die sie bei diesem Gedanken befielen. Es ist nur ein körperlicher Akt, redete sie sich ein. Sie würde sich vorstellen, er sei ein anderer. Sie würde sich vorstellen, er sei …

Eine Bewegung hinter ihrem Rücken versetzte sie in Alarmbereitschaft. Gerade als sie sich umdrehen wollte, legte sich ein muskulöser Arm um ihre Taille, und im nächsten Augenblick wurde sie mit einem Ruck an eine harte männliche Brust gezogen. Charlotte wollte aufschreien, doch eine breite Hand drückte ihr den Mund zu.

„Ruhig", flüsterte Dand. „St. Lyon ist ein eifersüchtiger Verehrer. Seine Dienstboten haben Anweisung, dich zu bewachen … und dein Schlafgemach." Sein warmer Atem strich über die seidigen Haarsträhnen hinter ihrem Ohr, und sein Mund war so nah, dass Charlotte seine Lippen auf ihrem Nacken spürte, wenn er sprach. „Wirst du dich ruhig verhalten?"

Als sie nickte, löste er die Hand von ihrem Mund, hielt Charlotte jedoch weiterhin fest an seinen Körper gedrückt. Furcht stieg in ihr auf. Ja, sie hatte Facetten seines Wesens gesehen, die ihren Seelenfrieden erschütterten, Anzeichen dafür, dass er vor nichts zurückschrecken würde, um seine Ziele zu erreichen, und dennoch hatte sie ihm vertraut. Nun tat sie es nicht mehr.

„Wenn mein Zimmer beobachtet wird, wie bist du dann hereingekommen?“, fragte sie kühl.

„Durch das Fenster. Vom Fuß der Burgmauer aus wäre es ein höchst riskantes Unterfangen gewesen, vom Fenster des darüberliegenden Zimmers jedoch war es nicht allzu schwer für einen Mann mit meinen Fähigkeiten.“ Seine Lippen strichen über ihr Ohr, weich wie Samt und dennoch fest und warm. Charlotte wappnete sich innerlich gegen die verhängnisvolle Versuchung, sich seiner Umarmung hinzugeben.

„Es ist sinnlos, nach dem Brief zu suchen“, sagte sie unvermittelt. „Er ist nicht hier.“

„Was?“ Dands Griff um ihre Taille lockerte sich. Ohne ihn anzublicken, riss Charlotte sich von ihm los und schlenderte zu dem riesigen Spiegel hinüber, der gegenüber ihrem Bett stand. Von bitterer Genugtuung erfüllt, betrachtete sie ihr Abbild in dem blanken Kristall. Ihre Miene verriet nichts von dem inneren Aufruhr, den Dands Gegenwart in ihr auslöste. Sie wirkte ungerührt und gleichgültig. Recht so!

„St. Lyon hat vorausgesehen, dass einige seiner Gäste heimlich nach dem Brief suchen würden oder sogar vorhatten, ihn mit Gewalt in ihren Besitz zu bringen. Also hat er das Dokument der Obhut eines Verbündeten übergeben, eines Mannes namens Rawsett. Er wird in den nächsten Tagen hier eintreffen. Mit dem Brief. Du kannst dir deine nächtlichen Streifzüge also getrost sparen.“

Sie betrachtete verstohlen Dands Konterfei im Spiegel. Sein Blick ruhte auf ihr. „Dann solltest du abreisen. Auf der Stelle.“

Sie lachte. „Oh nein! Dazu ist es zu spät, würde ich meinen. Außerdem wissen wir nicht, wo St. Lyon den Brief aufbewahren wird. Du wirst ihn immer noch suchen müssen, und ich werde weiterhin für angenehme Ablenkung sorgen. Zumindest …“, sie legte den Kopf schräg und zog nach einem kurzen Augenblick des Zögerns ihren ohnehin atemberaubend tiefen Ausschnitt noch ein wenig tiefer, „werde ich mein Bestes dafür tun.“

„Ablenkung?“

„Ja. Nach Rawsetts Ankunft wirst du mich zweifellos brauchen, um für weitere Zerstreuung zu sorgen. Ist das nicht die Rolle, die du mir zugedacht hast?“

„Glaubst du das wirklich?“, fragte er mit tonloser Stimme und blickte sie mit schmalen Augen an.

„Was sonst? Oh, das Ganze war sehr raffiniert von dir, meine Hochachtung. Du hast mich gelenkt wie ein Puppenspieler seine Marionette. Du wusstest, dass ich mich nicht mit einer Nebenrolle begnügen würde, also hast du mich in dem Glauben gelassen, ich sei die Hauptdarstellerin in diesem Spiel.“

Sie lachte abermals, stolz darauf, wie belustigt sie klang, wie gleichgültig. „Stell dir vor, ich habe mir sogar eingebildet, es sei *meine* Idee gewesen, mit dir das Bett zu teilen.“ Charlotte wandte sich um. Sie wollte Dand verletzen, es ihm mit gleicher Münze heimzahlen. „Und natürlich, nachdem diese kleine Hürde genommen war, was hatte ich da noch zu verlieren?“ *Mein Herz.* „Nichts von Bedeutung. Hier bin ich also, aufgetakelt, entehrt und zu allem bereit. Zu deinen Diensten, sozusagen. Eine kleine Frage lässt mir allerdings schon die ganze Zeit keine Ruhe: Wie ist es dir gelungen, vor mir einzutreffen?“

„Mit einem Schiff“, entgegnete er knapp.

„Ich verstehe.“ Charlotte nickte lächelnd, als sei dies die einzige Frage, die ihre Gedanken beschäftigt hatte, und ergötzte sich dabei insgeheim am zornigen Funkeln seiner Augen. Dann vollführte sie eine anmutige Drehung. „Was meinst du, Dand? Bin ich begehrenswert genug, um St. Lyons Aufmerksamkeit zu fesseln, während du nach dem Brief suchst?“

„Du hast vorhin einen ganzen Saal voller Männer mit deinem Auftritt in deinen Bann gezogen, Charlotte", entgegnete er trocken. „Doch nimm dich in Acht. St. Lyon ist auch nur ein Mann. Wenn du ihn weiter so reizt wie heute Abend, wird er eines Nachts an deinem Bett stehen."

Wie konnte er es wagen, ihr kluge Ratschläge zu erteilen? Schließlich hätte er ihr dies alles ersparen können – wenn es seinen Plänen dienlich gewesen wäre. „Du klingst, als seiest du eifersüchtig. Man könnte meinen, du hättest vergessen, dass deine Rolle des Liebhabers nichts weiter ist als das: eine Rolle", bemerkte sie kühl und fügte dann hinzu: „Und woher willst du eigentlich wissen, dass St. Lyon nicht bereits Gast in meinem Schlafzimmer war?"

Noch ehe Charlotte weitersprechen konnte, hatte Dand den Raum durchquert, sie an den Armen gepackt und abermals an sich gerissen. „Du kleine Teufelin, in welch neue Hölle willst du mich stürzen?"

Sein Zorn berührte sie nicht. Sie war mit ihren eigenen Verletzungen beschäftigt. „Eins wüsste ich gern, nur um meine Neugier zu befriedigen: War all dein Tun, auch deine anfängliche Weigerung, mich zu entjungfern, nur darauf angelegt, mich hierherzubringen? In St. Lyons Bett?"

Sie konnte spüren, wie ein Ruck durch Dands muskulösen Körper ging, der sich so eng an den ihren drückte. Verdammt! Warum hatte er nur eine solche Wirkung auf sie? Warum konnte sie ihrem erwartungsvoll bebenden Leib nicht begreiflich machen, dass Dand sie benutzt hatte?

Sie war verängstigt und unerfahren gewesen, als sie nach London gekommen war, doch fest entschlossen, ihren Weg ohne die Hilfe ihrer Schwestern zu gehen. Ihre Unsicherheit hatte sie hinter einer Maske aus Übermut und Leichtsinn verborgen, und so war es ihr gelungen, sich einen Platz in der feinen Londoner Gesellschaft zu erobern. Nur Dand Ross hatte sie erlaubt, hinter ihre Täuschung zu blicken, nur ihm hatte sie schüchtern gezeigt, wie sie wirklich war und wie sie von ihm gesehen werden wollte: als eine ehrenwerte, willensstarke und achtbare junge Frau. Nicht einmal ihre eigenen Schwestern kannten sie so gut. So gut wie Dand. Und dann hatte er sie verraten.

Sie wartete seine Antwort nicht ab. Zu tief hatte er sie verletzt, und sie hatte nur den Wunsch, ihn ein wenig von dem Schmerz fühlen zu lassen, den er ihr zugefügt hatte.

„Nicht, dass ich mich geweigert hätte, wohlgemerkt." Der Zorn brachte ihr Blut in Wallung und ließ ihre leise Stimme beben. „Ebenso wenig wie ich dich mit Fragen bedrängt oder dir widersprochen hätte. Doch dieser Gefahr wolltest du dich gar nicht erst aussetzen, nicht wahr? Du hast mich benutzt. Nun, Dand", fuhr sie fort, „gerade du wirst verstehen müssen, dass *ich* jetzt *dich* benutze. Um St. Lyon eifersüchtig zu machen, um das Feuer seiner Begierde anzufachen und am Leben zu erhalten."

Sie atmete schwer vor Aufregung. Dand spürte, wie ihre Brüste sich hoben und senkten, wie ihre Schulterblätter gegen seinen Körper drückten und sie sich versteifte. Eine geraume Weile lang sagte er nichts. Charlotte versuchte, sich umzudrehen. Doch er hielt sie fest, und sein Griff war ebenso eisern wie sein Schweigen.

„Dich benutzt", sagte er schließlich mit einer Stimme, die kühl und dunkel war wie die Nacht. „Deine Einschätzung meines Charakters ist wahrhaft beeindruckend, Charlotte. Zuerst glaubst du, ich hätte nur mit dir das Bett geteilt, um dich von deiner Unschuld zu befreien und deiner Rolle so größere Glaubwürdigkeit zu verleihen. Und jetzt bildest du dir ein, ich hätte dich dazu verleitet, für mich zu huren, nur damit ich ein wenig ungestörter nach dem Brief suchen kann."

„Sag mir, dass ich mich täusche."

„Würdest du mir glauben?", fragte er in eisigem Ton. Als Charlotte ihm nicht antwortete, fuhr er fort: „Soweit ich mich erinnere, hast du mich bei meinem Abschied gebeten, am Nachmittag wiederzukommen. Das habe ich getan, doch du warst fort."

Sie würde Dand nichts von den Seelenqualen wissen lassen, die er ihr bereitet hatte. Unter keinen Umständen. „Ich wollte dir das Ungemach dieses Abschieds ersparen", entgegnete sie. „Ich bildete mir ein, es würde dir schwerfallen, deine … Mätresse in das Bett eines anderen Mannes zu schicken. Ich hätte es besser wissen sollen."

„Deine Rücksichtnahme verschlägt mir die Sprache", erwiderte er bitter. „Was für eine praktisch denkende Person du doch bist, Charlotte. Das habe ich bisher nie angemessen gewürdigt. Doch da wir nun schon einmal dabei sind, Vorwürfe und Verdächtigungen auszutauschen, möchte ich dich daran erinnern, dass du selbst es warst, die mich gebeten hat, zu dir zu kommen, um dich von deiner lästigen Jungfernschaft zu befreien. Nur mit dem Unterschied, dass ich dir nicht geglaubt habe."

„Du Schuft!" Sie versuchte, sich aus Dands Umarmung zu befreien, und hob die Hand, um ihn zu ohrfeigen. Er stieß einen tiefen, kehligen Laut aus, packte Charlotte am Handgelenk und drückte ihre Hand nach unten, während er den anderen Arm um ihren Leib schlang und sie abermals fest an sich zog.

„Du hast kein Recht, den beleidigten Liebhaber zu spielen", stieß sie hervor. „Du bist hier. Du kannst nicht leugnen, was jeder Dummkopf sofort erkennt. Selbst ich. Du darfst keinen Vorteil ziehen aus meiner …" Um ein Haar hätte sie „Liebe" gesagt, doch ihr Stolz hielt sie davon ab. Dem Himmel sei Dank.

„Aber ich genieße den Vorteil", entgegnete Dand mit seinem dunklen, melodischen Akzent. Er ließ die Hand an ihrem Bauch hinabgleiten, bis seine Fingerspitzen beinahe die Wölbung ihres Venushügels berührten. Charlotte schlug das

Herz bis zum Hals. Verstohlen blickte sie hinab auf die kräftige, sonnengebräunte Hand, die besitzergreifend auf dem hellen Seidenstoff ihres Gewands ruhte. Dand neigte den Kopf, und Charlotte spürte den Hauch seines warmen Atems auf ihrem Hals.

Als seine Lippen sanft über die Rundung ihrer Schulter glitten, entfuhr ihr ein leiser Seufzer. Ihre Knie begannen zu zittern.

„Was bist du doch für eine tapfere kleine Patriotin, Charlotte. Möchtest du wissen, wie ich hergekommen bin? Und aus welchem Grund?"

Ja. Nein. Und wenn er etwas sagte, was sie nicht ertragen könnte? „Es interessiert mich nicht im Geringsten. Und nun verschwinde von hier! St. Lyon könnte jeden Augenblick hereinkommen."

„Du versuchst wahrhaftig, mich zugrunde zu richten. Nun, Liebste, wenn mein Weg ins Verderben führt, dann werden wir ihn gemeinsam gehen, darauf bestehe ich." Als er unvermittelt ihr Handgelenk losließ, verlor Charlotte das Gleichgewicht und musste sich mit den Händen am Wandspiegel abstützen, um nicht vornüberzufallen. Im nächsten Augenblick stand Dand hinter ihr und drückte seine Lenden begehrlich gegen ihren Po. Sie saß in der Falle. Einen Atemzug lang ruhten seine Hände auf ihrer Taille, dann glitten sie an ihren Hüften hinab bis zu ihren Schenkeln.

Charlotte spürte, wie seine festen, warmen Lippen langsam über ihren Hals strichen. Ein heftiges Gefühl des Verlangens ergriff Besitz von ihr. Sie rang nach Atem. Elendes, schwaches Fleisch, dachte sie verzweifelt.

Als sie versuchte, zur Seite hin auszuweichen, verstärkte Dand den Griff seiner Hände und vereitelte ihren Fluchtversuch. „Rühr dich nicht, sonst weiß ich nicht, was ich tue, das schwöre ich dir!"

Sie glaubte ihm. Seine Stimme klang nicht nur drohend,

sondern geradezu gequält. Noch immer vornüber gegen den Spiegel geneigt, zitterte sie am ganzen Leib, während Dand sich wie ein dunkler Dämon hinter ihr bewegte.

„Du hast mich durch die Flammen der Hölle geschickt, Liebste. Doch ich bin aus Stahl, wenn es um dich geht."

Zentimeter um Zentimeter zog er den weichen, geschmeidigen Stoff ihres Kleides nach oben, raffte ihn in der hohlen Hand, entblößte ihre schlanken Fesseln, ihre Waden, ihre Kniekehlen.

„Was tust du da?", fragte sie atemlos.

„Ein kleiner Kunstgriff, den ich mir bei deiner heutigen Darbietung abgeschaut habe." Seine Lippen zeichneten einen flammenden Pfad zwischen ihre Schulterblätter. Mit geöffnetem Mund drückte er heiße Küsse auf ihre bloße Haut, neckte sie mit der Zunge und zog ihren Leib noch enger an sich.

Charlotte spürte, wie seine warmen Finger unter den Saum ihres Kleides glitten und die empfindsame Haut ihrer Schenkel liebkosten. Bebend ließ sie den Kopf in den Nacken sinken, bis er auf Dands Schulter ruhte. Sie konnte kaum noch einen klaren Gedanken fassen. Irgendwann im Laufe der letzten Sekunden hatten ihre Sinne die Oberhand über ihren Verstand gewonnen. Ihre Haut prickelte so stark war die gespannte Erwartung, die sie erfüllte. Mit jeder Faser ihres Körpers verlangte es sie nach seinen Berührungen.

Wenigstens empfand nicht sie allein so. Der Atem, der über ihren Nacken und ihre Schulter strich, war unregelmäßiger geworden, die Hände, die sie so geschickt liebkosten, zitterten. Sie hätte Genugtuung über ihren Sieg empfinden sollen, doch alles, was sie empfand, war Sehnsucht. Eine Sehnsucht, die sie geradewegs ins Verderben führen würde, genau, wie Dand es ihr prophezeit hatte.

„Halt ein!" Es glich mehr einem Flehen als einem Befehl.

„Nein. Niemals." Seine Stimme klang beinahe zärtlich.

Charlottes Kopf sank zwischen ihre Arme, ihre Stirn berührte den kalten Spiegel. Ihre Brüste hoben und senkten sich im Rhythmus ihrer ungleichmäßigen Atemzüge, während Dand die Hand über ihre Oberschenkel gleiten ließ, sein Knie zwischen die ihren schob und Charlottes Schenkel behutsam spreizte. Sie keuchte, als seine Finger an den glatten Innenseiten ihrer Schenkel emporglitten, bis sie das weiche, schwellende Fleisch ihres weiblichsten Körperteils erreichten. Seine zarten, neckenden Liebkosungen ließen sie am ganzen Leibe beben vor Verlangen.

Dand zog ihren Po an die harte Ausbuchtung seiner Hose. Charlotte war sich seiner Erregung schmerzlich bewusst, ebenso wie der Tatsache, dass er nur sehr wenig tun musste, um ihr den Verstand zu rauben.

„Willst du mich beschämen?" Sie spürte, wie das Blut in ihren Schläfen pochte, wie sich ihre Brüste anspannten. Jede verborgene Stelle ihres Körpers erkundete Dand nun mit spielerischer Kühnheit. „Willst du von mir hören, dass ich dich begehre? *Ich begehre dich!* Zufrieden? Du hast gewonnen."

Als sei ihre Haut mit einem Male sengend heiß, zog Dand hastig die Hände von ihr fort und wich einen Schritt zurück. Während Charlotte sich aufrichtete, fiel ihr Blick auf ihr Abbild im Spiegel. Ihr Haar war zerzaust, die kurzen Locken ringelten sich in wilder Pracht um ihren Hals, ihre Augen glänzten seltsam verklärt, und ihre Haut war vor Erregung gerötet.

Sie tat einen tiefen, bebenden Atemzug und wandte sich dann zu Dand um.

„Du irrst dich in dieser Sache." Sein Gesicht wirkte wie versteinert, seine Augen waren dunkel wie schimmernder Onyx. Das Licht fiel auf die halbmondförmige Narbe auf seiner Wange.

„Du hast mir Lügen erzählt." Charlotte hob unwillkürlich die zitternden Finger und ließ sie behutsam über die alte Wunde gleiten.

„Viele“, bestätigte er rau, drehte den Kopf, nahm einen ihrer Finger mit den Lippen gefangen und umspielte die Spitze mit der Zunge. Charlotte war, als durchzucke ein Blitz ihre Hand, ihren Arm, ihren ganzen Körper.

„Was willst du?“, fragte Dand. „Das genaue Ausmaß meiner Lügen erfahren? Welcher? Der, die ich dir erzählt habe, oder jener, die ich mir selbst erzählt habe? Glaubst du im Ernst, ich hätte das gewollt?“ Sein Lachen klang bitter.

„Du hast mir nicht alles gesagt.“

„Ich habe dir nichts gesagt“, pflichtete er ihr abermals bei. Sein Duft stieg Charlotte zu Kopf, benebelte ihre Sinne. „Ich habe dir nicht gesagt, dass ich …“

Mit einem grimmigen Seufzer riss er sie an sich und küsste sie leidenschaftlich, und Charlotte – der Himmel steh ihr bei – erwiderte seinen Kuss, ließ den Kopf in den Nacken sinken und schmiegte sich in Dands Arme. Die Finger in seinem Haar vergraben, sog sie den Geruch seiner Haut ein, während ihre Zunge seinen Mund erkundete.

Sein Zorn, seine Eifersucht und seine Enttäuschung schmolzen dahin. Doch er zögerte, wohl wissend, dass Charlottes Hingabe einzig der Heftigkeit ihres Verlangens zu verdanken war, das für eine Weile die Oberhand über ihren trotzigen Stolz gewonnnen hatte, und dieser Sieg würde nicht von Dauer sein. Stolz war ein Gefühl, das ihm wohlvertraut war. Hatte Charlotte ihn nicht des seinen beraubt? Doch er konnte jetzt nicht mehr auf sie verzichten, ebenso gut hätte er versuchen können, sein Herz am Schlagen zu hindern. Sie gehörte ihm. *Ihm.*

Den linken Arm um ihre Taille geschlungen, öffnete er mit der Rechten die Knöpfe am Rückenteil ihres Mieders. Dann streifte er ihr behutsam das Kleid von den Schultern, danach das Hemd, wobei er mit den Handflächen zart über die Spitzen ihrer Brüste strich. Schließlich bauschte sich der seidige Stoff um ihre Taille und gab den Blick auf Charlottes Körper frei. Ihre weiße Haut schimmerte im Dämmerlicht wie Schnee im Mondschein. Dand ließ die Hände über die festen runden Hügel ihrer Brüste gleiten und liebkoste die Knospen mit dem Daumen. Charlotte entschlüpfte ein Seufzer. Voller Zärtlichkeit saugte er an ihrer Zungenspitze, löste die Lippen dann jedoch von den ihren, um eine ihrer rosigen Brustspitzen zu umschließen. Mit einem Stöhnen bäumte Charlotte sich ihm entgegen, zog ihn an sich, vergrub die Finger in seinem Haar, während er an ihrer Brustknospe saugte und Charlotte leise Wonneseufzer entlockte.

Sein Körper straffte sich, wurde hart, schmerzte vor Verlangen.

Er fuhr mit den Händen an ihren Hüften entlang, zog ungeduldig den Stoff ihres Kleides hoch, bis er die weichen Rundungen ihres Gesäßes unter seinen Fingern spürte. Er schob die Hand zwischen ihre Schenkel, fühlte, wie Charlotte im ersten Augenblick scheu zurückwich, ihr Körper ihn dann jedoch unmissverständlich willkommen hieß.

Sie begehrte ihn. Zu spüren, wie sehr er sie erregte, ließ Dand den letzten Rest an Zurückhaltung vergessen, der ihm noch geblieben war. Sein Verlangen loderte auf wie eine Feuersbrunst: drängend, verzehrend, überwältigend.

Mit raschen Handgriffen entledigte er sich seiner Hosen, befreite sich aus dem einengenden Stoff. Mühelos hob er sie empor. Unwillkürlich schlang sie ein Bein um seine Hüfte und drückte ihren weichen, verlockenden Schoß an seine Lenden. Ein heißes Wonnegefühl durchzuckte ihn, als er spürte, wie die Spitze seines harten Schafts von ihrem warmen, feuchten Fleisch umschlossen wurde. Er zog Charlotte noch enger an sich und drang mit einem kraftvollen Stoß in sie ein. Sie beugte den Oberkörper nach hinten, schlang auch das andere Bein um seine Hüfte und nahm ihn tief in sich auf.

Dand zwang sich, innezuhalten. Er genoss den Ausdruck der Wonne auf Charlottes Gesicht, den Anblick ihrer geschlossenen Lider, während er sie in den Armen hielt.

Dann hob er sie leicht an und zog sich ein wenig aus ihrem Schoß zurück. Charlotte rang nach Atem.

„Nein", murmelte sie. Als sie die Lider öffnete, kreuzte sich ihr Blick mit Dands. Ein Ausdruck unendlichen Verlangens lag in seinen Augen. Zu fühlen, wie er sich in ihrem Schoß bewegte, war aufregend, beängstigend und unglaublich sinnlich. „Hör nicht auf! Mach weiter!"

Die Welt um sie herum existierte nicht mehr. All ihre Gedanken kreisten nur um Dand. Sie wollte ihn, sie brauchte ihn, sie begehrte ihn. Er zog sie langsam an seinen Körper. Während ihre Brüste gegen das raue Leinen seines Hemdes pressten, bewegte er erneut die Hüften und drang noch tiefer in sie ein.

Außer sich vor Wonne, grub sie ihre Finger in seine Schultern. Die Anspannung seiner Muskeln war selbst durch den Leinenstoff hindurch zu spüren. Die köstliche Pein, die sie zuerst in ihren Brüsten, ihren Lippen und Fingerspitzen gefühlt hatte, sammelte sich nun an jener Stelle, die Dand mit seinem Körper ausfüllte. Ein bittersüßer Schmerz, der mit jedem seiner tiefen, beherrschten Stöße anschwoll wie eine Woge, die auf eine andere trifft und immer mächtiger wird.

Ein weiterer Stoß. Noch einer. Rascher. Tiefer. Charlotte erwiderte jede seiner Bewegungen. Zaghaft zunächst, unbeholfen in ihrer Verletzlichkeit, nur durch Dands Körper mit der Welt verbunden, durch seine Kraft, die Stärke seiner Arme, die sie hielten, seine harte Männlichkeit, die sie ausfüllte, sie weitete. Doch dann, als die Wogen der Lust immer mächtiger in ihr aufwallten, mit an Verzweiflung grenzender Inbrunst.

Dands Hemd war feucht von Schweiß, seine Augen, die wie gebannt auf sie hinabblickten, funkelten, und seine Gesichtsmuskeln arbeiteten bei jedem seiner Stöße. Er würde sie besitzen, mit Leib und Seele! Sie würde nicht mehr Herrin ihrer selbst sein. Die Wogen der Lust schlugen immer höher, brandeten durch ihre Adern, rauschten donnernd in ihren Ohren, überrollten sie wie eine alles verschlingende Flutwelle. Wieder und wieder durchströmte das Gefühl höchster Wonne ihren Körper, so mächtig, dass es Charlotte die Tränen in die Augen trieb. Sie schloss die Lider, schluchzte erlöst auf und ließ sich von den Fluten der Liebe davontragen.

Mit einem Mal spürte sie, wie Dands Bewegungen rascher wurden, wilder, unbeherrschter. Ein letzter kraftvoller Stoß, dann drang ein heiserer Triumphschrei an ihr Ohr, und gleichzeitig fühlte sie, wie ein Beben seinen Körper erschütterte. Sie hielt ihn fest umschlungen, während seine Muskeln im Nachhall der Ekstase zitterten.

Dann sank sie erschöpft in sich zusammen, ausgebrannt und halb benommen. Wie durch einen Dunstschleier nahm sie wahr, wie Dand sie behutsam zu Boden gleiten ließ, sie mit dem Arm stützte, während er ihr das Hemd hochzog. Seine Lippen berührten sanft ihre Schläfen, verweilten dort. Sie rang bebend nach Atem. Sie musste …

„Miss Nash? Miss Nash!“ Madame Paules Stimme drang von jenseits der Zimmertür an ihr Ohr.

Ihr Rufen holte Charlotte augenblicklich in die Wirklichkeit zurück. Hastig stolperte sie von Dand fort, zog sich das Kleid über die Brüste und warf einen gehetzten Blick zur Tür hinüber. Sie hatte den Riegel vorgeschoben, dem Himmel sei Dank.

Dand murmelte einen wüsten Fluch.

„Du musst gehen. Sofort. Bitte!“, flehte sie leise. Ihre Lippen bebten, sie war den Tränen nahe. Sie durfte nicht zusammenbrechen. Nicht jetzt. Mit der verzweifelten Hoffnung, dass ihre Stimme sie nicht im Stich lassen würde, rief sie: „Einen Augenblick, Madame Paule.“

Dann drehte sie sich zu Dand um, der mit finsterer Miene am Verschluss seiner Hose nestelte. Zähneknirschend fuhr er sich mit der Hand durch sein feuchtes, zerzaustes Haar.

„Du musst gehen, Dand."

Er packte Charlotte am Arm und zog sie unsanft zu dem geöffneten Fenster, durch das er hereingekommen war. Erst als es in Reichweite war, ließ er sie los. „Ich werde gehen. Doch für den Fall, dass dir nicht klar ist, was das soeben Geschehene zu bedeuten hat", stieß er mit tiefer, kehliger Stimme hervor, „will ich es dir erklären: Du gehörst mir. *Mir!*"

Und bevor sie etwas entgegnen konnte, hatte er sich auf den Fenstersims geschwungen und war verschwunden.

21. KAPITEL

Jermyn Street, Piccadilly
13. August 1806

Ginny Mulgrew trommelte voller Ungeduld mit den Fingern auf den Rand des geöffneten Kutschfensters. Zwei Stunden waren vergangen, seit der junge Bursche, der in ihrem Auftrag die Residenz des Marquis of Cottrell beobachtete, ihr gemeldet hatte, der Marquis und Colonel MacNeill seien ausgeritten. Ein Hausmädchen hatte für eine Handvoll Münzen verraten, dass der Marquis seiner Gemahlin hatte ausrichten lassen, er und der Colonel seien nach Schottland aufgebrochen, um die Schwester der Marquise zurückzuholen.

Nach einigem Zögern hatte Ginny sich für den nun eingeschlagenen Weg entschieden. Es war an der Zeit, dass sie und die Abtei St. Bride's ihre Kräfte bündelten, damit ihr Plan, dessen Erfolgsaussichten immer mehr schwanden, ein für beide Seiten befriedigendes Ende nahm. Sie würde mit Toussaint in Verbindung treten – und der Gedanke an das Gesicht, das der Soldatenmönch machen würde, sobald er entdeckte, dass sie alles über ihn und seine Machenschaften wusste, war der einzige Lichtblick in diesem Moment. Sie würde ihn davon überzeugen, dass Charlottes Möchtegern-Retter aufgehalten werden mussten, ehe sie ihre Mission vollends zum Scheitern brachten, und dass dies nur mithilfe der Abtei geschehen konnte. St. Bride's war nur einen Tagesritt von St. Lyons Burg entfernt, das wusste sie. Und es gab einzig eine Straße, die zu jener abgelegenen Festung führte. Es dürfte nicht außerhalb des erstaunlich großen Einflussbereichs des Abtes liegen, ihrer Bitte zu entsprechen, überlegte Ginny.

Die Kutsche kam zum Stehen, und der Fahrer, ein Furcht einflößender ehemaliger Faustkämpfer namens Ashford, kletterte vom Kutschbock und öffnete den Wagenschlag. „Hier sind wir, Ma'am", verkündete er. „Sparrow Lane Nummer 12. Eine ziemliche üble Gegend, wenn Sie mich fragen. Ich begleite Sie wohl besser hinein."

„Vielen Dank, Ashford, das wird nicht nötig sein", entgegnete Ginny, stieg aus der Kutsche und betrachtete die heruntergekommene Fassade des Hauses, vor dem sie standen. „Doch wenn Sie hier auf mich warten und wachsam bleiben könnten, wäre ich Ihnen sehr verbunden."

Ashford blickte sie zweifelnd an, nickte dann jedoch und ging, die Arme vor der breiten Brust verschränkt, neben dem Leitpferd in Stellung.

Ein wenig zaghaft pochte Ginny an die Tür und wartete einige Minuten, ehe sie abermals anklopfte, diesmal mit größerem Nachdruck. Nichts geschah. Sie runzelte die Stirn. Toussaint war nicht umgezogen, das wusste sie. Schließlich zahlte sie viel Geld dafür, stets über die häufigen Domizilwechsel des Mönchs unterrichtet zu werden.

Doch es war ein mehrstöckiges Gebäude, und wer wusste schon, ob Toussaint sich nicht gerade oben auf dem Dach bei seinen Brieftauben aufhielt und ihr Anklopfen einfach nicht gehört hatte? Nun, sie würde jedenfalls nicht den ganzen Tag hier herumstehen und an diese Tür pochen, und ein andermal wiederkommen würde sie auch nicht. Und sollte er tatsächlich umgezogen sein, fand sich in der Wohnung womöglich ein Hinweis auf seinen neuen Aufenthaltsort.

Sie winkte Ashford zu sich. „Wenn Sie freundlicherweise diese Tür öffnen könnten", sagte sie und trat beiseite. Ein kräftiger Fußtritt des hünenhaften Mannes, und die billige Tür sprang aus den Angeln.

„Vielen Dank. Und nun warten Sie bitte auf mich." Kaum war sie über die Schwelle getreten, schlug ihr ein Übelkeit verursachender Geruch entgegen. Ginny blieb wie angewurzelt stehen.

„Gütiger Himmel“, murmelte sie und hatte Mühe, die Angst im Zaum zu halten, die ihre beeindruckende Selbstbeherrschung ins Wanken brachten. Der Geruch des Todes war ihr wohlvertraut.

Sie nahm all ihren Mut zusammen und ging durch die Diele in das kleine dunkle Zimmer im hinteren Teil der Wohnung, wo sich der süßliche Gestank mit dem scharfen Geruch von Lauge mischte. Nachdem sie ihr Spitzentüchlein hervorgezogen und es sich vor die Nase gedrückt hatte, nahm sie vorsichtig das Zimmer in Augenschein. Es standen nicht viele Möbel darin: ein Tisch mit einer Laterne darauf, zwei Stühle, ein schmales Bett und … eine Kleidertruhe.

Ginny begriff sofort. Doch sie musste sich Gewissheit verschaffen. Mit zitternden Fingern öffnete sie das Schnappschloss und hob den Deckel.

Im Inneren der Truhe lag zusammengekauert ein Mann. Sein Schädel war schwarz von verkrustetem Blut an jener Stelle, wo der tödliche Hieb ihn getroffen hatte. Auf seinen Beinen lag eine aufgeschlagene Bibel, gerade so, als habe sie jemand, einer nachträglichen Eingebung folgend, dort hingeworfen. Es war Bruder Toussaint.

Halb erstickt vom Gestank, stolperte Ginny Hals über Kopf aus dem Zimmer, so hastig, dass ihr verletztes Bein abermals heftig zu schmerzen begann. Sie spürte es kaum. Von maßlosem Schrecken getrieben, eilte sie aus der Wohnung, lief hinunter auf die Straße und rief nach Ashford. Doch es war nicht der Tote, der diese Angst in ihr ausgelöst hatte.

Es war der Gedanke an Charlotte. Das Mädchen schwebte in höchster Gefahr. Sie war in eine Falle gelockt worden, man hatte sie mit einer List dazu verleitet, nach Schottland zu reisen.

Denn Bruder Toussaint war schon lange tot. Sehr lange. Zu lange. Wer auch immer seine Zustimmung zu Charlottes Plan gegeben hatte, Ginnys Platz als St. Lyons Mätresse einzunehmen, der Mönch war es nicht gewesen.

* * *

Burgverlies von LeMons, Frankreich
März 1800

„Hast du es ihm gesagt?", fragte Douglas hartnäckig und drückte die Finger dabei in Dands Schulter. Die tiefe Brandwunde auf seiner Brust begann erneut zu bluten, die Nerven lagen bloß, und sein gemartertes Fleisch schmerzte so stark, dass Dand keinen klaren Gedanken fassen konnte. „Was hast du ihm gesagt?", wiederholte Douglas und schüttelte ihn.

„Hör auf!", keuchte Dand. Er zitterte am ganzen Leib, und sein Magen rebellierte. Ihm war speiübel. Salziger Schweiß lief ihm über die Stirn, rann über sein Gesicht, seinen Hals und seine Brust, brannte wie Feuer in seiner Wunde und vergrößerte seine Qualen.

„Lass ihn in Ruhe, Douglas", forderte Ram, packte Douglas am Arm und zerrte ihn fort. „Siehst du nicht? Dand ist halb tot."

„Ich muss wissen, ob er Gardien, dem Folterer und Gegenspieler, irgendetwas gesagt hat", verteidigte sich Douglas, die Augen weit aufgerissen in wilder Verzweiflung. „Ob er ihm gesagt hat, wer unsere Verbindungsleute sind. Ob er ihm verraten hat, wo wir herkommen. Ob er ihm irgendetwas über unsere Pläne erzählt hat."

„Herrje, Doug! Und wenn er es getan hätte, würdest du es ihm verübeln?" Kit trat kopfschüttelnd an Dands Seite und zog behutsam das blutgetränkte Hemd von seiner Wunde fort. „Sie haben dem armen Kerl das Brandeisen noch tiefer ins Fleisch gedrückt als mir. Irgendwann kommt auch der Tapferste an seine Grenzen."

„Du hast recht. Natürlich, du hast recht", stammelte Douglas, wich zurück und bekräftigte seine Worte durch eifriges Kopfnicken. „Natürlich. Man kann nicht mehr von einem Menschen verlangen, als er zu ertragen imstande ist, und Dand hat sich ohnehin nie allzu viel aus unserem Schwur gemacht, nicht wahr?“ Er streckte die Hand aus, und Dand bemerkte voller Erstaunen, wie eine Träne über Douglas’ schmales, schmutziges Gesicht rann. „Schon gut, Dand. Schon gut.“

Mit einem erstickten Lachen, das die Schmerzen in seiner Brust schier unerträglich werden ließ, schlug er Douglas’ ausgestreckte Hand weg. „Oh nein, du edler Held“, sagte er. „Du wirst mich heute nicht übertreffen.“

„Was meinst du damit?“

„Ich hab ihnen kein Sterbenswort verraten.“

22. KAPITEL

Burg des Comte St. Lyon, Schottland
14. August 1806

„Miss Nash?“ St. Lyon stand am Fuß der Treppe und spähte durch den feinen Nebel, der sich jeden Abend wie ein Schleier über den Burghof legte. Charlotte, die mit einem geöffneten Buch auf dem Schoß dasaß und tat, als sei sie in ihre Lektüre vertieft, hob zögernd den Kopf.

Gestern hatte sie dem Comte mit zart geröteten Wangen und schamhaft gesenktem Blick erklärt, die kühle Abendluft lindere die Kopfschmerzen, die sie während „gewisser Tage“ plagten. Als Gentleman, für den er sich hielt, hatte er ihren Wunsch nach Alleinsein seither geachtet, auch wenn sie ihn oft dabei ertappt hatte, wie er sie von einem der Fenster zum Hof aus beobachtete. Charlottes Erleichterung darüber, ihrer Rolle als zukünftige Mätresse des Grafen wenigstens für einige Stunden entrinnen zu können, war unermesslich.

Seit Dand und sie ... seit diesem Zusammensein war es ihr gelungen, jeder längeren Begegnung mit St. Lyon aus dem Weg zu gehen. Zum Kuckuck mit Dand und seinen Besitzansprüchen. Nichts hatte sich geändert. Alles hatte sich geändert!

Sie wusste nicht mehr, was sie glauben sollte. Während ihr Verstand sie zu nüchterner Klarsichtigkeit ermahnte, sprach ihr Herz eine ganz andere Sprache. Sie hätte geglaubt, es sei einfach, den Einflüsterungen dieses fehlbaren Organs zu widerstehen, dass gewisse Dinge in Wahrheit anders seien, als es den Anschein hatte. Eine Frau in ihrer heiklen Lage konnte es sich nicht erlauben, offenkundige Tatsachen zu missachten. Und eine Diebin und Spionin, und genau das war sie, durfte nicht ihr Leben aufs Spiel setzen aufgrund von Gefühlen, die bei einer leidenschaftlichen Begegnung in ihr aufgekeimt waren.

Doch diese Gefühle waren nicht erst in jenem Moment der Begierde aufgetaucht. Sie waren bereits seit langer Zeit tief in ihrem Herzen verwurzelt.

Unsinn! Sie hatte einen Auftrag zu erfüllen, eine Mission von lebenswichtiger Bedeutung für unzählige Menschen.

„Ja, Comte“, rief sie zurück. „Ich genieße die Abendluft. Sie tut mir ungemein wohl. Möchten Sie mir nicht ein wenig Gesellschaft leisten?“

Der Graf erklomm die Stufen, überquerte den kiesbedeckten Weg und ging hinüber zu der Marmorbank, auf der Charlotte saß. Wie ein feines malvenfarbiges Tuch lag die Dämmerung über dem Hof, ließ die Farben der Umgebung verblassen, die Umrisse verschwimmen. Beim Näherkommen zerteilte St. Lyon mit jedem Schritt zarte Nebelschleier.

„Ich werde mich nie daran gewöhnen können, wie kalt und feucht Ihr Land ist“, verkündete er, als er Charlotte erreicht hatte. „Ganz gleich, ob am Abend oder in der Früh, in der Stadt oder auf dem Land, ständig diese ewige Feuchtigkeit. Nebel, Dunst und Regen. Frankreich dagegen, besonders der Süden, in dem meine Familie einst herrschte, ist ein Land der Sonne und des Lichts.“

„Sie müssen Ihre Heimat vermissen.“

„Ja“, entgegnete St. Lyon und nahm neben ihr Platz. „Doch eines Tages wird sich das Rad des Schicksals abermals drehen, und jene, zu denen ich freundschaftliche Beziehungen aufrechterhalten habe, werden meine Rückkehr begrüßen. Bis es so weit ist, hat dieses Land eine Schönheit zu bieten, die für sein raues Klima entschädigt.“

Die Art, wie er sie anblickte, ließ keinen Zweifel an der Bedeutung seiner Worte aufkommen. Charlotte lächelte pflichtschuldig. Ein wölfischer Ausdruck huschte über St.

Lyons Gesicht. Er beugte sich vor. „Fühlen Sie sich schon … besser?“, fragte er zudringlich.

„Ein wenig.“ Sie strich behutsam über ihren Leib.

St. Lyon zog die Brauen zusammen und wich zurück.

„Der kühle Nebel hat eine höchst stärkende Wirkung.“

„Das freut mich.“ Er klang ganz und gar nicht erfreut. Er klang ungeduldig und gereizt. „Ich habe bemerkt, dass Monsieur Rousse Sie nicht mehr mit seiner Anwesenheit belästigt.“

„Dem Himmel sei Dank.“ Aber wo war Dand? Zwar sah sie ihn während der Mahlzeiten, doch er saß stets weit von ihr entfernt, und da sie sich aus dem gesellschaftlichen Leben zurückgezogen hatte, bot sich auch sonst keine Gelegenheit einer Begegnung.

„Er stört sie noch immer“, stellte St. Lyon befriedigt fest.

„Ungemein.“

Nach einigen Sekunden des Zögerns fragte er in gewollt beiläufigem Ton: „Sagen Sie, meine Liebe, was wissen Sie wirklich über Monsieur Rousse?“

Charlotte zog die Stirn kraus. „Ich weiß, dass er arm ist wie eine Kirchenmaus. Dass er Franzose ist. Und von Ihnen habe ich erfahren, dass seine Familie irgendwie mit den Bourbonen verwandt ist, eine Behauptung, an deren Glaubwürdigkeit ich offen gestanden zweifle. Warum fragen Sie?“

St. Lyon betrachtete sie aufmerksam, während sie sprach. Was ging hier vor?

„Ach, nur so. Und erzählen Sie mir doch noch einmal, wie sie einander begegnet sind.“

„Oh, das ist Jahre her, ich war noch ein halbes Kind. Seine Familie, oder jedenfalls die Leute, mit denen er damals unterwegs war, hielten sich zur selben Zeit in Bristol auf wie wir. Meine Eltern hatten dort eine Sommerresidenz gemietet, und er und seine Entourage hatten ein Haus ganz in der Nähe bezogen. Er war ziemlich exotisch, und ich ziemlich leicht zu beeindrucken.“

„Und dann haben Sie ihn in London wiedergetroffen?"

„Er hat mich dort aufgespürt", entgegnete sie spitz, als fühle sie sich in ihrer Ehre gekränkt. „Leider habe ich ihn eine Zeit lang mit den Augen des leichtgläubigen und allzu romantischen jungen Mädchens gesehen, das ich einst war."

„Hat er je erwähnt, warum er sich in London aufhielt?"

Charlotte wurde hellhörig. Dies waren mehr als die Fragen eines eifersüchtigen Möchtegern-Liebhabers über seinen Nebenbuhler. Sie reckte das Kinn empor. „Er sagte, er sei meinetwegen gekommen."

„War das der einzige Grund, den er genannt hat?"

Charlotte warf St. Lyon einen kühlen Blick zu und ging ganz in ihrer Rolle der stolzen, zutiefst von sich überzeugten Schönheit auf. „Wollen Sie damit andeuten, ein Wiedersehen mit mir sei kein ausreichender Grund?"

Der Comte, der nie eine sonderlich hohe Meinung von der weiblichen Geisteskraft besessen hatte, nahm Charlotte ihre alberne Gekränktheit bereitwillig ab. Nein, das traf es nicht ganz, erkannte sie. Er nahm sie ihr erleichtert ab. Welchen Verdacht hegte er in Bezug auf Dand? Denn dass er ihn verdächtigte, stand außer Zweifel. Doch weshalb? Hatte er Dand dabei ertappt, wie er nach dem Brief suchte? Oder hatte jemand anders ihn dabei beobachtet?

St. Lyon lachte nachsichtig. „Nein, nein, meine Liebe", versicherte er, griff nach Charlottes Hand und tätschelte sie besänftigend. „Sie sind mehr als Grund genug für jeden Mann, jede noch so anstrengende und gefährliche Reise auf sich zu nehmen. Ich war einfach neugierig, weiter nichts. Und nun lassen Sie mich Ihnen etwas erzählen, das Sie erfreuen wird."

Charlotte schniefte und gestattete dem Grafen, sie zu umschmeicheln.

„Was?"

„Rawsett, mein Kompagnon, ist heute Nachmittag angekommen. Übermorgen werden wir meine kleine Versteigerung abhalten, und danach werden alle abreisen. Außer Ihnen und mir natürlich.“ Sein Blick glitt begehrlich über ihr Gesicht und ihren Hals bis zu ihren Brüsten hinab. Es hätte Charlotte nicht gewundert, wenn St. Lyon sich dabei genüsslich die Lippen geleckt hätte.

„Gut“, sagte sie und fügte dann hinzu: „Wann werde ich Mister Rawsett kennenlernen?“

St. Lyon lachte. „Sie kleines Biest. Was Sie in Wahrheit kennenlernen wollen, sind die königlichen Juwelen, die er mitgebracht hat.“ Er schüttelte den Kopf. „Ich fürchte, das wird nicht möglich sein. Nein, bitten Sie mich nicht darum. Sie sollten nicht einmal wissen, dass sie hier sind. Die ganze Angelegenheit ist höchst geheim und äußerst heikel. Einige dieser Männer könnten ihr Leben verlieren, wenn ruchbar würde, weshalb sie sich hier aufhalten. Royalisten sind berüchtigte Eiferer. Sie würden jeden, der auch nur versuchte, die königlichen Juwelen zu erwerben, als Verräter betrachten.“

Charlotte war beeindruckt. Der Comte hatte sich tatsächlich eine plausible Erklärung dafür einfallen lassen, warum sie auf das Vergnügen verzichten musste, mit den nicht vorhandenen Juwelen zu spielen.

„Es braucht doch niemand davon zu erfahren“, bemerkte sie durchtrieben.

„Nein, dieses Risiko wage ich nicht einzugehen“, wehrte er belustigt ab. „Mein Verhalten war höchst indiskret, und Sie wollen gewiss nicht, dass ich Ihretwegen in Schwierigkeiten gerate, nicht wahr? Außerdem besitze ich andere Juwelen, die Ihren hübschen Hals ebenso schön zieren werden.“

Die Stimmung bei Tisch war angespannt an jenem Abend. St. Lyons Komplize Lord Rawsett hatte sich mit der Begründung entschuldigen lassen, die lange Reise habe ihn erschöpft, und die Gäste, die offenbar davon in Kenntnis gesetzt worden waren, dass die Versteigerung unmittelbar bevorstand, beäugten einander voller Misstrauen. Wer sich überhaupt zu einer Unterhaltung herabließ, tat dies mit kaum verhohlener Ungeduld. Allen war bewusst, dass es von nun an nur noch darum ging, die Zeit bis zum Beginn der Versteigerung totzuschlagen.

Einzig die Frauen bildeten eine Ausnahme. Da sie nicht in die Bedeutung des kommenden Ereignisses eingeweiht waren, ärgerten sie sich sichtlich darüber, dass die ohnehin nicht allzu vergnügliche Landpartie noch mehr an Schwung verlor. In der Tat waren sie der Gesellschaft ihrer wortkargen, mürrischen Begleiter derart überdrüssig geworden, dass sie sich aus lauter Verzweiflung ihresgleichen zuwandten. Charlotte, die ihr „Gewerbe“ erst seit Kurzem ausübte und den anderen Kurtisanen auch aufgrund ihrer adligen Herkunft suspekt war, wurde nicht in die Plaudereien einbezogen. Doch das war ihr nur recht.

Sie hatte andere Sorgen.

St. Lyon war, kaum dass er sie erspäht hatte, offenbar zu dem Entschluss gelangt, dass jenes kleine Zwischenspiel im Hof der Auftakt zu einer weitaus intimeren Verbindung sein sollte, Unpässlichkeit hin oder her. Wie das Schicksal es wollte, trug sie ausgerechnet an diesem Abend das aufreizendste Kleid aus Ginnys Kollektion. Der elfenbeinfarbene Stoff umfloss ihren Körper wie flüssiger Honig, schmiegte sich um die Rundungen ihrer Brüste und brachte ihre schlanke Taille und die straffen, wohlgeformten Schenkel aufs Verführerischste zur Geltung. Ein Augenschmaus für jeden Gentleman, der sich daran laben wollte. Und das tat St. Lyon mit Freuden.

Er ließ Charlotte zu seiner Rechten Platz nehmen und schenkte dem Herrn zu seiner Linken während der gesamten Mahlzeit kaum Beachtung, denn er war viel zu sehr damit beschäftigt, Charlotte zweideutige Bemerkungen ins Ohr zu flüstern, sie mit hungrigen Blicken zu verschlingen und die Fingerspitzen wie zufällig über ihren Arm und ihre Schenkel gleiten zu lassen. Er bestand sogar darauf, sie mit kleinen Bissen von seinem Teller zu füttern, wobei er die Künste seines Küchenchefs in höchsten Tönen lobte und wie gebannt auf die Bewegung ihrer Lippen starrte.

Charlotte spielte ihre Rolle gut. Sie errötete, biss sich auf die Unterlippe, lachte über St. Lyons Scherze und ertrug seine Berührungen. Doch obwohl der Graf sie mit den Augen auszog, war es Dands Blick, den sie spürte. Er saß am anderen Ende der Tafel, weit von ihr entfernt, und hatte keinen Bissen angerührt. Den linken Arm über die Lehne gelegt, in der Rechten ein Weinglas, das er lustlos hin und her drehte, flegelte er sich auf seinem Stuhl.

Auch reden wollte er nicht. Er ging ganz und gar in der Rolle des verschmähten, mit seinem Schicksal hadernden Liebhabers auf. So sehr sich seine Tischnachbarn auch um ihn bemühten, er beachtete sie nicht. All seine Aufmerksamkeit galt St. Lyon, den er mit finsterem Blick beobachtete. Und Charlotte.

Sie musste einen Weg finden, ihm von den Fragen zu erzählen, die St. Lyon ihr über ihn gestellt hatte. Sie musste ihn warnen. Wie aber sollte sie das anstellen, wenn der Comte ihr nicht von der Seite wich? Vielleicht könnte sie ihre Zofe auf Dands Zimmer schicken, wenn die Herren sich nach dem Essen ins Raucherzimmer zurückzogen? Lizette hatte sich als nützlich erwiesen. Sie stellte keine unangenehmen Fragen, sondern tat ohne zu zögern, um was man sie bat.

Ihr Plan sollte sich leider als kurzlebig erweisen. Kaum war das Dinner beendet, stand St. Lyon auf und erhob sein Glas. „Sirs, unsere gemeinsame Zeit neigt sich dem Ende zu. Was halten Sie davon, wenn wir heute einmal auf unsere abendliche Zigarre und unseren Portwein verzichten?“ Sein

Blick fiel auf Charlotte. „Ich für meinen Teil habe nämlich vor, meinen Abend mit einer sehr viel vergnüglicheren Beschäftigung auszufüllen.“

Charlotte versuchte, das ölige Lächeln des Comte zu erwidern, als ein dumpfer Knall sie herumfahren ließ. Dands Stuhl war umgestoßen worden, und sie sah gerade noch, wie eine breitschultrige Gestalt mit großen Schritten aus dem Saal marschierte.

„Ah, wie ich sehe, zieht Monsieur Rousse sich zurück“, bemerkte St. Lyon. „Ein hervorragender Einfall.“

St. Lyon konnte jeden Augenblick hereinkommen. Sie durfte keine Zeit mit albernem Selbstmitleid verlieren. Womöglich war dies die einzige Chance, die sie hatte, um Dand von St. Lyons Verdacht gegen ihn zu unterrichten.

„Lizette, Sie müssen etwas für mich tun. Etwas äußerst Wichtiges“, sagte sie, und begann, mit zittrigen Fingern eine Nachricht auf ein Stück Papier zu kritzeln. „Sobald ich fertig bin, müssen Sie das hier zu …“

Ein lautes Klopfen unterbrach sie.

„Charlotte, ich bin es, St. Lyon. Lassen Sie mich herein!“ Sein gebieterischer Tonfall machte deutlich, dass er keine Verzögerung dulden würde.

Verdammt! Ihr banger Blick kreuzte sich mit dem der Zofe. Es blieb keine Zeit mehr, um die Nachricht zu beenden. Charlotte nickte der jungen Frau zu und wartete, bis Lizette die Tür geöffnet hatte. Im nächsten Augenblick stand St. Lyon in ihrem Schlafgemach. Er würdigte der Zofe nur eines flüchtigen Blickes.

„Sie können jetzt gehen“, sagte er zu ihr. „Und Sie brauchen heute Abend nicht mehr wiederzukommen.“

Ein hastiger Knicks, ein letzter besorgter Blick in Charlottes Richtung, dann eilte Lizette aus dem Zimmer und zog die Tür hinter sich ins Schloss.

Charlotte wäre ihr gern gefolgt. Stattdessen wandte sie dem Grafen den Rücken zu und machte sich scheinbar entspannt daran, ihre Perlenohrringe abzulegen. „Ich bin mir nicht sicher, ob mir Ihr Ton gefällt, Comte", bemerkte sie kühl. „Dasselbe gilt für Ihr ungebetenes Erscheinen in meinem Schlafgemach. Die Natur unserer Beziehung dürfte Ihnen keinen Anlass zu der Annahme geben, Sie könnten nach Belieben in mein Zimmer eindringen oder sich anmaßen, darüber zu entscheiden, womit ich meine Zeit verbringe."

Aus den Augenwinkeln heraus beobachtete sie, wie er näher kam. Eine Handbreit von ihr entfernt blieb er stehen. Charlotte sah im Spiegel, wie er eine goldene Halskette mit einem schweren Smaragdanhänger aus der Tasche zog. „Wissen Sie, es war stets Ihre mit Arroganz gepaarte Schamlosigkeit, die mich an Ihnen gereizt hat. So stolz und so kühn! Nun jedoch ist nicht der rechte Zeitpunkt, um mich derart herablassend zu behandeln."

„Dasselbe könnte ich sagen." Charlotte erwies ihm nicht die Ehre, sich umzudrehen, sondern sah zu, wie er ihr ein Geschmeide um den Hals legte. Sie neigte den Kopf zur Seite und begutachtete mit gleichgültiger Miene, wie die Smaragde auf ihrer weißen Haut funkelten.

St. Lyon legte die Hand auf ihre Schulter, schloss seine groben Finger um den Smaragdanhänger und drückte die Fingerknöchel dabei in die zarte Haut ihres Dekolletés. Charlotte schauderte vor Abscheu. Er beugte sich vor und küsste sie auf den Hals. Seine Lippen waren feucht und warm. Charlotte schloss die Augen und wappnete sich für das, was ihr bevorstand.

„Hände weg von ihr!"

Beim Klang von Dands Stimme stockte ihr das Herz. Sie wirbelte herum. Breitbeinig, die Hände locker zu Fäusten geballt, stand Dand in der Tür. Charlottes Blick huschte zu St. Lyon hinüber.

Mit einem seltsamen Lächeln auf den Lippen drehte sich der Comte langsam zu seinem Nebenbuhler um. „Ah, Monsieur Rousse, wie immer zur rechten Zeit.“

Dand beachtete ihn nicht. Seine Augen waren auf Charlotte gerichtet. „Wie konntest du nur glauben, ich würde zulassen, dass ein anderer Mann meinen Platz einnimmt?“, fragte er halb belustigt, halb betrübt. „Ich habe es dir doch gesagt: *Du gehörst mir.* Und das habe ich ernst gemeint.“

All dies war unglaublich, entsetzlich, am falschen Ort, zur falschen Zeit, und dennoch klopfte Charlotte das Herz vor Freude bis zum Hals.

„Ein verliebter Narr“, bemerkte St. Lyon und klatschte in die Hände. „Und der Himmel weiß, es gibt keine größeren. Gaspard! Armand! Jacques!“

Die Schlafzimmertür wurde aufgerissen, und drei hünenhafte Männer stürzten in den Raum. Als sie Dand an den Armen packten, wirbelte er herum und rammte einem der Angreifer mit solcher Wucht den Ellbogen in die Brust, dass der Mann sich vor Schmerzen krümmte. Dann warf er ruckartig den Kopf in den Nacken. Ein widerliches Krachen ertönte, als er mit dem Hinterkopf das Nasenbein des hinter ihm stehenden Angreifers zertrümmerte.

Der Mann fluchte, doch es gelang ihm irgendwie, Dand an den Armen zu packen und festzuhalten, während der dritte Mann sich vor ihn stellte und Dand so lange mit wuchtigen Faustschlägen in den Magen traktierte, bis er in die Knie ging.

In wenigen Augenblicken war es vorüber. Der Mann, den Dand zu Boden geschlagen hatte, rappelte sich auf, stieß einen wüsten Fluch aus und versetzte ihm einen Fausthieb ins Gesicht. Dieser verlor das Bewusstsein.

„Comte!“ Charlotte sprang auf. „Was hat das zu bedeuten?“

St. Lyon blickte zu ihr hinüber, einen Ausdruck hämischer Genugtuung auf dem Gesicht. „Ihr Liebhaber, meine Teure, ist ein Dieb. Oder sagen wir besser ein Möchtegern-Dieb."

„Ich verstehe nicht." Sie konnte den Blick nicht von Dand losreißen, der kraftlos in der groben Umklammerung von St. Lyons Gefolgsleuten hing. Sein Atem ging keuchend, und er schüttelte leicht den Kopf, als versuche er, einen klaren Gedanken zu fassen.

„Rawsett hat ihn entlarvt. Wie gesagt, er ist ein wohlunterrichteter Bursche. Dieser Mann hier ist nicht André Rousse, sondern ein Dieb, der hergeschickt wurde mit dem Auftrag, meine Beute zu stehlen. Ein ziemlich guter Fang, muss ich sagen. Gewiss verfügt er über höchst aufschlussreiche Informationen. Informationen, die Gold wert sind."

„Was haben Sie mit ihm vor?", wollte Charlotte wissen.

St. Lyon lächelte. „Nichts, worüber Sie sich Gedanken machen müssten, meine Liebe. Und dafür sollten Sie mir ewig dankbar sein. Doch ich bin Ihnen sehr verbunden, dass Sie mir geholfen haben, den Kerl dingfest zu machen."

Dand hob den Kopf. Blut tropfte aus seiner geplatzten Lippe. „Wenn Sie mich für einen Dieb halten, St. Lyon, warum haben Sie mich dann nicht einfach während des Dinners festnehmen lassen?"

„Die Stimmung meiner Gäste ist ohnehin angespannt genug. Und Sie, das wurde mir versichert, sind ein höchst ernst zu nehmender Gegner. Die Vorstellung, Sie könnten eins meiner kleinen Täubchen verletzen oder den Rest der Schar in heillose Aufregung versetzen, war mir schlicht ein Graus. Also habe ich Sie in eine Falle gelockt, *mon ami.*"

„Ganz gleich, was Ihr Auftrag hier war, man müsste schon blind sein, um nicht zu sehen, wie sehr Miss Nash Sie abgelenkt hat. Herrje, Mann!" St. Lyon schüttelte den Kopf. „Haben Sie denn keinen Stolz? Es treibt einem ja die Schamesröte ins Gesicht, wenn man sieht, wie Sie sie anschmachten. So schaut nur ein verliebter Narr eine Frau an. Also beschloss ich, mir Ihre Schwäche zunutze zu machen", fuhr er fort. „Während des Dinners ließ ich kaum einen Augenblick die Finger von Miss Nash und kam dann hierher in ihr Schlafgemach, dicht – doch nicht zu dicht – gefolgt von meinen Helfern. Und Sie haben sich genauso verhalten, wie ich es erwartet hatte."

Gütiger Himmel. *Sie* war die Ursache für Dands Gefangennahme! Weil er nicht hatte zulassen können, dass das geschah, was sie beide vor vielen Wochen als notwendig betrachtet hatten. Er hatte nicht zulassen können, dass sie St. Lyons Geliebte wurde, und nun schwebte er in großer Gefahr.

Närrin!, schalt sie sich zornig. Selbstsüchtige, liebeskranke Närrin! Sie hatte tatsächlich Freude empfunden bei Dands unerwartetem Erscheinen. Als sei er eine Art edler Ritter und sie eine Prinzessin in Not. Sie hatte gewollt, dass er sie rettete, sie für sich beanspruchte. Und nun würde er vielleicht mit seinem Leben dafür zahlen müssen, und es war alles ihre Schuld.

St. Lyon drehte sich zu ihr. „Noch einmal besten Dank, meine Liebe. Leider werde ich wohl für den Rest des Abends anderweitig beschäftigt sein. Doch Sie halten mich hoffentlich nicht für einen Rohling und glauben, ich hätte Ihnen tatsächlich Gewalt antun wollen? Es war alles nur ein Schauspiel für Ihren werten Freund hier."

Sie musste etwas tun. Doch was? Es würde Dand nur schaden, wenn St. Lyon argwöhnte, dass sie Liebe oder auch nur Mitgefühl für ihn empfand.

Langsam ging sie zu der Stelle, wo Dand auf wackligen Beinen stand, die Arme schmerzhaft hinter dem Rücken hochgebogen, und blieb genau vor ihm stehen.

„Freund?", wiederholte sie höhnisch. „Er ist nicht mein Freund." Sie drehte sich zu St. Lyon um, als sei ihr eine plötzliche Eingebung gekommen. „Ach, deshalb haben Sie mir heute Nachmittag so viele Fragen über ihn gestellt."

St. Lyon betrachtete sie prüfend.

„Sie wollten herausfinden, ob er und ich gemeinsame Sache machen. Hätten Sie meine Antworten falsch gedeutet, oder wären diese nicht zu Ihrer Zufriedenheit ausgefallen, dann hätten Sie ... Wegen meiner flüchtigen Beziehung zu ihm hätte ich ... Oh!" Sie hob blitzartig die Hand und versetzte Dand eine schallende Ohrfeige. Nach Atem ringend, stand sie reglos vor ihm und hasste sich im Stillen für das, was sie soeben getan hatte.

Dand schüttelte den Kopf, wie um wieder klar denken zu können. Er sah dann in Charlottes Augen und fuhr sich mit der Zunge über die Lippe, die abermals zu bluten begonnen hatte. Ein Lächeln umspielte seine Mundwinkel. „Herzlichen Glückwunsch, Charlotte! Auf diese Gelegenheit hast du gewiss schon lange gewartet."

„Schaffen Sie ihn fort!", verlangte sie und drehte sich hastig um, bevor jemand die Tränen in ihren Augen sah.

St. Lyon bedeutete seinen Lakaien mit einem Wink, Dand abzuführen, verbeugte sich dann galant und verließ ebenfalls den Raum.

23. KAPITEL

Burg des Comte St. Lyon, Schottland
15. August 1806

Der erste rötliche Schein der Dämmerung erhellte bereits den Horizont, doch Charlotte ging noch immer unruhig in ihrem Zimmer auf und ab. Wo hatten sie Dand hingebracht? Sie glaubte es zu wissen. Welcher Ort wäre besser geeignet, um Informationen aus ihm herauszupressen, als jenes kalte Turmgemach, in dem im Lauf der Jahrzehnte so viele Gefangene verhört worden waren?

Sie musste einen Weg finden, um Dand zu befreien, den Brief in ihren Besitz zu bringen und zu entkommen. Die Wahrscheinlichkeit, dass sie auch nur eines dieser Ziele erreichte, schien äußerst gering, alle drei zu verwirklichen schier unmöglich. Sie musste sich sammeln. Ihr einziger Vorteil war, dass St. Lyon nicht mit Sicherheit wusste, ob Dand sie ohne ihr Wissen für seine Zwecke eingespannt hatte oder ob sie seine Komplizin war. Die Tatsachen legten nahe, dass er Letzteres für wahrscheinlicher hielt.

Nach St. Lyons Rückzug hatte sie versucht, ihr Zimmer zu verlassen, war jedoch auf Schritt und Tritt von einem seiner Diener verfolgt worden. Sie sei noch hungrig, hatte sie als fadenscheinige Erklärung gestammelt und sich auf den Weg zur Küche begeben, wo Mägde, Küchenjungen und Köche sie mit vor Staunen offen stehenden Mündern angestarrt hatten.

Dann, vor etwa einer Stunde, hatte sie sich ein zweites Mal hinausgewagt. Dabei allerdings sogleich Madame Paule auf den Fersen gehabt, während sie zur Bibliothek ging und sich ein Buch auswählte. Falls sie weiterhin so gründlich beschattet wurde, standen ihre Chancen, Dand oder den verflixten Brief zu finden, äußerst schlecht.

Sie ballte verzweifelt die Hände zu Fäusten, als ein leises Kratzgeräusch an der Tür sie herumfahren ließ. „Herein!"

Ein hastiger Blick nach rechts und links, dann schlüpfte Lizette ins Zimmer. Charlotte ließ die Schultern hängen. Ihre Zofe hatte sie völlig vergessen. Eine weitere Verantwortung. Sie musste auch Lizette mit heiler Haut hier herausbringen. Das Mädchen hatte Besseres verdient, als wegen der Machenschaften seiner Dienstherrin in Bedrängnis zu geraten. Das wäre wahrhaftig ein schlechter Lohn für den Mut und die Treue, die sie bisher bewiesen hatte.

Charlotte kam ein Gedanke. Vielleicht konnte ihre Zofe etwas tun, das ihnen beiden nützen würde.

„Lizette, ich stecke in Schwierigkeiten", sagte sie ohne Umschweife.

„Ja, Miss Nash. Ich habe gesehen, in welchem Zustand Monsieur Rousse war, als man ihn hier herausgeschleift hat. Der Comte hat sie miteinander erwischt, nicht wahr?"

„Ja", entgegnete Charlotte zögernd, nicht sicher, wie viel sie ihrer Zofe anvertrauen sollte. Je weniger das Mädchen wusste, entschied sie schließlich, desto weniger konnte es zur Verantwortung gezogen werden. „Ich habe einen entsetzlichen Fehler begangen. Ich kann Ihnen nicht viel erzählen, doch ich werde beobachtet. Und ich muss Monsieur Rousse finden, ehe ihm noch Schlimmeres zustößt."

„Sie lieben ihn, nicht wahr?", fragte Lizette und errötete dann, als ihr die Kühnheit ihrer Frage bewusst wurde. „Oh, es tut mir leid, Miss. Doch ich habe nie richtig verstanden, warum Sie hergekommen sind, wo doch alle Welt sehen konnte, wie sehr Sie Monsieur Rousse ins Herz geschlossen hatten."

„Schon gut, Lizette, Sie haben ja recht. Doch die Sache ist jetzt die: Ich brauche Ihre Hilfe. Sie müssen den Lakaien irgendwie aus dem Flur fortlocken, damit ich mich unbemerkt davonschleichen kann. Könnten Sie das schaffen? Und dann zurück ins Zimmer kommen und so tun, als sei ich noch dort?“

„Ja, Ma’am.“ Lizette nickte eifrig. „Ich weiß, wie ich das anstellen kann. Geben Sie mir eine halbe Stunde, damit es nicht so geplant aussieht. Sie werden merken, wann die Luft rein ist.“

Charlotte nickte, beeindruckt von der Gerissenheit des Mädchens. Ein kurzer Knicks, dann war die Zofe zur Tür hinausgeschlüpft. Charlotte hörte sie flüchtig mit dem im Gang herumstehenden Diener schäkern, ehe sich ihre Schritte entfernten.

Rasch zog sie sich ein frisches Kleid aus pflaumenblauem Batist an, mit dem sie im Dämmerlicht des frühen Morgens nicht sogleich auffallen würde. Wieder und wieder wanderte ihr Blick zur Uhr auf dem Kaminsims hinüber, während sie unruhig im Zimmer auf und ab ging. Sie wusste, wo die Treppe begann, die zum Guckloch im Turmzimmer führte – hinter dem offenen Kamin im Erdgeschoss. Doch sie war nicht sicher, wo im Turm diese Treppe endete. Soeben war sie damit fertig, den Weg im Geiste abzuschreiten, als vor ihrer Tür ein Schrei ertönte, der ihr das Blut in den Adern gefrieren ließ.

„Hilfe! Eine Ratte! Sie ist mir unter den Rock gesprungen! Hilfe!“ Charlotte vernahm das Geräusch leichter Schritte, die sich rasch immer weiter von ihrer Tür entfernten. Im nächsten Augenblick drang die Stimme des Lakaien an ihr Ohr, der Lizettes Namen rief und ihr dann mit großen Schritten folgte.

Charlotte schlüpfte sogleich in den nun unbewachten Flur hinaus, raffte ihre Röcke und rannte so schnell sie konnte zu der kleinen, unauffälligen Tür, die zum Dienstbotenaufgang führte. In Windeseile lief sie die Stufen hinunter und blieb dann am Fuß der Treppe stehen, um sich zu vergewissern, dass die Eingangshalle menschenleer war. Sie war es.

Die Dienstboten waren damit beschäftigt, die Kaminfeuer in den Gesellschaftsräumen zu entzünden und die Frühstückstafel zu decken.

Leise ging Charlotte in den Vorraum des Turms und trat gebückt unter den Sims des Kamins, in dem schon lange kein Feuer mehr gebrannt hatte. Dort! Ein schmaler Spalt im hinteren Teil deutete auf eine Geheimtür hin. Charlotte drückte dagegen, und mit einem Geräusch, das ihr laut wie Donnergrollen vorkam, öffnete sich die schwere Tür. Ohne sich die Mühe zu machen, sie hinter sich zu schließen, schlüpfte Charlotte in das Dunkel jenseits der Schwelle.

Ihr wurde auf der Stelle bewusst, auf welches Wagnis sie sich eingelassen hatte. Es war stockfinster im Inneren. Der Geruch nach Schimmel und altem Rauch hing in der Luft, und von oben her wehte ihr ein kalter Hauch entgegen, der wie ein Kuss des Todes über ihre Wangen strich.

Fröstelnd tastete sie sich vorsichtig voran, bis sie mit dem Fuß gegen eine Stufe stieß, die etwa fünfundzwanzig Zentimeter hoch und fünfzehn bis zwanzig Zentimeter tief war, wie eine Tastuntersuchung mit dem Fuß ergab. Charlotte erklomm Stufe um Stufe. Fünf Stufen, zehn, ein Dutzend. Sie schluckte und warf einen Blick über die Schulter, dorthin, wo aus dem Vorraum noch ein schwacher Lichtschein in den unteren Teil des Treppenschachts fiel. Ein paar Schritte weiter auf der Wendeltreppe, und auch dieser spärliche Rest Helligkeit war verschwunden.

Der Schacht war kaum wesentlich breiter als ihre Schultern und die Außenmauer so schräg, dass Charlotte das Gefühl hatte, sie würde jeden Augenblick einstürzen und sie in der Dunkelheit begraben. Die Treppe schien kein Ende zu nehmen. Furcht stieg in ihr auf, doch Charlotte ließ sich nicht beirren. Sie würde nicht aufgeben. Sie würde nicht umkehren …

Von oben her hallte eine geisterhafte Stimme durch den

Schacht. Dands Stimme. Charlotte tastete sich an der Wand entlang, zwang sich, langsam zu gehen, um nicht auszurutschen, auch wenn alles in ihr sie zur Eile drängte.

Einige Stufen weiter oben erhellte ein Lichtstrahl das Dunkel und fiel auf einen rechteckigen Stein. Das Guckloch! Vorsichtig ging sie darauf zu und hielt dann den Atem an, als sie bemerkte, wie groß es war. Es hatte einen Durchmesser von mindestens dreißig Zentimetern. Doch wie war das möglich? Es hätte ihr auffallen müssen, als sie mit St. Lyon das Turmzimmer besichtigt hatte.

Den Rücken an die gegenüberliegende Wand gedrückt, riskierte Charlotte einen Blick hindurch. Im ersten Augenblick begriff sie nicht, was sie sah, doch nachdem sie sich näher an das Guckloch herangewagt hatte, wurde ihr klar, warum sie es zuvor nicht bemerkt hatte. Es befand sich nicht in Augenhöhe einer sich im Turmzimmer befindlichen Person, sondern weit darüber, gut getarnt durch die steinerne Einfassung eines der Turmfenster.

Mit neuer Zuversicht wagte Charlotte sich noch näher an das Loch in der Wand heran und spähte hinab. St. Lyon saß vor Dand auf einem Lehnstuhl. Er hatte die Beine übereinandergeschlagen, und seine Haltung drückte eine gewisse Resignation aus. Charlotte zwang sich, den Blick auf Dand zu richten.

Sie hatten ihn bis zur Taille entkleidet und an den Handgelenken an die in das Mauerwerk eingelassenen Eisenringe gekettet. Die Handfesseln hatten seine Haut aufgescheuert. Blut rann in dünnen Rinnsalen an seinen weit ausgebreiteten Armen hinab, und sein Oberkörper und sein Gesicht waren von dunkelblauen Blutergüssen übersät. Am Entsetzlichsten war jedoch das tiefe Brandmal in Form einer Rose, das dunkel auf seinem linken Brustmuskel glänzte, eine Erinnerung daran, dass er bereits einmal an einem Ort wie diesem gewesen war.

„Kann ich irgendetwas für Sie tun? Außer, Sie laufen zu lassen, natürlich“, fragte St. Lyon.

Dand antwortete nicht, sondern versuchte, die Schultern zu bewegen. Nach fast zwölf Stunden hatte der Schmerz sich tief in seinen Nacken, seinen Rücken und seine Schultern eingegraben. Außerdem quälte ihn Durst. Bei jedem Wort, das er sprach, öffnete sich die Wunde an seiner Lippe aufs Neue.

St. Lyon seufzte. „Ich weiß, wer Sie sind. Sie sind Andrew Ross. Einer jener noblen Waisenknaben.“ In seiner Stimme schwang ein spöttischer Unterton mit. „Jener Burschen, die sich auf Malmaison in diesen Schlamassel gebracht haben. Leider wurdet ihr alle verhaftet, ehe ihr den Royalisten von irgendeinem Nutzen sein konntet. Oder eurer Kirche. Oder wer auch immer euer Auftraggeber gewesen sein mag.“

Dand richtete den Blick auf die in sein Fleisch eingebrannte Rose. „Wie haben Sie das nur erraten?“ Seine trockene Kehle verlieh seiner Stimme einen rauen Klang.

St. Lyon nickte anerkennend. „Sie sind ziemlich unverwechselbar.“

Dand leckte sich das Blut aus dem Mundwinkel und versuchte, sich aufrecht zu halten. Nicht, dass St. Lyon ihn geschlagen oder gefoltert hätte, doch seine Schergen waren recht grob gewesen, als sie ihn hergebracht hatten, vor allem der Bursche mit der zertrümmerten Nase.

„Ich weiß, warum Sie hier sind.“

„Sie sind ein wahres Genie“, stieß Dand hervor.

„Und ich weiß auch alles über Ihre Kompagnons.“

Das allerdings weckte Dands Aufmerksamkeit. Hastig hob er den Blick. Die unwillkürliche Bewegung entging St. Lyon nicht. Er lächelte. „Mir ist alles bekannt über Ihre kleine Verschwörung. Der Marquis of Cottrell und Colonel MacNeill sind auf dem Weg hierher und müssten bald eintreffen. Wie wollten Sie ihnen Zugang zur Burg verschaffen?

Oder dachten Sie, Sie könnten einfach den Hintereingang offen lassen?“ Er kicherte vergnügt.

Wovon zum Teufel redet er?, fragte sich Dand und wartete darauf, dass der Comte etwas sagen würde, was Sinn ergab.

St. Lyons Lächeln verblasste ein wenig. „Allerdings erscheint es mir doch ein recht vermessener Gedanke zu glauben, Sie drei könnten es ganz allein mit mir und meiner ganzen Gefolgschaft aufnehmen, berüchtigte ‚Rose Hunters‘ hin oder her.“

„Ich weiß nicht, mit wem Sie geplaudert haben, Comte“, sagte Dand heiser. „Doch man hat Sie getäuscht.“

„Das bezweifle ich. Mein Gewährsmann hat bisher immer recht gehabt. Auch als er voraussagte, wie Sie auf mein Erscheinen in Miss Nashs Schlafgemach reagieren würden.“

Dem Himmel sei Dank, wenigstens verdächtigte er Charlotte nicht. Dand musste all seine verbliebene Kraft aufwenden, um sich seine Erleichterung nicht anmerken zu lassen.

„Eine ziemliche Ernüchterung, muss ich sagen“, fuhr der Comte fort. „Ich hatte Sie für einen Mann gehalten, der sich durch nichts und niemanden von seinem Ziel abbringen lässt.“

„Bedaure, dass ich Sie enttäuscht habe.“

„Ich war enttäuscht, in der Tat. Vor allem, da die Dame Ihre Gefühle so offenkundig nicht teilt.“

„Lassen Sie Miss Nash aus dem Spiel!“ Sein Schmerz verflog. Alle Pläne, den vermaledeiten Brief doch noch zu finden und diesem Ort zu entkommen, lösten sich in Luft auf. Übrig blieb einzig das instinktive Bedürfnis, Charlotte zu beschützen, ein Bedürfnis, das so tief in ihm verwurzelt war, dass er nicht anders hätte handeln können.

„Es wäre mir ein Vergnügen …“ St. Lyon brachte den Satz nicht zu Ende.

Dand hob den Kopf und blickte dem Grafen geradewegs

in die Augen. „Wenn Sie ihr etwas antun, ganz gleich was, ganz gleich wie, dann bringe ich Sie um."

St. Lyon schnalzte missbilligend mit der Zunge. „Sehen Sie? Schon wieder diese Überheblichkeit. All diese finsteren Drohungen, so übertrieben, so überreizt."

„Wenn ihr irgendein Leid geschieht", wiederholte Dand leise, „werden Sie sterben."

St. Lyons Fassade der Selbstsicherheit bekam leichte Risse. Er schniefte, runzelte die Stirn und erhob sich. „Ich bin ein Gentleman. Ich habe nicht die Absicht, Miss Nash etwas zuleide zu tun. Ganz im Gegenteil."

„Das rate ich Ihnen auch", murmelte Dand grimmig.

„Ja, ja. Sonst bringen Sie mich um." Der Comte lachte belustigt. „Tatsache ist, mein Freund, dass Sie an eine Mauer gekettet sind, bewacht von einigen meiner fähigsten Männer. Und während wir uns hier unterhalten, sind Ihre Spießgesellen im Begriff, in eine Falle zu reiten. Und morgen, wenn ich den höchst aufschlussreichen Brief versteigert habe, den der preußische Gesandte an den Papst gerichtet hatte …"

„Ich dachte, Sie hätten ihn nicht gelesen", unterbrach ihn Dand.

„Ich habe gelogen", entgegnete St. Lyon seelenruhig und fuhr dann fort: „Wie ich schon sagte, nachdem ich den Brief versteigert habe, werde ich Sie und Ihre Komplizen dem Abgesandten Napoleons anbieten, für ein hübsches Sümmchen, versteht sich. Ich bin sicher, er ist ganz begierig darauf, zu erfahren, wer Ihre Hintermänner in Paris sind."

„Ram und Kit haben nichts mit der Angelegenheit zu tun."

„Ich bitte Sie!" Der Comte erhob sich und schnipste mit den Fingern, um einen seiner Gefolgsleute herbeizurufen, die vor der Tür umherstanden.

„Es tut mir leid, dass ich Sie nicht losketten kann. Doch man sagt Ihnen in der Tat nach, Sie seien – wie hat es mein

Kompagnon noch gleich ausgedrückt? – formidabel. Ihren Durst kann ich aber stillen.“ Er wandte sich dem Wächter zu: „Bringen Sie Monsieur Rousse ein Glas Wasser, auf der Stelle!“

„Sie sind zu liebenswürdig.“

„Ich bin ein zivilisierter Mensch, Mister Ross, kein Barbar. Das überlasse ich den Citoyens.“

„Ha!“ Dand lachte heiser auf. „Die Taten der französischen Bürger sind reine Stümperei im Vergleich zu den Scheußlichkeiten, die der Adel jahrhundertelang verübt hat.“

Der Comte zuckte die Schultern. „Mag sein. Doch ich foltere wenigstens nicht um des reinen Vergnügens willen.“ Er richtete den Blick vielsagend auf Dands Brandmal. „So wie einige dieser Revolutionäre es tun.“

Offenbar zufrieden mit seiner letzten Bemerkung, bedeutete er dem Wächter mit einem ungeduldigen Wink, das Turmzimmer zu verlassen, und wandte sich dann ebenfalls zum Gehen. Im letzten Moment drehte er sich noch einmal um und verbeugte sich höflich vor Dand. „Ich bin mir noch immer nicht ganz sicher … Ein Teil von mir möchte glauben, dass Sie wirklich André Rousse sind. Woran mag das liegen, was meinen Sie?“

Dand schnaubte verächtlich. „Ich habe nicht die geringste Ahnung, Comte.“

„Hm.“ Der Graf betrachtete ihn noch einige Sekunden lang, verließ dann den Raum und schloss rasch die Tür hinter sich.

Kaum war er fort, richtete Dand sich auf und drehte die Hand in einem solchen Winkel nach unten, dass es ihm gelang, die Eisenkette zu packen. Ob er es wohl schaffen würde, den Metallring aus der Wand zu reißen? Vorhin, als der Wächter ihn allein gelassen hatte, um seine Mahlzeit einzunehmen, war es ihm so vorgekommen, als habe der Ring sich kaum merklich bewegt.

„Dand!“ Eine Stimme wehte durch den Raum, so leise, dass er einen Augenblick lang glaubte, er leide unter Wahnvorstellungen. „Dand!“

Charlotte. Wie …?

Er sah auf, ließ den Blick aufmerksam über die gemörtelte Steinmauer wandern, bis er über dem Nordfenster die Bewegung eines Schattens wahrnahm. Charlotte musste eines der verborgenen Gucklöcher entdeckt haben.

„Charlotte“, sagte er mit leiser, besorgter Stimme. „Sei auf der Hut! Der Wächter wird bald zurück sein.“

„Ich weiß.“ Ein kurzes Schweigen folgte. „Was kann ich tun?“

Tapferes Mädchen! Von einer leichten Atemlosigkeit abgesehen, gab es keinerlei Hinweis darauf, dass sie Furcht empfand.

„Du musst einen Weg finden, aus der Burg zu entkommen“, sagte er im Flüsterton. „Du musst Kit und Ram warnen. Sie sind auf dem Weg …“

„Das habe ich gehört“, fiel sie ihm ins Wort. „Aber … warum? Sie haben nichts mit der Sache zu tun.“

„Jemand hat sich große Mühe gegeben, um St. Lyon vom Gegenteil zu überzeugen.“

„Aber …“ Charlotte brach ab, als ihr bewusst wurde, dass Fragen nach dem Wer, Was und Warum im Augenblick völlig unangebracht waren.

„Kannst du das tun?“, fragte Dand.

„Sobald ich einen Weg gefunden habe, deine Handfesseln zu lösen. Lizette kann den Wächter ablenken und …“

„Nein!“ Vor Dands geistigem Auge tauchten entsetzliche Bilder davon auf, wie man Charlotte gefangen nahm, sie der Mittäterschaft bezichtigte und zusammen mit ihm und den anderen an Napoleons Abgesandten verkaufte. „Dazu ist keine Zeit. Dies hier ist wichtiger, und wenn alles gut geht, sind Kit und Ram vielleicht noch rechtzeitig hier, um mich zu befreien.“ Ein flüchtiges Lächeln erhellte sein Gesicht. „Das wird ihnen gefallen.“

„Ich muss einen Weg finden, dir zur Flucht zu verhelfen.“

Himmel, hatte er da etwa ein Schluchzen gehört? Ein Schluchzen um seinetwillen? Aus dem Mund seiner ach so kaltblütigen und gewieften kleinen Spionin?

Es lohnte sich beinahe, an diese verfluchte Wand gekettet zu sein, nur um das zu hören. Allerdings nur beinahe, denn er konnte nichts tun, um Charlottes Tränen zu trocknen, konnte sie nicht in den Armen halten, sie nicht trösten und ihr all die Dinge versprechen, die er ihr schon so lange versprechen wollte. Viel länger schon, als er es sich hatte eingestehen wollen.

„Du bist doch nicht etwa sentimental geworden, was mich betrifft?“, fragte er sanft.

„Doch.“ Ein leises Schniefen. Dand malte sich aus, wie sie zu lächeln versuchte, und die Vorstellung zerriss ihm fast das Herz. „Bist du nun zufrieden? Du hast Schuld, dass ich so tief gesunken bin, Dand Ross. Und dafür werde ich dich büßen lassen.“

„Versprich es mir“, flüsterte er gepresst.

Er hörte, wie sie nach Atem rang und dann mit leiser, bebender Stimme antwortete, so, als schwöre sie ihm nicht Rache, sondern Treue bis in den Tod. „Ja, das werde ich. Ich gelobe es.“

„Finde Kit und Ram! Dann haben wir eine Chance, dass du dein Versprechen einlösen kannst. Und nun geh. Bitte!“

Charlotte zögerte, als wolle sie noch etwas sagen. Dand hoffte inständig, sie würde es nicht tun. Es hätte zu große Ähnlichkeit mit einem Abschiedsgeschenk, und sein Leben war ihm nie zuvor so wertvoll erschienen. Doch sie flüsterte nur: „Bis bald, Dand“, und verschwand.

24. KAPITEL

Burg des Comte St. Lyon, Schottland
15. August 1806

Ohne den wachestehenden Lakaien eines Blickes zu würdigen, schlenderte Charlotte kühn den Korridor entlang, der zu ihrem Schlafzimmer führte. Der Ärmste zuckte bei ihrem Anblick vor Schreck zusammen, und sie bezweifelte, dass er seinem Dienstherrn von ihrer halbstündigen Abwesenheit berichten würde, umso mehr, da in dieser Zeit nichts Beunruhigendes vorgefallen war. Man würde ihn bestrafen und obendrein verspotten dafür, dass er sich von einer Frau hatte an der Nase herumführen lassen.

Von Madame Paule einmal abgesehen, zeichnete sich St. Lyons gesamte Dienerschaft durch einen beklagenswerten Mangel an Wertschätzung für die weibliche Intelligenz aus. Ein Umstand, den Charlotte sehr zu schätzen wusste. Sie hatte eine Idee.

Als sie ins Zimmer trat, ertappte sie ihre Zofe dabei, wie diese, sich eines von Ginnys kostbaren Kleidern vor die Brust haltend, entzückt Pirouetten vor dem großen Spiegel drehte. „Ein hübsches Kleid", bemerkte sie freundlich.

Lizette zuckte schuldbewusst zusammen. „Oh, Miss! Es tut mir leid. Ich wollte nichts Unrechtes tun. Ich habe nur nie etwas so Schönes besessen und …"

„Es gehört Ihnen."

Die Zofe starrte Charlotte mit weit aufgerissenen Augen an. „Was?"

„Sie können es behalten, als Dank für Ihre Hilfe."

„Vie…vielen Dank, Miss. Nie zuvor ist jemand so großzügig zu mir gewesen. Ich … ich …"

„Ich muss Ihre Hilfe noch einmal in Anspruch nehmen, Lizette", unterbrach Charlotte. „Doch diesmal handelt es sich um eine viel gefährlichere Angelegenheit. Nein, warten Sie“, bat sie, als die Zofe diensteifrig herbeieilte. „Hören Sie mir aufmerksam zu, ehe Sie antworten, Lizette. Sie wissen nicht einmal, was auf dem Spiel steht, und ich kann es Ihnen auch nicht verraten. Was ich Ihnen allerdings sagen muss, ist, dass Sie diese Unternehmung das Leben kosten kann. Ich glaube zwar nicht, dass es so weit kommen wird, denn wenn ich die Gefahr für zu groß hielte, würde ich Sie nicht um Unterstützung bitten. Doch die Möglichkeit besteht, und Sie müssen sich über das Risiko im Klaren sein. Eines noch“, fügte Charlotte hinzu und hob die Hand. „Sie brauchen es nicht zu tun. Das Kleid gehört Ihnen auf jeden Fall. Und meine Dankbarkeit haben Sie bereits jetzt.“

Die kleine Zofe warf ihr ein übermütiges Lächeln zu. „Natürlich werde ich tun, worum Sie mich bitten, Miss. Als ich meine Stelle bei Ihnen antrat, war mir sehr wohl bewusst, dass es ein Risiko ist, für eine Dame Ihres Rufs zu arbeiten. Mein Vater hat mich gewarnt, doch ich wollte nichts davon hören. Ich sehe das so: Je höher das Risiko, desto höher der Lohn, und ein wunderschönes neues Kleid habe ich ja bereits, nicht wahr? Und außerdem möchte ich offen gestanden nicht bis ans Ende meiner Tage als Dienstmädchen arbeiten. Ein paar hübsche Kleider könnten einem Mädchen mit Zukunftsplänen recht nützlich sein.“

Gütiger Himmel, dachte Charlotte. Und Dand hielt *sie* für eine zielstrebige kleine Pragmatikerin.

„Also, was soll ich tun?“, fragte Lizette und faltete dabei sorgfältig ihr neues Kleid.

Charlotte erklärte es ihr.

„Fühlen Sie sich noch immer nicht ganz wohl, Miss Nash?“, erkundigte Comte St. Lyon sich besorgt.

Charlotte warf ihm einen kühlen Blick zu. „So ist es.“

„Sie sind mir doch nicht mehr böse wegen gestern Abend?

Ich hatte gehofft, Sie würden verstehen, dass mein ungebührliches Verhalten einzig den Zweck verfolgte, Ross so unauffällig wie möglich in Gewahrsam nehmen zu können, ohne meinen Gästen Unannehmlichkeiten zu bereiten."

„Und was ist mit den Unannehmlichkeiten, die Sie mir bereitet haben?", fragte Charlotte, wohl wissend, dass ihre Wangen glühten. Sie wusste es, weil sie das Wangenrot selbst aufgetragen hatte, bevor sie sich nach dem Dinner mit dem Comte getroffen hatte. „Sie hätten mich in Ihr Vorhaben einweihen können. Oder vertrauen Sie mir nicht? Welch törichte Frage! Natürlich vertrauen Sie mir nicht. Warum sonst haben Sie diese alte Vettel Madame Paule auf mich angesetzt und diese Lakaien, die mich auf Schritt und Tritt verfolgen?"

„Es geschieht zu Ihrer eigenen Sicherheit, meine Liebe."

„Und wer sollte mir etwas zuleide tun wollen?", fragte Charlotte und zog sich ihr Umhängetuch um die Schultern. Sie standen im Alkoven, der zum Burghof führte. An den Zweigen der Bäume schaukelten Laternen im aufsteigenden Nebel wie bunter Christbaumschmuck.

„Ross ist fortgebracht worden", sagte sie. „Gibt es noch mehr Schurken unter Ihren Gästen? Jenen Gästen, deren zarte Gemüter Sie so fest entschlossen sind zu schonen?"

Er betrachtete sie mit einer Mischung aus Verblüffung und Ungeduld, die auf die ungewohnte Schärfe ihrer Worte zurückzuführen war. „Sie haben recht", gestand er schließlich. „Ich vertraue Ihnen nicht völlig. Das wage ich nicht. Was ich vorhabe, ist von zu großer Bedeutung für meine Zukunft."

„Dennoch", er griff nach ihrer Hand, „hoffe ich, dass Sie mich verstehen und mir vergeben werden, sobald all dies vorüber ist und wir einander besser kennen."

Charlotte zog die Hand fort. „Das können Sie nur hoffen."

Wie sie vorausgesehen hatte, wurde er ihres abweisenden

Gehabes allmählich überdrüssig, und wie sie ebenfalls vermutet hatte, zerstreute ihre Launenhaftigkeit den Verdacht, den er gegen sie hegte. Eine Frau, die sich derart von ihren Gefühlen beherrschen ließ, konnte unmöglich eine Spionin sein. Es sei denn, sie spielte ihm etwas vor ... Doch ein Mann von solchem Scharfblick, von solch großer Erfahrung mit dem schwachen Geschlecht wie Maurice St. Lyon wäre stets in der Lage zu erkennen, ob eine Frau ihm etwas vorspielte oder nicht.

„Wie kann ich das wiedergutmachen?", wollte er wissen.

„Indem Sie mich allein lassen. Indem Sie Ihren Leuten sagen, Sie mögen mich in Ruhe lassen."

„Ich bedaure. Das wird nicht möglich sein."

Charlottes zu einem Schmollmund geschürzte Lippen bebten. „Nun gut. Ich verspreche, hier im Hof zu bleiben, wo mich jeder sehen kann, dem danach ist. Doch Sie ... bleiben mir vom Leib!"

Er hob die Hände. „Wenn Sie darauf bestehen, sich hier draußen eine Erkältung einzufangen, nur um zu beweisen, wie sehr Ihnen meine Gesellschaft zuwider ist, nur zu."

„Mit Vergnügen", entgegnete Charlotte, zog sich das Schultertuch über den Kopf und stolzierte entschlossenen Schrittes auf den Hof hinaus. Sie ließ sich schwungvoll auf der Marmorbank nieder, wartete einige Minuten, bis der rasch aufsteigende Nebel dichter wurde, erhob sich dann und schlenderte zu der Ecke des Gartens, wo die Eibensträucher beinahe mannshoch wuchsen. „Comte! Beobachten Sie mich noch? Antworten Sie mir."

„Ja, Miss Nash." Er klang gereizt. „Ich bin immer noch hier."

„Nun, da es Ihnen offenbar so viel Freude macht, mich zu betrachten, schauen Sie sich das an!" Sie hob die Hände an den Nacken, öffnete den Verschluss der Halskette, die er ihr vergangene Nacht geschenkt hatte, und hielt das Kleinod dann in Richtung des Säulengangs, in dessen Schatten St. Lyon stand. Der Smaragdanhänger funkelte. „Sehen Sie, was das ist? Ihr Anhänger ... oh!“ Das Schmuckstück glitt ihr aus der Hand. Charlotte bückte sich, um am Boden danach zu suchen, und einige Augenblicke später erhob sich eine weibliche Gestalt, die den Anhänger mit spitzen Fingern in die Höhe hielt.

„Hier! Sie können ihn wiederhaben“, rief sie und hörte voller Genugtuung, wie das kostbare Geschmeide über das Kopfsteinpflaster des Burghofs schlitterte und vor St. Lyons Füßen liegen blieb.

„Haltet ein Auge auf sie!“, zischte er, wandte sich ab und stapfte zornig davon.

Von ihrem Versteck hinter dem Eibenstrauch aus beglückwünschte Charlotte ihre Zofe im Stillen zu deren Treffsicherheit. Sie hatten die Plätze getauscht, als sie sich gebückt hatte, und statt ihrer war Lizette aufgestanden. Das beherzte Dienstmädchen, dessen braune Locken im gleichen Stil frisiert waren wie Charlottes, und dessen Kleid dem ihren so ähnlich war, wie der Garderobenschrank es erlaubte, hatte die letzte Dreiviertelstunde hinter den Eibensträuchern gewartet.

„Bleiben Sie eine Stunde hier. Falls St. Lyon zurückkehrt, recken Sie die Nase in die Höhe und stolzieren in die entgegengesetzte Richtung davon“, flüsterte Charlotte. „Beobachten Sie den Fluss zwischen Mitternacht und Tagesanbruch. Wenn Sie ein Licht unter dem Fenster sehen, lassen Sie das Seil herab.“

„Was ist, wenn Sie bis Sonnenaufgang nicht zurück sind?“ Zum ersten Mal bebte die Stimme ihrer Zofe vor Furcht.

„Ich werde zurück sein, Lizette“, versprach Charlotte. Mit oder ohne Hilfe, sie würde das Mädchen und Dand nicht im Stich lassen. Hoffentlich hat Dand recht, und Ram und Kit sind tatsächlich auf dem Weg zur Burg, dachte Charlotte und sandte ein Stoßgebet gen Himmel. Noch während sie dies tat, fragte sie sich unwillkürlich, wie die beiden ihr denn wohl helfen sollten, falls sie sie überhaupt fand. Wie konnten zwei Männer und eine Frau hoffen, die Festung zu erstürmen, in die St. Lyon seinen Besitz verwandelt hatte? Der Gedanke jedoch, es gar nicht erst zu versuchen, war schlicht unerträglich.

„Ich werde zurückkommen, Lizette“, wiederholte sie. „Ich schwöre es.“

„In Ordnung, Miss“, sagte Lizette und schluckte, während sie all ihren Mut zusammennahm. „Gehen Sie jetzt besser.“

Charlotte kroch auf allen Vieren die Eibenhecke entlang, bis sie den hintersten Winkel des Gartens erreicht hatte. Dort angekommen, zerriss sie hastig ihr Kleid und schlüpfte in das Hemd und die Männerhosen, die Lizette am Nachmittag in der Wäscherei gestohlen hatte. Sorgfältig darauf bedacht, nur die Dienstbotenflure zu nutzen, die parallel zu jenen verliefen, die der Herrschaft und den Gästen vorbehalten waren, eilte sie zur Küche, der letzten Station ihrer Flucht aus St. Lyons Burg.

Charlotte gab keinen Laut von sich und hoffte, der schläfrige Küchenjunge würde in der Dunkelheit nicht bemerken, dass sich unter dem Berg aus Kartoffelschalen, Fleischabfällen, Gemüseresten, Rinden und Federn, den er aus dem Küchenkarren hinter die jenseits der Burgmauern gelegenen Ställe kippte, ein menschlicher Körper befand.

Er nahm es tatsächlich nicht wahr. Reglos blieb Charlotte in ihrem widerlichen Bett aus glitschigen Küchenresten liegen, bis sie hörte, wie die Wagenräder die steile Auffahrt zur Burg hinaufrumpelten und der Junge dem Wächter zurief, er möge das Tor öffnen. Die rostigen Angeln knarrten und knirschten, als das mächtige Burgtor aufgestoßen wurde.

Charlotte wischte sich den Unrat aus dem Gesicht, erhob sich und sah sich um. Der Mond stand nur als schmale Sichel am Himmel, doch sein fahles Licht genügte, um die graue Straße zu erkennen, die sich über die Hügelkuppe schlängelte. Es war die einzige Straße weit und breit, und folglich die, auf der Ram und Kit unterwegs zur Burg waren.

Sie mussten kommen! Dands Leben hing davon ab. Er durfte nicht sterben. Die Vorstellung war so entsetzlich, dass Charlotte sie schleunigst aus ihren Gedanken verbannte.

Im Laufschritt eilte sie die Straße entlang, bis ihr das Herz bis zum Hals schlug und ihre Beine schmerzten. Dann verlangsamte sie ihren Schritt. Unter dem funkelnden Banner der Milchstraße lief sie dahin, während die Eulen ihre nächtliche Jagd begannen und auf leisen Schwingen durch das Dunkel glitten. Sie rannte, bis ihre Füße in den zierlichen Schuhen Blasen bekamen und die dünnen Sohlen auf der steinigen Straße löchrig wurden.

Charlotte war seit vier Stunden unterwegs, als sie sie erblickte. Doch nicht Ram und Kit sah sie, sondern eine Gruppe von mindestens zwanzig Männern, die in Zweierreihen hinter zwei Berittenen hermarschierten.

Charlotte zögerte. Wer waren diese Männer? Sie trugen keine roten Uniformröcke, und ihr waren zahllose Geschichten darüber zu Ohren gekommen, wie straff organisiert die Schmuggler- und Räuberbanden heutzutage waren. Noch hatten die Männer sie nicht entdeckt.

Hastig kletterte sie die Böschung hinab und verharrte reglos in der Dunkelheit. Der Wind trug die Worte eines der Reiter zu ihr hinüber. „Zum Glück hat Parnel einige Milizsoldaten auf seinem Anwesen behalten, um Räuber und Schmuggler abzuschrecken."

Sein ebenfalls berittener Gefährte antwortete: „Gott sei Dank ist er Pater Tarkins Bitte nachgekommen. Ich glaube, der Kerl hat noch immer eine Schwäche für meine Kate."

Es war Kit!

Charlotte stolperte schluchzend die steile Böschung hinauf, als eine vertraute Stimme entgegnete: „Wo wir gerade dabei sind, dem Allmächtigen zu danken, sollten wir auch ein Dankgebet gen Himmel schicken dafür, dass die unvergleichliche Mrs. Mulgrew zur Besinnung gekommen ist und dem Abt in einem Brief alles offenbart hat."

„Ja", brummte Kit mit seinem starken schottischen Akzent. „Und wenn ich unsere kleine Schwägerin in die Finger bekomme, wird sie es sein, die Gott dafür dankt, dass ich sie nicht erwürge. Und André Rousse wird ebenfalls büßen, das schwöre ich."

Wild mit den Armen fuchtelnd, lief Charlotte aus dem schützenden Farnkraut hinaus auf die Straße, genau vor die Hufe der Pferde. Die Tiere scheuten und bäumten sich auf. Es kümmerte sie nicht. Lächelnd blickte sie zu den Reitern auf. „Ram! Kit!"

„Wer ist das?", fragte Colonel Christian MacNeill seinen Schwager.

Ramsey Munro, Marquis of Cottrell, hob eine seiner elegant geschwungenen Brauen und betrachtete die zerlumpte, schmutzige Gestalt, die vor den Hufen ihrer Pferde herumhüpfte. „Bei Gott, Kit, ich glaube, es ist Charlotte."

25. KAPITEL

Burg des Comte St. Lyon, Schottland
16. August 1806

Wie St. Lyon es versprochen hatte, war der Wächter mit einem Zinnbecher voll Wasser zurückgekehrt, doch statt Dands Durst damit zu stillen, hatte er ihm das kostbare Nass ins Gesicht geschüttet und sich dann mit einem zufriedenen Grunzen auf seinen Posten vor der Tür zurückgezogen. Dand hatte die Grobheit ungerührt über sich ergehen lassen. Seit Charlotte fort war, kreisten all seine Gedanken nur um die eine Frage, ob es ihr gelungen war, unbemerkt aus der Burg zu fliehen. Als Stunde um Stunde verging, ohne dass auch nur eine aufgeregte Stimme an sein Ohr drang, gestattete er sich ein Lächeln.

Kluge, erfinderische, gewitzte Charlotte. Sein Liebling. Seine Liebe. Sie war entkommen!

Er spähte aus dem Turmfenster, um zu sehen, ob es im Osten bereits dämmerte, und versuchte dabei unermüdlich, den schweren Eisenring aus dem Mauerwerk zu lösen. Ein wenig hatte er sich bereits gelockert, dessen war Dand sicher. Doch wie lange würde es noch dauern, ihn aus der Verankerung zu reißen? Viel mehr, um sich die Zeit zu vertreiben, gab es aber auch nicht, selbst wenn er in Gedanken bei Charlotte war, während sie der Straße nach Süden durch die Einöde folgte.

Ram oder Kit würden sie finden. Wenn nicht die beiden, dann ein Kleinbauer oder ein Viehhirt. Charlotte würde sich ihres scharfen Verstands und ihrer flinken Zunge bedienen, um sicher nach Hause zu gelangen. Und das musste ihm genügen. Doch es genügte ihm nicht. Die Liebe zu ihr hatte ihn gierig werden lassen. Er wollte bei ihr sein, wollte lange Jahre mit ihr arbeiten, mit ihr lachen, debattieren, Pläne schmieden und die Wonnen der Liebe genießen.

Hoffentlich würden Ram und Kit nicht allzu viel zusätzliche Unterstützung von ihm erwarten, wenn sie kamen. Und an der Vorstellung, dass sie kamen, hielt er unbeirrt fest. Was recht töricht war, da sie aller Wahrscheinlichkeit nach allesamt gefangen genommen und abermals im Kerker von LeMons enden würden. Und wäre das nicht der Gipfel der Ironie?

Dand lachte freudlos, hielt dann jedoch inne, als ein Geräusch seine Aufmerksamkeit fesselte. Der Wächter vor der Tür murmelte etwas, eine männliche Stimme antwortete. Eine vertraute Stimme. Obwohl Dand erwartet hatte, sie zu hören, setzte sein Herz einen Schlag lang aus.

Die Tür öffnete sich einen Spaltbreit, doch nicht weiter, so als zögere die Person auf der anderen Seite, sie vollständig aufzustoßen.

„Komm herein, Doug, mein Freund“, sagte Dand.

* * *

Stadtvilla der Nashs, York
1801

„Wie sehr Dougie das gefallen hätte“, sagte Ram Munro und lächelte noch spöttischer als sonst. „Unser Eid, diesen drei holden Jungfern stets zu Diensten zu sein, die Übergabe der Rose in ihre Obhut als Sinnbild unserer Treue … er wäre vor Entzücken in Ohnmacht gefallen.“

Kit MacNeill warf ihm einen scharfen Blick zu. Die Muskeln seiner markanten Wangenpartie, die nach so vielen Monaten im Kerker von LeMons hager und eingefallen wirkte, zuckten. „Du machst dich doch wohl nicht über einen Toten lustig, Ram Munro?“, fragte er und legte seine breite Hand auf die Schulter des schlanken jungen Mannes.

Ram schüttelte sie unwirsch ab. Sie standen vor der Auffahrt zum Haus der Nashs wie drei Rechtsanwälte verfeindeter Mandanten bei einer Verhandlung wegen Landstreitigkeiten, unsicher und voller Argwohn, jeder nur darauf erpicht, seinen eigenen Weg zu gehen. Dabei hatten sie einander die meiste Zeit ihres Lebens so nahegestanden wie Brüder.

Doch Verrat, diese Erfahrung hatte Dand Ross gemacht, ließ selbst die engsten Bindungen brüchig werden. Und diese Männer glaubten, einer von ihnen habe die anderen verraten, und mit ihnen all jene, die von ihnen abhängig gewesen waren. Ein Verrat, der den Tod des Edelsten unter ihnen zur Folge gehabt hatte, den Tod ihres heimlichen Anführers Douglas Stewart.

Dand hätte die Gemüter beruhigen und die schwärende Wunde heilen können, die ihre Beziehung vergiftete, doch nur um den Preis einer anderen Art von Verrat. Dem Verrat an jenem, der bereits das größte Opfer erbracht hatte für seine … Schwäche. Also hüllte er sich in Schweigen, obgleich es ihm schier das Herz zerriss und sein Gewissen ihn quälte.

„Was meinst du, Dand?“, fragte Ram, die dunklen Augen nachdenklich zusammengekniffen. „Du bist so entsetzlich still. So warst du früher nie, nicht einmal im Kerker. Deine Schweigsamkeit hat erst begonnen, nachdem sie Douglas aufs Schafott gezerrt hatten.“

Dand warf ihm einen gereizten Blick zu. „Ich habe es dir bereits einmal gesagt, und ich sage es dir jetzt zum allerletzten Mal: Ich habe weder dem Kerkermeister noch sonst jemandem in LeMons auch nur ein Sterbenswort verraten.“

Kit spie wütend auf die unbefestigte Straße. „Jawohl! Und genau das habe auch ich geschworen. Und Ram ebenfalls. Und doch wissen wir, dass einer von uns lügt, nicht wahr?“

Dand wollte bereits widersprechen, doch die brüderliche Liebe, die er einst für Douglas Stewart empfunden hatte, ließ ihn schweigen.

„Woher hast du gewusst, dass ich es war?“ Der bittere Zug um seinen Mund und die Falten auf seiner Stirn ließen ihn vorzeitig gealtert wirken, doch war Douglas nicht schon immer ein dünnhäutiger Nörgler gewesen?

„Was ist denn das für eine Art, Dougie?“, fragte Dand. „Keine Begrüßung, keine Umarmung für deinen lange verschollenen Bruder?“

„Woher wusstest du, dass ich es war?“, wiederholte Douglas, während er zaghaft das Turmzimmer betrat. Sein Blick huschte argwöhnisch umher, als befürchte er irgendeine Falle, als wolle er nicht glauben, dass Dand tatsächlich an die Wand gekettet war.

Dand zuckte die Achseln. Die Bewegung schmerzte, als hätten sich Tausende von Nadeln in seine Schultermuskeln gebohrt. „Captain Watters, Reverend Tawster, Lord Rawsett – all das sind Buchstabenversetzrätsel für Stewart. Du hattest stets die Neigung, alles ein wenig auszuschmücken.“

In Douglas’ Lächeln schwang ein Hauch von Bitterkeit mit. „Und das hat dir nie gefallen.“

„Ich hatte es nie nötig“, entgegnete Dand. „Ein Mann tut etwas, oder er lässt es bleiben. Er ist entweder edel, oder er ist es nicht.“

Douglas lachte. „Du hast nie begriffen, was wahre Noblesse ist. Du bildest dir ein, du seiest edel, weil du Gardien nichts verraten hast? Du konntest einfach die Schmerzen besser ertragen. Wie ein stummes Tier.“ Sein Lachen brach unvermittelt ab. „Es war deine Schuld, weißt du?“, flüsterte er.

„Wie das?“

„Im Kerker, in jener Nacht, als sie dich zurückbrachten, nachdem sie dich … gebrandmarkt hatten, erinnerst du dich?“ Er war nun ganz dicht bei Dand und starrte ihn mit großer Ernsthaftigkeit in den Augen an. In seinem Blick lag etwas von dem verängstigten, gepeinigten Jüngling, der er einst gewesen war.

„Ja."

„Damals habe ich dich gefragt, ob du Gardien die Namen unserer Verbündeten verraten hast, und deine Antwort war Nein. Du hast sogar gelacht, dich über mich lustig gemacht, gesagt, du seiest ebenso tapfer und edel wie ich." Douglas neigte den Kopf und presste die Lippen zusammen, als versuche er, die Tränen zurückzuhalten. „Doch ich hatte sie ihm verraten. Und ich habe dich genau angeschaut, als du das sagtest … und gesehen, dass du es wusstest!"

Er wandte sich hastig ab, fuhr sich mit der Hand durch sein kurzes, gefärbtes Haar. „Das konnte ich nicht ertragen. Mir war klar, du würdest es den anderen sagen."

„Das hätte ich nicht getan."

Douglas hörte ihn nicht. „Es sei denn, du würdest glauben, ich hätte mit meinem Leben dafür gebüßt." Entsetzliche Erinnerungen stiegen in ihm auf. „Der Gedanke, alle würden erfahren, dass ich versagt, dass ich meine Ehre verloren hatte, während sie standhaft geblieben waren … Die Vorstellung, sie würden mich so ansehen, wie du es getan hast …" Er stöhnte auf, wie von körperlichem Schmerz gequält. „Damit konnte ich nicht leben."

„Sterben allerdings auch nicht", entgegnete Dand kühl.

„Doch!" Heftig mit dem Kopf nickend, wirbelte er herum, und in diesem Augenblick erkannte Dand, dass Douglas Stewart vor lauter Selbsthass den Verstand verloren hatte. „Ich habe mit Gardien meinen eigenen Tod inszeniert. Ich versprach, ihm alles zu sagen, was er wissen wollte, alle Namen, alle Einzelheiten, alles, wenn er nur meine Hinrichtung vortäuschen würde, damit ihr mein Andenken in Ehren haltet." Bei den letzten Worten versagte ihm vor Selbstmitleid die Stimme.

Dand hätte Mitgefühl mit ihm empfunden, hätte Douglas all die Anteilnahme geschenkt, um die er bettelte, wenn nicht … „Doch das war nicht das Ende deines Kuhhandels mit Gardien."

Douglas hörte auf zu schluchzen und hob den Kopf. Der Blick seiner rot geränderten Augen war abschätzend. „Was meinst du damit?"

„Du hast deine Hinrichtung vorgetäuscht, um uns glauben zu machen, du seiest heldenhaft in den Tod gegangen, der Erste von uns, der aufs Schafott steigt. Doch du hast mit Gardien vereinbart, dass wir die Nächsten sein sollen."

Douglas' Augen verengten sich zu Schlitzen.

„Das war die Abmachung, nicht wahr?", fragte Dand. „Wir sollten einige Tage später enthauptet werden, sollten gerade noch lange genug leben, um deinem ruhmreichen Andenken die rechte Ehre zu erweisen. Lange genug, damit ich mich schuldig fühlen konnte ob meiner Zweifel an deinem Mut, deiner Ehrenhaftigkeit, und lange genug, damit Ram und Kit ihre letzten Tage mit dem Lobpreisen deines Namens verbringen konnten."

„Eine hübsche kleine Trauerfeier für dich selbst hattest du dir da ausgedacht, Douglas. Zu dumm, dass Colonel Nash dir einen Strich durch die Rechnung gemacht hat, indem er sich für uns opferte."

Douglas gab sich nicht einmal die Mühe, Dands Anschuldigungen zu widersprechen. „Gardien konnte der Versuchung nicht widerstehen, einen Nationalhelden wie Nash in die Hände zu bekommen. Er hat mich hintergangen!"

Als er den Ausdruck der Abscheu in den Augen seines Jugendfreunds sah, schnellte Douglas nach vorn, packte Dand am Schopf und rammte seinen Hinterkopf gegen die Mauer. Dand wurde schwarz vor Augen, ihm war, als müsse sein Schädel vor Schmerz zerspringen.

„Ich hätte ein gefeierter Held werden sollen", schrie er ihn an. „Stattdessen saß ich in Frankreich fest, musste mich zum Handlanger von Dieben, Verrätern und Despoten machen. Wegen dir. Dir, Ram und Kit. Wegen euch dreien konnte ich nicht heimkehren."

Plötzlich brach er in schrilles Gelächter aus. „Doch wie Lazarus werde ich mich von den Toten erheben. Ich werde alles wiedererlangen, was ich einst besaß, und noch viel mehr."

„Wie?", fragte Dand spöttisch. „Indem du mich umbringst?"

Zu seiner Überraschung huschte ein Ausdruck des Schmerzes über Douglas' Gesicht. „Es war nie meine Absicht, einem von euch etwas zuleide zu tun. Ich habe nur versucht, dem Schicksal den Weg zu ebnen. Bei dem einzigen Mal, da ich eine aktive Rolle übernommen und versucht habe, Ram zu … verletzen, hat mich dieses blonde Weibsbild beinahe umgebracht. Ich habe ein Jahr gebraucht, um von der Wunde zu genesen", erklärte er finster. „In dieser Zeit habe ich meinen Plan entwickelt. Ich habe über die Dinge nachgedacht, darüber, warum sie geschehen sind und warum ich versagt hatte. Und ich habe erkannt, dass es Gottes Wille ist, dass ich zu dem Helden werde, zu dem er mich auserkoren hat."

Von tief unten drangen ein überraschter Schrei und das Geräusch eiliger Schritte an Dands Ohr. Ram? Kit? Er musste dafür sorgen, dass Douglas weiterredete.

„Was war das für ein Plan?", fragte er.

„Ich hatte Miss Nash monatelang beschattet", entgegnete Douglas ruhig. „Denn ich wusste, dass ihr früher oder später einer der ‚Rose Hunters' einen Besuch abstatten würde, um jenen Schwur zu erfüllen, den ihr gegenüber den Nash-Schwestern geleistet habt. Als ich Charlotte Nash in Ginny Mulgrews Gesellschaft sah, ahnte ich, was aus ihr geworden war. Und dann kamst du zu ihr, und ich hatte Gewissheit. Du magst ein Meister der Täuschung sein, doch mir war bekannt, dass du ein Spion bist. Danach war alles … von der Vorsehung bestimmt."

„Sprich weiter", forderte Dand ihn auf, den Blick fest auf

das Gesicht seines Gegenübers gerichtet, während unten im Turm der Kampfeslärm anschwoll. Douglas schien nichts davon zu bemerken. Es drängte ihn offenbar danach, Dand seine Strategie zu offenbaren, aus seinem Mund zu hören, wie raffiniert, wie weitsichtig er gewesen war.

„Ich habe den Franzosen getötet, der den Brief bei sich trug, welcher sich nun in St. Lyons Besitz befindet“, berichtete Douglas, fast feierlich. „Ich habe ihn St. Lyon übergeben. Ich habe Toussaint umgebracht … Bitte, sieh mich nicht so an, er hat mich nie geschätzt. Dann habe ich seine Funktion übernommen und einige Treffen mit Miss Nash arrangiert, während ich als Lord Rawsett das Interesse des Comte sowohl an Mrs. Mulgrew als auch an Miss Nash schürte. Schließlich habe ich Mrs. Mulgrew mit der Kutsche überfahren und nach Charlotte Nash geschickt.“

„Als Bruder Toussaint verkleidet, wollte ich ihr nahelegen, in die Rolle der Kurtisane zu schlüpfen. Stell dir meine Überraschung vor, als sie selbst diesen Vorschlag machte und mir erklärte, du habest dich dem Plan angeschlossen.“

Er wandte leicht den Kopf. Das Kampfgetöse, das von unten her zu ihnen emporschallte, war nun nicht mehr zu überhören. Es beunruhigte ihn offenbar. „Ram!“, rief er aus, und in seiner Stimme schwang ein Ausdruck der Zuneigung mit. „Oder Kit. Sie geben sich natürlich nicht kampflos geschlagen. Doch gegen die Übermacht von St. Lyons dreißig Männern haben sie keine Chance.“

Douglas irrte sich. Nicht, was die Stärke von St. Lyons Wachmannschaft betraf, wohl aber hinsichtlich dessen, was unten im Turm geschah. Es waren viel zu viele Stimmen zu hören, als dass es sich um die Gefangennahme zweier einzelner Männer handeln konnte, ganz gleich, wie tapfer und geschickt diese sich zu verteidigen wussten. Dort unten spielte sich etwas anderes ab. Und er, Dand, musste Douglas lange genug ablenken, damit es zu Ende gebracht werden konnte.

„Sag mir, Doug, wie soll dir diese ganze Geschichte zu dem Ruhm und der Anerkennung verhelfen, auf die du so ungerechterweise verzichten musstest?“

Falls Douglas den spöttischen Beiklang in Dands Frage bemerkt hatte, ließ er es sich nicht anmerken. „Ganz einfach. Ich habe Kit und Ram eine Nachricht zukommen lassen, in der steht, dass ihre Schwägerin die Mätresse eines bekannten Weiberhelden geworden ist. Gleichzeitig habe ich St. Lyon davon unterrichtet, dass zwei Männer, die mit dir unter einer Decke stecken, auf dem Weg zur Burg sind, um den Brief zu stehlen. Und das waren sie ja auch, und nun sind sie offenbar angekommen. Bald werden sie nicht mehr am Leben sein. Danach wird St. Lyon dich töten. Im Gegenzug werde ich St. Lyon umbringen. Anschließend werde ich den Brief an mich nehmen und ihn eigenhändig Pater Tarkin überbringen, dem ich dann offenbaren werde, dass ich, der Hinrichtung durch die Guillotine entronnen, die letzten sechs Jahre unter dem Siegel der Verschwiegenheit für das Wohl der Kirche gearbeitet habe. Man wird mich als großen Helden feiern.“

„Und die Nash-Schwestern?“, fragte Dand.

Das versonnene Lächeln wich nicht von Douglas’ Lippen. „Oh, die werde ich auch bald beseitigen. Schließlich haben sie mich gesehen. Ich glaube zwar nicht, dass sie mir in meiner Verkleidung allzu viel Aufmerksamkeit geschenkt haben, doch sicher ist sicher.“

Verzückt schloss er die Augen und holte tief Atem. „Und wenn ihr alle tot seid, werde ich endlich wieder ins Leben zurückkehren.“

Sein Gesicht zuckte, der Junge, der hinter der Fassade des Mannes verborgen war, kam abermals zum Vorschein, verloren und gequält. Er kniff die Augen zu. „Ich will einfach nur nach Hause.“

„Wenn wir sterben, wirst du nie wieder ins Leben zurückkehren, Douglas. Du wirst nie nach Hause gehen können."

Douglas riss die Augen auf und runzelte die Stirn. „Wie meinst du das?"

„Du warst auf uns angewiesen, auf Ram und Kit und mich. Wir mussten dir sagen, wer du bist. Von Anfang an. Wenn wir tot sind, wird es niemanden mehr geben, der dir dies bestätigt."

„Das ist nicht wahr!", widersprach er mit Nachdruck, doch ein leichtes Zittern in seiner Stimme verriet sein Entsetzen.

„Doch, das ist es", entgegnete Dand seelenruhig.

„Nein!" Er schüttelte heftig den Kopf. „Ich bin … ich bin …"

„Ein Niemand."

Douglas' Gesicht verzog sich zu einer Grimasse, sein Mund stand weit offen, seine Brauen berührten sich über der Nasenwurzel.

„Was glaubst du, das ich all die Jahre getan habe, Doug?"

„Was?"

„Ich habe das zu Ende gebracht, was du dir vorgenommen hattest. Ich habe deinen Platz eingenommen, weil du tot bist."

„Nein!" Douglas stürzte vorwärts. Alle Muskeln angespannt, warf Dand sich zur Seite, spürte, wie der Bolzen mit dem Eisenring sich bewegte. Kaum merklich zwar, doch er bewegte sich.

Douglas' Fausthieb traf seine verletzten Rippen. Dand ging in die Knie, fiel in sich zusammen. Seine geschundenen Schultern mussten sein ganzes Gewicht tragen. Der Schmerz ließ ihn aufstöhnen, doch gleichzeitig drang ein Strahl der Hoffnung durch seine Benommenheit, als er spürte, wie der Eisenbolzen sich abermals rührte.

„Nein! Nein! Du bist nicht der Anführer! Du hast dich

nicht an den Schwur gehalten! Du bist tot!“, schrie Douglas, über Dand gebeugt, die Augen weit aufgerissen, das rot angelaufene Gesicht von Tränen überströmt.

„Dand!“

Es war Charlottes Stimme, die aus dem Treppenschacht zu ihm herüberschallte. Himmel, nein!

„Lauf weg, Charlotte!“, brüllte Dand und warf sich mit aller Kraft gegen die Ketten, die ihn gefangen hielten.

„Es ist vorbei“, rief sie freudetrunken. Er konnte ihre eiligen Schritte auf den Stufen hören. „Alles ist gut.“

„Nein! Douglas ist hier!“

Es war zu spät. Douglas war just in dem Augenblick hinter die Tür gesprungen, da Charlotte mit einer Pistole in der Hand in den Raum stürzte.

„Kit, Ram und die Milizsoldaten haben die Burg eingenommen, und St. Lyon sitzt in seiner Bibliothek in der Falle.“

Ein Blick auf Dand genügte, um ihr klarzumachen, dass etwas nicht stimmte. Sie wirbelte herum, riss die geladene Pistole hoch und schoss.

26. KAPITEL

Burg des Comte St. Lyon, Schottland
16. August 1806

Verflucht!“, entfuhr es Charlotte. Der Schuss verfehlte sein Ziel um Armeslängen. Als die Kugel von der Wand abprallte, flog ein Steinsplitter in das Gesicht des Mannes. „Toussaint!“

„Nein, Miss Nash“, erwiderte der geckenhaft gekleidete Mann und schloss die Tür. „Ich fürchte, ich habe Sie getäuscht. Mein Name ist Douglas Stewart.“

Überrascht sah sie zu Dand hinüber. Mühsam im Zaum gehaltene Gefühle ließen seine Gesichtsmuskeln zucken, seine Augen jedoch blickten kühl und abschätzend.

Toussaint-Stewart wandte sich zu Dand um und lächelte. „Du hättest ihr wirklich beibringen sollen, wie man mit einer Pistole umgeht.“

„Ich werde dieses Versäumnis so bald wie möglich nachholen.“

Der Mann schürzte die Lippen. „Das dürfte aus dem Grab heraus ein wenig schwierig werden.“

„Welchen Zweck sollte es haben, mich jetzt noch zu töten, Douglas?“, wollte Dand wissen. Der vernünftige Ton seiner Stimme versetzte Charlotte in Erstaunen. Sie rührte sich nicht, aus Furcht, Douglas’ Aufmerksamkeit auf sich zu lenken.

„Du hast gehört, was sie gesagt hat“, fuhr Dand fort. „Ram und Kit haben irgendwo ein paar Milizsoldaten aufgetrieben und die Burg erobert. St. Lyons Gäste sind gewiss dabei, wie die Hasen vor dem Hund zu flüchten, und St. Lyon verbrennt vermutlich gerade sämtliche Dokumente, die ihn belasten könnten. Einschließlich des Briefes, der dich zum Helden machen sollte. Und du bist überführt.“

„Nur von dir“, entgegnete Douglas. „Du stirbst, und niemand weiß, dass ich hier war. Gewiss, ich werde von Neuem beginnen müssen, das gebe ich zu. Doch ich habe bis jetzt gewartet, und ich kann mich sehr gut abermals in Geduld fassen, bis der rechte Augenblick gekommen ist.“

Er warf einen Blick auf Charlotte. „Sie wird natürlich ebenfalls sterben müssen. Aber das musste sie ohnehin.“

„Nein“, widersprach Dand.

„Doch!“ Völlig unvermutet streckte Douglas die Hand aus, packte Charlotte am Arm und zerrte sie vorwärts. Sie wehrte sich verzweifelt, kratzte, wand sich, trat nach ihm, doch Douglas war nicht Dand. Ihm war es gleich, ob er ihr wehtat. Mit einer kraftvollen Bewegung bog er Charlotte den Arm hinter den Rücken und drückte ihn nach oben, bis sie vor Schmerz aufschrie. Charlotte erschlaffte in seinem Griff, denn jede weitere Gegenwehr würde ihr nur einen gebrochenen Arm einbringen, das war ihr klar.

„Lass sie los!“ In Dands merkwürdig ruhiger Stimme schwang ein eisiger Unterton mit.

„Kommt nicht infrage“, entgegnete Douglas ungerührt. „Weißt du, ich glaube allmählich, du liebst die Göre tatsächlich. Was ist das für eine seltsame Besessenheit, die du und die anderen für diese Nash-Mädchen empfindet? Zugegeben, sie sind hübsch anzuschauen, doch wenn du dich vergnügen willst, ist ein Weibsbild so gut wie das andere.“ Er runzelte die Stirn, ein wenig schmollend, ein wenig gekränkt. „Wie konnte diese tierische Brunft an die Stelle dessen treten, was uns verbunden hat? Was wir gewesen sind?“

„Und was war das?“, fragte Dand. „Eine Bande Halbwüchsiger mit Holzschwertern in der Hand, die Ritter spielten?“

Douglas verzog wütend die Lippen und schob Charlotte unsanft in Dands Richtung. Er hatte die eine Hand fest um ihren Hals gelegt und drückte ihr mit der anderen noch immer das Handgelenk zwischen die Schulterblätter, bis sie vor Schmerz aufstöhnte.

„Und jetzt sag deinem Liebchen Lebewohl, Dand“, stieß er hervor. Im nächsten Augenblick warf Dand sich mit aller Kraft nach vorn, doch die Ketten rissen ihn zurück.

Voller Verzweiflung blickte Charlotte umher, suchte nach einer Möglichkeit, um sich zu befreien. Plötzlich fielen ihr die Mörtelkrümel unter dem Eisenring auf, mit dem Dands rechte Hand an die Wand gekettet war. Ein rascher Blick in seine Augen, dann auf den Ring. Ein kaum merkliches Kopfnicken.

Die Aussicht auf Erfolg war gering. Doch es war ihre einzige Chance.

„Bitte“, flehte sie, während Douglas’ Finger sich immer enger um ihre Kehle schlossen. „Lassen Sie mich ihn ein letztes Mal küssen. Einen Abschiedskuss, bitte!“

„Warum sollte ich Ihnen irgendeinen Wunsch gewähren?“

„Weil auch Sie ihn einst geliebt haben“, flüsterte Charlotte. „Weil Sie ihn vormals ‚Bruder‘ genannt haben. Und das sollte etwas wert sein.“

Douglas verharrte reglos.

„Bitte!“

„Gnade?“ In seiner Stimme schwang Zweifel mit, doch auch eine gewisse Faszination.

„Ja, Gnade“, bekräftigte sie. „Ein edler Charakter kann gnädig sein.“

„Also gut.“ Er packte Charlotte am anderen Handgelenk und drehte ihr auch den linken Arm hinter den Rücken. Mit einem verächtlichen Schnauben schob er sie nach vorn, bis sie sich in Dands Reichweite befand. Ihre Blicke trafen sich. Ohne auf das schmerzhafte Ziehen in ihren Schultern zu achten, beugte sie sich vor und drückte ihren Mund zärtlich auf den seinen. Sie legte all die Hoffnung in ihren Kuss, die sie im Herzen trug.

„Ich liebe dich", flüsterte sie an seinen Lippen. Dann verhakte sie ihren Fußknöchel hinter Douglas' Fuß und warf sich nach vorn.

Ihre linke Schulter sprang aus dem Gelenk. Ein heftiger Schmerz durchzuckte ihren Arm, während sie vornüberstolperte und Douglas mit sich riss, der fluchend versuchte, das Gleichgewicht wiederzuerlangen. Sie hörte Dands vor Anstrengung heisere Stimme, dann einen Triumphschrei, das Rasseln von Eisenketten, und plötzlich wurde Douglas von ihr fortgerissen.

Charlotte fiel auf die Knie, rollte zur Seite, kroch rückwärts und drehte sich dann um, um zu sehen, was geschehen war.

Dand stand hinter Douglas, die Kette, mit der sein rechter Arm gefesselt gewesen war, straff um Douglas' Kehle geschlungen, die andere Hand noch immer an die Wand gekettet. Douglas rang keuchend nach Luft und krampfte die Finger um die Eisenglieder, die sich in sein Fleisch gruben. Einen wilden, Furcht erregenden Ausdruck auf dem Gesicht, zog Dand fester zu. Er riss seinen Gefangenen nach hinten, hob ihn hoch. Douglas wehrte sich, versuchte vergeblich, die Füße auf den Boden zu setzen, ruderte hilflos mit den Armen. Allmählich wurden seine Bewegungen schwächer, das Leben wich aus seinem Körper.

„Dand! Lass ihn los! Du bringst ihn um!"

„Er wollte dich umbringen!", schrie er.

Charlotte biss die Zähne zusammen, drückte sich den ausgekugelten Arm mit der Rechten an den Körper und erhob sich mühsam. „Lass ihn los. Du bist kein Mörder. Er ist einer."

Dand bleckte die Zähne und ließ ein gefährlich klingendes Geräusch hören. Allmählich jedoch wich der barbarische Ausdruck aus seinem Gesicht, und sein Blick wurde klarer. Ein letzter kraftvoller Ruck an der Kette, und Douglas rührte sich nicht mehr. Dand stieß einen kehligen Laut aus, löste unvermittelt seinen Griff, trat zurück und ließ Douglas zu Boden sinken.

„Bist du verletzt?“, fragte er besorgt Charlotte.

„Nicht der Rede wert“, log sie. Ihre Schulter schmerzte fürchterlich.

„Hinter der Tür liegt eine Eisenstange. Kannst du sie holen?“

„Ja“, entgegnete sie und machte sich sogleich daran, ihr Wort in die Tat umzusetzen. „Es ist nur meine … Dand!“

Es war zu spät. Falls Douglas überhaupt je bewusstlos gewesen war, nun war er es nicht mehr. Mit einem Satz flüchtete er aus Dands Reichweite, hechtete quer durch den Raum und erklomm mit weit aufgerissenen Augen und einem wirren Lächeln auf den Lippen den Sims des Nordfensters. „Du konntest mich ebenso wenig töten, wie ich dich töten konnte. Der Bund, verstehst du? Die Blutsbrüderschaft. Sie lässt sich nicht verleugnen.“

„Wenn du dich ihr auch nur einen Schritt weit näherst, reiße ich dich in Stücke, Douglas, das schwöre ich“, drohte Dand und zerrte mit aller Kraft an der eisernen Fessel, mit der er noch an die Wand gekettet war.

„Schon wieder so überheblich, Dand?“, spottete Douglas, während er Charlotte und die Waffe in ihrer Hand beäugte und sich offenbar fragte, ob er sie ihr entreißen konnte, ohne dass es gefährlich für ihn werden könnte. Es könnte ihm gelingen, fürchtete Charlotte.

Sie hatte nun lange genug Mut bewiesen. Ihre Kräfte waren erschöpft. Ohne weitere Überlegung lief sie durch den Raum und schmiegte sich in Dands schützende Arme. Er drückte sie an sich und machte dann mit seiner freien Hand eine einladende Geste in Douglas’ Richtung. „Komm doch her und stell mich auf die Probe!“

„Lieber nicht. Nicht jetzt“, entgegnete Douglas ausweichend. „Du bist ein höchst ernst zu nehmender Gegner. Und ich bin im Augenblick nicht ganz auf der Höhe, verstehst du?"

Er sprach stockend, ließ den Blick wild im Turmzimmer umherschweifen und drückte sich tiefer in die Fensternische. „Irgendetwas muss geschehen. Mit euch allen. Doch im Moment fällt mir einfach nichts Rechtes ein. Ich muss Pläne schmieden. Vorbereitungen treffen ..."

Er schaute hinab in die Tiefe. Was er sah, entlockte ihm ein Lächeln. Sein Blick wanderte zurück zu Dand. „Erinnerst du dich an die Efeuranken, an denen wir an der alten Burg emporgeklettert sind, Dand?" Einen Atemzug lang schwang Begeisterung in seiner Stimme mit, wie bei einem Freund, der in Erinnerungen an gute alte Zeiten schwelgt. „Weißt du noch, wie es war? Was waren wir doch für ein Quartett! So mutig! So ehrenhaft!"

Und ohne ein weiteres Wort zu sagen, schwang er die Beine über den Fenstersims und verschwand.

Sein Schicksal kümmerte Charlotte nicht im Geringsten. Sie war hier, in Dands Armen, und sie waren beide am Leben. Allen Widrigkeiten zum Trotz hatten sie überlebt. Ein leises Schluchzen entstieg ihrer Kehle, wurde heftiger, bis sie schließlich das Gesicht an Dands breite, blutbefleckte Brust schmiegte und hemmungslos in Tränen ausbrach.

„Was ist denn das, Charlotte?", hörte sie ihn zärtlich flüstern. „Mich beschleicht allmählich der Verdacht, dass du gar nicht so stark und abgebrüht bist, wie ich angenommen habe."

Seine liebevolle Neckerei half ihr, die Fassung wiederzugewinnen.

Sie war Charlotte Nash, eine gewandte Verführerin, ein freches Frauenzimmer und eine berüchtigte Herzensbrecherin! Sie hob das Gesicht, drückte ihre Lippen auf Dands übel zugerichteten Mund und küsste ihn leidenschaftlich. Falls er Schmerzen empfand, schienen sie ihn nicht zu kümmern, denn er schlang seinen freien Arm noch fester um ihre Taille, hob Charlotte empor und zog sie voller Verlangen an sich.

Nach einer langen Weile löste sie sich, ein wenig atemlos, ein wenig benommen, aus seiner Umarmung.

„Für den Fall, dass du nicht sicher bist, was *das* zu bedeuten hat", sagte sie in triumphierendem Ton, „dann lass es mich dir erklären: Du gehörst mir. *Mir!*"

„Daran", entgegnete er, „habe ich nie gezweifelt, Liebste."

Es war genau wie damals, als sie Jungen waren und aus dem Kloster ausbrachen, um in den Ruinen der alten Burg im Moor zu spielen. Die gleiche Art Gemäuer, die gleichen üppigen Efeuranken, die zum Klettern und Schaukeln einluden. Das gleiche Gefühl von Freiheit und Abenteuer. Nur, dass am Fuß der Mauer keine anderen jungen Burschen auf ihn warten würden. Und es würde auch keine lange, gesellige Heimreise unter dem Sternenhimmel geben. Nichts von all dem.

Er hatte stets nur den einen Wunsch gehabt, heimzukehren. Alles sollte wieder so sein wie damals. War das etwa zu viel verlangt?

Douglas tastete mit dem Fuß nach Halt, rutschte ab, hielt sich im letzten Augenblick an einer der kräftigen Ranken fest – und da entdeckte er sie. Höchst unwahrscheinlich. Nein, unmöglich, doch da war sie, genau über ihm, nur einige Handbreit entfernt. Sie leuchtete im Licht des frühen Morgens mit all der Anmut und Schönheit seiner längst verlorenen Jugend: eine gelbe Rose, auf deren sanft gebogenen Blütenblättern Tautropfen glitzerten wie Tränen. Ein verzückter Seufzer entschlüpfte seiner Kehle, während er sich reckte, um die kostbare Blume zu erreichen. Die Efeuranke unter seinen Füßen begann zu brechen. Es kümmerte ihn nicht.

Douglas streckte sich weiter, strich mit den Fingerspitzen über die samtweiche Blüte, reckte sich, streckte sich … Als er sie schließlich zu fassen bekam, gruben sich die unter den schimmernden Blütenblättern verborgenen Dornen tief in das Fleisch seiner Finger. Mit einem erschrockenen Aufschrei zog er die Hand zurück, ließ das Objekt seiner Begierde jedoch nicht fallen.

Wie schön sie war. Das einzig vollkommene Ding in einer Welt des Kummers und der Enttäuschung …

Es klang wie ein Schluchzen, als die Ranke unter seinen Füßen vollends zerriss.

Douglas spürte nicht, wie er auf dem Boden aufschlug.

Den Degen gezückt, die Pistole im Anschlag, stürmten Kit und Ram in das Turmzimmer. Der Raum war menschenleer. Abgesehen von Dand, der Charlotte umschlungen hielt, als wolle er sie niemals wieder loslassen. Und sie küsste.

Kit ließ die Pistole sinken und räusperte sich.

Der Mann in Ketten hob den Kopf. „Ihr kommt spät“, sagte er knapp. „Charlotte hätte tot sein können, bis ihr zwei endlich aufgetaucht seid.“

Ram fasste sich als Erster. Er schlenderte durch das Zimmer und sah sich um. „Tut uns leid. Doch wir mussten uns zunächst um ungefähr dreißig von St. Lyons Männern kümmern und danach um den Comte persönlich, der übrigens behauptet, er wisse von keinem Brief. Allerdings lag da ein geheimnisvoller Fetzen Papier im Kamin seiner Bibliothek. Seine Gäste, von denen sich einige offenbar ohne die erforderlichen Papiere hier aufhalten, fliehen in Scharen.“

„Gut“, sagte Dand.

„Du bist vermutlich Charlottes Liebhaber, der mysteriöse Monsieur Rousse?“, fragte Kit.

„Ja“, bestätigte Dand. „Und wenn ihr nun so freundlich wäret, ich glaube, die Schlüssel zu meinen Handschellen hängen draußen vor der Tür an einem Haken.“

Es war Kit, der ihm die Ehre erwies. Er ging hinaus, kehrte mit dem Schlüssel zurück und öffnete die Handschellen, wodurch Charlotte gezwungen war, sich für einen Augenblick aus Dands Armen zu lösen. Endlich von den Ketten befreit, verzog Dand gequält das Gesicht. Die Schmerzen, die er nun zu spüren begann, würden in den nächsten Tagen gewiss noch heftiger werden, fürchtete er.

„Besser?“, erkundigte Kit sich teilnahmsvoll.

Dand nickte.

„Gut“, entgegnete Kit lächelnd und streckte Dand mit einem gezielten Faustschlag zu Boden.

EPILOG

Abtei St. Bride's
April 1807

Sie sind ein Hellseher, Bruder Martin. Ein wahrer Mystiker." Strahlend vor Vergnügen, klopfte Bruder Fidelis dem runzligen alten Kräuterheilkundigen auf die Schulter.

Bruder Martin, der gerade dabei war, ein kleines, mit diversen Kräutern und Blütenblättern gefülltes Seidensäckchen zuzubinden, schob die Hand des gutmütigen rundlichen Mönchs beiseite. „Ich weiß nicht, wovon Sie da schwatzen."

„Nun, Sie haben einmal gesagt, wenn wir weiterhin Trauungen in der Abtei vollziehen, würden wir am Ende noch Taufen feiern, und genau das tun wir heute. Unsere erste Taufe! Ist das nicht wunderbar?"

„Fabelhaft", entgegnete der griesgrämige alte Mönch feixend, doch es lag kaum Boshaftigkeit in seinem Spott. „Wenn Sie mich jetzt gefälligst weitermachen ließen, ich habe dieses Kräutersäckchen für das Baby versprochen."

„Armes kleines Ding", sagte Fidelis. „Sie muss schlimmes Bauchweh haben."

„Sie hat", erklärte Bruder Martin, „das Naturell ihres Vaters und das Temperament ihrer Mutter. Ich habe immer gesagt, Dand Ross – oder André Rousse oder Sir Ross oder wie immer er sich heutzutage nennen mag – ist ein Satansbraten, und jetzt zeigt sich, dass sein Töchterchen aus demselben Holz geschnitzt ist."

Es hatte Bruder Martin schwer im Magen gelegen, dass der Junge, den sie als Waisenknaben bei sich aufgenommen hatten, ein Spross des bourbonischen Königshauses sein sollte, auch wenn er dies nach eigenen Worten niemals würde beweisen können. Sicher war jedoch, dass er ob seiner Verdienste um König und Vaterland in den Adelsstand erhoben worden war.

„Das Baby ist wunderhübsch", seufzte Bruder Fidelis entzückt.

„Ja, das ist es", brummte Bruder Martin ein wenig widerwillig. „Mit seinem ebenholzschwarzen Flaum auf dem Kopf sieht es aus wie seine Tante Kate." Der alte Kräuterkundige hatte stets eine Schwäche für die hübsche Kate MacNeill gehabt. „Doch bei den Eltern sollte sich die Welt auf einiges gefasst machen. Und nun kommen Sie, ehe die kleine Hexe mit ihrem Geschrei die Kapelle zum Einsturz bringt."

Die beiden Mönche verließen Bruder Martins Kräuterschuppen und durchquerten den ummauerten Rosengarten. Es war ein schöner Tag. Der tiefblaue Himmel über ihrem abgelegenen kleinen Tal strahlte, die Luft war mild. Um sie herum sprossen gerade die ersten Frühlingsblumen aus der Erde, kleine Farbtupfer im frischen Grün der Wiesen. Die gelbe Rose der Kreuzritter, die einzige ihrer Art in ganz Schottland, hatte ihre Knospen noch nicht geöffnet. Doch die kräftigen jungen Triebe und die glänzenden grünen Blätter waren voller Verheißung.

Bruder Martin und Bruder Fidelis zogen den Kopf ein, als sie unter dem niedrigen Torbogen hindurchgingen, und eilten dann über den Rasen auf die Kapelle zu. Selbst hier draußen war das Geschrei von Dands Töchterchen zu hören. Es klang nicht wie Wehgeschrei. Es klang wütend.

Als die beiden Mönche die Kapelle betraten, richteten sich dreißig Augenpaare auf sie. Die im hinteren Teil des Gotteshauses knienden Knaben und Ordensbrüder entspannten sich sichtlich. Lizette Barns und Ginny Mulgrew seufzten erleichtert auf. Sie teilten sich nicht nur eine Kirchenbank, sondern waren auch gemeinsam in Ginnys Kutsche aus London angereist, eine Reise, in deren Verlauf Lizette in viele faszinierende Geheimnisse des Lebens und der Liebe eingeweiht worden war. Lord und Lady Welton, beide mit dem selbstzufriedenen Ausdruck derer auf dem Gesicht, die schon immer gewusst hatten, dass am Ende alles gut ausgehen würde, lächelten schwach. Die hochschwangere Marquise of Cottrell, vom Geschrei des Babys aus der Fassung gebracht wie ein Kaninchen vom Gejaule eines Hundes, warf ihrem eleganten, weltmännischen Gemahl einen verzweifelten Blick zu, woraufhin dieser ihr murmelnd versicherte, ihr sehnlich erwarteter kleiner Liebling würde von Anfang an wissen, wie er – oder sie – sich zu benehmen habe. Und Colonel und Mrs. MacNeill wechselten voller Rührung verliebte Blicke, denn Mrs. MacNeill hatte ihrem stattlichen Ehemann erst eine Woche zuvor eröffnet, dass auch sie bald Eltern werden würden.

In der vordersten Bank saß Charlotte mit ihrem vom Schreien rot angelaufenen Baby auf dem Schoß. Sie wirkte dabei völlig entspannt, während ihr Ehemann Dand Ross kaum still sitzen konnte und einen völlig ratlosen Eindruck machte. Letzteres erfüllte Bruder Martin aus irgendeinem Grund mit tiefer Genugtuung, was er später wohl würde beichten müssen. Pater Tarkin, der in seinem Priesterornat höchst eindrucksvoll aussah, stand am Fuß des Altars neben einem Becken mit Weihwasser.

„Gott sei Dank“, murmelte der Abt und winkte die beiden Mönche heran.

Bruder Martin stapfte den Mittelgang entlang, der mit Sträußchen von Schneeglöckchen und anderen Frühlingsblumen geschmückt war, dicht gefolgt von Bruder Fidelis. Vorne angekommen, drückte er dem Baby ohne Umschweife das Kräutersäckchen unter die Nase. Das Kleine atmete tief ein … und nieste. Dann, die großen, goldgesprenkelten Augen seiner Mutter eindringlich auf Bruder Martin gerichtet, brüllte es noch lauter.

„Armes kleines Engelchen“, murmelte Bruder Fidelis und

schob Bruder Martin entschlossen beiseite. „Armer kleiner Liebling. Na, komm, meine Kleine."

Das Baby löste den Blick von Bruder Martin und richtete seine Aufmerksamkeit auf Bruder Fidelis. Sein missmutig verzogenes kleines Gesicht entspannte sich. Ein letztes, flüchtiges Wimmern, dann streckte es die Ärmchen nach ihm aus.

Bruder Fidelis lächelte.

Verdutzt sah Charlotte von ihrer Tochter zu dem rundlichen Mönch hinüber und hob die Kleine dann in dessen ausgestreckte Arme. Mit einem letzten leisen Quengeln schmiegte das Baby sich hinein.

„Oh, mein Engelchen", säuselte Bruder Fidelis und beugte sich über das kostbare Bündel in seinen Armen. „Keiner von diesen Leuten hier versteht dich, nicht wahr? Dabei wolltest du doch nur ein wenig schmusen."

Und das kleine Mädchen, das seine erste männliche Eroberung gemacht hatte, die erste in einer langen Reihe, wie sich herausstellen sollte, gluckste zufrieden und schloss die Augen.

Mit einem tiefen Seufzer der Erleichterung bat Pater Tarkin die Eltern – und Bruder Fidelis – durch einen Wink, sich neben das Taufbecken zu stellen.

„Nun, wir sind heute hier zusammengekommen, um dieses Kind in der Gemeinschaft des Herrn willkommen zu heißen. Haben Sie einen Namen für die Kleine?"

„Ja", antworteten Dand und Charlotte wie aus einem Munde.

„Und wie lautet er?"

„Rose."

– ENDE –

Connie Brockway

Der Kuss des Spions

Ganz auf sich allein gestellt, sieht Kate nur einen Ausweg für sich und ihre Schwestern, um dem Armenhaus zu entkommen: die weite Reise nach Schottland. Dort, hofft sie, wird der reiche Marquis of Parnell sich ihrer annehmen. Doch der Weg in die Highlands ist nicht ohne Gefahren…

Band-Nr. 25517

8,95 € (D)

ISBN: 978-3-89941-840-8

352 Seiten

Connie Brockway

Spion meines Herzens

Ramsey Munro, wagemutiger Spion der englischen Krone, hat sich in Helena Nash verliebt. Obwohl Helena seine Gefühle zu erwidern scheint, entzieht sie sich ihm immer wieder. Eines Nachts begegnet er ihr in der berüchtigten Lovers Lane – in Männerkleidung! Doch Helena verblüfft ihn mit der Behauptung, ihn nicht zu kennen …

Band-Nr. 25528

8,95 € (D)

ISBN: 978-3-89941-861-3

400 Seiten

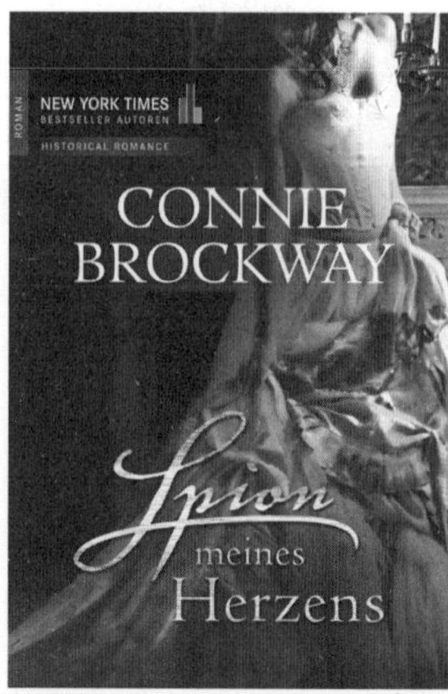